LA TESIS DE NANCY

Editorial Bambú
es un sello de Editorial Casals, S. A.

© 2012, de la edición, Roberto Bravo de la Varga
© 2012, del estudio de la obra, Roberto Bravo de la Varga
© 2012, de la ilustración de la cubierta, Fernando Vicente
© 2012, Editorial Casals, S. A.

Casp, 79, 08013 Barcelona
Tel.: 902 107 007
www.editorialbambu.com

Coordinación de la colección: Fina Palomares Hernández
Diseño de la colección: Enric Jardí

60.ª edición: marzo de 2012
Primera edición en Editorial Bambú
ISBN: 978-84-8343-178-8
Depósito legal: B-7.204-2012
Printed in Spain
Impreso en Anzos, S. L.

LA TESIS
DE NANCY

RAMÓN J. SENDER

EDICIÓN DE
ROBERTO BRAVO DE LA VARGA

«Es tarea de discretos hacer reír.»
CERVANTES

«*Je me presse de rire de tout, de peur d'être obligé d'en pleurer.*»
BEAUMARCHAIS

«*Does thou laugh to see how fools are vexed?*»
T. DEKKER

ÍNDICE

NOTA PREVIA

Mi amiga Betsy tiene una prima estudiante de español que ha ido a España para obtener un grado universitario. Betsy me ha enseñado una carta de su prima, fechada en Alcalá de Guadaira (Sevilla). Creí al verla que valía la pena traducirla.

Después le he pedido más cartas, y las he traducido también.

Yo no he hablado nunca con la prima de Betsy, aunque la he visto muchas veces en los partidos de fútbol, donde suele actuar de *cheer leader*[1], es decir, de conductora de las voces en masa con las que el público anima a su equipo favorito.

Debo confesar que aunque voy a los partidos no me interesa el fútbol en absoluto. Es decir, lo que los ingleses llaman rugby[2]. Me da la impresión de un juego brutal y sin gracia ni habilidad. Pero en cambio, no pierdo detalle de lo que hacen esas encantadoras muchachas vestidas de rojo, que se sitúan frente a la galería y gritan, giran sobre los talones, se ponen las manos en las caderas, inclinan la cabeza a un lado u otro, se arrodillan haciendo volar graciosamente su falda y llevan a cabo cada una de ellas y todas juntas un verdadero *ballet* con la colaboración fogosa de veinte mil amables ciudadanos.

---

1. *cheer leader*: animadora deportiva; los grupos de *cheer leaders* actúan en los descansos de los partidos de baloncesto y fútbol americano ofreciendo coreografías en las que combinan música, baile y gimnasia, para entretener al público y apoyar a su equipo.
2. *rugby*: el *rugby* es un deporte de contacto procedente de Inglaterra en el que los jugadores, quince por equipo, deben avanzar hacia una meta portando un balón y evitando el placaje de los contrarios. Su versión estadounidense, que se conoce como fútbol americano, pone en juego a once jugadores, admite los pases hacia delante y placajes más violentos, de ahí que se necesite protección (cascos con máscara para resguardar la cara); lo que generalmente conocemos como fútbol, en Estados Unidos recibe el nombre de *soccer*.

Nancy era una especie de directora de esa orquesta multitudinaria cuando tenía dieciocho años. Ahora debe de tener ya veinticuatro y se dedica a tareas más serias. Es decir, más aburridas. Estudia Antropología y Literatura Española. Sus cartas de Alcalá de Guadaira han ido pasando a mis manos, y yo las he traducido y creo que vale la pena publicarlas.

Aquí están y ojalá te diviertan, lector. Hacer reír es tarea de discretos, según decía Cervantes.

R. J. SENDER

CARTA I
NANCY DESCUBRE SEVILLA

Dearest Betsy: Voy a escribir mis impresiones escalonadas en diferentes días aprovechando los ratos libres.

Como sabes, he venido a estudiar a la Universidad de Sevilla. Pero vivo en Alcalá de Guadaira[1], a diez millas[2] de la ciudad. La señora Dawson, de Edimburgo, que tiene coche y está en la misma casa que yo, me lleva cada día a la ciudad. Suerte que tengo, ¿verdad? Siempre he tenido suerte.

¿Qué decirte de la gente española? En general, encuentro a las mujeres bonitas e inteligentes, aunque un poco..., no sé cómo decirte. Yo diría afeminadas. Los hombres, en cambio, están muy bien, pero a veces hablan solos por la calle cuando ven a una mujer joven. Ayer pasó uno a mi lado y dijo:

—Canela.

Yo me volví a mirar, y él añadió:

—Canelita en rama[3].

---

1. *Alcalá de Guadaira*: situada en la comarca de Los Alcores (a 15,8 km de Sevilla), es el tercer municipio más grande de la provincia, después de la propia Sevilla y de Dos Hermanas. Habitada desde la prehistoria, cuenta con un notable patrimonio histórico y cultural: su castillo mudéjar, molinos fortificados e importantes yacimientos arqueológicos. Su población en 1958, época en que se desarrolla la acción de la novela, rondaba los 30.000 habitantes. Siempre tuvo reputación por su excelente pan (de hecho, se la conoce también como Alcalá de los Panaderos) y por sus manantiales.
2. *milla*: unidad de longitud común en los países anglosajones, equivalente a 1.609,34 m.
3. *canelita en rama*: expresión que se utiliza para aludir a las cosas finas y exquisitas.

Creo que se refería al color de mi pelo.

En Alcalá de Guadaira hay cafés, iglesias, tiendas de flores, como en una aldea grande americana, aunque con más personalidad, por la herencia árabe. Al pie de mi hotel hay un café con mesas en la acera que se llama La Mezquita. En cuanto me siento, se acercan unos vendedores muy raros —algunos ciegos—, con tiras de papel numeradas. Dicen que es lotería. Me ofrecen un trozo de papel por diez pesetas y me dicen que si sale un número que está allí impreso, me darán diez mil. Yo le pregunté al primer vendedor que se me acercó si es que tenía él tanto dinero, y entonces aquel hombre tan mal vestido se rio y me dijo: «Yo, no. El dinero lo da el Gobierno». Entonces resulta que todos esos hombres (y hay millares en Sevilla) son empleados del Gobierno. Pero parecen muy pobres.

¿Sabes, Betsy querida? No hay gorilas en España. Cosa de veras inexplicable. No sé cómo han hecho su *guerra de gorilas* en el pasado por la cual son famosos los españoles en la historia desde el tiempo de los romanos. Tengo que preguntar en la universidad esta tarde. Aunque me molesta hacer ciertas preguntas, porque hay gente a quien no le gusta contestar. Ayer me presentaron a dos muchachos en la calle de las Sierpes[4], y yo, que llevaba mis libros debajo del brazo y andaba con problemas de gramática, pregunté al más viejo: «Por favor, ¿cómo es el imperfecto de subjuntivo del verbo *airear*?». El chico se puso colorado y cambió de tema. ¿Por qué se puso colorado?

Me suceden cosas raras con demasiada frecuencia. Y no se puede decir que los hombres sean descorteses, no. Al contrario, se preocupan del color de mi pelo y hasta de mi salud. En la puerta del café hay siempre gente joven, y cuando vuelvo a casa veo que alguno me mira y dice: «Está buena». Yo no puedo menos de agradecerles con una sonrisa su preocupación por mi salud. Son muy amables, pero

---

4. *calle de las Sierpes:* nombre de una céntrica calle de Sevilla, muy conocida por sus comercios, confiterías, cafeterías y tabernas.

no los entiendo. A veces se ruborizan sin motivo. O se ponen pálidos. Sobre todo cuando les pregunto cosas de gramática.

De veras, a veces no entiendo las reacciones de la gente. Verás lo que me pasó en el examen de Literatura Clásica. Estaba sentada frente a tres profesores ya maduros, con su toga y un gorro hexagonal negro[5] —el gorro no en la cabeza, sino en la mesa—. Y uno de ellos se puso a hacerme preguntas sobre el teatro del siglo XVII. Tú sabes que en eso estoy fuerte. Bueno, voy a decirte exactamente lo que preguntó y lo que contesté, y tú me dirás si hay algo que justifique los hechos. El profesor me dijo:

—¿Puede usted señalar algún tipo característico del teatro de capa y espada[6]?

—El gracioso —dije.

—Bien. Otro.

—La dueña.

—Otro, señorita.

—El cornudo.

Y los tres profesores, que eran calvos, se pusieron terriblemente rojos, hasta la calva, hasta las orejas. Yo miré disimuladamente a ver si mi vestido estaba en desorden, y luego a mi alrededor por si había sucedido algo inesperado; pero todo era normal.

En fin, me aceptaron el plan de estudios que había hecho cuando decidí venir aquí. Con objeto de celebrarlo fuimos varias muchachas a Alcalá de Guadaira y las invité a merendar en el café de La Mezquita. Había una tertulia de toreros, seguramente gente de poca im-

---

5. *toga y un gorro hexagonal negro:* la toga y el birrete son el atuendo que utilizan los profesores universitarios en los actos solemnes.
6. *teatro de capa y espada:* la comedia de capa y espada es uno de los subgéneros dramáticos del teatro español del Siglo de Oro. Su temática gira en torno al amor, los encuentros secretos entre el galán y la dama, los celos y las riñas entre caballeros. Los personajes obedecen a tipos clásicos: el galán, la dueña, el gracioso, la criada o el cornudo (el marido engañado por su mujer).

portancia, aunque son muy jóvenes y tal vez no les han dado todavía su oportunidad. Hablaban a gritos y yo apunté bastantes palabras que ignoraba. Por cierto que uno de ellos dijo que no torearía si no le *ponían diez mil beatas*[7] delante. Beatas son mujeres piadosas que van a misa cada día. Entonces yo pensé que aquel joven deseaba atraer a la plaza a la población femenina de buenas costumbres. Eso debe de dar reputación a un torero. Pero más tarde me dijo *Mrs.* Dawson que al hablar de beatas tal vez se referían a una moneda antigua que es la que usan los gitanos para sus negocios.

No digo que sea lo uno o lo otro. Solo digo lo que escuché.

Pero tengo que confesar que con lo de los gorilas estaba equivocada. Toda mi vida he oído hablar de la ferocidad de los gorilas españoles, sobre todo en tiempos de guerra. Ahora, al ver que no hay en España un solo gorila, y preguntar a los profesores de Sevilla, resulta que estamos pronunciando mal u oyendo mal esa palabra en América. No es *gorilas*, sino *guerrillas*, es decir, guerras pequeñas. A mis oídos y a los tuyos, y a los de nuestras amigas, ha sonado siempre gorila. Parece que los españoles son muy feroces en las pequeñas guerras y no tanto en las grandes. Por eso tal vez no han estado en las últimas guerras mundiales. Y les alabo el gusto.

Los toreros jóvenes hablaban con mucho elogio de otro que según ellos no se movía en la plaza. «Es un poste», decían. Hablaban de sus *parones*[8]. Eso de los parones no está en el diccionario. Debe de ser cosa de la pelea con el toro[9]. Pero tampoco entiendo que elogien tanto a un hombre porque no se mueve ni hace nada en la plaza. ¡Un poste! ¿Tú puedes imaginar?

---

7. *beatas*: término coloquial para referirse a las pesetas.
8. *parones*: posible alusión al diestro Manuel Jiménez Moreno «Chicuelo» (1902-1967), precursor de la escuela sevillana de toreo y creador de la chicuelina. Sujetaba el capote con ambas manos y esperaba al toro con los pies juntos, bajando la mano en la muleta y girando sobre sí mismo para hacer que el animal pasase por el costado.
9. *pelea con el toro*: calco del término inglés *bullfighting*, 'tauromaquia'.

Ayer no hubo clase y dedicamos la mañana a recorrer el barrio de Santa Cruz[10] en Sevilla. Encantador, aunque llega a cansar un poco tanta imitación del estilo californiano, con sus rejas y patios.

Sucedieron cosas inesperadas e inexplicables, al menos para una americana. Encontré por vez primera personas muy poco cooperativas[11]. Al pasar por una callejuela y doblar una esquina para meternos por otra había un zapatero trabajando al aire libre en una mesita pequeña —por lo visto vivía en la casa de al lado—, y al vernos levantó la cabeza y dijo:

—Hasta luego, señoritas.

Nosotras seguimos adelante sin saber qué pensar. Poco después, la calle hacía un recodo y vimos que no tenía salida. Cuando volvimos a pasar delante del zapatero, el buen hombre guiñó un ojo sin decir nada. A mí me hizo gracia la ocurrencia, pero *Mrs.* Dawson estaba indignada por la falta de espíritu *cooperativo* de aquel hombre. *Mrs.* Dawson no tiene sentido del humor. Y protesta solo por el gusto de sentirse extranjera y diferente. Ella viaja solo por eso: por saberse extranjera en alguna parte.

No sé si debo decir que *Mrs.* Dawson despierta poca simpatía por aquí. Tú sabes cómo es. Tan alta, tan severa y rígida. Este tipo de mujer no gusta en España, creo yo. La verdad es que *Mrs.* Dawson, aunque usa zapatos bajos, resulta siempre demasiado alta. No es muy agradable hablar de ella en términos de censura, porque me presta su coche y se conduce conmigo generosamente. Todo esto es por decir que allí mismo, en el barrio de Santa Cruz, una mocosuela se quedó mirando a *Mrs.* Dawson y le dijo:

---

10. *barrio de Santa Cruz*: uno de los barrios más populares de Sevilla, situado en el centro de la ciudad. Tiene su origen en la antigua judería y ofrece un ambiente típicamente andaluz por sus palacios, sus casas señoriales y, sobre todo, sus patios repletos de plantas y flores.
11. *personas muy poco cooperativas*: adaptación del término inglés *cooperative*, 'servicial'.

—¿Volverá usted otro día por aquí, señora?

—¿Para qué? —preguntó ella.

—Es para acabar de verla. No se la puede ver entera de una sola vez.

Ella se da cuenta de que no la quieren. Pero es natural. Las simpatías y antipatías son recíprocas, tú sabes. Y a ella no le gusta la facilidad de la alegría de esta gente humilde. Parece que *Mrs.* Dawson, y no lo digo porque me guste criticarla, que ya sabes que le estoy agradecida, querría que la gente fuera seria, grave y un poco triste. Yo no comprendo para qué. Bueno, pues tampoco a las gentes del pueblo les gusta *Mistress* Dawson, que va con dos libros bajo el brazo, una Biblia y un diccionario, y que usa unas gafas muy gruesas con lentes color rosa. Para completar la estampa lleva unos zapatos enormes.

Y aquí eso es importantísimo.

A propósito de los zapatos (te agradeceré que no lo digas por ahí, porque hay en Lake Forest[12] conocidos de la señora escocesa), pasando frente a un cafetín oímos a un limpiabotas decirle a otro:

—María Santísima, ¿has visto qué zapatitos gasta la señora? ¿Será que en su país duermen de pie?

La verdad es que yo me mordí los labios para aguantar la risa, pero mi amiga tal vez se dio cuenta, aunque no estoy segura, porque, tú sabes, esas escocesas no pierden nunca la cara. Al día siguiente me llevó como siempre a Sevilla.

Si vienes a España, Betsy, te aconsejo que no hagas preguntas a la gente sobre gramática. Todos cambian de tema y ponen gesto agrio. La gramática no es *popular* en este país, al menos en Alcalá de

---

12. *Lake Forest*: se trata de una pequeña localidad del condado de Susquehanna, en el estado de Pensilvania, uno de los de mayor tradición histórica de los Estados Unidos, pues en él se redactaron tanto la Declaración de Independencia como la Constitución. Lake Forest, situada a orillas del lago del mismo nombre, en un entorno natural privilegiado, se fundó en 1836 y su población apenas llega a los 1.000 habitantes.

Guadaira y en Sevilla. Ayer le pregunté al dueño de la farmacia del barrio el subjuntivo de otro verbo. Él me dijo que era una pregunta muy graciosa y me presentó a su mujer.

Por lo demás, la vida es más que agradable y más que cómoda. Es de veras *exciting*. La gente, las cosas, todo.

No he comenzado a estudiar aún seriamente, porque quiero documentarme y atemperarme[13] al país. Todo es de veras encantador, y a mí me convenía una experiencia como esta para compensar los complejos que me da el cuarto matrimonio de mi madre. Tú sabes.

Pero dejemos los temas tristes.

Estoy indignada por la conducta de algunos americanos que piden en los cafés productos de América y protestan si no se los dan. Y de su incultura cuando piden *sherry*[14] y rechazan la botella donde dice jerez porque creen que los engañan.

Estos últimos días no me ha sucedido nada importante, pero a siete estudiantes extranjeros y a mí nos han invitado a comer en Sevilla en el palacio del marqués de Estoraque (creo que escribo bien el nombre, pero no lo juraría), adonde nos llevaron para ver cómo es una casa típica por dentro. Todo era oscuro y solemne, con muchos crucifijos y muchas madonas[15], algunas de Murillo[16] y verdaderas, quiero decir originales. Los muebles imitaban el estilo colonial del sur de los Estados Unidos[17]. Todo olía a cera y —Dios me perdone, no me gusta criticar— a orines de gato.

---

13. *atemperarse:* adaptarse, integrarse, contemporizar.
14. *sherry:* nombre inglés del jerez.
15. *madonas:* imágenes de la Virgen María.
16. *Bartolomé Esteban Murillo:* pintor sevillano (1617-1682), uno de los más representativos del Barroco, que destacó por sus cuadros de temática religiosa, muchos de ellos, dedicados a la figura de la Virgen María (*La Inmaculada Concepción, La Virgen de la Servilleta*, etc.).
17. *estilo colonial del sur de los Estados Unidos:* se refiere al estilo arquitectónico que extendieron los españoles de Florida a California, con casas de dos pisos, cubiertas de argamasa, encaladas y con un porche en la parte delantera.

Vimos al marqués y a la marquesa, ya viejos. Muy viejos, creo yo. En los setenta y tantos. Te digo la verdad, se ve la grandeza y la antigüedad de esa gente. Pero no tuve ocasión de hablar con ellos, porque preferían a los turistas que no hablaban español para practicar con ellos su horrible inglés. No es que sea malo, pero tiene un acento insular intolerable para mí. Ya sabes que yo nunca he tragado el acento británico. Bueno, dos días más tarde fuimos a comer a casa de los marqueses. Antes anduvimos dos amigas y yo en el coche de *Mrs.* Dawson por toda la ciudad, y casi por toda la provincia, para hacer tiempo. Nos habían citado a las nueve para comer a la diez. Pero a las ocho yo estaba ya muerta de hambre. Tú sabes que ahí comemos a las seis.

Pasábamos delante de los restaurantes mirando con ojos agónicos a la gente que comía. *Mistress* Dawson nos dijo que era de mal gusto ir invitada a un *dinner* sin apetito, y no comimos nada hasta llegar a casa de los marqueses. No era fácil aguantarse, no creas.

A las nueve en punto estábamos allí. Aunque había luz eléctrica en la escalera, nos esperaba un criado de calzón corto llevando un candelabro con muchos brazos encendidos. En el cuarto de al lado estaban los marqueses vestidos de gala. Te digo que todo tenía un aire de veras *chic*. El mayordomo decía nuestros nombres desde la puerta al entrar nosotros, en voz alta. Todavía no sé cómo se enteraba.

El marqués habló con todas antes de la comida, pero conmigo se detuvo más tiempo. Nos dieron manzanilla, un vino parecido al *sherry* inglés, pero insípido, y ni siquiera estaba verdaderamente frío. Después de algunos vasos sentía el calorcillo en la sangre y quería más. Creo que ese vino hay que conocerlo para que le guste a una, como la música demasiado buena.

Luego he sabido que ese vino es la *crème de la crème* y lo tomaban ya los tartesios[18] en tiempos de Salomón[19]. (Las cosas son aquí de una antigüedad obscena[20].)

Nos dieron muchos aperitivos. Y aunque comí bastante de todos ellos, a la hora de sentarnos a la mesa tenía más hambre que cuando llegué. Extraño, ¿verdad? Creo que todas las cosas eran estimulantes, saladas, picantes y hasta un poco amargas. *Mrs.* Dawson hablaba con desdén de los aperitivos americanos, que a veces son dulces. No sé qué quería decir. El marqués me miraba sonriente y parecía pensar: esta escocesa no deja pasar ocasión sin meterse con los americanos.

Me pusieron a la derecha del marqués, lo que no creo que fuera muy correcto estando *Mrs.* Dawson. Pero mentiría si dijera que me desagradó. A John McGregor, aquel joven que en verano trabajaba como ayudante del sepulturero y estudiaba Antropología contigo el año pasado, le pusieron a la derecha de la señora. No tenía ropa de gala, pero llevaba un traje negro con corbata negra de lazo, que resultaba bien.

Comimos igual que en los palacios de *Las mil y una noches*[21]. Cinco *courses*. Ya digo que tenía hambre y apenas si escuchaba al marqués mientras quedó un hueco en mi estómago. Figúrate: diez horas habían pasado desde el *lunch*.

18. *tartesios*: pueblo hispano que habitaba el antiguo reino de Tartesos, situado en el triángulo que forman en la actualidad Huelva, Sevilla y Cádiz. La base de su economía era la agricultura (cereales, huertas y frutales), la ganadería, la pesca y un activo comercio (joyas, telas y manufacturas). Sin embargo, la riqueza de este pueblo residía en los metales: bronce y, sobre todo, plata. El historiador griego Heródoto habla de su mítico rey Argantonio (el nombre significa 'hombre de plata'), de su riqueza, sabiduría y longevidad (llegó a vivir cien años). Su civilización desapareció en el siglo vi a. C., probablemente destruida por Cartago. Los turdetanos y los túrdulos serían descendientes de los tartesios.
19. *Salomón*: tercer rey de Israel (978-931 a. C.), sucesor de David. Con él se inauguró una época de paz y prosperidad, en la que el pueblo judío alcanzó su mayor esplendor. Mandó construir suntuosos edificios, como el famoso templo de Jerusalén, y alcanzó fama de prudente y sabio. La tradición le atribuye los libros bíblicos de los *Proverbios, Eclesiastés, Cantar de los Cantares* y *Sabiduría*.
20. *antigüedad obscena*: antigüedad escandalosa, exagerada, desmedida.
21. *Las mil y una noches*: la antigua colección de cuentos es célebre por el ambiente de riqueza y fantasía en el que se desarrollan muchos de ellos: *Simbad el marino, Aladino y la lámpara maravillosa, Alí Babá y los cuarenta ladrones*, etc.

El marqués me preguntaba qué era lo que me había gustado más en Sevilla. Le dije:

—La catedral y la Giralda[22].

Entonces el marqués, tal vez agradecido porque debe de ser muy patriota, mientras comía con la mano izquierda, con la derecha se puso a hacerme masaje en una rodilla. ¡Cosa más extraña! Debe de ser una costumbre española. Tiene fama España de ser muy hospitalaria a la manera de los pueblos orientales y esa debía de ser una atención tradicional con los huéspedes. Yo seguía comiendo con un hambre terrible. De vez en cuando miraba al marqués, sonreía y le decía:

—Muchas gracias, señor marqués.

Con eso quería decirle que no se molestara más. Pero él seguía dándome masaje. Supuse que tal vez la marquesa estaba haciendo lo mismo con John. Pero luego supe que a John no le había hecho masaje nadie. El marqués me dijo:

—¿Sabe usted que la catedral de Sevilla es la más grande del mundo?

—Era, pero ya no lo es.

Recordaba yo que la catedral de Saint John de Nueva York, copiada de la de Sevilla, la hicieron un metro más ancha en su base para quitarle prioridad[23] a la de aquí. Al oírme decirlo, el marqués se detuvo un momento, sorprendido. Luego volvió a su masaje. No quería que

---

22. *Giralda*: torre de la catedral de Sevilla, joya del arte almohade, edificada en el siglo XII como alminar de la mezquita; el actual campanario, rematado con una estatua de la Fe, que sirve de veleta, se construyó en el siglo XVI. Su altura total es de 97,52 m.

23. *catedral de Saint John de Nueva York*: es el cuarto templo cristiano más grande del mundo, con una superficie interior de 11.200 m², 183,2 m de largo y 70,7 m de altura. Su edificación empezó en 1892 y se conoce popularmente como la inacabada o la interminable, por las vicisitudes que ha atravesado a lo largo de su historia y que han hecho que en la actualidad siga en permanente construcción y restauración. Sin copiar un modelo concreto, la catedral se inspira en el Gótico florido del norte de Francia del siglo XIII.

Sevilla dejara de tener alguna cualidad extraordinaria, y me dijo que la torre de la catedral es la única en el mundo a la que se puede subir a caballo. Esto sí me pareció fantástico. No sabía si creerlo. ¿Cómo es posible que un caballo suba tantas escaleras? El marqués me dijo que no había escaleras, sino una rampa con el suelo de tierra apelmazada.

—¿Y quién sube a caballo? —pregunté.

—Oh, nadie. Nadie ha subido desde el tiempo de los Abderramanes[24], creo yo. ¿Para qué?

Oírselo decir y entrarme unas ganas tremendas de subir yo fue todo uno. Ya me conoces. Si subo a la Giralda a caballo —me decía—, haré algo que no ha hecho nadie desde los Abderramanes. La cuestión era conseguir un caballo. Desde que estoy en España sueño con pasear alguna vez a caballo. En el país más caballeresco de Europa, parece natural.

Antes de salir de la casa del marqués, cuando nos despedíamos, le di las gracias a la manera americana, citando cada cosa agradable. Le di las gracias por su conversación, por la comida y también «por el masaje». Al decir esto último vi que su frente pálida se ponía sonrosada. Entonces miré a la marquesa y vi que estaba un poco más pálida. Los otros no comprendían. Yo no estoy segura de comprender tampoco. Pero en cada país hay que respetar las costumbres.

Salimos y me vine a Alcalá con *Mrs.* Dawson, quien se hacía lenguas de la elegancia de aquella mansión y me decía: «Yo me he entendido siempre muy bien con la aristocracia o con el pueblo bajo. Pero la clase media me crispa los nervios». ¿Tal vez porque los americanos somos todos clase media? Pero no quiero entrar en hipótesis que harían más difícil mi amistad con esa señora. En definitiva, se está portando bien conmigo.

---

24. *Abderramán*: o Abd al-Rahmán. Dinastía de diversos soberanos de Al-Ándalus que reinaron desde el 755 hasta el 976, y que alcanzó su mayor apogeo con Abderramán III (889-961), quien instauró el califato de Córdoba.

Ha venido la sobrina de *Mrs.* Dawson, que estaba en Córdoba. Es de mi edad y no sabe más de diez palabras españolas. Lo peor es que está siempre queriendo hablar español con todo el mundo. Naturalmente, nadie la entiende.

Ayer estuvimos en un *tea party* que dieron a las Dawson sus amigas de Sevilla. Había mucha gente joven y la fiesta fue un éxito, aunque no para mí. Sigo creyendo que hay un misterio en las costumbres de estas gentes, sobre todo en los hombres, y en su rubor y su palidez. Verás lo que pasó. No hubo masaje en las rodillas ni se ruborizó nadie, pero sucedieron otras cosas no menos extrañas. En primer lugar, la estrella del *party* fue la sobrina de *Mrs.* Dawson. ¿Cómo? No podrías imaginarlo. Lo consiguió con su manera de hablar español. Ya digo que no sabe más de dos docenas de palabras y las coloca mal. Bueno, pues estábamos en una enorme habitación con los balcones abiertos, y unos muchachos se pusieron a examinarla en broma para ver cuánto español sabía; la chica fue colocando sus frases como una pava: «Mi padre es viejo; mi madre, rubia; mi hermana, pequeña; mi vecina, hermosa...». Y otras cosas por el estilo. Un chico que creo que me hace la corte[25], y a mí no me gusta porque no es calé[26] (yo debo aprovechar el tiempo, y si tengo algún romance, será con un gitano que me ayude a entender ese mundo), me preguntó:

—¿Y *Mrs.* Dawson? ¿Qué es *Mrs.* Dawson?

La chica dijo:

—Ella es una tía[27].

Todos los hombres se soltaron a reír. Algunas muchachas se ruborizaron. Esta vez el rubor les tocaba a ellas.

---

25. *hacer la corte*: cortejar a una dama.
26. *calé*: gitano.
27. *ella es una tía*: además de su significado literal, la palabra designa a una mujer grosera y rústica, es uno de los nombres vulgares con que nos referimos a la amante o incluso a la prostituta.

—¿Dice que es una tía? —preguntaba mi galán.

—Sí. Es una buena tía.

Algunos jóvenes parecía que se iban a descoyuntar de risa. La chica estaba encantada y yo no acababa de entender lo que sucedía. Mucho *charm* tenía que tener aquella mocita para conseguir tanto éxito con aquellas tonterías. O mucho gancho. O *sex appeal*.

Poco después vi una guitarra en un rincón y la cogí y me puse a templar[28]. Tú sabes que toco algunos corridos[29] y otras canciones mexicanas que aprendimos juntas en aquel verano encantador de 1951 en Jalisco. Al verme con la guitarra, vinieron a mí los muchachos. Yo me hice rogar un poco, advirtiendo que solo sabía canciones mexicanas, pero lo mexicano les gustaba, según dijeron. Y me puse a tocar y cantar aquella canción antigua que dice:

> *Yo te sarandeo*[30],
> *culebra,*
> *y no me haces nada,*
> *culebra;*
> *y yo te emborracho,*
> *culebra,*
> *y no me haces nada,*
> *culebra;*
> *y yo te prevarico*[31],
> *culebra,*
> *y no me haces nada,*
> *culebra...*

(La cantaba bastante bien, modestia aparte.)

28. *templar*: afinar un instrumento musical.
29. *corrido*: composición musical de origen mexicano, de estructura y contenido parecidos a los del romance.
30. *sarandeo*: en esta palabra aparece el fenómeno de seseo, que consiste en pronunciar la *z* como *s*. *Zarandear* es 'sacudir', 'agitar'.
31. *prevaricar*: actuar de forma injusta o maliciosa con alguien.

¿Te acuerdas de esa canción? Se dicen más de cincuenta cosas diferentes sobre la culebra[32], siempre repitiendo esta palabra. En cuanto la dije dos o tres veces, comenzaron a ponerse todos muy serios. Esta vez no era rubor, sino palidez. Algunos se apartaron y fueron al piano y pusieron las dos manos abiertas encima. Otros corrían a las puertas y ponían el dedo índice y el meñique de la mano contra las fallebas[33] de metal. Como vieron que yo seguía adelante con la canción, me miraron como a un monstruo y comenzaron a salir del cuarto.

Parecía que mientras yo cantaba, alguien estaba sacando a toda aquella gente la sangre de las venas. Total, que cuando acabé no quedaban allí más que los americanos. ¿No fue horrible? La sobrina de *Mrs.* Dawson no tiene la culpa de nada de esto, pero cuando salimos vi que se alegraba, lo que me hace recordar eso de la «pérfida Albión[34]». Pero tal vez soy injusta y hablo por resentimiento. O respiro por la herida, como dicen aquí.

He estado en una corrida de toros que ha resultado bastante aburrida. Los toreros salieron en varias filas, envueltos en una manta de colores bordada en oro y plata. Debía de darles un calor infernal. Sin embargo, la llevaban bien apretadita por los riñones. No sé cómo aguantaban con este sol de Sevilla. (Un sol de veras obsceno.)

Mientras caminaban, la banda de música tocaba una marcha; pero los toreros ni siquiera marcaban el paso, lo que hacía un efecto torpe e indisciplinado.

Un caballo iba delante con su jinete.

Aquí la disciplina no cuenta mucho, la verdad, lo mismo en la plaza de toros que en otras cosas.

---

32. La culebra despierta la superstición de quienes escuchan a Nancy, por eso se apartan de ella con temor.
33. *falleba*: pestillo, pasador de la puerta.
34. *Albión*: nombre que los griegos dieron a Gran Bretaña.

Por fin salió el toro. Había en el *ruedo* —así se dice— más de quince personas, todas contra un pobre toro indefenso. Y el animal no atacaba nunca a las personas —era demasiado bondadoso y humanitario—, sino solamente a las telas que le ponían delante. Con toros que no atacan más que a la tela, cualquiera podría ser torero, ¿verdad? Pero yo no lo sería a ningún precio, aunque se dice que hay mujeres toreras. Los americanos que estaban conmigo reaccionaron igual que yo. Tal vez porque en nuestro país todo el mundo toma leche y amamos a las apacibles vacas y a sus maridos. Aquí solo toman leche los bebés. Bueno, tengo motivos para pensar que a *Mrs.* Dawson le gustaron los toros. No me extraña, porque es escocesa y cruel. Por Dios, no repitas estas palabras en Lake Forest. No me gusta censurar a nadie. Aunque *Mrs.* Dawson vive en Edimburgo y tú en Lake Forest y yo en Alcalá de Guadaira (Sevilla), las noticias desagradables siempre circulan deprisa.

He recibido tu carta y las fotos de Lake Forest. Encantador todo. Yo espero echar al correo esta carta dentro de unos días. Quiero que tenga veinte páginas, siguiendo la costumbre que establecimos en 1951 para contarnos nuestros viajes. ¿Te acuerdas?

Ayer compré en la calle una cosa que llaman buñuelos. En Alcalá los hacen cada día. Compré tres, y al preguntar el precio, me dijo la vendedora:

—Seis reales, señorita.

Yo no sé lo que son seis reales[35]. No consigo comprender las maneras populares de contar la moneda. Si me sacan de pesetas y céntimos, estoy perdida. Con los gitanos, que cuentan en *beatas*, no quiero tratos. Dejo que pague *Mistress* Dawson y le pregunto después cuál es mi parte, para abonársela. La mujer de los buñuelos me miraba extrañada, como pensando: «¿No sabe lo que son seis reales y anda sola por el mundo?».

35. *real*: moneda equivalente a 25 céntimos de peseta. Seis reales eran una peseta y media.

ñuelos son muy sabrosos, pero no sé cómo decirte. Creo
os Estados Unidos tendrían éxito si les pusieran dentro
fruta en almíbar y los envolvieran en papel de estaño por
razones de higiene. Bueno, yo te diría que el buñuelo es una cosa que
la comes y es mentira. Esto último es lo que desagrada.

Ayer me sucedió algo de veras trágico. Había un acto oficial en
nuestra universidad, bajo la presidencia del mismo rector, un hombre poco atlético, la verdad, cuyo discurso iba a ser la parte fuerte
del programa. Habló muy bien, aunque manoteando demasiado para
mi gusto, y luego todo el mundo se puso de pie y aplaudió. Como yo
quería demostrar mi entusiasmo a la manera americana, me puse
dos dedos en la boca y di dos o tres silbidos con toda mi fuerza. No
puedes imaginar lo que sucedió. Todos callaron y se volvieron a mirarme. Yo vi en aquel momento que toda aquella gente era enemiga
mía. Había un gran silencio y se podía oír volar una mosca. Luego se
acercaron dos profesores y tomaron nota de mis papeles de identidad. *Mistress* Dawson estaba conmigo y se portó bien, lo reconozco.
Explicó que en América silbamos para dar a nuestros aplausos más
énfasis. Entonces un profesor, sonriente, me preguntó:

—¿Eso quiere decir que le ha gustado el discurso del rector?

Yo no podía olvidar las miradas de un momento antes y dije secamente que me negaba a contestar sin hablar antes con mi cónsul.
Entonces parecieron todos dolidos y amistosos y me miraron con
simpatía. No creo que el incidente influya en mis exámenes. En el
fondo, ruborizados o pálidos, estos viejos son caballerosos. Aunque
pasará algún tiempo antes de que los entienda.

(Repito que *Mrs.* Dawson esta vez se portó bien. A cada cual, lo
suyo.)

Te envío muchas noticias como ves. Aunque no tengo nada contra
la sobrina de *Mrs.* Dawson, tampoco es la persona con quien querría
vivir en una isla desierta. Primero, su acento escocés lleno de erres.
Luego, su manera de conducirse con los gitanos. Cree como yo que

la sal de la tierra. Pero no sabe tratarlos; es decir, pien-
.....o una lectora apasionada de Borrow[36]. Y se extraña,
por ejemplo, de que mientan... Es decir, no es que mientan, porque
a nadie engañan con sus mentiras, la verdad. Pero adulan a todo el
mundo de una manera ofensiva para algunos puritanos[37] ingleses a
quienes solo gustan los gitanos en la poesía de Lorca[38].

El otro día estábamos en mi café y se acercó una gitana. Le dijo
a mi amiga:

—Anda, condesita, que te voy a decir la buenaventura[39].

Mi amiga quería que yo le tradujera aquellas palabras y las traduje, pero me callé eso de *condesita*. Ella se dio cuenta y yo, para
cubrirme, dije: «Bueno, te ha llamado condesa; pero eso lo hacen
con todas. Adulan siempre a todo el mundo. A un soldado le llaman
coronel, a un cura le llaman arzobispo». En aquel momento la gitana
se dirigía a mí:

—Habla en cristiano, pajarito de oro de la California, que yo te
entienda.

A ella la llamó otra vez condesa y a mí pajarito de oro. Yo, la verdad, prefiero que me llamen «pajarito de oro», porque los títulos de
aristocracia en América son vejeces y tonterías. Pero las escocesas no
lo creen así. Estaba ella tan contenta que le dio a la gitana un duro[40].

---

36. *George Borrow*: escritor británico (1803-1881), autor de un estudio sobre los gitanos
    españoles, *The Zincali or Account of the Gypsies in Spain* (1841), que contribuyó a
    difundir una imagen romántica de nuestro país, convertida en tópico en la Europa
    del siglo XIX.
37. *puritano*: seguidor del puritanismo, doctrina protestante que se desarrolló en
    Reino Unido y América en el siglo XVII, caracterizada por una moral rígida y
    extremadamente rigurosa, al menos, en sus formas externas.
38. Federico García Lorca, autor del *Romancero gitano* (1928), idealiza a este pueblo
    y lo convierte en símbolo de la pasión, la libertad y el destino trágico del hombre
    rechazado por la sociedad.
39. *buenaventura*: adivinación que hacen las gitanas sobre el porvenir de una persona
    leyendo las rayas de su mano.
40. *duro:* moneda de cinco pesetas.

Yo le dije que la misma gitana me había llamado un día emperatriz —y de hacer lo mismo, habría tenido que darle cien pesetas—, pero que ahora somos amigas y solo me llama estrellita del alba o cosas por el estilo. No sé si mi amiga me escuchaba. El caso es que me trataba ligeramente como si yo fuera su azafata. Es una bonita palabra: azafata. La aprendí hablando con la marquesa del Estoraque. Quiere decir la dama que viste a la reina.

Como ves, voy entrando en la vida sevillana, pero más que los marqueses me interesan los gitanos. ¿Qué interés antropológico tiene un marqués? ¿Quieres tú decirme?

Mrs. Dawson ha invitado a sus amigas de Sevilla a un *pic nic* para devolverles la invitación aquella, la del día desgraciado en que yo canté la canción de la culebra. Me ha pedido que le prometa seriamente que no voy a tratar de cantar nada. No sé por qué. Yo nunca he presumido de voz ni me he considerado una artista. Tampoco canto más que rarísima vez y entre amigos. No hay nada más horrible que esas viejas de cuello de avestruz que se están con un aria y una romanza y una balada[41] toda la tarde mientras sus invitados disimulan los bostezos. No lo digo por tu tía *Mrs.* Davis, que al menos canta como un ángel y tiene el buen humor de declarar que da dos notas más altas que el grillo.

Bueno, creo que no soy tan dócil como *Mistress* Dawson querría. Le dije que cuando tengo ganas de cantar, canto y no hay quien lo pueda impedir, y que soy ciudadana de un país libre, y que hace muchos años que hemos dejado de ser colonia de Inglaterra. «Por desgracia para ustedes», dijo ella. ¿Qué te parece? Más tarde comprendió *Mistress* Dawson que había sido impertinente y vino a darme explicaciones.

---

41. *aria, romanza, balada*: composiciones musicales para ser cantadas por una sola voz, de ritmo lento y, generalmente, de carácter amoroso.

Estoy muy contenta porque he conseguido un caballo para subir a la Giralda. No ha sido cosa fácil. Pero voy a contarte la fiesta de *Mrs.* Dawson, que tiene mucha miga. Hizo una pifia[42] enorme, aunque la corrigió a tiempo. Tonta no es, claro que no.

El *pic nic* era a tres millas de la ciudad, al lado del río, en un lugar muy hermoso. Si alguna vez he sentido no haber continuado con mis clases de pintura en la universidad fue entonces, delante de aquel paisaje. El río traía poca agua, pero era bastante ancho. En la orilla contraria había una venta que llamaban del Cernijón, un sitio a donde van los trasnochadores a beber y pelear. También juegan a un deporte raro, del que he oído hablar vagamente, que llaman *jumera*. Se trata de atrapar la jumera[43], que debe de ser una especie de balón.

Mrs. Dawson hizo un error tan grande en el *pic nic*, que yo me pasé la tarde muerta de vergüenza diciendo a todo el mundo que ella era inglesa y yo americana y que teníamos costumbres y orígenes distintos. Es decir, que no nos confundieran. Consistió el error en no llevar otra bebida que leche fría y limonadas. Los hombres estaban perplejos. Pero de las consecuencias de ese incidente vino el tener yo un caballo para subir mañana a la torre de la catedral. Se me acumulan los recuerdos y quisiera decirlo todo a un tiempo. Verás lo que pasó.

Había más de treinta invitados, que llegaron en seis o siete coches. La comida estuvo bien, de eso no tengo nada que decir. Solo que no había vinos. Cuando yo se lo dije a *Mrs.* Dawson, ella levantó la nariz y dijo que era una cuestión de principios.

—Yo la he visto a usted tomar vino en casa del marqués —le dije.

Confesó que bebía una copa cuando la invitaban, porque no le gustaba desentonar y llamar la atención. Pero no ofrecía nunca vino a sus huéspedes. Los chicos invitados tomaron la cosa con calma, aunque

42. *pifia*: error, equivocación.
43. *atrapar la jumera*: coger una borrachera.

se cambiaban miradas y palabras en voz baja. Tres o cuatro de ellos hacían comentarios con una especie de humor asesino. Yo no podía menos de reírme. Que si tal, que si cual, que si *Mrs.* Dawson nos había llevado a la orilla del río para un caso de sed apremiante y otras cosas.

Había algunas chicas sevillanas que iban y venían con sus zapatos altos y sus pasitos de gacela. Esos andares de las españolas me parecen, como te dije, un poco afeminados. La sobrina de *Mrs.* Dawson cree, por el contrario, que los movimientos de las españolas cuando caminan son encantadores, y que nosotras las americanas andamos como soldados de infantería o como albañiles. Es un punto de vista que he oído otras veces y que no comparto.

Algunos chicos decidieron por fin que querían un poco de vino y propusieron ir a buscarlo a la venta del Cernijón. Alguien habló de vadear el río. Dándose cuenta entonces de su pifia, *Mistress* Dawson consultó con su sobrina, y ella, que todo lo arregla con los gitanos, dijo que cerca había un campamento de *calés* —así se llaman ellos entre sí y a nosotros nos llaman *payos*— y que tenían burros de alquiler. En uno de ellos o en dos podían pasar el río a pie seco los que estuvieran más necesitados de vino. Sin decir de qué se trataba, la misma *Mrs.* Dawson preguntó cuántos eran los que querían ir a la venta. Eran cuatro chicos, una chica y yo. Seis. La escocesa y su sobrina fueron al campamento y pidieron un burro de alquiler. Cometió la buena señora la imprudencia de decir que el burro tenía que ser larguito, porque era para seis personas. Hubieras visto tú al viejo gitano mirando a las dos mujeres con ojos como filos de navaja.

El pobre hombre no acababa de creerlo:

—¿Dice uté zei, zeñora? La zeñora ze equivoca. Lo que buzca la zeñora e un tranvía[44].

---

44. La consideración social del ceceo es inferior a la del seseo, por ser propio de personas sin cultura. Además del ceceo (*zei, zeñora, ze, buzca*), se observa la pérdida de la *-s* al final de palabra (*zei, e*) y en *uté* se pierden la *-s-* de interior de palabra y la *-d* final.

Mrs. Dawson insistía. Los gitanos le demostraron que no había un burro tan largo y le propusieron que alquilara dos. El gitano más viejo la miraba de reojo y decía a otro más joven que estaba a su lado: «Eztas zeñoras zon laz que traen el malange de las Californias». *Mrs.* Dawson, alzando la nariz, preguntó:

—¿Qué es malange?

—Mal vahío, zeñora.

—¿Qué es mal vahío?

—Mala zombra, zeñora. Que zea larguito, que e para zeis. Eza e una manera de zeñalá que mardita zea mi arma[45].

Yo tampoco entendí aquello, aunque más tarde me lo explicaron mis amigos en la venta. Parece que los gitanos pueden tolerarlo todo en la vida menos la falta de gracia. La mala sombra es la falta de gracia. Creen que cuando uno se conduce con *malange* trae alguna forma de desgracia. Y el gitano miraba sus burros con ternura.

No puedes imaginar hasta dónde *Mrs.* Dawson, como buena escocesa, puede ser tacaña. No digo que no sea capaz de generosidad en las cosas grandes. Pero en las pequeñas es horrible. Antes de gastar una libra[46] le da catorce vueltas para convencerse de que no va a haber un solo penique mal empleado. En fin, muy contra su voluntad alquiló los burros, y el gitano mismo los trajo a la orilla donde estábamos todos. Entonces yo le pregunté si tenía caballos y él dijo que sí.

—¿Quiere alquilarme uno mañana?

—¿Para cuántas personas, por un cazual[47]?

—Para mí sola.

45. *mardita mi arma*: es frecuente en Andalucía la identificación de *l* y *r* en posición implosiva.
46. *libra*: moneda del Reino Unido; un penique es la centésima parte de una libra.
47. *por un cazual*: ceceo; expresión que indica que puede haber trato si se cumplen unas determinadas condiciones.

Y bajando la voz añadí: «Yo no soy del país de esa señora». Eso le tranquilizó. Pero no habíamos terminado. El gitano era seco y flaco y echaba alrededor miradas asesinas no sé por qué. Al fin comprendí que buscaba con los ojos los cestos de las botellas, y dijo que había mucha sequera[48] en el aire y que le caería bien un buchito[49] de vino. Yo le dije que no lo había y que aquella señora Dawson no tenía más que leche o limonada.

—¿Eztán uztés enfermos? —preguntó en serio.

Le dije que no, y él, no muy convencido, dijo: «Vaya, me alegro tanto». Volvimos a hablar del caballo que yo necesitaba para el día siguiente.

—¿Qué clase de caballo es el que puede usted ofrecerme? —pregunté.

—El animalito e manzo como una borrega der portó de Belén. Pero dígame su mersé. ¿Para qué lo quiere, zi no e incomodidá?

—Para subir a lo alto de la Giralda.

—Señora, ¿usté cree que er animalito e una cigüeña?

Entonces yo le expliqué que no se trataba de volar y que la torre tiene por dentro una rampa de tierra en lugar de escaleras y que en tiempos de Abderramán subían los caballos hasta el minarete[50] sin dificultad. Yo haría lo mismo que hacían en tiempos de Abderramán. Yo sola.

—¿Asmelrramán era antes de la guerra?

—Sí, claro.

—¿Era eze señó de la familia de usté, dicho zea zin fartá?

—No. Eso pasó hace más de mil años.

El gitano, receloso, dijo que se informaría sobre el piso de tierra apelmazada de la Giralda y me daría su respuesta.

---

48. *sequera*: sequedad, sed.
49. *buchito*: trago, sorbo.
50. *minarete*: alminar, torre de las mezquitas.

Fuimos en dos burros al otro lado del río. Los chicos nos convidaron a manzanilla, y una hora después estábamos de vuelta. *Mrs.* Dawson había corregido su falta muy bien y añadió con los burros un toque pintoresco a la fiesta. Ya ves, Betsy, que no soy injusta con ella.

Cuando los chicos bebieron bastante, nos dispusimos a volver, y uno de ellos dijo que quería ser mi caballerizo y que cruzaría el río a pie llevando a mi burro del ronzal[51]. Se habían instalado cuatro personas encima del otro, y en el mío, yo sola con un niño de dos años que me confió una gitana para que lo llevara a su madre, que estaba precisamente en el campamento. Iba sentada yo con el niño en la falda. Delante, un poco mareado por el vino, mi caballerizo con el pantalón remangado y el agua a las rodillas. Los otros nos gritaban:

—Parecéis la Sagrada Familia.

—Niños, no habléis de eso, que el animalito se arrodilla.

Y era verdad, por las irregularidades del lecho del río. Es decir, no llegaba a arrodillarse, pero hacía genuflexiones[52].

Por fin, volvimos al lado de *Mrs.* Dawson. El gitano se había enterado de que yo tenía razón al hablar de las rampas de tierra de la Giralda. No tenía inconveniente en alquilarme el caballo con dos condiciones. Me entregaría el animal al pie de la torre y allí esperaría para recogerlo cuando yo bajara. Además, no debía montarlo nadie más que yo. Me pidió diez pesetas, y yo le prometí quince, lo que pareció escamar un poco al gitano. Mañana será la aventura. Yo quería ser la única mujer que ha subido a caballo a lo alto de la Giralda, al menos desde el tiempo de los Abderramanes.

Mrs. Dawson decía que era una extravagancia de mujer americana. Su sobrina evita hablar de eso. Por envidia, claro.

Pues bien, aquí me tienes. Soy una mujer histórica, con «o», no con «e». Histórica (no histérica, por favor). El chico que hizo ayer

---

51. *ronzal:* cuerda que se ata al cuello de las caballerías para sujetarlas o guiarlas caminando a su lado.
52. *genuflexión:* acto de hincar la rodilla en tierra.

caballerizo, y que me gusta bastante, vino a hacerme fotos; pero ...e abajo apenas si se verá la cabeza del caballo asomada a lo alto. Quería venir conmigo hasta arriba el caballerizo, y yo no sabía qué contestarle. Pregunté a una amiga sevillana, y me dijo que por nada del mundo aceptara, y que si el chico insistía, le dijera que para ir a la torre conmigo tenía que pasar antes por la capilla[53]. Seguí su consejo. El chico se puso blanco como el papel y no dijo nada.

Parece que me hace la corte ese chico, pero como no es calé, mi romance con él sería poco práctico. Él se quedó abajo y yo subí.

He hecho algo memorable. ¿No es hermoso? ¿No estás orgullosa de mí? Verás cómo fue. Abajo, a la hora señalada, estaban los dos gitanos con el caballo enjaezado[54]. Esperaban en el patizuelo[55] de piedra rodeado de naranjos por donde se entra a la torre. Tenía el caballo un clavel en la oreja izquierda. El gitano decía:

—Aquí ze lo traigo más galán que el rey Zalomón.

Yo llevaba una falda de tenis cerrada por el medio y monté a caballo. Entré en las sombras del interior de la torre temblando de emoción.

Oí la palmada que el gitano le dio al rey Salomón en el anca. El animal subía un poco nervioso. Yo tenía que inclinarme hacia adelante porque la rampa era muy empinada. Te digo la verdad, Betsy. Cuando calculé que estaba ya muy arriba, tuve un poco de miedo. Por algunas ventanas moras que se llaman ajimeces[56] veía abajo la calle, los naranjos pequeñitos y la gente como pulgas, que iban y venían. Y también a mi caballerizo, que estaba mirando a lo alto como un payo. Aquellas vueltas en la oscuridad me mareaban un poco. El nombre de la torre —Giralda— viene de eso. De que hay que subir girando.

---

53. *pasar por la capilla*: contraer matrimonio.
54. *enjaezado*: adornado con cintas y lazos.
55. *patizuelo*: patio de reducidas dimensiones.
56. *ajimez*: ventana con su centro dividido por una columna sobre la que descansan dos arcos gemelos.

A las torres pequeñas las llaman Giraldillas. ¿No es interesante?

Por fin llegué arriba. El caballo, cubierto de sudor y acostumbrado a dar vueltas en torno al eje de la torre, siguió dándolas alrededor del minarete. Yo estaba quemándome de orgullo por dentro. ¡Qué hermoso es hacer algo grande, Betsy! Allí yo, a caballo, en lo alto de la torre, rozando con la cabeza las columnas del minarete final. Diez siglos me contemplaban desde el cielo y mi caballerizo desde la tierra. Pero ya te he dicho antes que el caballerizo no es calé.

Los muros estaban llenos de marcas y nombres. Había también un letrero en inglés —eso me ofendió— que decía: *«Tim loves Mary»*. Muy *anticlímax*[57]. Pero desde la cima de mi conciencia histórica te digo la verdad: me sentí un ser nuevo y superior. En aquel momento estaba flotando en las nubes. Era como un ángel del medievo, árabe o judío, a caballo buscando mi lugar entre las principalidades del cielo.

Me habría quedado allí todo el día, pero mi caballerizo se impacientaba y me dispuse a bajar. No era tan fácil como subir. En cuanto el caballo entró en aquel túnel descendente tuve la impresión de que iba a caer por encima de las orejas. Entonces tiré de la rienda hasta hacerlo ladearse, y cuando estuvo atravesado en la rampa, yo me di la vuelta en la silla y me senté al revés. La cosa era mejor, aunque un poco chocante. Pero nadie nos veía. Y seguimos bajando, yo de espaldas a la cabeza del caballo e inclinada sobre sus cuartos traseros.

Salimos al patizuelo de piedra donde esperaban los dos gitanos. Al verme, el más viejo comenzó a decir maldiciones entre dientes. El otro me ayudó a bajar. Pero el viejo iba y venía murmurando:

—Ya zabía yo que ar caballito iba a pazarle argún desavío[58]. En mi vida no he vizto una asaúra[59] como esta de los que vienen de las Ca-

---

57. *anticlímax*: frustrante, desilusionador.
58. *desavío*: desastre, calamidad.
59. *asaúra*: en esta palabra se omite la -*d*- intervocálica. La *asadura* son las entrañas, el corazón, la sensibilidad.

lifornias. Unos piden un burro largo para zeis payos y otros montan loz caballoz ar revés. Mardita sea la puente[60] de Triana.

Yo le dije que no había otro modo de bajar de la Giralda a caballo y que el mismo Abderramán bajó probablemente así. El gitano hizo un gesto agónico[61] y me suplicó:

—No me lo miente usté ar zeñó Armelrramán, zeñorita.

¿También debía de tener mala sombra aquel nombre? La verdad, a mí me gustan los gitanos, pero a veces me resultan demasiado peculiares.

Les di su dinero y salieron deprisa sin saludar ni volverse a mirarme. En aquel momento entraba mi caballerizo y me invitó a comer en la venta del Cernijón. Yo tenía hambre. Mis aventuras me suelen dar hambre.

Fuimos allí y pasamos a un comedor independiente para nosotros solos. Muy *cozy*, de veras. Mi caballerizo salió a encargar los vinos. Se había quitado la chaqueta y al dejarla en una silla se le cayó un libro que llevaba en el bolsillo. Lo recogí y lo abrí. No era libro, sino un cuaderno de tapas duras. Encontré escrita en grandes caracteres la frase: «Yo la quiero a usted», en inglés, en francés, en alemán, en italiano, en griego, en holandés, en sueco y hasta en ruso. Al lado de cada frase tenía la pronunciación fonética en español.

Mi caballerizo volvió y yo le dije sorprendida y feliz:

—¡Qué bueno! No sabía que usted se interesaba también en lenguas modernas. Al parecer, somos compañeros.

Él vio el cuaderno en mis manos y se puso como un cangrejo cocido. Ya te digo que no entenderé nunca a estos españoles, por otra parte tan amables, tan caballerosos y corteses.

---

60. *la puente*: igual que otras palabras, como *calor*, es un nombre de género ambiguo que admite indistintamente el artículo masculino y el femenino.
61. *un gesto agónico:* dolorido, resentido.

Se ruborizó mi caballerizo como un colegial. (Entre paréntesis, he decidido escribir mi tesis sobre los gitanos, ya que el tema permite el empleo a un tiempo de elementos antropológicos, históricos y lingüísticos. ¿Qué te parece?)

CARTA II

NANCY ENTRA EN EL MUNDO GITANO

Como tú sabes, Betsy, mi interés por los gitanos ha crecido tanto, que no me extrañaría llegar a ser un día una especialista de altura como Borrow, es decir, talento y *biblias* aparte[1]. Yo no soy una escritora profesional, ni lo pretendo, claro.

Naturalmente, esta gente calé (calé quiere decir oscura de piel) es fascinadora. Lo serían más aún si se lavaran alguna vez, pero le tienen declarada la guerra al agua. A muchos de ellos cuando nacieron los lavaron con vino, según decía una viejecita días pasados. Con vino y no con agua. Y al vino le llaman «la gracia de Dios», «la sangre de Cristo», «la leche de la Virgen María» y otras muchas cosas. Pero esa gente es difícil de entender. No solo cuando emplean sus propios modismos, sino también cuando hablan español verdadero. Por ejemplo, llevo varias semanas buscando en todas partes el sentido de la palabra *paripé*. Desde las *Etimologías* de san Isidoro[2] hasta el *Diccionario de Autoridades*[3] y el de la Real Academia, ninguno dice nada.

Llegué a pensar si me habría equivocado en la ortografía, pero no. Este problema surgió de una fiesta gitana a la que asistí días pasados.

---

1. *biblias aparte*: además de estudiar las costumbres de los gitanos españoles, George Borrow era miembro de la Sociedad Bíblica, y viajó por Francia, Alemania, Rusia, Portugal y Oriente para difundir la versión protestante de las Sagradas Escrituras. En España promovió una edición del *Nuevo Testamento* y tradujo el *Evangelio de san Lucas* al caló. Las autoridades lo detuvieron y fue encarcelado. Borrow aprovechó estas experiencias para escribir su famoso libro de viajes *The Bible in Spain* (1843).

Iba yo con mi amiga holandesa Elsa Rosenfeld. Había personas de todas clases allí, sentadas en semicírculo, y el guitarrista, en medio. Mujeres viejas demasiado gordas, la verdad, con flores en el pelo. Y otras jóvenes, delgadas y bastante *sexy*.

Cantaban y bailaban. Yo estaba detrás del coro de mujeres, en un extremo, con mi cámara fotográfica y mi cuaderno de notas. Apuntaba algunas canciones, aunque no todas, porque me era imposible. Apunté también algunas docenas de palabras inusuales. En eso me ayudaba Elsa, que a veces se siente de veras servicial y que sabe mucho español. Lo malo de ella es que está enamorada de uno de estos gitanos. Lo ama en silencio, y él lo sabe y creo que se ríe. La mira como diciendo: «Mucha agua en tu tierra. Demasiada agua en tu tierra».

Estos gitanos hablan un idioma de veras peculiar. Una señora calé, de aspecto serio y respetable, cantaba la siguiente canción:

> *Y que venga er doctó Grabié*[4],
> *er der bisoñé*[5],
> *er der paripé,*
> *porque m'estoy ajogando*[6],
> *y si no quié*[7] *venir en el tren,*
> *mala puñalá le den,*
> *si es que no se la están dando.*

2. *Etimologías de san Isidoro*: obra escrita por san Isidoro de Sevilla (560-636), en la que recopila el saber clásico. Consta de veinte libros en los que se exponen diferentes temas (teología, historia, literatura, gramática, cosmología, ciencias naturales) apoyándose en el origen de las palabras relacionadas con cada uno de ellos.

3. *Diccionario de Autoridades*: primer diccionario publicado por la RAE (1726-1739). Se llama así porque cada artículo incorpora citas de autores que ejemplifican o corroboran la definición dada.

4. *er doctó Grabié*: la *l* se asimila a la *r (el, er)*. La *-r* desaparece al final de palabra en *doctó*; en *Gabriel* se produce una metátesis o cambio de lugar de un sonido: *Grabié*.

5. *bisoñé*: peluquín.

6. *m'estoy ajogando*: a partir de *me estoy* hay reducción de vocales: *m'estoy*. En *ajogando* se ha aspirado la *-h-*, que se pronuncia como *j*.

7. *quié*: apócope de *quiere*.

Cuando terminó, yo le pregunté a la señora:

—¿Qué es el paripé, si me hace el favor?

Me miraba la señora sin responder.

—La niña se trae su guasita.

Guasita quiere decir pequeña broma. No pude sacarla de ahí. No creas que los otros gitanos fueron más explícitos. Y tampoco el profesor de la universidad a quien le pregunté al día siguiente. El buen señor se encogió de hombros y dijo:

—¡El paripé! Vaya unas curiosidades que se traen ustedes los turistas.

Parecía incómodo. Yo creo que no lo sabía.

—Pero, señor...

—¿Qué le importa a usted lo que es el paripé?

—Es una palabra que he oído en una canción andaluza, señor.

—¡El paripé! ¿Y para qué quiere usted saberlo?

—Para mi tesis.

—¿Y qué necesidad hay de escribir tesis académicas sobre el paripé? ¿Por qué no lo hace sobre el pintor Murillo o sobre el poeta Herrera[8]?

Eso decía, nervioso, el pobre profesor.

Elsa le daba la razón. Siempre se pone en contra mía Elsa. Hay mucho *bluff* entre los profesores aquí y en todas partes. Hazme el favor de buscar tú ahí, querida, digo en nuestra universidad, porque la biblioteca tiene mejores diccionarios, esa palabra: *paripé*. Un gitano que parece más amable (del que está enamorado Elsa) me trató de explicar el significado de esa palabra y me dijo que viene de antiguo y que quiere decir «una especie de *desaborisión*[9] con la

---

8. *Fernando de Herrera*: poeta sevillano (1534-1597), llamado el Divino. Autor de versos de estilo manierista, constituye un eslabón esencial en la evolución de la escuela andaluza de poesía, que nació con Juan de Mena, maduró con él y alcanzó su plenitud con Góngora.

9. *desaborisión*: caso de seseo. *Desaborición* es 'sinsabor', 'disgusto'.

que se les atraganta el embeleco a los malanges». Yo necesitaba que me explicara también todo aquello.

—¿Qué quiere decir con eso, amigo mío? ¿Qué es eso?

—¿Pues qué va a ser? Er *paripé*.

Es un gitano ese muy sugestivo, la verdad. Pero medio novio de Elsa. Y esas cosas yo las respeto, como es natural.

Yo preguntaba una vez y otra. Elsa, la holandesa, me daba con el codo y me decía:

—No insistas. Haz como si lo entendieras.

Y de ahí no salimos. Yo no puedo dejar palabras oscuras, tú sabes, y menos en una tesis universitaria. *Desaborisión* ya sé lo que es. Es, por ejemplo, llevar la manzanilla en un termo (lo que hizo Elsa un día para que se conservara fresca). Su amigo andaluz le dijo que aquello era una *desaborisión*. Es decir, poner las cosas en un recipiente donde pierden su sabor realmente o solo por vía imaginativa, lo que para los andaluces es lo mismo. Eso viene tal vez de *desaboreado*. O *sin saboreable*. Algo así. *Atragantarse* es sofocarse, como le pasaba a la señora de la canción. *Embeleco* no sé lo que es todavía, y *malange* eso es un insulto que quiere decir que se carece de *sex appeal*. Elsa, por ejemplo, es malange.

Como puedes suponer, desde que decidí hacer la tesis voy bastante a las fiestas gitanas. No muy a menudo, porque después de cada experiencia de esas necesito varios días para poner en claro mis anotaciones. Las canciones calés no son, en verdad, muy morales, pero tampoco son inmorales. Algunas, sin ser una cosa u otra (Dios me valga), resultan incalificables. Pero ahí se acaba todo, digo en las palabras. Por ejemplo, en la canción que citaba antes hay, como has visto, una señora que se está ahogando y llama al médico, y dice que si el médico no acude enseguida en el tren, que mala puñalada le den, si es que no se la están dando ya. En el tren. ¿Por qué en el tren? Elsa, cuando yo se lo pregunto, se encoge de hombros y dice:

—Hija, ya va siendo manía. Las cosas son porque son.

Pero tengo que escribir una tesis y ella no. Muchos son los problemas que plantean las canciones gitanas. Problemas lingüísticos, morales, filosóficos, históricos. ¿Tú ves? *Mala puñalada le den*. La cosa es dura, ¿verdad? Pero, en fin, también lo es que un médico no quiera asistir a una mujer que se ahoga. Y lo que yo me pregunto además es lo siguiente: *mala puñalada* es una expresión que revela que puede haber puñaladas buenas. No lo entendía, pero buscando pacientemente he encontrado esas puñaladas buenas en otras canciones: son unas *puñalaítas* así como metafóricas, no dolorosas y hasta a veces dulces, de las que hablan las coplas de amor, y las dan unas mujeres negras a las que los gitanos eran muy aficionados por lo menos en la Antigüedad. Ahora no hay verdaderos negros en España, aunque hay gente muy morena. En esas canciones se oye, por ejemplo:

> ... *Mi negra,*
> *aunque me la dieras*
> *la puñalaíta,*
> *igual te quisiera.*

Y luego dice esa canción que no sería trapera[10]. En las clases de puñaladas —mala, dulce, etc.—, la peor es la que llaman con un eufemismo curioso: *trapera*. Hay muchas clases de heridas entre los calés. Voy a copiarte algunas de las que tengo en mi cuaderno: *pinchaso, gusanera, viaje, tarascada, flacazo, facazo rejoneao, jabeque, chirlo, mojadura, descalabramientazo*, y así. Las heridas en el pecho son tales que por mucho tiempo la víctima respira por la herida aun después de curada, lo que no entiendo, y esos son los que se vengan de un modo más terrible, según parece.

---

10. *puñalada trapera*: la que se da a traición; también tiene el sentido de 'faena, jugada o mala pasada'.

Elsa dice que no, pero ella me lleva siempre la contraria, no importa de lo que tratemos. Sabe su español, no digo que no. Pero es una mujer pérfida y más vieja que yo. Es una malange o malángela (no sé cómo se dice). Las categorías de la falta de *sex appeal* son tres: la primera, *malasombra*; la segunda, *malange*; la tercera, *cenizo*. Ella yo creo que está entre estas dos últimas. Pero nada de esto seguramente te interesa a ti, y si te lo digo es solo para que veas lo profundamente que voy entrando en los problemas del folclore gitano y, por otra parte, la confianza que tengo contigo, puesto que no me gusta hablar mal de nadie y menos de Elsa. El gitano medio novio de ella se llama Curro.

Ya te digo que esa gente calé es más complicada, difícil y oscura que los lamas del Tíbet. Aunque más alegres, por fortuna.

Y no es cuestión solo de palabras, sino de costumbres también y hasta de biología. Sin ir más lejos, en la fiesta de la que te hablaba, y que era un genuino cuadro flamenco, había un gitano bailarín vestido de corto —así dicen cuando llevan bolero como los que compramos nosotras en México—, y es un bailarín famoso en toda Sevilla. Al mismo tiempo, debía de ser sacristán o cura, y me inclino a pensar lo primero, porque, aunque iba vestido rigurosamente de negro, sus bailes no parecen compatibles con la gravedad del sacerdocio. Sin embargo, hay muchos curas que antes han sido toreros, y esos son los que bautizan a los gitanos, según dicen estos en sus canciones. (No sé si creer todo lo que dicen.) Elsa dice que es solo una manera de hablar. Bien, no insisto; pero yo sé lo que me digo, querida. Y ella no es más que una turista ga-gá[11], mientras que yo por lo menos trato de ser una *scholar* en la medida de mis cortos medios. Cuando le pregunté a la señora del *paripé* quién era aquel joven que bailaba, ella me dijo:

11. *ga-gá*: estúpida, necia, chocha.

—¿Pero no le ha oído mentar, preciosa?

—No.

—Entonces, ¿ha estado usted sorda? Ese niño es nada más que er que administra la extremaunción.

—¿A quién? —le pregunté.

—Ay, qué guasita se trae la niña —repitió la señora.

Y se puso a reír sin ganas. Yo no pude enterarme, pero es un asunto ese de la extremaunción que espero aclarar. Aquella noche todos querían que bailara el joven vestido de negro. Y él respondía:

—Sí, eso. No hay más que soplar y hacer botellas.

—Anda, hombre —le decía el de la guitarra.

Él se ponía muy triste y decía:

—¡Cómo queréis ustés[12] que baile!

—¡Anda, mi arma!

Porque los gitanos y las gitanas quieren tanto sus facas, dagas o navajas, que el mejor elogio que suelen decir a sus novias o novios es «mi arma», sobre todo, como dije antes, cuando sus novias son negras. Así con frecuencia se encuentra la expresión «negra de mi arma». Y algunas armas llevan escrito un letrero que dice: «¡Viva mi dueño!». Y otras llevan en la hoja otro letrero con mucho adorno que dice: «Si esta culebra te pica, no hay remedio en la botica». Las armas son algo así como cosas vivas, y Elsa tiene una que se la regaló su amigo cantaor de Alcalá de Guadaira, en cuya hoja solo dice: «Recuerdo de Albacete». Y al principio ella creía que el amigo se llamaba Albacete. Porque Elsa es bastante fantástica. Pero se llama Curro. Un gitano bastante atrayente, la verdad. Y, según Elsa —eso no lo creo—, cuando se enamoran les regalan armas. Yo digo que no lo creo. Ella lo dice por la de Albacete. Y porque quiere convencerme de que Curro está enamorado de ella. Tú ves que voy

<hr>

12. *queréis ustés*: la identificación de *ustedes* con *vosotros* es muy frecuente en el habla andaluza.

profundizando en el folclore, porque, naturalmente, quiero que mi tesis sea documentada y exacta. Yo siempre he sido responsable en estas cosas.

Bien, pues todos empujaban al gitano a bailar, y él decía:

—¿Cómo queréis ustedes que baile si tengo las carnes abiertas[13]?

—Es verdad —dijo un viejo— que el pobrecito las tiene abiertas desde hace una semana.

—Está viviendo de aspirina y de vino caliente, mi arma —dijo la vieja señora que había cantado.

Yo lo miraba, extrañada. ¿Abiertas las carnes? Pregunté a una pariente del bailador y ella dijo:

—Con las carnes abiertas no es posible que le salga el desplante al niño. Y sin desplante no hay baile.

—¿Qué es el desplante?

La joven alzó la cara, levantó las cejas, el brazo; arqueó la espina, me miró con un desprecio inhumano y dijo luego, sonriendo: «Ezo es er desplante». Yo no sabía qué pensar, pero al verme acongojada creyó que estaba dolida por las carnes abiertas del bailarín y me cogió del brazo y me dijo:

—No se preocupe, que eso no es grave. Es que er niño está constipado y no puede recogerse las hechuras[14] como es preciso para salir a las tablas.

—¿Cómo? —decía yo, sin comprender.

—No se ponga usted colorá, ángel mío, por tan poca cosa.

Se reía Elsa como un ratón. Me miraba y se reía.

—Constipado —repetía.

Yo seguía colorada. Y la joven que estaba a mi lado alzó la voz para que oyeran todos:

13. *tener las carnes abiertas*: estar resfriado, sentir el cuerpo destemplado.
14. *recogerse las hechuras*: tensar el cuerpo para que resalte su figura.

—Aquí la niña de las Californias que se le sube er pavo[15] al campanario porque yo le dije que el bailaor está constipado[16].

Ya ves, Betsy, hablar de esas cosas en público. Subirse el pavo es otro modismo bastante común y viene de una sugestión plástica. Quiere decir que el pavo —*turkey*— sube a algún lugar elevado, y es posible que se refiera a la humillación que con eso sufren los pollos de los gallineros; porque aquí los jóvenes son pollos, y las chicas, pollitas. Así, la edad del pavo es la edad juvenil en que los muchachos pueden trepar o correr ágilmente y atrapar la pava hembra y pelarla[17]. Esto en Sevilla es una costumbre general. Pero esto pide explicación. Si he de decirte la verdad, yo misma no lo he entendido bien todavía. Parece que siempre que pelan la pava un muchacho y una muchacha en las cancelas de las casas y a veces en las rejas es una especie de broma antigua que frecuentemente acaba en boda. ¡Qué país este! ¡Viajar para ver y ver para vivir! Si tú vinieras aquí, con lo bonita que eres, enseguida tendrías pavas que pelar, querida. Lo que no comprendo es qué hacen con ellas después, porque aquí solo se come pavo para Navidad. Y las plumas no se ven por ninguna parte. Cuando se lo digo a Elsa, ella vuelve a reír como una ardilla y dice:

—¡La pava! ¡Pelar la pava! Yo también pelo la pava.

En algunas cosas ella sabe más que yo, pero calla esperando que yo haga el ridículo. Tú me conoces y sabes que en materias dudosas ando con pies de plomo. Porque una vez me sucedió que dije en una reunión de jóvenes en la calle de las Sierpes que cuando pasaba por delante de una terraza de café yo me sentía un poco embarazada. Y aquí embarazada quiere decir *pregnant*. Ya ves, hay que tener cuidado. Y un joven me preguntaba:

---

15. *subir el pavo*: ruborizarse, avergonzarse.
16. *constipado*: en inglés, *constipated* significa 'estreñido'.
17. *pelar la pava*: conversar los enamorados; el hombre, desde la calle y la mujer, asomada a la cancela o reja de la ventana.

—¿Un poco? ¿De cuántos meses?

Yo no sabía qué responder, la verdad.

Y reían todos. Bueno, querida, las cosas no son aquí tan delicadas y de buen gusto como en otras partes. Decir en alta voz y repetir en la sala de la fiesta que el bailador estaba constipado no me parecía muy amable ni adecuado, tú comprenderás; pero yo voy acostumbrándome al famoso realismo español. Y una vez más callaba y escuchaba. De pronto el joven bailador miró hacia la izquierda por encima del hombro y dijo:

—Niñas, échenme ustedes unas palmitas a ver si se me cierran las carnes.

Palmitas son los golpes con las manos, y las llaman así porque, igual que las palmas —palmeras de Arabia—, llevan dátiles. Esto es una imagen poética. Los gitanos llaman dátiles a los dedos. Como ves, sabiendo profundizar en las cosas (confusas y todo) de los gitanos, se llega a ver que hay una lógica bastante natural. Todo consiste en no precipitarse y en buscar la verdad. Mi amiga Elsa, que cuando bebe se pone bastante pesada, reía a carcajadas y decía:

—¡Constipado!

Las mujeres comenzaron a palmotear, y el joven a quien le sucedían tantas cosas incómodas salió a bailar de un brinco. Yo le pregunté a mi vecina:

—¿Usted cree que se le habrán cerrado las carnes?

Y ella me dijo:

—Sí, mi vida; pero no es bastante. Hay que esperar a que se enfade. Si llega esta noche el Faraón, es posible que se enfade el niño, y entonces verá usted lo que es bueno.

Naturalmente, yo esperaba que llegara el Faraón y se enfadara el niño. Pero, según decían, el Faraón llegaba a veces muy tarde.

Volvían a hablar las mujeres aquí y allá, impertinentemente, del estado de salud del bailarín, y yo, bajando la voz, pregunté a la señora:

—¿Y qué tiene eso que ver con el baile?

—¡Mucho tiene que ver!

—¿Cómo?

Elsa reía a mi lado como un chimpancé, y la gitana la miró indignada antes de responder. Luego explicó:

—Er niño no puede recogerse las hechuras, usted comprende.

Tres días me ha costado enterarme de lo que son las hechuras. Mi diccionario dice que es el trabajo del sastre o de la modista. La confección. Pero estoy acostumbrada a que esas palabras tengan varios sentidos. Luego me han explicado que es también la *pose*. Así es más lógico. Parece que el bailarín que administra la unción llevaba ya algunos días con las «carnes abiertas» y sin poder recogerse las «poses».

Mira si es difícil a veces entender el sentido críptico de ese pueblo artista y misterioso. Pero, como te iba diciendo, seguía la fiesta. ¿Qué creerás tú que sucedió entonces? Pues la mujer que había cantado antes alzó la cara y lanzó otra copla (yo las apunté todas y las pondré en un apéndice de mi tesis) así:

> *Mira si tendré talento*
> *que puse una barbería*
> *enfrente'l*[18] *ayuntamiento.*

Esta copla es un verdadero descubrimiento, porque pertenece a un género poco frecuente entre los gitanos. Tienen una diversidad enloquecedora de estilos, querida. Ya no era el *paripé* ni la *mala puñalada*, sino el más puro y plausible sentido práctico y mercantil, como en Chicago o en Pensilvania. Ayuntamiento es la casa donde se reúne la *municipality*. Ayuntamiento. Una de las pocas palabras del idioma español que tienen las cinco vocales. (Otra es *murciélago*.)

18. *enfrente'l*: reducción de vocales iguales: *enfrente el*.

Quiere decir ligadura y unión, ayuntamiento. Por eso es —supongo— el lugar de las bodas, y de ahí le viene tal vez el nombre. Yo he hallado la palabra en textos literarios antiguos con ese sentido, como el Arcipreste de Hita[19] cuando dice:

> *... y haber ayuntamiento*
> *con fembra placentera.*

Seguramente, pues, es el lugar donde se casan. (Esto me servirá para una bonita nota erudita al pie de la página.) El que pone la barbería frente al ayuntamiento demuestra talento práctico, ¿verdad? Los *clerks* de las oficinas son los únicos que aquí se afeitan cada día. Eso le ofende siempre a Elsa. Anda diciendo que los hombres tienen aire patibulario[20] y que su amigo el cantador de Alcalá de Guadaira le ha dicho que «el hombre y el oso cuanto más feo más hermoso». Por cierto que ese cantador baila también, pero no profesionalmente, sino como aficionado y «para los amigos». Cuando Elsa dice que las mujeres no se bañan, el de Alcalá responde: «Ni falta que hace; porque si se bañan demasiado, se les quita la sal».

Estos gitanos tienen respuestas para todo. Y el de Alcalá tiene prestancia y estilo. Pero ya digo que yo respeto los «romances» ajenos. Lo que no esperaba, la verdad, es hallar en los gitanos sentido práctico. Otras canciones he oído a veces en las que se revela esa misma cualidad, aunque no de un modo tan manifiesto. Por ejemplo, aquella que dice:

---

19. *Arcipreste de Hita*: Juan Ruiz (1283?-1350) es el autor del *Libro de Buen Amor*, obra cumbre del Mester de Clerecía del siglo xiv. En él se recogen fábulas, alegorías, sátiras, canciones dedicadas a la Virgen, cantares de ciego, serranillas, etc., al hilo de un relato amoroso, que constituye el núcleo argumental de la obra, y del que el propio Arcipreste es protagonista ficticio.
20. *aire patibulario*: aspecto que pueden ofrecer los condenados a muerte.

Por la Virgen del Rocío,
que tu ropita y la mía
las lleven juntas al río.

Porque aquí los problemas del *laundry* son más serios que ahí. Digo que el sentido práctico no es tan evidente en el presente caso, porque es posible que exista una intención sentimental más o menos oculta y que al llevar la ropa del joven a la casa de su amiga para que la laven con la de la familia de la muchacha, sea el primer paso y pretexto para una relación más directa y estrecha. Todo podría ser. Los andaluces inventan muchas extravagancias cuando están enamorados y quieren acercarse a su amada y sobre todo entrar en relación con la familia. ¡A quién se le ocurre complicar el *laundry* con el amor!

Sin embargo, como decía, estas cosas del sentido práctico son muy escasas en el folclore andaluz. Yo creo que soy la primera en recogerlas.

Aquella noche de la fiesta mucho aprendí, la verdad; pero no comprendí ni la cuarta parte de las cosas que anoté. Aquí delante tengo mi cuaderno. Tú dirás: ¿Por qué no te documentas en los libros que se han escrito sobre los gitanos?

No, hija mía. Si yo he venido a España, ha sido por algo. Ya que gasto mi dinero, siquiera que se vea el provecho y que mi tesis tenga el valor de una investigación de primera mano hecha sobre el terreno. Para sacar mi tesis de los libros no necesitaba venir aquí.

Pero si no te fatiga esta carta tan larga, permíteme que siga hablando de la fiesta de la otra noche. Uno de los que más se entusiasmaban con el baile gritaba:

—Venga, salero.

A la cuarta o quinta vez que lo dijo, pregunté a un camarero por qué no traía dos o tres saleros, y él soltó a reír y me explicó: «Señorita, eso del salero lo dicen para jalear al artista». Y el mismo camarero, al ver que el bailarín se golpeaba la bota y la pierna, gritó:

—Ahí le duele al rey Faraón.

¿Qué rey sería ese? ¿O era una alusión al rival? No es que yo pretenda que hay que entender lo que dicen los gitanos al pie de la letra. No. Pero en sus imágenes y metáforas hay a veces antecedentes históricos que quiero aclarar. Tú comprendes, hija mía.

Al parecer, se trataba de aludir al rival del bailador, que tardaba mucho en llegar.

Poco a poco iré penetrando en el sentido críptico del idioma de los gitanos. Eso requiere tiempo, tú comprendes.

Algunas expresiones no puedo aclararlas, porque la verdad es que me llevarían demasiado lejos. Pero los gitanos saben de los faraones y hablan de ellos con entusiasmo. La vieja cantadora, bastante gorda, que me dice siempre que estoy de guasita, tiene de apodo la Faraona. Es la mujer del Faraón, que siempre llega tarde. Por cierto que de vez en cuando me pedía un dólar y me decía: «Es la confianza que te voy teniendo, resalá[21]». Así se hizo bastante amiga mía.

El guitarrista tocaba muy bien, y cuando yo se lo dije a la Faraona, ella respondió sin mirarme:

—Ezo no es una guitarra. Ezo es la catedral de Toledo.

Aquí es donde yo no puedo seguirles a los gitanos. ¿Qué relación puede haber entre una guitarra y una catedral gótica? ¿Quieres tú decírmelo? Las expresiones de esa clase deben de tener algún género de congruencia secreta o aparente y yo no la veo todavía.

—De guitarras y de catedrales no entiendo mucho —dije yo—, pero el tocador es excelente.

—¡Qué me dice usted a mí!

Otro gitano viejo se acercó al tocador, le puso la mano en el hombro y dijo llorando de emoción:

---

21. *resalá*: hay omisión de la -*d*- intervocálica. *Resalada* es 'graciosa', 'simpática'.

—Bendita sea la gitana que te parió, hijo de mala madre.

Los otros aplaudían. El tocador hizo un gesto y dijo entre dientes:

—Se estima.

La Faraona comentó:

—¡Toque de catedrático!

Creía al principio que había dicho de catedral también. Como vio que no lo entendía, la Faraona repitió:

—¡De catedrático!

—Ah, sí. De profesor. ¿En qué se nota?

—En er punteao[22]. Y el pobresito estuvo muy malo hace pocas semanas.

—¿De qué? —pregunté yo recordando de paso la indisposición del bailarín.

—De un orsequio, señorita.

Quería decir *obsequio* y yo no lo entendía al principio. Elsa reía otra vez como un conejo. Había bebido bastante y tenía los ojos medio desenfocados.

Yo no comprendía lo del *orsequio*:

—¿Cómo?

—De un convite. De una fineza. Es el más estimao del señorío. Quisieron orsequiarlo y el mismo día habría arternao[23] en tres juergas más. Le dio un torzón[24] y estuvo en las últimas. Sacramentao que lo tuvimos ná más[25], al pobresito.

Pero la Faraona me señalaba a otro gitano que estaba entre el público y llevaba un clavel rojo en la oreja:

22. *punteao:* también se omite aquí la -*d*- intervocálica. El *punteado* es la técnica con la que se hace sonar un instrumento, especialmente la guitarra, pulsando sus cuerdas por separado.
23. *arternao:* hay asimilación de *l* y *r*, así como omisión de la -*d*- intervocálica. *Alternar* es 'relacionarse', 'hacer vida social'.
24. *torzón:* cólico.
25. *sacramentao que lo tuvimos na más:* estaba tan mal que le administraron nada más y nada menos que el sacramento de la extremaunción.

—Mírelo a mi compadre. Ese estuvo peor, de un puñalón, el año pasao. Pero Dios quiere que la mala hierba viva.

Yo apunté la palabra *puñalón* como una variante de puñalá, puñalaíta, etc. Y pregunté:

—¿Un *puñalón trapero*?

—Y tan trapero, niña. Pero ya digo, mala hierba nunca muere.

Contaba la Faraona que el «accidente» lo tuvo tres meses en el hospital y que el día de la operación, al volver de la anestesia, el pobre compadre vio en la mesita de noche un Niño Jesús que le habían puesto las monjas, sonriente y sonrosado. El compadre llamó y le dijo a la hermana de servicio:

—Hermanita, con el puñalón que yo llevo, ese Niño no pué haser nada. Tráigame un Cristo de cuerpo entero con unas barbas que le lleguen a las rodillas.

Y le llevaron el Cristo con barbas y se curó. El compadre de la Faraona atribuía aquella curación al cambio de imagen. Y la Faraona, también. Son supersticiosos los gitanos. ¿Qué diferencia puede haber entre una imagen y otra? ¿Y qué tiene que ver la edad aparente de Jesús y su barba con la gravedad de la herida? Eso es lo que yo digo. Estos gitanos viven en la confusión y con una superstición tratan de explicar otra, lo que a veces los lleva a un caos tremendo. Pero Curro es todo un tipo de gitano fino. Porque hay aristocracia entre ellos. Mi amiga Elsa dice pedantemente: «Son personalidades estéticas». Ya ves: «estéticas». Pero yo te aseguro que voy entendiéndolos poco a poco. Tardaré sin embargo bastante todavía en llegar a ese grado de perfección que aquí llaman la *fetén*. Por lo menos, mi tesis quiero que se acerque a la *fetén* en lo que sea académicamente posible.

Volviendo a lo del sentido práctico, como decía antes, los calés lo tienen. Lo demuestran a veces hasta en sus expresiones religiosas. Un viejo decía a otro aquella noche, cerca de mí:

—¡Máteme Dios con monedillas de cinco duros!

Yo traté de hacerme amiga de él y le pregunté si era católico:

—¡Más católico que er *mengue*, señorita!

Luego supe que el *mengue* es el diablo. Mira qué delicadeza y qué exactitud considerar católico al diablo. Eso no lo ha hecho sino Dante[26] y últimamente en Italia Giovanni Papini[27]. Es una verdad que nadie negaría. Le pregunté si rezaba oraciones y qué le pedía a Dios en ellas.

—¿Yo? No, señorita. Rezar, rezo, pero no le pido nada a Dios. Nozotros no le pedimos nunca nada a Dios.

—¿Entonces?

—Entendamos, señorita. Nozotros le desimos a Dios nuestro Señó: Dios mío, no te pido que me des nada. Solo te pido que me pongas donde lo haya.

Ya ves si eso es noble. No quieren que Dios les regale nada, sino que les ponga cerca de donde esté para ganarlo y conquistarlo ellos por sus medios. En ese sentido, cada gitano es un *self-made man*. ¿No es admirable? ¡Y luego hablan los americanos!

Invité al hombre a un chato —así llaman al vaso de manzanilla—, y él lo olió y dijo antes de beber: «Este es sanluqueño y tiene siete primaveritas». Yo pregunté:

—¿Cómo es eso?

Y el viejo dijo sonriendo con media boca:

—A mí con esas. Mi padre era un mosquito.

Los otros afirmaban. «Un mosquito de Cuba», decían muy serios. Otro problema. ¿Qué diferencias hay entre un mosquito de Cuba y otro de Sevilla? ¿Y por qué un mosquito ha de ser el padre de nadie? Luego me dijo Elsa que *cuba* quería decir en aquel caso *barril*. Podía

26. *Dante Alighieri*: escritor italiano (1263-1321), autor de la *Divina comedia*, obra alegórica en la que se hace un recorrido por los tres estadios de la vida ultraterrena: el infierno, el purgatorio y el cielo.
27. *Giovanni Papini*: historiador de literatura y poeta (1881-1956), natural de Florencia. Es autor de obras como *Vida de Dante*, *Juicio universal* y *Gog*, en las que refleja su evolución personal desde el ateísmo hasta su conversión al catolicismo.

haberlo dicho antes, pero ella espera a que alguien se ría de mí y luego me dice lo que sabe cuando lo sabe, que no es siempre.

A veces la odio a Elsa. Y yo creo que Curro, el gitano fino de Alcalá, se burla un poco de ella.

La fiesta se interrumpió hacia las once y se pusieron todos a comer y a beber. El viejo miró el reloj y dijo que era la hora de la *carpanta*. Al parecer, llaman así a las once de la noche. Además de la hora del gusanillo, y del almuerzo, y de la comida, y la merienda, y la cena, tienen la *carpanta* de las once. Y luego dicen que los gitanos no comen. Mira los sinónimos que tienen para comer, que ya los he apuntado: tragelar, jalar, manducar, mascar, engullir, jamar, devorar, zampar, englutir, embaular, atracar, hartar, escudillar, embuchar, cebar, atiborrar; dedicarse a la bucólica, a la jamancia, a la manducancia, y muchas más expresiones que no recuerdo.

Hay mucho *gourmet*[28] en este país, y entre los gitanos, muchos de ellos a las once de la mañana comienzan con cañas y tapas y así cultivan su apetito y lo desarrollan con conocimiento de causa. Pero al parecer los mejores *gourmet* del país son, según he oído, los chicos de los esquiladores.

El gitano viejo me decía que no pasaba por delante de un colmao sin entrar a echar un vaso y una tapita siempre que hubiera *cónquibus*[29]. Esta palabra latina supongo que quiere decir tener crédito en el colmado o taberna. No es frecuente que los gitanos empleen palabras latinas. Los más cultos, tal vez. Solo recuerdo haber oído otra palabra culta de ese origen: *de bóbilis bóbilis*[30], que quiere decir conseguir una mercancía a crédito o a plazos.

De aquellos gitanos, pocos había que hicieran una vida regular, digo de ciudadanos respetables. Curro era el único, quizá, a quien

---

28. *gourmet:* persona de gustos refinados en lo que se refiere a la comida y a la bebida.
29. *cónquibus*: dinero.
30. *de bóbilis bóbilis*: de balde, gratis.

podríamos tú y yo presentar a nuestras familias. Unos habían sido heridos en riña. Otros habían estado en la cárcel. El marido de la Faraona había estado quince días en una cárcel especial que llaman Chirona, porque los guardias le pidieron la cédula —un papelito de identidad— y el Faraón la buscaba por un bolsillo y por otro y no la encontraba. Mientras la buscaba, un guardia, receloso, decía:

—Hum, hum...

Y el Faraón seguía buscando, y aburrido sin encontrarla y viendo que el guardia seguía receloso —hum, hum...— dijo de mal humor:

—Ni hum, hum..., ni ná, señor guardia. ¿No se perdió el *Reina Regente?*

El *Reina Regente* era un acorazado que salió de Cádiz en 1908 o 1909 (tengo que comprobar la fecha) y desapareció, probablemente en una tormenta, sin que se haya vuelto a saber nada de él ni de sus tripulantes. El gitano tenía razón. Si se pierde un acorazado, ¿no se puede perder ese papelito que llaman la cédula? Pero los guardias entendieron aquello como una falta de respeto. Y fue a la Chirona. Más tarde parece que le llevaron a otra cárcel más moderna que se llama El Estaripén.

Y la noche de la fiesta le esperaban y no llegaba, y el bailarín bailaba con estilo y arte, pero no se enfadaba según decían a su alrededor, con aire de lamentarlo mucho.

Curro, que de perfil parece un emperador romano, decía: «El Faraón vendrá, que me lo ha dicho a mí».

Yo preguntaba a la gitana vieja si la riña del compadre del clavel había sido solo entre dos hombres o entre toda la familia (porque los calés pelean por tribus a veces), y ella me dijo que había sido de hombre a hombre, y que el otro había tenido que pelear después con un sobrino del compadre y que ese sobrino le *dio mulé.*

—¿Cómo?

—Que lo despachó.

Yo le pedí que me lo explicara. Y ella dijo: «La cosa no pué ser más clara: er que le había dao el pinchaso a mi compadre mordió er polvo». Viendo que yo seguía sin entender, y con la expresión congelada, ella añadió: «Que palmó, niña. ¿Está claro? La lio, la diñó, espichó (date cuenta de las variedades de raíces, querida); que estiró la pata, que hincó el pico».

No entendía yo todavía, y ella, como el que da la explicación final, dijo: «En fin, hija, que lo dejó seco en el sitio». Yo apuntaba todas aquellas palabras, y cuando Elsa se hubo reído de mí me dijo que el sobrino de su compadre había matado al agresor para vengar a su tío. Así son estos andaluces.

Elsa a todo trance quería cantar. Es tímida, pero tiene el vino expansivo[31]. Su amigo de Alcalá de Guadaira, que una vez más debo confesar que me gusta, le decía: «Vamos, vamos, que hay bastantes grillos ya en el parque de María Luisa[32]». Y la tonta de Elsa creía que eso era un piropo, porque en Holanda el grillo es poético.

Yo, que a veces confundo las expresiones del argot[33], le dije a la gitana para mostrarle que sabía por dónde andaba:

—Total, señora, que el muerto se quedó a dos velas.

Y hubieras visto a la Faraona contemplarme como si yo fuera un monstruo. Yo creía que estar a dos velas era estar muerto con un cirio a cada lado, y resulta que es (quién iba a pensarlo) lo mismo que en México *estar bruja*. Es decir, estar sin un *cent*. Entonces la Faraona dijo que un muerto es un muerto y que no hay bromas con ellos. Y que un muerto no está nunca a dos velas, y que hablar de las velas

---

31. *tener el vino expansivo*: soltársele la lengua por efecto del vino.
32. *parque de María Luisa*: es el jardín público más famoso de Sevilla. En principio formaba parte de los jardines privados del Palacio de san Telmo, pero en 1893 la infanta María Luisa Fernanda de Borbón lo donó a la ciudad. Tan importante como su extensa variedad vegetal son sus cuidadas avenidas y glorietas, así como también sus preciosos pabellones.
33. *argot*: jerga propia de una determinada actividad o profesión.

de los muertos daba *mal vahío*, en todo caso. Mal *vahío* o *vagío* es el aliento de las personas que tienen la digestión difícil o los dientes estropeados. Una vez más, ¿qué tendrá que ver lo uno con lo otro?

La fiesta de aquella noche duró bastante, y cantaron toda clase de coplas y canciones. En una decía una muchacha que tenía a su amante debajo de la hoja del perejil[34]. Yo miraba de vez en cuando al medio novio de Elsa y él se daba cuenta, me guiñaba el ojo y cantaba:

En un cuartito los dos,
veneno que tú me dieras,
veneno tomara yo.

Elsa se enfadó. Me dijo con sarcasmo:

—Vaya, tienes suerte.

—¿Yo? Yo no le voy a dar veneno a nadie.

—Pero tienes suerte. Más vale llegar a tiempo que rondar un año, como dicen en Sevilla.

Creía la holandesa borracha que el cantaor me había hecho una proposición de matrimonio por *soleares*[35]. Yo prefería no pensar en nada. En esas fiestas o juergas se dicen muchas cosas sin sentido. Estoy trabajando en mi tesis y no me gusta confundir mi vida sentimental —digámoslo así— con mi vida académica; tú sabes cómo soy. Aunque el joven es atractivo.

Ya me conoces y creo haberte dicho antes que acostumbro a respetar los romances ajenos. No soy una rompedora de idilios como mi abuela, que tú conoces, y que casi le quitó el novio a su nieta, mi hermana mayor. No. Yo en eso he salido a mi madre.

---

34. Alusión a la última estrofa de «Las tres hojas», en *Cantares populares*, de García Lorca, que dice: «Debajo de la hoja / del perejil / tengo a mi amante malo / y no puedo ir».
35. *soleares*: cante popular andaluz de carácter melancólico, en coplas de tres o cuatro versos.

Así es que... Pero el bailarín se ponía a cantar también. Y cantó cosas muy hermosas sin paripés ni bisoñés. Aunque casi todos comían y bebían, la hora de la carpanta es compatible con la fiesta, y no faltaba quien tocara la guitarra y quien lanzara aquí y allá una canción. El de Alcalá de Guadaira hizo un gesto al de la guitarra y cantó mirando a Elsa con ironía:

> *Tonta tú, tonta tu madre,*
> *tonta tu abuela y tu tía;*
> *anda, que ya no te quiero,*
> *que eres de la tontería.*

Yo no sabía qué hacer, porque la holandesa no es tonta, aunque lo parece cuando bebe. Y para remate de pleito[36] el cantador de Alcalá de Guadaira me miró, bebió a mi salud y cantó esta canción que pongo aquí, y que no sé si te gustará, pero que a mí me parece maravillosa. (Ya ves tú lo que esos gitanos pueden hacer cuando quieren en materia de finura.)

> *La luz de la luna*
> *todo lo blanquea,*
> *pero de sus rayos algo se le pierde*
> *y entra en la arbolea...*

Creo es un poco cursi (*corny*), pero en aquel momento y con la emoción de la fiesta y un poco de manzanilla en las venas, sonaba como una canción de ángeles. Al menos para mí.

Desde aquel momento yo me propuse no mirar a aquel hombre, que al fin era más o menos amante de Elsa. Pero cuanto menos le miraba, más parecía interesarse en mí. ¿Qué podía hacer yo?

---

36. *remate de pleito*: para colmo.

Y el hombre cantaba:

>*¿Por qué vuelves la cara*
>*cuando te miro?*

En fin, que yo pensé: ¿Mi buen deseo falla? Pues entonces en la guerra como en la guerra, digo, en el amor como en el amor.

Levanté mi copa y bebí por el amigo de Elsa. No hay duda de que aquel joven me hacía la corte. Elsa dijo, por molestarme:

—Esa canción me la cantó también a mí la noche que nos conocimos.

Y rio como un grillo. Mi amigo dijo que era verdad, pero que aquella noche de Elsa en el claro de la luna había lechuzas y buitres. Como hombre con experiencia de la vida, antes de tratar de serme agradable a mí quiso ser desagradable a mi amiga. No me dirás que eso no es inteligente, hija.

En aquel momento apareció en la puerta del salón el Faraón, es decir, el rival del bailarín. Este irguió el espinazo y dijo al guitarrista:

—Vamos con unas seguiriyas[37] de Triana.

Pero un camarero que salía con una bandeja tropezó con el Faraón, le derribó encima la bandeja y le puso perdido. El Faraón se sacudió como un perro mojado, entró contoneándose y dijo sonriente:

—Vaya, señores. Llego tarde, pero llego a tiempo.

Elsa soltó a reír esta vez como un caballo, es decir, como una yegua. Y yo iba a salir con ella, cuando vino el cantador de Alcalá de Guadaira y se puso a mi lado:

—¿No le gustan a usted los paisajes de luna?

—Mucho.

—El alcázar está esperándonos a usted y a mí, prenda.

---

37. *seguiriya*: cante popular andaluz de carácter sombrío y trágico, que refleja el dolor por el amor o la muerte, en coplas de tres o cuatro versos.

Eso de prenda es aquí como *darling*. Y hay que entenderlo. Yo dije que quería ir al alcázar porque quería copiar su canción para mi tesis sobre los rayos de la luna que se pierden y entran en la arboleda, y que el parque de María Luisa debía de estar hermoso. Salimos a la calle. De la Giralda caían las campanadas de la medianoche, y el cantador decía:

—¿Hay nada más bonito en el mundo que esta noche con esa luna y esas campanas? ¿Qué dice usted, Elsa?

Ella dijo secamente:

—Las doce.

—Digo las campanas. ¿No son la cosa más gitana der mundo?

—Las doce.

—Sí; la niña es de repetición —dijo el cantador.

—¡Esas campanas! —dije yo, encantada y aduladora—. Nunca las he oído más hermosas. Quedan vibrando un rato en el aire, como una bendición del cielo.

Echamos a andar despacio, y el amigo de Elsa me miró por detrás de ella y me dijo con un guiño de picardía:

—Las doce, la hora de las brujas. A ver si es verdá que vuelan.

Bueno, pues a consecuencia de todo eso, te digo, Betsy —si no lo has sospechado ya—, que tengo novio. El de Alcalá de Guadaira. No es un cantador profesional, sino que el canto es un *hobby* para él, como te decía antes. Y no es gitano, en realidad. Tiene solo un cuarto de sangre gitana, por su abuela. Se baña a diario y además vamos a nadar a un club. Cuando lleva dos horas nadando pierde el color agitanado. Pero no es blanco, sino verde.

Tú dirás: ¿por qué no he dicho al principio de la carta eso de que tengo novio? Pero es que comencé a escribirla hace dos semanas, y entonces no sabía aún lo que iba a suceder. Estas cartas tan largas las escribo en varios días.

Tengo novio. No creas que lo hago para quitárselo a Elsa. Es que necesito un auxiliar genuino y nativo para mi tesis. Por otra parte, yo creo de veras que a nosotras las americanas nos convendría por algún tiempo un novio gitano, aunque solo fuera para aprender a caminar. Él me está enseñando a mí. ¿Crees tú que sabía? Pues no. Tú tampoco sabes. Dice que las mocitas deben caminar con música. Mucho tendría que decirte de esto, pero una de las maneras de explicarlo es «caminar mucho y avanzar poco». Caminar por caminar o, como dice mi novio: *el arte por el arte*. Nosotros lo hacemos eso en Pensilvania, solo que en automóvil. (Esto sería lo que aquí llaman *malange*.)

Además, mi novio me explica muchas cosas. Ya sé lo que es el *paripé*. Es lo que hace Elsa cuando se nos acerca y sabe que tiene que ser amable sin poder ser amable. Se le *atraganta el embeleco*. Y también sé que el bailarín del cuadro flamenco estaba solo resfriado. Tenía las «carnes abiertas» —es una manera suya de hablar— porque tenía un tremendo resfriado. Nunca le agradeceré bastante a mi amigo esta aclaración. Mi interpretación era bastante desgraciada, entre el *malange* y el *cenizo*.

CARTA III

NANCY Y LA AVENTURA EN EL CINE

Como te dije, tengo novio. Pero no sé si durará mucho, aunque yo haré lo que pueda por conservarlo. Muchas cosas nos separan. Por ejemplo, él no quiere que yo salga de noche sola. Y menos en Sevilla. En Alcalá, donde todos nos conocemos —dice él—, es diferente. A mí tampoco me gusta salir sola después de las ocho, porque todos los hombres me dicen cosas y eso interfiere en mi sentido de la independencia personal. Y a veces me ofendo de veras.

Elsa, la holandesa, está furiosa conmigo. No sé por qué. La vida es la vida y hay que ser buena *sport* y saber perder. ¿No crees?

De día los piropos me gustan. De noche me parecen un poco siniestros. La verdad es que estos andaluces tienen gracia a veces. El otro día iba yo por la calle de las Sierpes con *Mrs.* Adams, la profesora retirada del *college* donde hice el Bachillerato, y pasó un joven y le dijo a *Mistress* Adams: «Vaya usted con Dios y su niña conmigo». Creía que yo era su hija. Te digo que tienen gracia. Pero solo durante el día, repito.

De noche no puedo salir sola. Se lo dije a uno de los cantadores que van por la venta Eritaña. Le dije que en España las mujeres no pueden salir nunca de noche.

—Sí que pueden —dijo el cantador—. Solo que necesitan un papel especial de la policía. Un cuadernito pequeño con un sello de la Sanidad Pública.

—¿Y cuesta mucho eso? Digo, el permiso.

Me dijo que no. Yo quise indagar, pero mi novio se puso furioso y dijo que iba a darle *un mandao* al cantador. No sé qué *mandao* será. *Mandao* es lo contrario de *desmandao*. Tal vez se las dan esas cosas a las gentes que se desmandan, es decir, que se conducen con impertinencia. A veces, el *mandao* tiene otro nombre: *cate*. Un cate[1].

No estamos de acuerdo mi novio y yo en otras cosas, por ejemplo en el cine. A él le gusta el cine europeo y a mí el americano. Dice que el cine de Hollywood es siempre igual y que «no tiene duende». Eso del duende[2] ya te lo explicaré otro día, porque hoy no me siento bastante inspirada. Estoy leyendo *Tartesos*, del arqueólogo alemán Schulten[3], y confundo un poco las cosas.

(Entre paréntesis, ese *Tartesos* ofrece horizontes históricos grandiosos. Ya te diré. Yo creo que el «duende» viene de entonces, es decir, de los tiempos de Gerión[4], ocho siglos antes de la era cristiana.)

Según mi novio, el cine de Hollywood es para mujeres y no para hombres. Es decir, que se hace pensando en ellas. Siempre que un hombre besa a una mujer en los labios al principio de un filme acaba casándose con ella, aunque haya dificultades y catástrofes. Se casa por salvar los principios. Todo se hace en el cine por salvar los principios. No había pensado en eso. Según él, si el galán besa a la mujer en la mejilla, no hay boda al final, porque en realidad no hay que salvar principio alguno. También dice que el cine de nuestro país no es realista, porque siempre triunfan los hombres guapos y en la vida pasa lo contrario. El hombre guapo suele ser tonto y es vencido por

1. *cate*: golpe, bofetón.
2. *duende*: gracia, encanto, embrujo.
3. *Adolf Schulten*: arqueólogo, historiador y filólogo alemán (1870-1960) que realizó importantes excavaciones en Numancia, en busca de la legendaria ciudad de Tartesos, que, pese a todos sus esfuerzos, jamás llegó a encontrar. Sus obras han tenido un enorme peso en la historia antigua y en la arqueología españolas.
4. *Gerión*: rey de los tartesios (siglo VIII a. C.) que sostuvo varias luchas contra los fenicios asentados en Gadir (Cádiz), los cuales suponían una peligrosa competencia en el comercio de metales.

el feo, que suele ser listo. No había pensado en eso. Tampoco le gusta el cine americano, porque dice que a los hombres que aparecen con la sombra del vello en la cara —es decir, con *whiskers*, porque no se afeitan cada día—, a esos los queman en la silla eléctrica o los mata la policía a tiros en la calle antes de que acabe el filme. Siempre que ve un personaje en la pantalla con barba de dos días —dice— sabe que va a acabar de *muy malísima*[5] manera. Esa observación me choca un poco.

Pero tenemos que aceptar que es verdad. Tampoco se me había ocurrido a mí. No hay como los extranjeros para ver nuestras cosas.

Finalmente, mi novio dice que los hombres con delantal fregando platos que se ven a veces en los filmes le deprimen y le dan *mal vahío* o, como dice él, *mal vagío*. Es lo único que no me gusta, que pronuncia la h demasiado gutural, como los judíos alemanes. No sé qué es el *mal vahío*, porque no lo he hallado en los diccionarios, y siempre que pregunto una cosa de esas a mi novio, se encoge de hombros y dice: «Eso no se explica, niña. Si lo explicas, se le va el ángel».

Es verdad que a veces, cuando mi novio se pone a explicar algo, es como si un ángel volara por encima. Un ángel moreno y agitanado.

Pero en lo de afeitarse, mi novio no tiene más remedio que hacerlo cada día, no por miedo a la silla eléctrica, sino porque, la verdad, de otro modo se me irrita la piel en la cara y gasto mucho en cremas.

También dice mi novio que la mujer americana en los filmes camina como un peón de albañil y tiene la cabeza demasiado suelta. Y que en cambio la española camina con música y que el hombre la lleva al lado con la cabeza fija y bien *toreá*[6]. Todo lo entiendo menos lo del peón de albañil. Voy a fijarme cuando vea uno por la calle y ya te diré. Aunque es posible que se trate solo de una exageración. Mi novio es un poco exagerado. Figúrate que el otro día, hablando

5. *muy malísima*: vulgarismo que consiste en la duplicación del superlativo con *muy* y con el sufijo *-ísimo*.
6. *toreá*: hay omisión de la *-d-* intervocálica. *Toreada* aquí significa 'tratada o manejada con habilidad'.

de una tía suya que ha dado a luz tres niños en un solo parto, decía: «Aquello era como la salida del fútbol».

Mi tesis avanza despacio. Hay tantas cosas que leer... Pero he hecho un descubrimiento sensacional. La música gregoriana y el cante hondo son parientes próximos. Tú sabes, hubo un papa llamado Gregorio Magno[7], del siglo VII, que trajo de Oriente, es decir, de Bizancio, una música que llaman «canto llano». Y es casi igual que la de los gitanos, aunque sin *jipíos*[8]. Sobre estas cosas será mejor que te envíe una copia de la tesis cuando esté acabada. Y así te evitaré molestias y malas interpretaciones, como nos pasó con el *paripé*.

Leo y tomo nota de todo y a veces pienso que eso me hace perder el tiempo en trivialidades. Por ejemplo, ayer descubrí que hay una cosa importante para el baile que se llama *pinrel*[9]. Lo usan en plural: *pinreles*. Debe de ser algo como las castañuelas o los crótalos antiguos que se ponían, creo, en los tobillos. Y hay que moverlos de un modo especial que se llama *menear los pinreles*. Esa es la expresión correcta.

Pero en esta carta quiero hablar especialmente de dos cosas de veras *exciting*. Los *seises*[10] que he visto bailar en la catedral y una aventura un poco rara que nos ha sucedido a mi novio y a mí en el

---

7. *Greogorio Magno*: se refiere a san Greogorio Magno (540-604), a quien se le atribuye el canto llano (simple, monódico, sin saltos), conocido precisamente como Gregoriano, que utilizó la Iglesia Católica en la liturgia durante la Edad Media.
8. *jipíos*: clamores, quejidos propios del cante flamenco.
9. *pinrel*: pie.
10. *seises*: tras la reconquista de Sevilla por el rey Fernando III el Santo (1248), la antigua mezquita-catedral de Sevilla se abrió al culto católico. Para realizar la solemnidad de la liturgia se creó un grupo de *mozos de coro* (niños cantores y acólitos) que cantaban ciertas partes de los oficios litúrgicos y, a veces, interpretaban danzas y fragmentos de *pasos* y autos sacramentales en Navidad y Pascua. Estos mozos solían ser de cuatro a diez, si bien en la segunda mitad del siglo XV se generalizó el número de seis, razón por la que, bien entrado el siglo XVI, pasaron a denominarse *seises*. A estos seis niños se agregaron en ocasiones algunos más, denominados *supernumerarios*, cuyo número varió según las épocas. Actualmente son diez los que, vestidos con traje antiguo de seda azul y blanca, bailan y cantan tocando las castañuelas en la catedral de Sevilla durante el Corpus, la Inmaculada y el Carnaval.

cine viendo precisamente un filme español. Es una aventura con duende, es decir, con misterio. Pero no creo que duende y misterio sean la misma cosa. Hay mucho más que decir sobre eso. El misterio de los gitanos es muy diferente del de los payos.

Ya te digo que mi novio no me ayuda mucho. Se aburre con mis preguntas, que considera *malange*. Y no sabe una palabra de gramática. Por ahora, querida Betsy, debes saber que *er aquel*, y *er salero*, y *er mengue*, son expresiones auxiliares y tributarias del llamado *duende*. Es algo que me recuerda las *banshees* escocesas que gritan al pie de la ventana cuando alguno se muere. Y el duende tiene relación con el jipío. Es lo que en la ciencia musical se llama *enharmónico*[11]. Y dicen que viene del tiempo cuando el hombre no tenía todavía lenguaje articulado. Es decir, de cuando mugía y chillaba para expresar sus emociones. En las cavernas o en el fondo del bosque en la remota prehistoria. Figúrate.

El jipío es triste y va de acuerdo con la letra de las canciones, que siempre hablan de cosas macabras. Algunas comienzan así:

En el cementerio entré...

Otras empiezan al pie de la horca y con el lazo en el cuello, y otras, como te decía en la carta anterior, giran alrededor de la *puñalaíta*, en diminutivo. También tienen canciones sentimentales que hablan de una mujer que llora cuando suena una campana en una torre de la Alhambra que llaman la torre de la Vela[12]. Supongo que en alguna ventana hay un cirio antiguo encendido oliendo a mirra. Tal vez esto viene de tiempos de Tartesos y de Argantonio.

11. *enharmónico*: en música, relación que se establece entre dos notas de tonalidades distintas que, al ser modificadas, tienen igual sonido.
12. *torre de la Vela*: situada en la alcazaba, la zona militar más antigua de la Alhambra, es la torre de defensa más grande del conjunto, con casi 27 metros de altura. Domina toda la vega granadina. Su nombre procede de la campana que los cristianos colocaron en la torre tras la conquista de la ciudad.

Todavía hay coplas que hablan de cosas románticas con un estilo solamente descriptivo, tú sabes; por ejemplo, sobre el caballo y la luz de la luna. El duende tiene algo que ver con esas tres cosas, sobre todo con la luna. De noche, cuando no hay luna, los gitanos no salen de sus casas, al menos en el folclore. Son gente nocturna y supersticiosa. ¿Pero quién no es supersticioso? Ah, es lo que le decía a tu tía escocesa el otro día. Aunque ella no me escucha. Mira a mi novio por encima de sus gafas color rosa y dice que ellos los insulares[13] nunca establecen relación erótica con los indígenas del país que visitan. Erótica. ¿Qué sabe ella cuál es mi relación con mi novio?

Pero pierdo el hilo. Bien, los *seises* son fascinadores. Aunque los llaman seises, son diez o doce. Y el día del Corpus, y el de Navidad, y el del Glorioso Movimiento (la fecha de la sublevación de los nacionalistas[14]) van a la catedral y bailan con castañuelas que es una gloria. Son niños vestidos de pajecitos del siglo XVII, con sus sombreros y sus encajes. Eso del sombrero puesto allí, delante del sagrario, y de los obispos y cardenales, no lo entiendo. Le pregunté a mi novio y me dijo que era por los mosquitos. A veces dice cosas arbitrarias solo para que me calle. Son un poco desconsiderados aquí los hombres con nosotras. Hay que resignarse. A mí, la verdad, a veces esa falta de consideración me gusta. En los Estados Unidos nos miman demasiado. Y además las mujeres tal vez tenemos un lado masoquista.

Hasta cierto punto, claro. El marido inglés pega a su mujer; pero el americano, ni en broma. No hemos llegado a eso nosotras.

Eso de los mosquitos es, creo yo, *chufla*. Hay una diferencia entre *chufla* y *chuflo* y *rechifla*[15]. ¿Sabes? No estoy muy enterada todavía,

---

13. *los insulares*: referencia a los naturales de las islas británicas, denominación con la que tradicionalmente se ha identificado a Gran Bretaña e Irlanda frente a los europeos del continente, que viven al otro lado del canal de la Mancha.
14. El 18 de julio, día en que comenzó la Guerra Civil española (1936-1939).
15. *chufla, chuflo, rechifla*: broma, burla.

pero la *chufla* tiene algo que ver con el *paripé*. A propósito, no te molestes en buscar más esa palabra en el *Diccionario de Autoridades*.

Los *seises* son paganos, la verdad, y el cardenal, según dicen, los quiso suprimir; pero el municipio dijo que no, porque en Sevilla los paganos son los turistas, y en buena ley hay que pensar en ellos. Eso es fineza pura, ¿verdad? Como nos consideran paganos[16] a los que no somos católicos y nos gustan los *seises*, pues los han conservado. La cortesía española. La verdad es que este es el país de la gracia, además. Y también, según dicen los calés, que no están muy fuertes en historia religiosa, la tierra de María Santísima[17].

El error aquí es evidente, porque la Madre de Jesús nació en Galilea y era del linaje de David. Eso lo saben en América hasta los gatos. En cuanto a la palabra *calés*, se refiere a una clase de gitanos que no se lavan mucho, aunque proceden, creo yo, de un pueblo marinero de Málaga que se llama la Caleta y que está al lado del mar.

Bien, yo fui a la catedral con mi novio, que se divierte viendo mis errores de protestante y que todavía se ríe cuando se acuerda de que hice una genuflexión y me santigüé al pasar delante de un hombre alto con capisayo[18] verde de seda y peluca blanca y una pértiga de plata en la mano. «Ese es el pertiguero», decía riendo. No era el cardenal como yo había creído, sino un *manús*[19] (así dijo mi novio) que vigila para que no roben la cera y para echar a los perros cuando entran por descuido.

---

16. *pagano*: se juega con el doble sentido de la palabra: 'irreligioso' y 'persona a la que se engaña para que pague, generalmente, un precio abusivo'.
17. *la tierra de María Santísima*: tradicionalmente se ha reconocido a España con este título por sus innumerables advocaciones y santuarios marianos. Históricamente, Sevilla ha destacado por su especial devoción a la Virgen María y su defensa, desde principios del siglo XVIII, del misterio de la Purísima Concepción. De hecho, los lemas de la ciudad son: «Muy noble, muy leal, muy heroica, invicta y mariana ciudad de Sevilla».
18. *capisayo*: vestidura corta a manera de capotillo abierto, que sirve de capa y sayo.
19. *manús*: tipo, individuo, sujeto.

Un manús. La influencia oriental, querida. Esos manuses descienden, creo yo, del antiquísimo Manú[20] que escribió las leyes sánscritas en la remota India. Entre paréntesis, de allí vino a Bizancio y después a Roma el canto gregoriano, con excepción de los jipíos, como decía antes. Pero no debo abrumarte con mi erudición. En definitiva, estas cosas solo se pueden aprender aquí, sobre el terreno, y confieso que estoy un poco *stuck up* con mis rápidos avances.

Como decía Samuel Butler[21]: «*A Babylonish dialect which learned pedants much affect*». No quisiera que nadie pudiera decir de mí nada parecido.

El *manús* que guarda el orden dentro de la catedral me seguía con la mirada. Una mirada penetrante de veras impregnada de orientalismo. Y mi novio tuvo una salida pintoresca. Dijo delante de la capilla de san José: «Míralo al pobrecito, qué aire de tristeza tiene siempre». ¿Tú sabes por qué? Porque cuando nació el niño Jesús, el pobre se llevó una gran decepción porque, según dijo a los Reyes Magos, esperaba una niña.

A veces tengo que andar con cuidado, porque me hace soltar la risa en los lugares sagrados. Eso de san José no es nada para las irreverencias que se le ocurren. Y no es anticatólico. No. Por nada del mundo se casaría si no es con un cura y dos monaguillos, ni dejaría de bautizar a sus hijos si los tuviera. No estoy segura de que crea en Dios, pero es un católico bastante estricto. Sacrifica sin embargo el cielo y el infierno, la vida eterna y todo lo demás al placer de una buena salidita, como dicen aquí. Algunas de sus irreverencias son un poco *shocking*. Por ejemplo, cuando dice que convertir el agua en vino en las bodas de Canaán no tenía mérito, porque él convierte el vino en agua todos los días dentro de su cuerpo y no lo dice a nadie.

20. *Manú*: según la mitología hindú, Manú es el nombre del primer ser humano, padre y legislador de la humanidad, el primer rey que reinó sobre la Tierra y que fue salvado del Diluvio universal.
21. *Samuel Butler*: poeta satírico inglés (1612-1680), autor del poema burlesco *Hudibras*, a cuya primera parte pertenece este verso.

Pero no te hagas una idea falsa de mi novio. Es un caballero. Aquella tarde de los *seises* había mucha gente en la catedral y a mi lado un americano que con un *recording machine* estaba recogiendo la música del baile de los *seises* que dicen que es muy antigua, aunque a mí no me lo parece, la verdad. Suena así como Vivaldi[22].

Cuando vi a aquel americano y se lo señalé a mi novio, él dijo: «Oh, los payos tienen debilidad por las maquinitas». Porque, querida Betsy, no sé si sabrás que los turistas se dividen en varias categorías según les gusten o no a los nativos. Y esas categorías tienen nombre que comienzan siempre con *p*. Por ejemplo: pasmaos, pelmas, papanatas, pardelas, pendones, pardillos y otras palabras que no se escriben y que tampoco se dicen porque suenan mal.

El de la maquinita era un payo. De Luisiana.

Los *seises* formaron una fila delante del cardenal y de los obispos, que estaban sentados. Luego se inclinaron con el sombrero en la mano (precisamente pidiendo permiso para ponérselo) y luego se lo pusieron. No me parecía bien, la verdad, pero comprendo que necesitaban tener las manos libres para tocar las castañuelas. O los palillos. Nosotras, las que hemos penetrado en la vida de los nativos, decimos así: *palillos*.

¡Qué hermosa danza, Betsy!

Y comenzaron a bailar.

Fascinador de veras allí, delante del sagrario, con el incienso y las luces. Ese baile es distinto del baile flamenco. Tiene mucha dificultad técnica. Todo lo hacen los pinreles, según me dijeron después. No los brazos ni las caderas, sino los pinreles. Por cierto que no conseguí verlos (digo una vez más los pinreles). Me fijaré la próxima vez ahora que estoy advertida.

22. *Antonio Vivaldi*: compositor italiano (1678-1741). Su obra más famosa son *Las cuatro estaciones* (1725), que destaca por su variedad de timbres y su riqueza instrumental (violas de amor, mandolinas, flautas, oboes, fagots, violines, violonchelos, etc.).

Tú ya sabes que a mí la emoción estética me afecta a los lagrimales, y no te digo más. Ellos bailaban y yo lloraba en silencio. Es el rito más hermoso y primitivo y puro de todas las Iglesias establecidas, al menos en la Europa occidental. Tal vez viene de la Sulamita[23], que debía de ser de Tharsis. O de Cádiz. En todo caso, es la *fetén*, como decimos los que hemos entrado en la verdadera vida española. La *fetén* es difícil también de definir. ¿Cómo te diría? Mi novio trató de explicármelo y me dijo que es el *sursum corda*[24]. Yo en mis «*salad days*»[25], como dice Shakespeare —es decir, cuando mi juicio estaba verde—, rechazaba el ritual católico. Ahora ya no sé qué decirte. Mejor será que me calle.

No sé cuánto duró aquello. Yo preguntaba a mi novio y respondía que el baile era *muy antigüísimo*[26] y que venía del tiempo de los moros almohades[27], inventores de la almohada de plumas. ¿Tú crees que esto justifica un *footnote* para mi tesis? De la catedral no te digo más porque, como decía antes, no me siento inspirada estos días.

Pero lo que sucedió al salir del templo vale la pena que te lo cuente, porque te ayudará a comprender a mi novio. Mi novio no es político, pero tiene un sentido democrático arraigado y no es nada

23. *Sulamita*: nombre con que se designa a la amada en el *Cantar de los Cantares*, de Salomón, y a la que se supone origen tartesio.
24. *sursum corda*: 'arriba los corazones'. Expresión en latín que forma parte de la liturgia de la misa, equivalente al actual *levantemos el corazón,* de la plegaria eucarística. Aquí se utiliza con el sentido de 'lo más importante, el no va más'.
25. *salad days*: expresión que aparece en la obra *Antonio y Cleopatra* (acto I, escena V), de William Shakespeare, dramaturgo inglés (1564-1616), autor de grandes tragedias como *Hamlet, Otelo, Macbeth, Romeo y Julieta* y *El rey Lear.*
26. *muy antigüísimo*: vulgarismo que consiste en la duplicación del superlativo con *muy* y con el sufijo *-ísimo*. Se trata, además, de una falsa forma regular, ignorando la que sería correcta: *antiquísimo*.
27. Los almohades o *Al-Muwahhidun* fueron una dinastía musulmana de origen bereber que dominó el norte de África y el sur de la península ibérica desde 1147 a 1269. Liderados por Ibn Tumart, reaccionaron ante la relajación religiosa de los almorávides, se enfrentaron a ellos y los vencieron. En poco más de treinta años, extendieron su imperio desde Santarém (en la actual Portugal) hasta Trípoli (en Libia) y consiguieron frenar la reconquista cristiana derrotando a las tropas castellanas en la batalla de Alarcos, en 1195.

amigo de la situación dominante en Madrid. No me lo había d̶
nunca, pero yo lo he averiguado a través del incidente que te v
a contar. Verás. A la revolución nacionalista la llaman el glorioso
movimiento. Y cuando salíamos de la catedral, mi novio se quedó
con un amigo un instante en el patio de los Naranjos mientras yo
seguía adelante caminando deprisa, pero con pasitos cortos, para no
imitar a los peones de albañil y para dar tiempo a que mi novio me
alcanzara. Un joven me miró despacio de pies a cabeza y dijo con
cierto entusiasmo:

—¡Viva el glorioso movimiento!

Por lo visto quería hacer propaganda política a la salida del templo. Esperaba que yo respondiera: ¡viva! Pero no respondí porque
soy extranjera. Lo oyó mi novio, se le acercó y le dio una bofetada.
Ni más ni menos. Yo le dije que está bien tener ideas, pero no hay
que poner en peligro por ellas la libertad y a veces la vida como hizo
en ese incidente. Lo curioso es que el propagandista escapó y no ha
denunciado a mi novio. A veces no entiendo a los españoles.

Creo que no hay que tratar de entenderlos. Tan cobardes unas
veces, tan valientes otras y siempre tan fuera de razón y de congruencia.

Mi novio no es celoso, lo que se llama celoso en el sentido español
del término; tú comprendes. Lo único que me prohíbe es que salga
de noche sola. Cuando le dije que iba a pedir a la policía ese permiso
que dan a algunas mujeres, creí que enloquecía. No era para tanto.
Supongo que, como todos los gitanos, mi novio odia a la policía.

Lo que entenderás muy bien es lo que nos sucedió en el cine.
Podría suceder en cualquier ciudad del mundo. Sobre todo en los
países donde hay gente necesitada. Aquí la hay, claro. A pesar de las
bases americanas, de las que tanto se habla.

Sencillamente, un pobre hombre quiso robarme el bolso de mano.

Yo entré en el cine antes que mi novio, que se quedó un momento
en el vestíbulo con una señora de edad —porque siempre encuentra

mi novio parientes o amigos en la calle—, y me senté, procurando que hubiera a mi izquierda un asiento libre para él. A mi derecha había un hombre de aspecto ordinario y de mediana edad.

Yo miraba a la pantalla y me interesaba en el filme, que se titulaba *La hija de Juan Simón*[28], lo que me recordaba a John Simon Guggenheim Foundation[29], a la que he pedido, como sabes, una beca hace ya tiempo. Juan Simón y John Simon son lo mismo.

Pero no tenía que ver lo uno con lo otro. El filme era sobre un suceso ocurrido hace tiempo y sobre un hombre empleado en un cementerio municipal que tenía que enterrar a su propia hija, fallecida de amor, porque no había un empleado suplente. Cuando yo pregunté más tarde por qué no lo había, mi novio me aseguró que aquella deficiencia había sido corregida hacía poco gracias al Plan Marshall[30].

Yo no soy muy patriota en mi país, tú lo sabes; pero fuera de él estas cosas me llegan al alma.

Bien, estaba esperando a mi novio, cuando sentí la mano del vecino que avanzaba cautelosamente por debajo del brazo del sillón, sobre mi muslo. Yo tenía el bolso de mano en la falda.

En aquel momento llegó mi novio, y la mano cautelosa que había avanzado despacio como una serpiente se retiró. Como en la pantalla sucedía algo importante, mi novio se puso a mirar sin hablarme. Yo tampoco le hablaba. Y poco después la mano de mi vecino —aquella mano misteriosa— comenzó a avanzar otra vez lentamente.

Cuando había avanzado bastante y no había duda alguna, yo cogí mi bolso con las dos manos, lo apreté contra mi pecho y di un grito.

---

28. *La hija de Juan Simón*: película de J. L. Sáenz de Heredia, realizada en 1935.
29. *John Simon Guggenheim Foundation*: fundación creada por Simon Guggenheim, en memoria de su hijo John Simon, fallecido en 1922. Ramón J. Sender recibió esta beca en el año 1942, lo que motivó su traslado de México a Estados Unidos.
30. *Plan Marshall*: alusión irónica al programa de ayuda económica de Estados Unidos, a cambio del uso de bases militares americanas en España, firmado en 1953.

—¿Qué pasa? —preguntó mi novio.

—Un hombre que quiere robarme el monedero.

El vecino se levantó y trató de marcharse, no deprisa, sino solo disimulando. Pero la fila estaba llena de espectadores y no podía caminar muy deprisa. Mi novio se levantó, salió al pasillo y le esperó. «Ezo lo vamo a aclará», decía. Porque cuando se enfada habla muy agitanado mi novio.

Yo salí detrás, alarmada, y en el vestíbulo apareció el gerente. Mi novio había atrapado al desconocido y le atenazaba el brazo. Delante del gerente dijo:

—No es ná. Aquí, este descuidero[31] que hay que entregar a la policía.

Pero el gerente conocía a aquel tipo. Le preguntó por la familia. Me dijo que era un compadre[32] y con la mano en el pecho aseguró a mi novio que era un hombre honrado y que lo garantizaba. Mi novio miró al vecino y dijo con los dientes apretados: «Entonces es peor. ¿Qué dice usted?».

Mi novio tenía en la cara todos los demonios del infierno. Y repetía:

—¿Qué responde usted, mardita sea su arma?

—Hombre, aquí me conoce —balbuceaba el otro muy pálido.

Y mi novio, señalándome a mí con un movimiento de mandíbula que me recordaba a los *gangsters* de Chicago, dijo:

—¿Qué buscaba usted con la mano sobre la pierna de la señorita?

—¿Yo...?

A mí me daba pena aquel hombre pálido y con la voz temblorosa.

—Déjale —dije compasiva—. Tengo mi bolso, que es lo importante.

—No; tu bolso no es importante.

---

31. *descuidero*: carterista, ratero.
32. *compadre*: amigo, conocido, compañero o camarada.

Ya ves que a mi novio le interesan los principios más que el dinero. En eso es muy español. Y dijo:

—Esto no puede quedar así.

—Hombre, yo... —repetía el pobre hombre—. Yo no soy precisamente un ladrón.

Y aquí viene la parte sensacional del asunto. Siempre hay una parte sensacional que no entiendo en las cosas de Andalucía y en general de España. Aquí mi novio se acercó al desconocido, le cogió por la solapa y con la otra mano en el bolsillo de la chaqueta le dijo:

—¿Qué está usted diciendo? ¿Es un ladrón o no? ¡Hable de una vez!

—No, señor; la verdad.

Mi novio alzaba más la voz:

—¿Dice usted que no?

—No, señor. Digo que sí. Soy ladrón si lo prefiere usted, señor. ¡Qué vamos a hacer! De perdidos al río.

Y aquel hombre, más pálido todavía, afirmaba con la cabeza y le rogaba a mi novio que lo dejara marchar y que comprendiera su caso. Pero en la puerta de la calle asomó un guardia y mi novio le llamó.

Cuando el policía estuvo a nuestro lado, mi novio señaló con el dedo al ladrón.

—Este pelanas[33] —dijo— ha querido robarle el monedero a la señorita. Arréstelo y llévelo a la cárcel.

El guardia conocía también al hombre y abría grandes ojos, asombrado. Le saludó dándole la mano. ¿Qué te parece, Betsy? Esas cosas solo se ven en Sevilla y ahora comprendo mejor *Rinconete y Cortadillo*[34].

—Usted me conoce y sabe quién soy —tartamudeó el ladrón, secándose el sudor de la frente.

33. *pelanas*: inútil, indeseable, vago, holgazán.
34. *Rinconete y Cortadillo*: una de las *Novelas ejemplares* de Cervantes. Es de carácter picaresco y está ambientada en Sevilla.

—Por eso digo —se extrañaba el guardia—. Aquí alguno se equivoca, señores.

Mi novio miraba al uno y al otro con ojos de *owl* (digo, mochuelo, o más bien comadreja, o búho, o lechuza; y escribo todos estos nombres para que veas que no me faltan palabras españolas). El gerente nos miraba a todos y parecía enfadado consigo mismo. Y exclamaba:

—¡Mardito sea el chápiro[35]! ¡Digo, si lo conozco! Y no tiene por qué robarle a nadie el monedero, que el suyo está bastante bien provisto.

Mi novio miraba al ladrón y preguntaba otra vez:

—¿Quiso o no quiso robarle el monedero a la señorita?

Luego añadía mirándome a mí: «Si dice que no, le mato». Pero el pobre hombre tragaba saliva —yo veía su prominente nuez bajar y subir sobre el cuello de la camisa— y afirmaba con la cabeza para decir:

—Es verdad. Quise robarle el monedero a su novia, pero no sabía que la señorita fuera su novia. ¡Le juro que no lo sabía! De otro modo, nunca me habría atrevido.

¡Qué cosas pasan en España! Entre tanto, el guardia miraba al gerente. Y te digo la verdad, amiga Betsy; te digo la verdad: el guardia no acababa de tomar aquello en serio. Nunca he visto un guardia más amable con un criminal. Y al gerente una risa se le iba y otra se le venía debajo del bigote. Te digo que los ladrones tienen la simpatía de todo el mundo. Pero mi novio era implacable:

—Ustedes ven que confiesa. Él mismo acaba de decir que quiso robar a la señorita, mardito sea Undivé[36].

Y pidió al guardia que le arrestara. El guardia alzó la mano en el aire:

---

35. *maldito sea el chápiro*: *chápiro* o *chapirón* es el nombre con el que se conoce a la res cuya cabeza tiene un color distinto al del cuerpo. Suele utilizarse en expresiones que denotan irritación o enfado: *¡por el chápiro!*, *¡por el chápiro verde!*, etc.
36. *Undivé*: Dios.

—Un momento, un momento —dijo a mi novio—. ¿Usted quién es?

Mi novio dijo su nombre, se declaró pública y enfáticamente mi prometido y repitió al guardia su obligación de arrestar al ladrón. El policía entonces se volvió hacia mí:

—Usted es la única persona que puede querellarse. El ser su novio no le da a este caballero atribución ninguna. ¿Qué dice usted, señorita?

Me miraba mi novio echando lumbre por los ojos. Yo dije: «Que debe arrestarlo». Y el policía se encogió de hombros y dijo al criminal: «Mala suerte, amigo. Eche *p'alante*». Dijo *p'alante*, Betsy querida, y no «para adelante», que sería lo correcto, porque en la expresión coloquial andaluza se usa mucho la sinalefa. Allá nos habrías visto a los cuatro, es decir, al ladrón, al policía, a mi novio y a mí, marchar juntos hacia el juzgado de guardia, que por fortuna estaba cerca. La gente nos miraba. A veces el ladrón se volvía hacia mi novio y le decía:

—Caballero, yo..., yo no soy lo que ustedes piensan.

Mi novio respondía con palabras que para mí siguen siendo un misterio hasta ahora:

—Cállese usted y camine. Ya sabe usted lo que le aguarda. El ataúd o la quincena[37]. Mientras llegamos al juzgado puede usted elegir.

No sé exactamente lo que quería decir. Me parece exagerado el ataúd para un pobre hombre necesitado y hambriento que trata de robar un bolso. Pero, Betsy querida, repite esta frase española en voz alta y observa qué poética sonoridad tiene: «El ataúd —señala el hiato, como decía mi profesora *Mrs.* Adams— o la quincena. El ataúd o la quincena». Formas medievales de justicia, creo yo. El ataúd. ¡Ah este país tartesio!

El pobre hombre fue llevado ante el juez de guardia. Yo tuve que declarar también. Dije exactamente lo que había sucedido. El juez

37. *quincena*: arresto de quince días.

escuchaba más divertido que interesado. Cada vez que el acusado quería negar delante del juez su intención de robarme el bolso, mi novio le miraba de soslayo y el pobre volvía a tragar saliva y a confesar que había tenido una mala tentación, pero que todo el mundo sabía en Sevilla, desde el barrio de Santa Cruz a Triana, que no acostumbraba a robar el monedero a nadie. El juez, el guardia y el secretario que escribía a máquina se miraban entre sí, y yo creo que había entre ellos evidentes sobrentendidos. Me acordaba otra vez de Cervantes y pensaba que entre el juez y el ladrón había alguna clase de intereses comunes. Entre tanto, al criminal *un color se le iba y otro se le venía.* (Esta frase la he tomado de Pedro A. de Alarcón[38].) Yo quise retirar la acusación, compadecida, pero mi novio me tomó la mano, la apretó con fuerza y me dijo que no. No había que retirar nada.

El juez estaba francamente de parte del criminal y quería ayudarle. Me pedía otra vez el pasaporte, lo hojeaba, decía mi nombre, y me preguntaba una vez y otra:

—¿Retira usted la acusación, señorita, o la mantiene?

Yo, viendo el perfil tormentoso de mi novio, no sabía qué responder, y él lo hizo por mí:

—¡La mantiene!

—Quien debe responder —dijo el juez, muy serio— es la señorita. Digo si mantiene la denuncia o la retira.

Ah, el juez era un psicólogo y ahora me hacía la pregunta invirtiendo los términos a ver si cambiaba de parecer. Porque era evidente que simpatizaba con el criminal. Pero yo miré a mi novio y dije lo mismo que él en tercera persona:

—¡La mantiene!

El juez sonrió y advirtió a mi novio:

---

38. *Pedro A. de Alarcón*: escritor costumbrista andaluz (1833-1891), precursor del realismo, autor de *El sombrero de tres picos.*

—Una *tentación* pasajera no merece tanto rigor, amigo mío.

Lo dijo subrayando la palabra *tentación*. Mi novio se apresuró a responder, bastante nervioso:

—Esas *tentaciones* las podía tener con su abuela.

Y también subrayó la palabra.

—¿La abuela de quién? —preguntó el juez fuera de sí.

—La de él, la del acusado. Ni que decir tiene.

Porque esa es otra de las debilidades del idioma castellano, que el pronombre posesivo —¿o es adjetivo, querida?— no tiene carácter genético. *Su.* Vaya con el *su.* Así no se sabía si mi novio se refería a la abuela del juez o a la del criminal. Esos *sus* españoles son de veras *annoying,* querida. ¿Te acuerdas de las clases de *Mistress* Adams?

Yo a veces prefiero no acordarme. Pero es imposible, porque está ella aquí, en Sevilla.

La cosa no acabó ahí. El juez dio la razón a mi novio. Es decir, que la tentación del ladrón de robarle el monedero a la abuela les parecía bien a todos. Incluso al guardia. Esta España es desconcertante. En fin, el secretario puso a la firma del ladrón un papel y el juez dijo que le condenaba a quince días de arresto. E hizo un gesto como disculpándose.

En la cárcel está aún el pobre. Toda Sevilla habla del caso. Mi novio se ha hecho más popular con ese incidente y le invitan a beber en todas partes. Siempre anda un poco iluminado[39] y habla más agitanado que nunca. «Orsequios» llama a eso.

Parece que ese ladronzuelo era también conocido entre la gente. Todo el mundo habla de él con mucha comprensión. Sin duda no era un ladrón profesional. Tenía su oficio al parecer, y el robo en pequeña escala era una especie de *hobby.* El oficio en el que trabajaba era pintoresco y poco estimado de la gente. Mi novio me dijo que se dedicaba usualmente al parcheo[40].

39. *iluminado:* achispado, borracho.
40. *al parcheo:* a sobar, a magrear.

—¿Qué es eso? —le pregunté.

—¿No lo sabes, criatura? —respondió él, medio en broma.

Y no quiso decirme más. Nunca me explica las cosas. Yo busqué un diccionario. En el Larousse, en la página 698, dice: «*Parche.* — m. Emplasto aplicado en un lienzo que se pone en la parte dolorida». Claro está que el parcheo es el acto y acción de poner parches. El pobre hombre debía de ser enfermero en algún hospital. Un puesto humilde. Aunque el Larousse da otra acepción. Dice también: «Pedazo de papel untado de pez[41] y adornado con cintas que se les ponen a los toros en la frente como suerte de lidia». Podría suceder que ese criminal fuera torero, aunque no es probable porque tiene bigote. Un bigote de esos pasados de moda. ¿Cuándo se ha visto un torero con bigote? Es, pues, un parchista[42] o parchero (¿se dirá así?) profesional y un ladrón *amateur*. Bastante torpe, el pobre.

Ya te dije que el juez y el guardia parecían tan tranquilos al saberlo.

¡El patio de Monipodio[43], querida Betsy! Si no lo viera, no lo habría creído. Todo el mundo sonreía viendo al ladrón balbucear y tragar saliva.

A mí, la verdad, el pobre diablo[44] me da pena. El otro día quise enviarle un cartón de cigarrillos a la cárcel, porque me siento un poco culpable, y mi novio se puso furioso. Dijo que eso sería hacer el *paripé*. Mira por dónde estuve a punto de descifrar el sentido de esa maldita palabra. Pero estaba demasiado enfadado mi novio para entrar en explicaciones.

—La caridad cristiana... —le decía yo.

41. *pez*: sustancia resinosa de color oscuro que se extrae por destilación de la trementina y se utiliza como pegamento o para impermeabilizar superficies.
42. *parchista*: sablista.
43. *el patio de Monipodio*: en la novela ejemplar de Cervantes, *Rinconete y Cortadillo*, lugar donde se reunían todos los pícaros, delincuentes y ladrones de Sevilla que estaban al servicio de Monipodio.
44. *pobre diablo*: infeliz, desgraciado.

—¡Qué caridad ni qué ocho cuartos! Si le mandas un regalo, será una ocurrencia *malange*.

Eso le obligaría a él no solo a romper sus relaciones conmigo, sino a marcharse a vivir a otra parte. Por ejemplo, a Sanlúcar[45]. ¡Qué te parece! Mi novio insistía furioso:

—¡Enviarle cigarrillos a un parcheador! —gritaba fuera de sí—. ¿Cuándo se ha visto una cosa como esa en una muchacha decente?

Como ves, se dice *parcheador* y no *parchista*. Debe de ser un oficio humilde. Los españoles son así. En cambio, los americanos, tú sabes, no tenemos tanta conciencia de clase y un ser humano parcheador o banquero es un ser humano.

Mi novio me decía que toda Sevilla comentaría mi envío de un regalo al desdichado y que habría *choteo*.

Eso es lo malo. El *choteo*.

Cuando no entiendo una palabra tengo que decir «¡Oh!». Luego busco el diccionario. El Larousse dice que *choteo* es burla o mofa.

Esas palabras cultas —*choteo, parcheo*— a veces las oigo, las busco en el diccionario, las aprendo, las apunto en mi cuadernito de bolsillo, y todo es inútil: se me olvidan.

Pero no por eso vayas a creer que pierdo el tiempo, Betsy querida. Me faltan muchas cosas que contarte.

---

45. Se refiere probablemente a Sanlúcar la Mayor, a unos 18 km de Sevilla. En la época tenía unos 6.000 habitantes.

CARTA IV

LAS EXCURSIONES DE NANCY Y LA TERTULIA DEL CAFÉ

El parcheador sigue en la cárcel. Contestando tus preguntas, te diré que *Mrs.* Adams es la de siempre. ¿Sabes qué hizo? Le regaló a mi novio una Biblia en español, y la misma tarde que se la regaló, paseando por el parque de María Luisa, le explicaba *Mrs.* Adams —tú la conoces— la utilidad de leer la Biblia, y decía que muchas veces estaba sin saber qué determinación tomar cuando abría el libro al azar y leía la primera línea de la página de la izquierda. Y allí encontraba la solución.

—Hombre —dijo mi novio—. Yo tengo ahora más problemas que nunca en mi vida. Si eso es verdad, el libro vale la pena. Vamos a ver.

Abrió al azar y encontró en la primera línea las siguientes palabras del capítulo 27 de san Mateo que se refieren a Judas: «... Y entonces fue y se colgó de un árbol y se ahorcó». Mi novio palidecía y *Mrs.* Adams se ruborizaba un poco. Entonces ella dijo: «Bueno, eso es una casualidad. Mire en otra página». Y mi novio lo hizo, y en el capítulo de los Reyes del Antiguo Testamento la primera línea decía: «Haz tú lo mismo».

Mi novio abrió las manos y dejó caer el libro al suelo. Luego se inclinó a recogerlo y lo devolvió a *Mrs.* Adams:

—Vaya, señora —le dijo—. Parece que ese libro sabe muy bien lo que a mí me conviene, pero tengo que reflexionar un poco antes de tomar mis determinaciones.

Y seguía pálido y la voz le temblaba. Con aquello *Mrs.* Adams renunció a convertir a mi novio a la Iglesia anglicana[1] y él anduvo dos días huyendo de ella como del diablo. Todavía la mira de reojo cuando se acerca.

—Veo que tus amigas —dice a veces— se preocupan de mi porvenir.

Me preguntas en tu carta cómo se llama mi novio, y ahora caigo en la cuenta de que no te lo había presentado todavía. Se llama Francisco Antolín Reyes. Unos le llaman Paquito y otros, Curro, que son *nicknames* de Francisco. Pero Antolín es apellido, y mi novio nació cerca de Itálica[2], lugar de origen de las familias de los Antoninos imperiales[3]. Pienso a veces que su nombre Antolín no es sino Antonín o Antonino. La vocal última se pierde al pasar del latín al romance y, ya sabes, algunas consonantes cambian o desaparecen, según T. N. T. Bueno, te pongo el nombre entero: T. Navarro Tomás[4]. Porque esas TNT son las iniciales de la nitroglicerina en los Estados Unidos y por aquí las cosas andan explosivas.

Antolín puede ser Antonino. En ese caso, mi novio vendría en línea directa de Trajano, Adriano y Marco Aurelio, lo que no me extrañaría nada. Un día mi novio cantaba entre dientes una canción que decía:

---

1. *Iglesia anglicana*: Iglesia fundada en 1536 por Enrique VIII de Inglaterra. El monarca había solicitado al papa Clemente VII que declarase nulo su matrimonio con Catalina de Aragón; al negarse el Pontífice, Enrique rompió con Roma y se autoproclamó cabeza de la Iglesia de Inglaterra.
2. *Itálica*: antigua ciudad romana, cercana a Sevilla, fundada por Escipión el Africano en el año 206 a. C. Desde siempre gozó de un enorme prestigio y fue cuna de los emperadores Trajano, Adriano, Teodosio y Arcadio. Sus ruinas (murallas, templo, teatro, anfiteatro, termas, acueductos y villas) fueron visitadas por numerosos viajeros, que dieron testimonio de sus impresiones en cuadros, relatos y poemas. Uno de los poemas más conocidos es la «Canción a las ruinas de Itálica», de Rodrigo Caro (1573-1647).
3. *Antoninos imperiales*: la dinastía Antonina fue la casa reinante en el Imperio romano desde el año 96 hasta el 192 d. C. Desde Maquiavelo, se conoce a sus primeros emperadores como los Cinco Emperadores Buenos, por la prosperidad que vivió Roma durante su gobierno: Nerva, Trajano, Adriano, Antonino Pío (que da nombre a la familia) y Marco Aurelio. Tres de ellos, Trajano, Adriano y Marco Aurelio, eran hispanos.

Tengo sangre de reyes en la
palma de la mano...[5]

Y entonces yo le pregunté:

—¿Tu padre o tu abuelo se llaman Antolín o Antonín?

—Mujer, ¿qué importa? La cuestión es pasar el rato —decía él.

Pero el segundo apellido, Reyes, es seguramente un apellido de familia. Y si es Antonino Reyes, ya no me cabe duda. Pero cada vez que le hago preguntas sobre esta materia, él me responde lo mismo: «La cosa es ir pasándola, niña».

Por fin, se le olvidó a mi novio la inquina[6] contra *Mrs.* Adams y fuimos la semana pasada a las ruinas de Itálica juntos Curro, ella y yo. Pasaron muchas cosas. Figúrate. *Mrs.* Adams quiso dárselas de culta y arqueóloga, pero metió la pata dos o tres veces. Solo sabía repetir aquello de:

Estos, Fabio, ay dolor, que ves ahora
campos de soledad, mustio collado,
fueron un tiempo Itálica famosa...[7]

---

4. *T. Navarro Tomás*: filólogo español (1884-1972), máxima autoridad de la fonética castellana, autor de *Manual de pronunciación española* (1918), *Manual de entonación española* (1944) y *Métrica española* (1956). Cuenta R. J. Sender que, cuando salió de España con sus dos hijos en marzo de 1939 a bordo del U. S. Manhattan, hacia Estados Unidos, coincidió con Tomás Navarro Tomás, que tuvo dificultades para recuperar su equipaje al llegar al puerto de Nueva York: varios policías que vigilaban los bultos descubrieron un par de cajas con las iniciales *TNT*, siglas del explosivo trinitrotolueno. Al abrirlas, constataron que solo contenían fichas filológicas.
5. Letra perteneciente a la canción «Herencia gitana», escrita por Ramón Perelló (1903-1978) e interpretada por Imperio Argentina (1910-2003).
6. *inquina*: aversión, aborrecimiento.
7. Primeros versos de la «Canción a las ruinas de Itálica», de Rodrigo Caro (véase la nota 2).

Y lo repetía a grandes voces en el escenario del teatro romano para probar, según decía, las condiciones acústicas. No fue solo eso. Por ejemplo, había una estatua de Hércules[8] muy grande, de mármol. Y al lado, otra pequeñita del mismo dios. Para distinguir al pequeño se puso a llamarlo por el diminutivo: Herculito. Sonaba un poco raro, la verdad. Herculito. Después de ver el anfiteatro le dijo al guía: «Lo mejor que nos ha enseñado usted hasta ahora ha sido Herculito».

El hombre se quedaba mirándola de pies a cabeza sin saber qué responder:

—Señora, yo...

Tú sabes que *er* es el artículo tal como lo pronuncian los andaluces, especialmente los gitanos.

Mi novio dijo, aguantándose la risa: «Compare[9], quiere decir eze Hércules pequeñito». El guía se dio una palmada en el muslo y dijo entre dientes mirando al cielo: «Malditas sean las Américas y er Cristóbal Colón que las descubrió». Luego repetía: «A la señora le gusta Herculito». Y soltaba a reír para sí mismo. Pero *Mrs.* Adams tú sabes cómo es. Creía que para distinguir un Hércules del otro tenía que referirse al pequeño con el diminutivo, y como vio que los otros reían, ella volvía a lo mismo sin darse cuenta de la base del asunto.

La tontería puede ser angélica, en verdad, pero lo angélico puede ser y es a veces torpe y procaz[10].

---

8. *Hércules*: héroe mitológico, hijo del dios Zeus y de la reina Alcmena, famoso por su fuerza. Su celebridad se debe, sobre todo, a los doce trabajos que, según la leyenda, realizó: matar al león de Nemea, dar muerte a la hidra del lago de Lerna, capturar a la cierva de Cerinia, capturar al jabalí de Erimanto, limpiar los establos de Augías, matar a los pájaros del lago Estínfalo, capturar al toro salvaje de la isla de Creta, robar las yeguas del rey Diomedes de Tracia, vencer a las amazonas y tomar el cinturón de Hipólita, matar al gigante Gerión y robarle sus rebaños, robar las manzanas de oro del Jardín de las Hespérides, y capturar el can Cerbero.

9. *compare*: se da omisión de la -*d*- entre vocal y consonante sonora; *compadre*.

10. *procaz*: desvergonzado, atrevido, soez.

Mrs. Adams, al marcharnos, repetía, por si acaso no nos habíamos enterado: «Me llevaría Herculito conmigo al hotel y lo pondría en un nicho en mi casa de California, junto al jardín».

El guía respondía: «Señora, por mí puede usted ponerlo donde le parezca mejor. Eso es cosa de su vida privada».

Luego, antes de marcharnos, Mrs. Adams preguntó si debía pagar algo, y el guía le dijo: «La voluntá». Mi novio intervino para advertir un poco agresivo: «Aquí la señora es abúlica[11]». Pero ella le dio diez pesetas al guía y se empeñó en decir que Curro la había llamado abuela y que aquello era una grosería. Ella no era abuela ni lo parecía. Total, que coqueteaba con el guarda. Esas puritanas cuando vienen a Sevilla parecen otras. En fin, acusaba a mi novio de falta de cortesía. La verdad es que tiene dos nietas, que yo las he visto, y una de ellas es bastante grandecita. Pero Curro no le hacía caso.

Sigo hablándote de mi novio. Es hombre de energía y, como dicen aquí, un buscavidas[12]. En verano se dedica a la reventa de tickets para los toros, y el resto del año, a probar vinos. Es catador diplomado. Así dice: catador. De catar. También toca la guitarra y canta, entre amigos. Y baila a veces.

Ya ves. Cuando salimos al campo a mí me duele ver a los campesinos pobres tan pálidos y como enfermizos. Parece que algunos años hay epidemias cuyo nombre no recuerdo ahora y el síntoma más grave consiste, según dice Curro, en estirar la pata. Parece que es un signo fatal ese.

Lo llaman la diñadura o cosa así.

¿Te acuerdas del ladronzuelo del cine? Como te decía al principio, sigue en la cárcel. Fuimos allí a ver a un pariente de Curro que está sentenciado por contrabandista. En la sala de visitas encontramos

---

11. *abúlica*: sin voluntad. Curro hace un juego de palabras, ya que el guía pide como propina por sus servicios la voluntad, lo que Mrs. Adams quiera ofrecer.
12. *buscavidas*: tunante, pícaro que se busca la vida por cualquier medio.

a una prima suya que se llama Eduvigis. Cuando yo le dije que era un nombre raro, ella respondió:

—Calle usted, por Dios. Mi abuela se murió sin poderme nombrar.

Somos amigas. Ella me explica, gracias a Dios, algunas cosas de las que habla Curro y que solo entiendo a medias. Pero claro es que no puedo ir a todas partes con Eduvigis. Ella tiene su vida de familia. Todavía conmigo podría venir siempre, pero Mrs. Adams, ahí donde la ves, cuando se junta con la viuda del decano de Andrianápolis School, que está en el hotel Cristina, hablan con una libertad que Eduvigis no podría tolerar. Tú sabes cómo son los *standards* aquí en ciertas cosas. Y el otro día estábamos en el parque y discutían Mrs. Adams y la decana, y esta decía: «¿Qué hace tu hija? ¿No está para graduarse en la misma escuela que la mía?». Y luego añadió:

—¿Sigue tan diabla tu niña?

—Sí, *my dear* —suspiró Mrs. Adams—. Yo no soy muy estricta, pero tengo mis preocupaciones con la manera de ser de estas niñas de ahora, y a veces me gustaría saber si nuestras hijas son vírgenes o no.

—Bah, virgen o no virgen —dijo la decana—. Al menos la mía no fuma.

Eduvigis la miró de un modo que no olvidaré nunca. Todavía si dijeran cosas en inglés sería menos mal; pero ya sabes que tienen la manía de hablar español no por amor al idioma, sino por aprovechar el dinero que gastan en el viaje. Es lo que ellas dicen.

Aquí la virginidad es muy importante. A la Virgen María no la adoran por ser la madre de Jesús, sino por ser virgen. Muchas cosas he aprendido, querida. Por ejemplo, la palabra *flamenco* viene del árabe *fellahmengo*, que quiere decir *trovador*; contra todo lo que dicen los sabios del provenzalismo, no viene de *trouvère*, sino del árabe *torob*, que quiere decir «canción». Puede que los provenzales lo hayan cogido de ahí, eso es posible. Pero entonces no viene de *trouver*. (Ya ves que hasta me atrevo a plantar cara a los profesores de la vieja escuela.) Aquí en la Bética se vuelve una atrevida.

Pero no quiero ponerme erudita... ¿Tú sabes que comienzan a parecerme mala sombra todas las cosas que no son graciosas? Cuando veníamos de Itálica encontramos un gitano que le dijo a mi novio:

—Ya sé que se murió tu tío el de Écija[13]. Hombres como aquel no quedan ya en el mundo, Currito. Si le pudiera yo resucitar con cinco duros... como estos.

Ya ves, resucitar a un hombre excepcional como el de Écija con cinco duros. Pero cuando nos alejamos, Curro dijo:

—Es un malasombra gilipollas.

Esos gilipollas deben de tener influencia social, porque Curro cuando se enfada los acusa de tener la culpa de todos los males. Yo creía que los gilipollas eran payos, pero debe de haber una rama de esa familia entre los gitanos. A propósito de parientes, le pregunté qué clase de persona era su tío de Écija, y me dijo que era alcalde y que era rico y bastante inteligente, pero que se comía los adoquines[14]. Si eso es verdad, no me extraña que haya muerto joven. En los Estados Unidos hay gente que come carbón y la cal de la pared; pero tanto como adoquines...

La humanidad es terrible de veras, en todas partes, Betsy. Y aquí en Sevilla hay influencia mexicana. Es curioso encontrarla tan lejos. Por ejemplo, cuando una persona muere *lía el petate*. Bueno, debe de liarlo su familia, digo yo. La influencia en cosas que se relacionan con la muerte no me extraña. ¿Tú te acuerdas de las calles de México

---

13. *Écija:* municipio de Sevilla situado en el valle del Genil. Geográficamente se encuentra más próximo a Córdoba que a la capital de provincia. Se conoce popularmente como la Sartén de Andalucía, por las elevadas temperaturas que registra durante el verano. En la época rondaba los 50.000 habitantes.

14. *se comía los adoquines:* juego de palabras. *Comerse los adoquines* es un aragonesismo que se utiliza para describir el carácter bronco de una persona; por otra parte, en los años cincuenta y sesenta, la mayoría de los Ayuntamientos de la comarca llevaron a cabo importantes reformas y mejoras urbanas (apertura de calles, canalización de agua, de electricidad...) que implicaron el derribo de manzanas enteras, el levantamiento del firme de las calles, etc.

con indios vendiendo calaveras de azúcar y huesos de caramelo y esqueletitos pequeños que bailan? ¿Tú te acuerdas de aquel indito que preguntaba en una tienda de ataúdes cuánto costaría un entierro de primera y otro de segunda y otro de tercera, y luego quería saber cuánto más tendría que pagar si la empresa funeraria «ponía el muertito» por su cuenta? El pobre quería un entierro a toda costa y no tenía a quién enterrar.

Ya te dije que a las once de la noche le llaman la hora de la carpanta. Al mediodía, también. Parece griego antiguo: la carpanta, y suena legendario, ¿verdad? Luego hay otras horas en el día, como la hora de queda, la de vísperas... Como te decía, leo a Schulten sobre Tartesos, y creo haber hecho algún descubrimiento. Es decir, son más bien intuiciones. Eso de la carpanta debe de ser etrusco y no griego.

Hice un viaje con Curro en avión a Córdoba. Era la primera vez que Curro volaba y tuvimos vientos contrarios y bastante movimiento. Cuando llegamos a Córdoba y bajamos, Curro puso los pies en el suelo bien firmes y dijo con los ojos en blanco:

—Dios mío, qué güena[15] es la tierra.

Es la primera vez que le he oído una cosa así.

Yo quería tener un noviazgo de reja, cancela y patio, al estilo clásico; pero en mi hotel no hay manera. Y, además, andar todo el día del brazo de Curro por ahí y ponernos en la reja por la noche resultaría, como él dice, «hacer el paripé». Ya sé lo que esto quiere decir. Quiere decir hacer algo innecesario en ciertas condiciones que todavía no puedo precisar exactamente. Trataré de enterarme.

Aquí, en cuestión de amor, los hombres —pobrecitos— padecen *sex starvation*. No sé qué hacen las mujeres, la verdad. Pero yo por ahora sigo entregada a la historia de Tartesos.

---

15. *güena*: vulgarismo por *buena*.

Lo que más me apasiona en Schulten es la parte donde dice que Tartesos era la Atlántida[16] de la que hablaba Platón. La Atlántida famosa perdida en la noche de los tiempos. Schulten es el que comenzó a poner el dedo en la úlcera[17] (así dicen) de lo andaluz. Y qué equivocados estamos todos con este país, Betsy. No es solo esta tierra de castañuelas. Es el misterio mayor de Europa. Eso es. Andalucía era la Atlántida hace tres mil años. Los caballos iban enjaezados de oro; los hombres, vestidos de cuero y de plata; las mujeres presidían los actos públicos y se llamaban *gachíes*[18] o algo así. Es lo que dice Curro: «Las gachíes de Tartesos».

La Atlántida, querida. Schulten hizo excavaciones buscando la ciudad, es decir, la Tarsis del Antiguo Testamento, y solo encontró un anillo[19] que dice en una inscripción primitiva griega: «Tú que me llevas, sé dichoso». Eso es como si Tarsis le hubiera dado a Schulten el anillo de esponsales y la promesa de entregarse a él en honestas nupcias un día. ¿No es excitante? Me gustaría intervenir en esas excavaciones, si pudiera.

Figúrate que el minotauro[20] de Creta salió de las riberas del Guadalquivir. Y no creas que estoy loca como *Mrs.* Adams cuando empieza a hablar de estas cosas. No. En tiempos de Salomón había un rey en Sevilla que se llamaba Gerión y le mandó un toro blanco al rey

16. *Atlántida*: nombre de una isla legendaria desaparecida en el mar, que se menciona y describe por primera vez en los diálogos *Timeo* y *Critias*, del filósofo griego Platón. Se han hecho numerosas conjeturas sobre su ubicación; así, por ejemplo, en 1922, el arqueólogo alemán Adolf Schulten popularizó la idea de que Tartesos fue la Atlántida.

17. *poner el dedo en la úlcera*: corrupción del modismo *poner el dedo en la llaga*.

18. *gachí*: femenino de *gachó*: mujer, muchacha.

19. *solo encontró un anillo*: Adolf Schulten realizó excavaciones en el Parque Nacional de Doñana, cerca de la desembocadura del río Guadalquivir, y halló un poblado romano en el Cerro del Trigo, que creyó que era una población situada sobre los restos de la mítica ciudad.

20. *minotauro*: monstruo mitológico con cabeza de toro y cuerpo de hombre, hijo de Pasífae. Minos, rey de Creta, lo encerró en un laberinto que construyó Dédalo en la ciudad de Cnosos. Durante mucho tiempo se sacrificaron hombres y mujeres para alimentar a la bestia, hasta que el héroe Teseo logró darle muerte.

Minos. Un toro de la ribera de Alcalá de Guadaira, como los que veo pastar a veces desde el balcón de mi cuarto, querida. Hermosos toros que vienen de una casta diferente desde los tiempos prehistóricos, la casta de los toros de lidia. Se dividen en varias clases, así como marrajos, zaínos, cabestros y gazapones[21], según el color.

La reina, la esposa de Minos, se enamoró de él, digo del toro de Alcalá de Guadaira, y tuvieron relación sexual, de la cual nació un monstruo con cuerpo de hombre y cabeza de toro. El minotauro del laberinto famoso se podría decir, pues, que era hijo de Alcalá de Guadaira. ¿Sabes? Yo creo que todo esto del toro es alegórico y que probablemente el toro de Gerión era un embajador bastante *handsome* y que le gustó a la reina. Tal vez ese embajador sabía de toros, porque aquí todo el mundo es experto, y en Creta toreaban ya entonces casi lo mismo que ahora, porque yo he visto dibujos de la época con toreros poniendo banderillas. Pero, por otra parte, en la tradición cretense hay objetos y cosas que explican cómo esa relación entre el toro y la reina fue posible.

Te lo explicaría también, pero no podría confiar esas explicaciones al correo. Ya te lo diré cuando nos veamos. Es bastante *shocking*, querida; pero, como te digo, fue posible. (Digo físicamente posible.)

Por el momento lo que quiero decirte a propósito de los toros de Alcalá de Guadaira es que estando yo en el balcón (mi hotel está enfrente de la casa del cura) pasó por la calle una niña de unos doce años, detrás de una vaca. Y el cura, que estaba leyendo su breviario[22], cuando la vio le dijo:

—Hola, Gabrielilla.

—Con Dios, señor cura.

---

21. *marrajos, zaínos, cabestros y gazapones:* un toro *zaíno* es de color negro. El resto de los términos no tiene que ver con el color del animal, sino con su carácter: *marrajos* y *gazapones* son los toros que arremeten con engaño, a traición; *cabestros* son los mansos que conducen la manada de toros bravos en los encierros.
22. *breviario:* libro que contiene el rezo eclesiástico de todo el año.

—¿Adónde vas?

—A llevar la vaca al toro, señor cura.

—¿Y tu padre? ¿Dónde está?

—No lo sé.

—¿No podría hacer eso él?

Y la niña, escandalizada, respondió:

—No, señor cura. Qué cosas tiene. Es menester el toro.

No sé qué alcance dar a ese incidente, pero me recuerda lo de Creta y el minotauro, y por eso te lo cuento.

Mrs. Adams siempre quiere ir a los conciertos y me invita a mí; pero si no voy con mi novio, me aburro mucho, y Curro no quiere ir. Dice que no sabe nada de música. Eso no es verdad, porque toca la guitarra muy bien. Y cuando yo le digo que algo sabrá, él me responde que lo único que sabe es que la música la inventó un hindú que se llamaba Chindurata y que luego un chino llamado Taratachunda la perfeccionó. Ya ves. Yo no sabía esas cosas. Seguramente tú tampoco, ¿verdad?

Estos gitanos no son incultos, sino que tienen formas de cultura propias y diferentes. Eso es.

Al hablarle yo de la antigüedad de su nombre y de los Antolines, él me respondió que el apellido más antiguo del mundo es Pérez. Y que Adán, el del paraíso terrenal, se llamaba Pérez, porque Dios le dijo: «Si comes fruta del árbol prohibido, Pérez-serás».

Yo creo que es una broma y un juego de palabras con *perecerás*. Mi novio es así y hay que andar con cuidado.

Quiero ir al coto de Doñana[23], que está hacia la parte de Huelva, para ver los lugares donde estuvo emplazada Tartesos, la gran ciu-

23. *coto de Doñana:* aunque la práctica totalidad de Doñana se encuentra en la provincia de Huelva, hay una parte que se extiende hacia Sevilla y Cádiz. Sus marismas son lugar de paso, cría e invernada para miles de aves acuáticas y terrestres, europeas y africanas.

dad donde los caballos comían en pesebres de plata; los ciudadanos tenían leyes en verso, escritas desde hace ocho mil años (imagínate), y estaba habitada por los hombres más hermosos y más pacíficos del mundo. Tú sabes que América es el único país del orbe donde las mujeres, refiriéndonos a los hombres, decimos a veces *how sweet!* Es decir, que en ninguna otra parte del mundo es atractivo para las hembras un hombre dulce (*sweet*). Pues parece que los de Tartesos eran los más dulces del mundo y por desgracia eso los arruinó. Porque los bárbaros del norte de África acabaron con ellos.

Y con ellos acabó la Atlántida también.

Mi novio seguramente es un atlante rezagado que los antepasados de Platón recordaban con nostalgia.

Cuando alguna gitana se dirige a mi novio para pedirle algo, siempre le dice «señor marqués» o bien «marquesón».

—Anda, marquesón —le dijo una ayer—, que tienes más hechuras que er mengue de la catedral mayor.

Er mengue es como decir el diablo. Luego me dijo Curro que aquella gitana había venido a menos después de morírsele el marido, que fue tesorero de la cofradía de Triana. Porque los gitanos tienen su cofradía. Me contaba Curro que el año pasado, cerca de la Semana Santa, cuando las cofradías estaban organizando sus procesiones, la hermandad de los gitanos[24] de Triana no tenía todavía banda de música, y fue al gobernador a ver si podía arreglar la cosa. Porque el gobernador interviene en el orden de las procesiones. Iban cinco gitanos en comisión, la junta completa. Y los gitanos le dijeron:

---

24. *hermandad de los gitanos:* se fundó en el año 1753 en el convento del Espíritu santo de Triana con el nombre de hermandad de los Castellanos Nuevos, como se denominaba en aquella época a los gitanos. El incendio de la iglesia de san Román en 1936 acabó con buena parte de su patrimonio. En la época en que transcurre la novela, la hermandad se recuperaba aún de sus pérdidas. Actualmente tiene su sede en la iglesia del Valle de Sevilla. Saca en procesión dos pasos: Nuestro Padre Jesús de la Salud y María Santísima de las Angustias.

—Mire usted, señor gobernador, si queda alguna banda de música por ahí.

Y él miró en un papel y alzó los hombros:

—Solo queda libre —dijo— la banda de la Guardia Civil. Si la quieren ustedes...

Y los gitanos fueron levantándose de uno en uno. «Hombre, señor gobernaó, parece mentira; que aquí hemos venido en amigos y pedir una banda de música no es mentarle la madre a su excelencia.» Eso decían. Y los cinco fueron saliendo medio locos, y la cofradía fue a la procesión aquel año sin banda de música.

Parece que los gitanos no quieren a la Guardia Civil. Evitan incluso decir el nombre. A dos guardias juntos (siempre van en parejas) les llaman el 77. Y al lugar donde los guardias se alojan, «las veintisiete letras», porque —y esto lo he descubierto yo misma sin que Curro me diga nada— en esos lugares hay un letrero que dice: «Casa Cuartel de la Guardia Civil» y el letrero tiene veintisiete letras, como te digo, que las he contado yo.

Para que veas cómo entro en la vida del país, el otro día fui a llevarle a un zapatero remendón que hay en mi barrio un zapato para que me sujetara el tacón que se había soltado, y estaba con el zapatero un torero. Bueno, no un matador, sino un banderillero o cosa así. Y discutían de política. El zapatero era partidario de un régimen muy avanzado y el otro le preguntaba cómo se iba a regir la economía en ese régimen. El zapatero decía: «Muy fácil. Yo le hago un par de zapatos al vecino que es sastre y él me hace a mí una chaqueta. El panadero me trae a mí el pan durante un mes y yo le remiendo los zapatos de la familia. ¿Comprendes?».

—Sí; pero en mi caso —decía el otro— tú sabes cuál es mi oficio, ¿verdad? ¿Tú me haces un par de zapatos y yo te pongo un par de banderillas?

El zapatero se acaloraba, diciendo que aquello era hablar de mala fe.

Me preguntaron qué me parecía a mí y yo dije que como extranjera no debía meterme en política. Ando con cuidado en eso. Más tarde, cuando fui a buscar el zapato, el viejo artesano me dijo refiriéndose al banderillero que era un torero de invierno[25]. No sé qué quería decir con eso. Tal vez que solo torea en México, donde la temporada es en esa época del año.

Hay que tener cuidado con el género femenino de algunos sustantivos, Betsy querida. Lo mismo que en México hay diferencia entre los corridos y las corridas, aquí no hay que confundir los tientos con las tientas. Los tientos son un estilo de toque de guitarra y las tientas son fiestas en las dehesas donde hay ganado de lidia. Fiestas muy exclusivas, no vayas a creer; pero a mí me invitan desde que soy la novia de Curro.

A una de esas fuimos hace poco. Por cierto que a un lado de la casa había unas toldillas, y nos sentamos a la sombra y nos dieron vino y tapas. Cerca había gitanos. En todas partes donde se come aparecen gitanos grandes o chicos. Se acercó uno de seis o siete años y se puso a bailar y a golpearse con el dorso de las manos la barba de abajo arriba muy deprisa, de modo que, entrechocando los dientes, hacían ruido como las castañuelas. Cuando terminó le preguntó Curro cuántos años tenía.

—Seis, para servirle —dijo el niño.

—No es posible, seis. En seis años no has tenido tiempo para ponerte tan sucio, chavó[26].

Y le dio dos pesetas.

Se acercan las fiestas de este año —faltan solo tres días— y se comentaban en la dehesa los nuevos pasos de Semana Santa y el orden de las cofradías. Parece que el año pasado el Ayuntamiento encargó a Barcelona un paso nuevo de la Última Cena. Como la

---

25. *torero de invierno*: en invierno no se celebran corridas de toros.
26. *chavó*: niño, muchacho.

Semana Santa se aproximaba y no llegaba el paso, telegrafiaron a la fábrica y les respondieron que harían lo que pudieran, pero que no podían comprometerse a nada. Entonces el Ayuntamiento envió dos concejales para que trajeran los doce apóstoles sin la mesa, ya que en Sevilla tenían la del paso anterior en buen uso. Los concejales vieron que las estatuas de madera estaban ya barnizadas y secas. Y entonces se las llevaron a la estación. Sacaron billetes para cada una como si fueran personas. Uno de los concejales se fue con Jesucristo a primera clase, y el otro, con los demás, a tercera. Y así acaban de llegar ayer.

Pero volviendo a la tienta te diré que estuvo muy bien y mi novio toreó un becerrito muy *cute*. Le aplaudieron bastante.

Hubo un incidente que tiene relación con algo que te decía en la carta anterior. No sé si te acordarás. A veces (no sé qué pasa) más valdría que no despegara los labios en público. Porque digo algo y todos me miran de reojo y se ríen bajo los bigotes. Tú verás lo que pasó. Un joven torero quería lucirse en la placita pequeña del tentadero y me dijo:

—Con permiso de Curro, ¿qué es lo que a usted se le ofrece, princesa?

Parece que quería hacer algo notable para mí. Y yo, por el afán de dármelas de entendida, porque todo el mundo en las tientas es muy experto en toros, recordé el diccionario Larousse y la suerte del parche y dije:

—Lo que más me interesa en estas fiestas es el parcheo[27].

—Vaya —dijo el otro con la mirada diríamos *frozen* (helada).

Como había un gran silencio, yo añadí, creyendo aclarar las cosas:

—Una buena faena de parcheo es lo que yo busco, camará[28].

27. *parcheo*: los presentes entienden que Nancy está hablando de *parchear,* es decir, sobar o manosear a una persona, no del *parche* como suerte de la lidia.
28. *camará*: hay omisión de la -*d*- intervocálica; *camarada*.

Dije eso de *camará* porque hace flamenco. Pero Curro se quitó el sombrero, se limpió el sudor y dijo de un modo bastante desesperado:

—Por los clavos del Señor, niña; explica de una vez eso del parcheo a la concurrencia. Que ya es mucha esaborisión[29].

Los *esaboríos* y los *gilipollas* son la gente que menos le gusta a Curro. Yo expliqué lo que dice el Larousse: «Suerte de lidia que consiste en pegar un parche de colores con pez en la frente del toro». Allí hubieras visto. Todos lo comentaban a la vez. Parece que esas suertes ya no se hacen desde los tiempos de Paquiro[30]. Y unos decían que aquello era cosa de circo y no de lidia y otros que era pamema[31]. Pregunté a mi novio qué es *una pamema* y él me dijo: «Pues es una filfa».

Una *filfa* es lo que en los Estados Unidos llamaríamos una *apariencia vana*.

Pero yo entonces seguía sin entenderlo. El torero, por complacerme, puso un parche a un novillo con un abanico mojado con miel. Y después le limpió la miel al toro con un pañuelo.

Yo lo jaleaba y Curro miraba a otra parte. Jalear, de jaleo. No hay que confundir el jaleo con la jalea que se toma en el desayuno. Curro sonreía con media risita de conejo. Dice que tiene más miedo a mis palabras que a un miura[32].

Los miuras son los toros especiales que los toreros suicidas encargan cuando tienen contrariedades de amor. A Manolete[33] le

---

29. *esaborisión*: se da aféresis y seseo de *desaborición*.
30. *Francisco Montes, Paquiro*: matador de toros (1805-1851) considerado como uno de los padres de la tauromaquia moderna. Restauró el salto de la garrocha e inició el toreo a pie como eje básico de la corrida.
31. *pamema*: necedad, pamplina.
32. *miura*: toro de la ganadería de Miura, fundada en 1842, famosa por la bravura de sus reses, que se crían en la finca Zahariche, en la localidad sevillana de Lora del Río.
33. *Manolete*: Manuel Rodríguez, Manolete (1917-1947), fue uno de los toreros más famosos de la España de posguerra y figura indiscutible desde 1940; destacó por su estilo sobrio y técnico, a la vez que por su esteticismo hierático. Murió en la plaza de Linares por la cogida de un miura, de nombre Islero.

matÓ un miura, y he traducido al inglés el final del romance[34] que dice así:

> Ay, what a shame!
> The king of toreros is dead
> So that's why the cigarette girls
> And all of Sevilla are in mourning.
> Are wearing black scarves...

Pienso sacar el *copyright* en los Estados Unidos, cuando vaya.

Manolete tuvo también sus contrariedades de amor, solo que aquí esas contrariedades son más deprimentes y producen verdaderos *breakdowns*. Así como en los Estados Unidos los amantes decepcionados se van a Nevada y se divorcian, aquí (digo entre toreros) encargan toros de Miura para hacerse matar. Y envían el retrato a la infiel. Y los poetas componen romances como has visto. Suelen dejar mucho dinero. A ese dinero del testamento del torero se le llama «el parné».

El folclore está lleno de esas cosas.

Durante la fiesta en la dehesa yo saqué el tema de los toreros americanos y hablé de Sidney Franklin[35]. Todos elogiaron su valor y su habilidad, pero estaban de acuerdo en que lo toreros americanos tienen demasiada grasa. Además, los americanos piensan que el toreo es un deporte. Tonterías. Parece que el toreo es más bien una religión antigua y una metafísica. Otro día te lo explicaré.

---

34. *he traducido al inglés el final del romance*: la copla que Nancy traduce no está dedicada a Manolete, sino a Manuel García Cuesta, el Espartero (1866-1894), que murió en la plaza de Madrid por la cogida de un miura, de nombre Perdigón. La copla original dice así: «Los toritos de Miura / ya no tienen miedo a nada, / que se ha muerto el Espartero, / el que mejor los mataba. / Vaya una pena / que ha muerto el rey de los toreros; / de luto está Sevilla entera / y se han teñido los pañuelos / de negro todas las cigarreras».

35. *Sidney Franklin*: pintor y matador de toros estadounidense (1903-1976). Toreó en España la temporada 1929-1930 y en 1935.

—¿Cuál es el mejor maestro del toreo? —pregunté yo.

—El mejor es la Gazuza[36] —dijo un viejo.

Otro dijo:

—Eso es lo malo de Franklin, que no conoció la Gazuza.

Fíjate, Betsy, la Gazuza. Una mujer. ¿No te sientes halagada? No me extraña que hayan salido toreros como Conchita Cintrón[37] y la MacCormick[38]. La Gazuza. Yo no había oído hablar nunca de ella.

En la tienta, los jinetes llevaban una protección de cuero en los pantalones que se llaman *sajones*[39] porque parece que los importan de Sajonia.

La gente bebía mucho. Para que veas cómo avanzo en el conocimiento del *slang* español, te diré los diferentes nombres que tiene aquí la borrachera según me ha dicho mi novio, que es experto: embriaguez, chispa, curda, trúpita, jumera, turca, tajada, merluza, cogorza, castaña, melopea, pítima, pea, tablón, papalina, mona, moscorra, zorra... También la llaman *la poderosa*. (Antes de cerrar esta carta, mi novio revisará esta lista de nombres de modo que puedas usarla si quieres para tus clases.)

Ya ves que mi léxico se enriquece.

Hay muchas cosas que aprender en relación con las costumbres taurinas. A algunos toreros, cuando se visten el traje de luces, les pasa una cosa rara. Se les arruga el ombligo (yo digo que será alguna alergia), y ese es el síntoma de una neurosis que se llama *la jindama*[40].

---

36. *la Gazuza*: el hambre, que es la que mueve a ponerse delante de un toro.
37. *Conchita Cintrón*: rejoneadora peruana nacida en 1922. Después de triunfar en México, actuó en España desde 1945 hasta 1950.
38. *MacCormick*: se refiere a Patricia McCormick, natural de Saint Louis (Missouri). Fue la primera norteamericana que se dedicó al toreo. Inició su carrera en septiembre de 1951 en Ciudad Juárez (México). Toreó en más de trescientas corridas en México y Venezuela, y sufrió hasta seis cornadas.
39. *sajones*: hay seseo y aspiración de -*h*- intervocálica. Los *zahones* son unos calzones de cuero o paño, con los perniles abiertos que llegan a media pierna y se atan a los muslos.
40. *jindama*: miedo, temor.

Para evitarlo se ponen una faja roja especial.

Los picadores usan una lanza que se llama *puya*. De ahí viene gastar puyas, que es sinónimo de *chotear*. (El choto es un toro joven.) A nadie le gustan las puyas. Al toro, tampoco.

A los toros, cuando son completamente negros, les llaman reberendos (con b), y no comprendo por qué; como no sea porque también los sacerdotes van vestidos de negro, y que ellos me perdonen. Así se dice «el toro era reberendo en negro».

Mi novio me da un poco la impresión de un toro como el que el rey Gerión envió al rey Minos de Creta. A veces se le levantan dos ondas en el pelo como cuernos. Pero cuando yo se lo digo se pone furioso como un toro. Yo me río y él se enfada más. Hasta que le digo:

—Cuanto más rabioso te pones, más me gustas, chavó.

Eso de *chavó* es aquí como *honey* en los Estados Unidos. Una palabra cariñosa. Cuando la digo se ríe y se le acaba la furia.

Aquí los cuernos son tabú. En el país de los toros. ¡Quién iba a pensarlo! Pero es que eso lo relacionan con la fidelidad conyugal.

Hay un pueblo cerca de la provincia de Málaga, hacia el mar, cuyo santo patrón es san Lucas, que por tener como símbolo en los evangelios un toro es el santo de los maridos cuya mujer (figúrate qué inocentes supersticiones) se vuelve rana la noche de san Juan.

El día de las fiestas hay una procesión y llevan la estampa de ese santo en lo alto de un palo de doce o quince metros de largo. Pues bien, los maridos salen a las ventanas con escopetas y le disparan tiros gritando al mismo tiempo los mayores insultos.

Todo eso para evitar que la noche de san Juan sus esposas se conviertan en ranas[41].

¿No son formas folclóricas encantadoras?

Cuando acaba la procesión parece que no quedan del santo patrón del pueblo sino dos o tres hilachas del lienzo, colgando.

Y todavía lo insultan desde los balcones diciéndole cosas afrentosas en relación con el sexo.

El amor aquí responde a eso que llamaríamos *erotismo fatalista*[42]. García Lorca ha escrito bastantes poemas de ese carácter.

Por cierto que en la tertulia a donde vamos Curro y yo se habla de todo, y el primer día que fui con él me llevé una sorpresa. Curro es una persona bastante culta, aunque no lo parezca. Más que culta, diría yo. Como lo oyes. La tertulia es una costumbre adquirida en este país desde los tiempos de Tertuliano[43] que les dio el nombre (esto es obvio, claro). Curro habló de muchas cosas de las cuales yo no creía que supiera nada. Después me dijo que realmente es un *ignoramus*, pero lleva toda su vida asistiendo a las tertulias de gente de arte y de toros y de letras, y oye hablar a los unos y a los otros y «coge la almendrilla de la cuestión».

Cuando llegamos a la tertulia discutían de mujeres. En los periódicos del día había una estadística según la cual hay en España siete mujeres por cada hombre. Uno que estaba en un extremo de la tertulia, con el sombrero caído sobre un ojo, dijo:

—Zi ezo e verdá, argún hijo de zu madre debe de tené catorse.

Con eso quería decir que él no tenía ninguna. Pobrecito. Un *sex starved*. En aquella tertulia aprendí que las pocas mujeres que salen solas de noche todas son estudiantes. Eso está bien; quiero decir que me gusta que sean ellas quienes dan la norma de independencia. Son señoritas (según decían) que hacen la carrera[44].

---

41. *convertirse en ranas*: o *salir rana*, es decir, defraudar la confianza que se ha puesto en una persona; en este caso, que las mujeres cometan adulterio. Son abundantes los datos sobre celebraciones semejantes a la que describe R. J. Sender en distintos puntos de España, con motivo de las fiestas de san Lucas y de san Marcos. Se solía decir con socarronería que los maridos cuyas esposas les eran infieles pertenecían a la cofradía de san Marcos y que los recién casados eran los abanderados de esta cofradía. El propio Quevedo recoge la tradición en uno de sus romances: «La pedía por esposa / para mejorar de trastos, / y ser atril de san Lucas / siendo el toro de san Marcos».

42. *erotismo fatalista*: el amor trágico es el tema de muchas obras de Federico García Lorca, como los *Sonetos del amor oscuro* o tragedias como *Yerma*, *La casa de Bernarda Alba* y *Bodas de sangre*.

43. *Tertuliano*: padre de la Iglesia (155-230 d. C.) que tuvo fama como sabio y erudito.

44. *señoritas (...) que hacen la carrera*: forma popular para referirse a las prostitutas.

En la tertulia se hablaba de poesía y alguien recitó los versos que en *Yerma* dice la casada estéril al bebé de una vecina. Los otros escuchaban y torcían el gesto:

—Ese no es Federico —decían.

Entonces mi Curro se ladeó el sombrero y recitó:

*La muerte me está mirando
desde las torres de Córdoba*[45].

—Ese es —dijeron dos o tres a un tiempo.

Mi novio añadió:

*Por el cielo va la luna
con un niño de la mano...*[46]

—Ahí le duele —dijo otro.

Ahí le duele es lo mismo que *to be right*. Y se dedicaron a recitar al verdadero Federico y a decir cuál era el falso. Luego hablaron de la trágica muerte del poeta que escandalizó al mundo entero. Alguien dijo: «Pobre Federico, un muchacho tan delicado. ¡Qué mal trago debió de pasar en los minutos anteriores a la muerte[47]!». Y Curro, mi Curro, dijo que no; que Federico mismo, después de pasar la noche en una sala del cuartel con algunos guardias civiles, al ver que amanecía, se levantó de la silla, se cruzó la chaqueta y, mientras se abrochaba con un gesto bastante torero (yo sé qué gesto es ese de abrocharse la chaqueta a lo torero, porque Curro también lo hace), dijo: «Vamos, señores, cuando ustedes quieran». Y uno de la tertulia se echaba el sombrero hacia la nuca y añadía:

—Eso es como el espada cuando sale a los medios; se quita la montera y dice al público: «Vaya por ustedes, señores».

45. De la «Canción del jinete», recogida en el libro *Canciones* (1927).
46. Del «Romance de la luna, luna», del *Romancero gitano* (1928).
47. García Lorca fue fusilado al principio de la Guerra Civil, el 19 de agosto de 1936.

—El toro era miura —dijo alguien, y todos callaron respetuosamente.

Estaban de veras tristes, pero no tardó en llegar un individuo que escribe novelas y de vez en cuando viene a leer un capítulo a la tertulia. Cuando aparece, todos se alegran, dan voces y piden botellas.

Leyó un capítulo bastante aburrido, y los otros escuchaban, algunos guiñándome de vez en cuando el ojo. El que leía llegó a un lugar donde decía: «El marqués entró en la habitación y saludó: "Buenos días, señores"».

Mi novio Curro alzó la mano y dijo:

—Alto ahí, amigo. Tendrá usted que confesar que eso lo ha cogido de otro escritor. Porque yo lo he leído en una novela de Victor Hugo[48].

Los otros estaban de acuerdo con Curro. Aquello de «buenos días, señores», lo habían leído en alguna parte. «Mejor será que lo cambie», le decían. El lector juraba que era suyo y mientras se disponía a seguir leyendo, los otros pedían más botellas. Yo no comprendo. La verdad es que la frase no merece la pena y puede ser de cualquiera, ¿verdad?

Después alguno sacó el tema de Freud[49]. Nada menos. El que sacó el tema es un muchacho poeta que creo que se llama Quin. Es gitano por parte de su tía Nicanora —dice— y rubio como las espigas. Cosa rara. El hombre que no tenía ninguna mujer dijo una serie de cosas que estaban muy bien. Según él, las teorías de Freud no tienen partidarios en España, donde cada uno hace lo que quiere desde antes de salir del vientre materno. Discutieron aquí y allá, y el gitano rubio y poeta contó este cuento, que tiene mucha sustancia, como verás: Una mujer va al médico analista y le dice: «Me atacan los pájaros». El médico se frota las manos de gusto. Un caso bien claro. La atacan

---

48. *Victor Hugo*: escritor francés (1802-1883). Fue la figura más destacada del Romanticismo en su país; sus novelas más importantes son *Notre-Dame de París* y *Los miserables*.

49. *Sigmund Freud*: psiquiatra vienés (1856-1939), fundador del psicoanálisis.

los pájaros. Y le da cierto tratamiento. A los tres meses, cuando cree que está curada, ella le dice: «Me atacan los pájaros todavía». Sigue el tratamiento, y algún tiempo después la muchacha se queja de lo mismo. Todavía la atacan los pájaros. Luego sale ella con el médico y al cruzar el parque, los pájaros se descuelgan de los árboles y la atacan de verdad. Con esto terminaba el cuento, y mi novio, aunque no creo que estime mucho al poeta rubio, le daba la razón y decía:

—Esa es la almendrilla (*the little kernel*) de la cuestión.

Esos tertulianos me dan la impresión de una especie de genios analfabetos, la verdad. Bueno, esto de analfabetos lo digo en broma. Todos saben leer y escribir. Yo quería saber la interpretación que Curro daba al cuento de los pájaros y le pregunté, y entonces él me dijo que la niña no tenía necesidad de ir al médico, sino de comprarse una sombrilla y liarse a golpes con los pájaros o bien dejarse comer por ellos de una vez. No estoy segura de haber entendido, pero esa reacción a mí me parece bastante fina. ¿No crees?

Aquí la gente es de una ignorancia muy sabia. Para darse cuenta hay que atrapar todos los matices. Es lo que me pasa a mí ahora. Y no hablan nunca en serio. A propósito: ayer sonaron horas en la catedral y Curro me dijo que el reloj estaba estropeado porque había sonado la una tres veces seguidas. Yo creía que era verdad, pero luego caí en que el reloj había sonado las tres. Mi novio gasta muchas bromas con las cosas del tiempo. También dice que lleva su reloj doce horas adelantado. Doce horas, ¿tú comprendes?

Pero no entiendo todas las bromas. Y por eso tomo precauciones. Por ejemplo, cuando bebemos manzanilla y nos dan tapas, yo evito las de queso, porque está convenido entre los andaluces bromear con el que come el queso, y a eso llaman dárselas —las bromas— con queso.

Como ves, voy entendiendo las cosas. Pero las dificultades que me ha costado solo yo las sé. «Dárselas con queso.» Figúrate. ¿Quién va a imaginar una cosa así?

Pero quiero contarte otra excursión que hice para que veas que aprovecho el tiempo por el lado de la cultura formal y que no todo han de ser juergas flamencas.

El sábado último fuimos a Carmona *Mistress* Adams y yo, solitas. Carmona[50] es una ciudad antigua de Andalucía y hay una necrópolis[51] romana. Para ir apalabramos un taxi. Habíamos quedado en salir a las dos, pero eran las dos y media y todavía aguardábamos.

Por fin llegó. Salimos enseguida para Carmona.

El chófer alzaba una ceja, pisaba el acelerador y decía, volviéndose a medias hacia nosotras:

—Podridita que está la carretera[52].

Me preguntaba *Mrs.* Adams y yo le traducía: «La carretera, que está podrida». Ella miraba por un lado y hacía los comentarios más raros. ¿Cómo puede pudrirse una carretera?

Es Carmona una ciudad toda murallas y túneles, la más fuerte de Andalucía en los tiempos de Julio César[53]. Y fuimos directamente a la necrópolis. Un chico de aire avispado fue a avisar al guarda, que era un hombre flaco, alto, sin una onza de grasa, con el perfil de una medalla romana. Aparentaba cincuenta y cinco años. «A la paz de Dios», dijo cuando llegó.

La necrópolis es la más hermosa que he visto en mi vida. Ya dije que *Mrs.* Adams se da importancia de arqueóloga. Todo quería saberlo antes y mejor que el guía. No por nada, sino porque el hombre

---

50. *Carmona*: una de las principales ciudades del bajo Guadalquivir, a unos 30 km de Sevilla. Es punto de unión de tres paisajes naturales: Los Alcores, La Vega y Las Terrazas.
51. *necrópolis*: cementerio, sobre todo el de la Antigüedad, del que se conservan restos de monumentos fúnebres. En la necrópolis de Carmona estos restos pertenecen, en su mayor parte, a la época de los Antoninos.
52. *podridita que está la carretera*: atascada, intransitable, llena de coches.
53. *Cayo Julio César*: emperador romano (100-44 a. C.). Llegó a Hispania en el año 61 a. C., pacificó a sus pueblos e impulsó el desarrollo social, económico y cultural de la península.

llevaba en la cara la sombra de una barba de dos o tres días, y para una americana un hombre en esas condiciones no merece respeto. El guía, con la mano en la cadera y un poco inclinado hacia adelante, la dejaba hablar y después decía:

—Es posible que tenga usted razón. Pero otras personas dicen...

Y entonces colocaba su versión, que, naturalmente era la verdadera, porque el hombre fue instruido hace años por el inglés *Mr.* Bonsor[54], que hizo a su costa las excavaciones.

A pesar de su edad, también aquel guía era sugestivo, con su perfil entre romano y tartesio.

Descendimos por unas escaleritas casi verticales como si bajáramos a un pozo. En un lado había un conducto grabado en la roca —como una chimenea pequeña que iba a parar a un sepulcro de una familia rica. Y *Mrs.* Adams decía:

—Esto es para el humo, porque los romanos venían a visitar a sus muertos y como en invierno hacía frío encendían fuego.

El guarda escuchaba tranquilo y luego añadía:

—Es posible. Pero otras personas dicen que ese caño iba al *libatorium* y que por ahí echaban vino hasta la pileta que hay abajo, porque a los romanos les gustaba el trago que era una demencia. Hasta después de muertos.

Afortunadamente, no había por allí Hércules grandes ni pequeños. El guía señalaba un panteón[55]. Entrábamos en él y explicaba:

—Este se llama el panteón del banquete fúnebre a causa de las pinturas del techo. El de al lado es el de Postumio[56]; el de enfrente,

---

54. *Mr. Bonsor:* George Edward Bonsor (1855-1930), precursor de la arqueología moderna en España. Descubrió numerosos yacimientos en Andalucía occidental, entre los que destacan la necrópolis y el anfiteatro de Carmona, los yacimientos de Los Alcores, Setefilla en Lora del Río y las excavaciones de Baelo Claudia en Cádiz.
55. *panteón:* monumento funerario destinado al enterramiento de varias personas.
56. *Postumio... Propusa:* en realidad, las tumbas pertenecen a Postumio y Prepusa; datan de la época de Tiberio (siglo I d. C.).

el de la Propusa. Allá está el altar de los manes[57], y más acá, el de los lares[58].

Mrs. Adams se ponía a buscar los lares en las urnas cinerarias, y el guarda le decía:

—No, señora. Los lares están al descubierto, más acá. Esas urnas que están a la entrada de la tumba son las de los criados, porque hasta después de muertos los señores de entonces necesitaban tener criados a la mira, por si acaso.

—Estas otras urnas más pequeñas son de infantes, digo de párvulos —se adelantó *Mistress* Adams.

—Es posible, señora; pero otros dicen que son también de criados. Y así debe de ser, porque los romanos no quemaban a los niños, sino que los enterraban enteritos. Era costumbre. ¿Saben ustedes? Había un gobernador un poco metido en edad que le llamaban Luxinos y que vivía en Carmona. Se venía para acá muchos días a rezar a los lares de su familia, que los tenía allá en aquel nicho. En invierno se sentaba en aquella banca de piedra cara al sol, y en verano, en la de enfrente, a cubierto del muro y a la sombra. Y sobre las dos bancas había un emparrado que trepaba por aquellas columnitas. Las uvas eran para atraer a las abejas, que los romanos las estimaban en estos lugares, porque eran los símbolos de la eternidad. Eso es.

Como nadie decía nada, el guía añadió:

—Se daban buen vivir los romanos hasta después de la muerte. Y ese gobernador Luxinos era muy estimado, porque era el que alumbraba los vellerifes[59].

(Creo que eso de *alumbrar los vellerifes* quiere decir encender la antorcha en los juegos olímpicos.)

Vimos el crematorio público y luego algunos otros particulares de los panteones ricos. Frente al crematorio general había unas se-

---

57. *manes*: dioses protectores de las almas de los difuntos.
58. *lares*: dioses protectores del hogar.
59. *alumbrar los vellerifes*: poner dinero, financiar.

pulturas muy antiguas, y aunque tenían lápidas romanas, había en ellas influencia etrusca y también púnica. Eso decía el guía con la mano en el anca. Yo apuntaba eso de «alumbrar los vellerifes» para preguntarle a Curro qué quiere decir. Porque no estoy segura de que sea verdad lo que te he dicho de la antorcha.

—¿Quiénes eran los etruscos[60]? —preguntó *Mistress* Adams para ver si el guía sabía lo que decía.

—Pues algunos dicen que era un pueblo muy mañoso para el arte y también valiente en la guerra, que vivía donde ahora está una ciudad que llaman Florencia. Eso es según mi pobre entender. Y los púnicos[61] eran la gente morena del África que andaba siempre buscándoles camorra a los romanos hasta que una familia que llamaban los Escipiones[62] les cogió el tranquillo y acabó con ellos.

Añadió que todo el mundo andaba entonces dividido en favor de los unos o de los otros.

—¿Y usted de parte de quiénes habría estado? —preguntó *Mrs.* Adams—. ¿De los romanos o de los cartagineses?

—Ah señora; en eso yo me lavo las manos como Herodes.

Mrs. Adams cogió el error al vuelo y dijo que no era Herodes, sino Pilato[63]. Y el buen hombre añadió sonriendo:

---

60. *etruscos:* originarios de la actual Toscana, los etruscos son, en cierto modo, predecesores de Roma y herederos del mundo helénico. Su cultura (fueron excelentes orfebres y grandes innovadores en la construcción naval) y sus técnicas militares les permitieron adueñarse del norte de la península itálica y extender su dominio por el Mediterráneo occidental. El ascenso de Roma marcó el declive de su civilización.
61. *púnicos:* se refiere a los cartagineses. Cartago se enfrentó a Roma por el control del Mediterráneo occidental, siendo derrotada y destruida en el año 146 a. C.
62. *Escipiones:* familia de militares y políticos romanos, de la dinastía de los Cornelios: Publio y Cneo intervinieron en las guerras de Hispania para contrarrestar el avance de los cartagineses. El hijo del primero, Escipión el Africano, derrotó a Aníbal en Zama y su hijo adoptivo, Escipión Emiliano, fue el destructor de Cartago.
63. *Poncio Pilato:* procurador romano del siglo i en Judea, que intervino en el proceso y la condena a muerte de Jesucristo. Quiso desentenderse de su responsabilidad lavándose las manos delante del pueblo judío.

—Señora, Herodes se lavaría las manos también alguna vez, digo yo.

Mrs. Adams comprendió que el guía la trataba con la lengua en la mejilla[64], como decimos nosotros, y se ruborizó un poco, porque ella, como tú sabes, es atrevida y tímida al mismo tiempo.

El chófer se había acercado y decía al guía:

—Mucho ha estudiado usted.

—No; no sé de letras. Es que he andado con hombres que saben, y algo se pega.

Intrigada, *Mrs.* Adams miraba la gran lápida de una tumba incrustada en un muro natural. Estaba bastante alta, a quince metros más o menos del suelo. Y la lápida decía en latín: «Servilia, muerta a los veintidós años de edad», con hermosas letras grandes. Debajo, en el centro, había dos iniciales: «P. D.». Como siempre, *Mistress* Adams se adelantó a decir que *Servilia* debía de ser una esclava sirvienta y que las iniciales de abajo debían de significar algo agradable, aludiendo tal vez a sus buenos servicios. El guarda se ladeaba un poco el sombrero y decía:

—Otras personas creen sin menoscabo para el parecer de la señora que esa familia de Servilia era una familia rica, medio pariente de un general que se llamaba Galba[65] y que mató en una noche, por engaño, a más de nueve mil extremeños, allá hacia la parte de Mérida. Fue un jollín de órdago[66]. Y la P y la D que hay debajo quieren decir *Pater Dedicavit*. Porque la niña era la hija.

Luego añadía que la parte interior de los panteones era llamada columbario porque, con tantas hornacinas en los muros, parecía un palomar con un nido en cada nicho. Y luego, delante del crematorio general, explicaba:

---

64. *la trataba con la lengua en la mejilla*: calco de la expresión inglesa *with one's tongue in one's check*, que tiene un sentido irónico semejante al español *burla burlando*.
65. *Sulpicio Galba* (190-135 a. C.), gobernador de la Hispania Citerior que, para atajar a los rebeldes lusitanos, tomó medidas exterminatorias. Contra él se levantó Viriato.
66. *jollín de órdago*: follón, gresca fuera de lo común.

—Los romanos ponían ahí trece capas de palos de olivera y encima el cuerpo que iban a quemar. Trece capas. Todo lo que se relaciona con la muerte lleva el número trece, desde los tiempos de la Nanita[67].

Había en el centro una mesa de piedra, y alrededor, algo parecido a lechos o divanes de mármol en distintos niveles. *Mrs.* Adams se adelantaba a explicar que aquellos se llamaban *tricliniums* y que estaban en diferentes niveles para ser ocupados según la importancia del individuo. El guía aclaró, como siempre:

—Otros dicen que aquel diván de mármol se llamaba *lectus sumus*; el que le sigue hacia abajo, *lectus medius*, y el de más allá, *lectus imus*. La misma persona se sentaba en ellos, es decir, se reclinaba según el plato que le servían. Y en esa mesa delante ponían toda la comida y la bebida. Ya por entonces había manzanilla y montilla y jerez fino como ahora.

Yo dije entre dientes a *Mrs.* Adams: «Me parece que se ha perdido usted algunas ocasiones magníficas para callarse». Y añadí, dándome cuenta de que iba demasiado lejos: «Y yo también, claro». Ella alzó la nariz y no volvió a dirigirme la palabra hasta que volvimos a Sevilla. El guía a veces sonreía mirándome a mí, como si dijera: «Ya sé que usted es una persona de otra clase».

—Esto —añadía— se llama el campo de la cantera. Más allá, en la colinita, está el de los olivos, y esta parte detrás de nosotros es el mausoleo circular. Vean ustedes aquí el *vestiarium*.

Como todos los españoles, el guía no diferenciaba la *v* de la *b* y parecía decir *bestiarium*.

—Aquí —dijo *Mrs.* Adams— enterraban a las bestias familiares, ¿verdad?

—Parece que no, señora, porque era el lugar donde se vestían para los oficios fúnebres.

---

67. *tiempos de la Nanita*: expresión que se utiliza para indicar que sucedió en una época remota.

Mirando otro conducto pequeño abierto en la roca viva, *Mrs.* Adams decía para mostrar que había aprendido su lección:

—Esto es el *libatorium*.

El guía se ponía grave para decir:

—No, señora; esta vez es lo que pensaba usted antes: la chimenea para el humo. Porque esta es la *culina*, es decir, la cocina donde se guisaban los banquetes funerarios.

Yo me acordé de Herculito y disimulé la risa. El guía añadía:

—Se traían cada cocinero de Sevilla que para qué les voy a contar. Igual que entonces, hoy los buenos cocineros vienen de Sevilla. Son los que mejor arreglan el alpiste.

Pero de Galba decía que era un mal bicho. A todas las cosas que se mueven las llaman bichos los andaluces. Una oruga es un bicho, un toro es un bicho, una persona mala es un bicho. Eso hace las cosas confusas. *Mrs.* Adams cree que cuando dicen bicho[68] quieren decir *bitch*, y, como es natural, no le gusta oír esa palabra que suena en sus oídos todo el día.

Al salir de la necrópolis vi que junto al camino estaba el chófer hablando con el pilluelo que había ido a avisar al guía.

—¿Cómo te llamas? —le preguntaba.

—Yo no me llamo nunca. Me llaman.

—Ya veo. ¿Tienes novia?

—No, señor. Se tiene ella solita.

—¿Naciste en Carmona?

—Eso dicen, pero no me acuerdo. Era yo muy pequeño.

Se veía que se burlaba de nuestro chófer, y este, que comenzó a enfadarse, le dijo:

—Oye, niño, y en este pueblo, ¿qué hacen con los hijos de p.?

—Los mandan a Sevilla y los hacen chóferes de taxi.

---

68. *bicho*: suena casi igual que *bitch*, que en inglés tiene carácter ofensivo, pues significa 'perra', 'zorra'.

Ellos no sabían que yo los estaba escuchando. Lo que respondió el chófer yo no lo pude entender, porque cayó en esa especie de paroxismo[69] que aquí la gente culta llama «cabreo» cuando se trata de hombres y «berrinche» si se trata de mujeres y niños.

A propósito del berrinche, no puedo menos de recordar el que pasó la señora Adams el otro día cuando fuimos a Cádiz. Fuimos ella y yo solitas. Y al volver me iba *Mrs.* Adams hablando de que todos los viajeros que había en el departamento eran contrabandistas, porque hay mucho contrabando entre Cádiz y el puerto libre de Tánger. Según ella, todos los que volvían de Tánger traían cosas escondidas. El vagón iba lleno, y al lado de *Mrs.* Adams había un inglés con largas piernas y una gorrita de visera a cuadros. De la red de equipajes, que estaba llena de paquetes, cayó una gota de un líquido amarillo en la mano de *Mistress* Adams, quien la olió, la lamió, la saboreó un momento y preguntó al inglés, pensando que era whisky de contrabando:

—*Scotch,* ¿eh?

El inglés, volviéndose hacia ella, dijo serio:

—No, señora. Fox terrier.

Luego disculpó al animal diciendo que era un *puppy* todavía.

Ahí fue donde *Mrs.* Adams tomó o cogió —no sé exactamente cómo se dice— el berrinche.

Las cosas que veo y oigo no tienen fin, y si fuera a apuntarlas todas, necesitaría diez cartas como esta. Pero todo se andará. La semana próxima vamos a salir Curro y yo de excursión hacia Algeciras, con el coche de la señora Dawson, que me lo presta. Ya te contaré en mi próxima.

---

69. *paroxismo*: exasperación, acaloramiento, enfado en el que uno no se sabe dominar.

A propósito, aquí la mujer no debe preguntar a su novio por otro hombre; es decir, no debe interesarse más que por su novio. Yo le pregunté a Curro si Quin (el gitano rubio) era un verdadero poeta, y Curro me miró a los ojos y sonrió sin responder. La misma sonrisa de Otelo[70], amiga mía.

---

70. *Otelo*: protagonista de la tragedia de Shakespeare del mismo nombre, y prototipo de persona que, arrastrada por los celos, enloquece y se convierte en asesino.

CARTA V

NANCY Y LA VENADITA HABLADORA

Mi amiga Betsy ha escrito una carta a Nancy en español y me la da a leer. Es un esfuerzo plausible para demostrarnos hasta qué extremo ha tratado de aprovechar sus estudios en el idioma de Cervantes.

Yo la transcribo sin cambiar una letra:

Más queridísima Nancy:

No sé si debo escribirte en Español porque tengo violencias de lengua y lagunas, pero voy a entender atrevidamente porque me gusta mucho lo.

Yo soy feliz de tu romance con Mr. Curro. Dime si es grandee. Hay muchos gitanos grandees de España. Tan muchos que es asombrador. Felicidades. Yo tenía una previsión antes de dejar tú. Eres hermosa y no tienes ego. Cuando tú aquí cada tiempo que bailo pienso en tú porque a ti te agradece mi danza y lo siento muchíssimo que no bailaba más para tú, pero estado yo falta de practicado tú mereces mejor que hago. Así te escribo lo con muchíssima sinceridade y buscando por tu respuesta.

Tu larga carta me toma a mí con la imaginación a Alcalá de Guadaira.

Yo lea cosas inquietadoras. Pero sin tu presencia aquí y otras amigas yo siento melancólica y solitaria y háceme nostálgica la falta porque a mí me gusta la vida cultural.

Hace poco hice una vieja por tren a Pensilvania para oír una lectura.

En los «Journals des Goncourt[1]» hay una previsión interesante tocante la problema atómica (año 1863). Cito siguientes: «Berthelot[2] haya predicho que en ciento años gracias a la sciencia la humanidad sabría la formación esenciale de los átomos, etc... A todo esto no nos oponemos, pero sentimos que cuando ese día llega en la sciencia el buen Dios con su barba blanca descenderá en la tierra columpando una manoja de llaves e decirá a la humanidad de manera que se dice a la cantina a las cinco de la mañana a.m. Es la hora de cerrar, señores. (Journal des Goncourt)».

Por eso yo bailo y olvida y tengo mi caballo rubio ahora en la cabeza. Leía tu última carta y me parecía que nunca encontraba tanto amor por la país española tanta simpatía por las sufrancias y las placencias de los gitanos. Y olé. Mi caballo ya no es negro, sino rubio, y no me viene mal del todo.

Qué fácil identificar-te con cada cual de esos hombres y mujeres vigorosos que llevan en su alma la pasión de danzar. Hasta recibo una foto de Curro yo no tengo sueño de.

Hombres y mujeres así testigos (gas) son que la nación española merece conquistar en nombre de la vida abundante y más para toda la humanidad sensitiva del intelecto. Por instinto comprehenden y por arte crean. En los tiempos menos tempestuosos fotos suyas mirarán y comprenderá la humanidad mucho que estaría oscuro sin el trabajo estético de los calés. Viva tu madre. Los artistas son los verdaderas

1. *Journals des Goncourt:* los hermanos Edmond-Louis (1822-1896) y Jules-Alfred (1830-1870) Goncourt son los creadores del premio literario más prestigioso de Francia. Cultivaron la novela naturalista y escribieron unos *Diarios* (*Journals*) que son un testimonio valiosísimo sobre la sociedad parisina de finales del siglo XIX, pues nos muestran a escritores, artistas, científicos, filósofos y políticos de un modo, a menudo, sorprendente. Con frecuencia, la publicación de sus notas acarreó disputas entre los Goncourt y sus conocidos, que les reprochaban falta de discreción.
2. *Pierre Berthelot:* químico francés (1827-1907), uno de los fundadores de la termoquímica.

historiadores. *Fuera de la danza que domina todas artes y sciencias no hay que la confusión eternal de las batallas barbáricas por la posesión lastimosa de materia muerta: el miserable dolar. Yo no soy así. Y en el concierto de la vida yo camino mi paso y juego mi instrumento.*

Perdón por las violencias de mi lengua. Un día aprender bien. Cada noche pregunto lo a Dios por.

Te aconsejo con tanta fuerza de una amiga de quedar-te con tu romance en España. Para los jóvenes la civilización anglo sajona de América presenta más oportunidades de porvenir en conforte y tanto que ningún otro país... Pero la civilización latina que en tantos respectos superiora fuera a la acción de los ingleses sería mejor de todos puntos de mira por la momenta. Como compañera me dispensarás esta audacia brotada solamente por la simpatía amistosa. ¡¡¡Olé!!!

Para ti también es importante de quedarte tanto que posible en los campos fértiles de la Andalucía y economizar y preparar contra los anos no tan vivificados cuando experiencia llega y los regresos. Aquí la vida es expensiva y las groserías cada día más caras. Yo no puedo dejar los Estados porque mi sobrino favorito tiene solo tres años. Su madre iba a trabajar y es grande problema.

Bien que la atmósfera internacionala parece tornar trágico no debemos desesperarnos completamente. Yo pregunto una cuestión. El instinto de sobrevivir puede salvarnos todos de extinción sobre todo la arte correográfica que revela la majestad del orden moral. No hay isla en toda la planeta donde podemos escondernos de la vida. Nunca la vida brilla en tantos colores atrayentes que en la hora antes la puesta del sol... Para mí todas actividades humanas tienen raíces en el amor de la vida. Y expresión daremos por la arte. Este no está basado en la razón o la lógica humana pero en el misterio de existencia misma. Por eso envidio a ti sin razón específica, solo por fecundo contacto con los gitanos del paripé. Hondo misterio, el paripé. No sé qué es, pero me gusta oír hablar sobre.

En mi situación no hay cambio. Siempre esperar que algo sucederá para bueno. Como una Hamlet[3] hembra me parece algunas veces que cada cosa conspira contra me. Todo sería bien si yo misma no aplaudo y junto a mis enemigos en esa conspiración y renegancia de me. Tus advisos son de la mayor importancia a me. Nunca aprenderás la inspiración moral que llevan tus palabras de tierra española. En mi corazón hay una esquina reservada para tú y tu romance.

Ahora el tiempo caliente pasó y no es frío todavía pero solo placiente.

Perdóname los errores de lengua. No puedo expresarme gramaticalmente en español tan perfeccionante como me gusta lo. Por la caridad corrija-me un poco.

Hay un día asoleado hoy. Algunas flores crecen en nuestra jardín de tamaño bolsilla. Cuando te hablo parece que todo será bien arreglado, bien acomplido y el amor es la vida. Y tú tienes lo.

Abrazos amigables a querida Nancy. —BETSY.

He copiado la carta para que se vea cómo Betsy trata de expresar en español no solo ideas corrientes, sino también sensaciones peculiares e intuiciones complejas. Si lo consigue o no, el lector dirá, pero yo creo que sabiendo un poco de inglés se puede entender el español de Betsy.

Lo que dice en la carta es que está inquieta por las amenazas de guerra atómica y feliz por el «romance español de Nancy» y por su propia vida de bailarina *amateur*. También se ve que lee libros buenos y que no tiene una idea mezquina de las cosas.

---

3. *Hamlet*: protagonista de la tragedia de Shakespeare, personificación de las dudas y de la naturaleza melancólica, de la conciencia escindida entre la reflexión y la necesidad de actuar.

Pero nosotros vamos otra vez a las cartas de Nancy. He aquí la quinta traducida por mí, y ojalá se cumpla el adagio[4] de los toreros de que «no hay quinto malo».

Querida Betsy: Tu carta en español, encantadora. Y se ve que haces progresos. Perdóname si yo te escribo, como siempre, en inglés, porque tengo muchas cosas que decir y en español sería incómodo. Hemos hecho Curro y yo grandes excursiones.

No es aristócrata Curro. Yo te dije que es grande aficionado a la danza también. Grande. No un *grandee*.

Íbamos una mañana él y yo solos en el coche de la señora Dawson por una carretera de la provincia de Cádiz. Curro bostezaba, se desperezaba y luego decía como si me hiciera un favor:

—Yo, llegado el caso, me casaría contigo, la verdá.

—¿Al estilo español? —le pregunté—. Digo si te casarías para ser mi marido al estilo americano o al de aquí. Bueno, tal vez el estilo es el mismo en todas partes. Un poco más de independencia en mi patria para la mujer. Supongo que eso a ti no te importa y me permitirías cierta libertad sabiendo que soy americana.

—¿Para qué?

—Qué sé yo. Por ejemplo, para los deportes. Allí nos gusta eso.

—¿Qué deportes? Porque con eso de los deportes yo creo que algunas se dedican a la golfería.

Es verdad, y le di la razón porque el *golf* es mi deporte favorito.

—Yo soy una de las que se dedican a eso —le dije.

—¿A la golfería?

—Sí.

—Hombre, me gusta tu frescura. ¿Y para eso quieres que te dé libertad?

---

4. *adagio*: dicho, sentencia breve, la mayoría de las veces, de carácter sapiencial o moral.

En algunas ocasiones yo le había enseñado a Curro fotos mías jugando al *golf* y no le hicieron gran efecto, es verdad. Parece que solo le gustan los toros. Yo le dije:

—Eso es. A mí ese deporte es el que más me gusta.

—¿Y llamas deporte a la golfería?

—Pues claro, hombre; al menos en mi país.

—Entonces..., ¿quieres casarte conmigo y dedicarte a eso?

—¿Por qué no? Pero yo no he dicho que quiero casarme. Lo has dicho tú, lo que es diferente. Si nos casamos, desde luego yo necesitaré mis horas libres un par de veces a la semana. Desde pequeña sentía atracción por la golfería.

—Y... ¿te gusta para siempre o es solo una afición pasajera?

—No; nada de pasajera. Durante años enteros esa era mi única distracción. Sobre todo en la universidad.

—Claro; se encuentra la pareja fácilmente en una universidad.

—Eso es. A los muchachos les gusta la golfería también.

—Lo creo. Eso es general.

—No tan general, no creas.

Se puso Curro de un humor sarcástico. Le pregunté qué le pasaba y comenzó a mirar por la ventanilla y a cantar algo entre dientes sin responder. Yo pensaba: «¿Será el *cenizo* que se pone entre nosotros?». A la tercera o cuarta vez me dijo:

—¿Y esa es la única condición que me pondrías? Digo la libertad para la golfería.

—Sí. No es mucho, ¿verdad? Bueno, si quieres regalarme un seguro, no diré que no; pero no te lo exijo. Yo no le exijo un seguro a un novio mío.

—¿Un seguro de qué? Ah, ya veo; un seguro de vida. ¿Para caso de fallecimiento? ¿Sí? ¿De quién?

—Tuyo, querido. Pero ya digo que, aunque es frecuente en los Estados Unidos, no te lo pediría.

—Ya veo —y se puso a tocar hierro—. Solo me exigirías dos tardes libres cada semana para golfear, pero en caso de fallecimiento mío no te importaría quedarte a dos velas. ¿No es verdad, ángel mío?

—Eso es.

—Vaya. Se ve que no eres egoísta y que tu madre te crio bien. Sobre lo del seguro de vida, lagarto, lagarto[5]. ¿Y dices dos tardes cada semana?

—En invierno y en primavera. En verano es mejor por la noche. Por el calor del día, ¿sabes? Además, me encanta el color de la hierba por la noche.

—¿A la luz de la luna?

—No; no es por la luna. La luna no basta. Es poca luz. Hay que poner reflectores. Al menos es la costumbre en Pensilvania.

Curro se quedó mirándome con los ojos muy abiertos y media sonrisa de conejo, sin decir nada. Por fin habló:

—Vaya, cada país tiene sus gustos. ¿Conque reflectores, eh?

Nos quedamos callados. El *cenizo* estaba entre los dos sin duda, y yo no sé por qué imaginaba al *cenizo* como un ser medio persona medio perro, con pelos grises cayéndole por la frente sobre los ojos. Yo conducía, como dije, y de pronto vimos que se había acabado el agua del radiador. Paramos frente a un cortijo. En la puerta había dos mocitas y un flamenco. Fue Curro, habló con las mocitas, y una de ellas entró y salió con una especie de botellón muy grande y vacío. Curro se acercó a una llave de agua, pero antes tuvo uno de esos diálogos andaluces casi sin palabras que se oyen por aquí a cada paso. Curro le dijo a la mocita mayor:

—¿Qué hay, prenda?

—Ná.

—¿Y eso?

---

5. *lagarto, lagarto*: expresión que se utiliza para ahuyentar la desgracia, la mala suerte.

—Usté ve.

—¿Se diquela[6]?

—Es un decir. Er aquel der camino.

—¿Solita?

—Con mi sombra.

—Buena.

—Ni buena ni mala, sino todo lo contrario.

—Que lo diga.

—No, que no.

—Salero.

—Y olé.

—Eso digo yo. La vida me daría usted si me diera lo que yo le pidiera.

—Más que la vida le he dado ya. Le he dao el bidón[7]. No la vida, sino el bidón. Pero solo prestao, mi arma. Ande, lleve el agua y tráigamelo.

Curro trajo el agua, devolvió el bidón y quiso reanudar el diálogo. Pero yo me sentía incómoda sola en el coche y con el *cenizo* peludo al lado. Toqué la bocina y oí a la niña que decía:

—Vaya usted allá, que si no a la señora le va a dar algo.

Curro le dio una flor que llevaba en el ojal y que le había puesto yo. El *cenizo* peludo gruñó a mi lado. Curro lo hizo a propósito para molestarme después de lo de la golfería. Parece que tiene celos del *golf*. Los andaluces son muy posesivos, y tan irritables que, según dice Curro, hay días que se da de bofetadas con su propia sombra, contra el muro. En los Estados Unidos yo le aconsejaría que viera a un psiquiatra. Pero aquí parece que eso es habitual. Continuamos el viaje. Yo le dije que mientras hablaba con la mocita, el otro joven lo miraba de mala manera, y que debía tener cuidado.

6. *se diquela*: se entiende.
7. *bidón*: recipiente de metal para transportar líquidos y juego de palabras basado en el sonido: más que vida, *vidón*.

—¿El otro? —dijo él—. Bah, es un primo.

Porque Curro es el pariente universal. Tiene primos en todas partes. Allí donde llegamos, siempre encuentra alguna persona de quien dice que es un primo. Al cabo de tantos siglos de endogamia[8], en Andalucía todo el mundo es pariente, supongo.

Pero el *cenizo* seguía entre los dos, y yo le oía a veces su respiración asmática.

Vimos en Jerez de la Frontera[9] el alcázar con la torre ochavada. De allí son los Ponce de León[10] que descubrieron la Florida. Se lo dije a Curro, y él se quedó mirando la torre:

—¿Ese Ponce es el que os llevó allá la uva y las naranjitas? Vaya, podía haberos llevado también un poco de canelita en rama. Y menos golfería.

—La golfería vino de Inglaterra.

—Lo creo, mi vida.

Pero no sé qué pasa con la canela aquí. Siempre anda mezclada con las cosas *sexy* la canela.

En Medina Sidonia[11] había un castillo en ruinas, y en una habitación, una lápida que decía: «Aquí murió doña Blanca, esposa del rey

---

8. *endogamia*: práctica de contraer matrimonio personas de ascendencia común o naturales de una pequeña comunidad o comarca.
9. *Jerez de la Frontera*: municipio más importante de la provincia de Cádiz, a poco más de 12 km del océano Atlántico y a 100 km del estrecho de Gibraltar, lo que lo ha convertido en el principal nudo de comunicaciones de Andalucía oriental. Es internacionalmente conocido por su vino, ya que está ubicado en una zona fértil para la agricultura y la ganadería. En la época rondaba los 130.000 habitantes. El alcázar de Jerez de la Frontera se encuentra en el ángulo suroeste de la muralla de la ciudad. Se considera uno de los escasos ejemplos de arquitectura almohade que existen en la península ibérica; a Nancy le llama la atención su torre octogonal.
10. *Juan Ponce de León* (1460-1521), quien también llevó a cabo la conquista de Puerto Rico.
11. *Medina Sidonia*: la ciudad de Medina Sidonia se ubica sobre el Cerro del Castillo, en las últimas estribaciones de la sierra de Cádiz, desde donde se puede divisar una parte importante de la provincia. La protagonista visita el castillo y la torre de doña Blanca de Borbón. En la época, el municipio rondaba los 16.000 habitantes.

don Pedro I de Castilla[12]». Dijo Curro que como el rey se quedó sin blanca, no pudo pagar la reparación del castillo, que tenía goteras (había llovido aquella mañana). Un guía nos dijo que doña Blanca tenía mal humor y que estaba siempre gritándole a su marido y a los criados y a todo el mundo. Después de su muerte, durante el velorio[13], hubo una tormenta, y al oír dos truenos muy recios, don Pedro suspiró y dijo: «Vaya, mi pobre Blanca ha debido de llegar ya al cielo». Como ves, todos los guardas de monumentos cuentan cosas raras.

Desde el castillo oí el claxon fuera. Y por un momento pensé: es el *cenizo* que se impacienta. La verdad es que debió de ser algún niño de los que se acercan a los coches de los turistas.

Acordándose de la golfería, Curro estaba desatento conmigo y a veces se ponía un poco impertinente.

Para molestarme le dijo un piropo a una camarera de un restaurante delante de mí. Le dijo: «Me gusta usted más que comer con los dedos». Eso es una grosería. Una grosería es aquí una expresión impertinente y *dull* que tiene que ver con las cosas de comer.

Yo le pellizqué en el brazo y él gritó y dijo que no le gustaban los cardenales. ¿Qué tendrá que ver lo uno con lo otro? Luego, un poco enfadado, añadió:

—Tú puedes dedicarte a la golfería y yo no puedo decir un piropo, ¿eh?

—¿Y qué tiene que ver el juego de *golf* con los piropos, querido?

Al oír esto, Curro se me quedó mirando como fascinado. Se levantó despacio de la silla y preguntó:

—¿Esa es la golfería tuya?

—Sí. ¿Qué otra puede ser?

Te digo, Betsy, que no acabo de entender a mi novio. Me besó en la frente, miró al techo y dijo:

12. *Pedro I de Castilla:* apodado el Cruel (1334-1369), se casó con doña Blanca de Borbón, a quien repudió. Tras tenerla prisionera, la hizo asesinar.
13. *velorio:* velatorio.

—Bendita sea la hipotenusa y las once mil vírgenes si es verdad que están en el cielo y que siguen siéndolo. Porque hace tiempo que llegó por allí don Juan Tenorio[14].

¿Pero qué tendrán que ver todas esas cosas y reacciones con el juego de *golf*? Es lo que yo me pregunto todavía. En fin, la excursión fue agradable, aunque Curro estuvo a veces, como te decía antes, un poco desatento. La verdad es que desde aquel instante el *cenizo* desapareció y entre Curro y yo no se interpuso monstruo alguno.

Pero no creas que es tan fácil la relación con un amante andaluz y menos si tiene un cuarto de sangre gitana (yo diría que Curro tiene más; pongamos dos quintos). Son a veces violentos con nosotras, es decir, rudos y poco o nada sentimentales. Y aquí, te digo la verdad, no valen los trucos de América; digo las lágrimas. Aquí, no. Fíjate si serán crueles los hombres, que hay un proverbio que dice más o menos: «Nunca le faltan a la mujer lágrimas ni al perro pis». Sin embargo, la dureza española no me disgusta. Ya te dije que he descubierto en mi personalidad un lado masoquista.

Fuimos al Puerto de Santa María[15]. Mi novio me dijo que de allí era una tal Lola que vivía en la Isla de san Fernando y que debía de ser la única habitante, porque, cuando ella se iba al Puerto, la Isla se quedaba sola. Luego rio y me dijo que era una creación poética la Lola[16]. De un escritor que se llamaba Machado. Curioso nombre,

---

14. *don Juan Tenorio*: símbolo del hombre mujeriego, pendenciero y jugador.
15. *Puerto de Santa María*: el Puerto de Santa María es una ciudad gaditana situada en la desembocadura del río Guadalete. Según la leyenda, la ciudad fue fundada por Menesteo, rey ateniense que participó en la guerra de Troya. Cuando terminó la guerra y volvió a casa, descubrió que habían usurpado su trono y tuvo que huir; así fue como llegó a España. Se la conoce como la Ciudad de los Cien Palacios. En la época contaba con unos 35.000 habitantes.
16. Alusión a la obra teatral de los hermanos Machado, Manuel y Antonio, *La Lola se va a los puertos* (1929), y a la copla «La Lola se va a los puertos, ¡la isla se queda sola!».

Machado. Algo así como Viriato[17] (muy hombre). Eso me recuerda a México, donde tienen la obsesión de esa clase de hombres. Ya te acordarás de lo que respondió el pintor Tamayo[18] cuando un general le dijo: «Porque aquí en este valle de México todos somos muy machos». Y Tamayo le respondió: «Pues en mi provincia, no. La mitad son machos y la otra mitad hembras. Y nos divertimos bastante».

Entramos en un bar que había en una plaza que llaman de Alfonso el Sabio[19]. Por cierto que la plaza era llamada hace años plaza del Burro, y la lápida dice (Curro me hizo ir a verla): *Plaza de Alfonso X el Sabio, antes Burro.* ¿No es gracioso?

Desde que desapareció el *cenizo,* todo lo que decía Curro tenía gracia y reíamos constantemente.

Como ves, sigo con la buena costumbre de apuntar lo que me dice Curro y a veces lo que oigo a mi alrededor; pero no siempre lo entiendo. A veces Curro me corrige las notas. En el bar había una gramola[20] y alguien cantaba una canción que hablaba del hijo de Espartero[21] que se había metido a fraile. Cuando pasaba por la

---

17. *Viriato*: caudillo lusitano (muerto en 139 a. C.) que se sublevó contra la tiranía del pretor Galba, a quien derrotó en numerosas escaramuzas, manteniendo en jaque a los ejércitos de Roma. Fue asesinado por sus propios lugartenientes, sobornados por el cónsul Cepión.

18. *Tamayo*: probable alusión a Rufino Tamayo, pintor mexicano (1899-1991) que exalta los sucesos de la revolución en su obra.

19. *Alfonso el Sabio*: rey de Castilla y León (1221-1284). Convirtió al Puerto de Santa María en concejo independiente mediante otorgamiento de carta-puebla fundacional en el año 1281 y dedicó a la imagen de la Virgen que se conserva en el santuario-fortaleza de la ciudad veinticuatro de sus cantigas, conocidas como *El cancionero de Santa María de Porto.*

20. *gramola*: gramófono eléctrico que suele instalarse en establecimientos públicos. Al introducir una moneda, se puede elegir la canción que uno desea que suene en ese momento.

21. *Manuel García, el Espartero*: matador de toros sevillano de escaso arte, que suplía con un valor desmedido. A él se atribuye la frase: «Más cornás da el hambre». Las coplas a las que se refiere Nancy dicen: «Al hijo de El Espartero / lo quieren meter a fraile. / Lo quieren meter a fraile / al hijo de El Espartero, / ole, ole, ole, ole, / al hijo de El Espartero / lo quieren meter a fraile. // Lo quieren meter a fraile / y la cuadrilla le dice / ole, ole, ole y ole, / y la cuadrilla le dice / torero como su padre» (véase la nota 34 de la Carta IV).

calle iba caminando tan marchoso que la gente al verle pasar decía: «¡Torero como su padre!». En eso yo veo que la herencia psicológica es muy fuerte en Andalucía.

El hombre que nos servía resultó ser también un primo de Curro. No me extraña. Bebíamos manzanilla. Teníamos aceitunas en un platito y las íbamos pinchando de una en una. Curro trató de pinchar la última y se le escapó cuatro o cinco veces. Entonces renunció y yo fui y con mi palillo la pinché a la primera. Se la ofrecí a Curro y él alzó la ceja y dijo:

—Naturá. La has pillao cansá.

En la pared había una cabeza de toro disecada, negra y grande. Cuando la miraba yo tenía la impresión de que me guiñaba un ojo. A veces, el toro, más que un animal, me parece un hombre disfrazado, violador y temible como el de la isla de Creta.

En otra mesa próxima había dos borrachos que daban grandes voces y se ponían pesados. Uno de ellos insultó al dueño, quien se acercó despacio y le preguntó quién era y dónde vivía. El interesado guiñó un ojo a Curro y dijo:

—Soy capitán de la armá.

El dueño preguntó con ironía a su compañero, que no estaba menos borracho:

—¿Usted es también capitán de la armá?

—Hombre —dijo él, dándose cuenta de las cosas—. De la armá, no; pero de la que se va a armar...

Iba a comenzar alguna clase de escándalo y nos fuimos. Yo comprendo, Betsy, que estas trivialidades de mi vida no te interesan mucho. Así pues, seguiré dedicando más atención al aspecto cultural de mi excursión. Que fue encantadora. Pasamos por Tarifa[22] y nos acercamos a la alcazaba[23], en donde nos mostraron el adarve —un corredor detrás de las altas almenas— desde donde un capitán famoso arrojó un puñal, recuerdo de familia, con tan mala fortuna, que se lo clavó en el pecho —en el mismo corazón— a un hijo suyo que estaba abajo jugando con un moro que se llamaba Yebel Tarik, de donde vino el nombre de Gibraltar. La pena del capitán[24] fue grande, y para consolarlo, el municipio le dedicó un monumento en el alcázar de Toledo. La verdad es que no veo el motivo. En los Estados Unidos le habrían hecho pagar a ese capitán su imprudencia.

Finalmente, fuimos a Cádiz[25]. Digo finalmente porque era el lugar desde donde pensábamos internarnos en el territorio de la antigua Tarsis hasta llegar al coto de Doñana, para cuyos dueños yo llevaba una carta de presentación de un profesor de Boston. En Cádiz recorrimos la ciudad, y al pasar por una puerta de las antiguas murallas vi un letrero que decía: «Puerta del Mar[26]». Pregunté a Curro por qué llamaban así a aquella puerta si no pasaba por ella el mar.

—No; pero pasa la mar de gente —dijo él.

---

22. *Tarifa*: ciudad de Cádiz que se encuentra en el punto más meridional de la península ibérica. El cabo de Tarifa divide las aguas del mar Mediterráneo y del océano Atlántico, que se cruzan justo enfrente de la propia ciudad, la cual, por lo tanto, está situada en la parte más angosta del estrecho de Gibraltar, a una distancia mínima de 14 km de las costas marroquíes. Esto la convierte en la ciudad europea más cercana al continente africano. En la época contaba con unos 18.000 habitantes, cifra que no ha variado significativamente hasta la actualidad. El castillo que Nancy visita es el de los Guzmanes, donde se encuentra la torre de Guzmán el Bueno.
23. *alcazaba*: recinto fortificado dentro de una población amurallada.
24. Alusión irónica y desmitificadora a Alonso Pérez de Guzmán (1256-1309), noble castellano al servicio de Sancho IV, quien le nombró alcalde de Tarifa. Prefirió sacrificar a su hijo, prisionero de los musulmanes, a entregar la ciudad. Esta decisión le valió el sobrenombre de «el Bueno».
25. *Cádiz*: situada en el estuario del río Guadalete, su estratégica situación entre el Atlántico y el Mediterráneo hizo que, desde su fundación por los tirios, según la tradición clásica, ochenta años después de la guerra de Troya (1104 a. C.) se convirtiera en una ciudad volcada al mar y al comercio. Su bahía es un verdadero laberinto de dunas, caños, salinas y playas. En la época contaba con cerca de 115.000 habitantes.
26. *Puerta del Mar*: Alfonso X el Sabio mandó construir el Arco del Pópulo, puerta norte de la muralla de Cádiz. En sus orígenes se conocía como Puerta del Mar o Puerta Principal de la Villa.

La mar de gente quiere decir la gente de mar, así como pescadores y marineros. Rara forma de hipérbaton[27], ¿verdad? Es la influencia romana todavía. Como ves, estoy atenta al aspecto cultural de la excursión.

Olvidaba decirte que desde el incidente con la camarera del restaurante y mi reacción contra el piropo, Curro estaba muy fino conmigo. El *cenizo* desapareció (tal vez se tiró al mar).

Antes de salir de la ciudad, en un cruce de avenida, había un guardia de tránsito, y al vernos alzó la mano y detuvo a un viejo Ford de 1920, cuyos frenos chirriaron. El guardia me dijo a mí:

—Pase usted, primero, que lleva un coche más largo —y luego se volvió al Ford y añadió—: Ahora anda tú, y no te apures, que lo que no va en largo va en alto.

Los guardias hablan con los conductores desde su puesto y dicen bromas a las mujeres.

Pasamos por Rota[28], una ciudad histórica y famosa por su vino tinto. Esto me recuerda a *Mistress* Dawson, que siempre confunde los géneros de las palabras, y no la culpo, porque a veces me pasa a mí. Ella quería comprar tinta y fue a una tienda y pidió una botella de tinto. El comerciante le dijo que lo vendían en la tienda de al lado. Ella pasó allí y pidió su botella de tinto. Se la dieron, y *Mrs.* Dawson, en su casa, llenó el tintero y trató inútilmente de escribir. Estaba escandalizada por la mala calidad de la tinta española.

Vimos en Rota otro castillo, también de Ponce de León[29]. Cuando íbamos a entrar por la puerta principal nos hicimos a un lado

---

27. *hipérbaton*: inversión del orden sintáctico de las palabras en la frase.
28. *Rota*: situada junto a la bahía de Cádiz en la costa del océano Atlántico, a medio camino entre Portugal y Gibraltar. En 1955 se instaló en ella una base naval, lo que provocó un significativo aumento de la actividad comercial y el abandono paulatino de la agricultura y la pesca. En ese momento rondaba los 16.000 habitantes.
29. *Ponce de León*: la casa de Ponce de León es un linaje nobiliario originario de la corona de Castilla que surgió con el matrimonio de Pedro Ponce de Cabrera y Aldonza Alfonso de León, hija de Alfonso IX de León (padre de Fernando III el Santo). Desempeñó una función importante en la reconquista de Extremadura y Andalucía: Trujillo, Úbeda, Córdoba (1232-1236), Jaén (1246), Sevilla (1248), Medina Sidonia, Arcos, Jerez y Cádiz (1243-1262).

para dejar paso no a un hidalgo ni a una infanta o cardenal, sino a un borrico enjaezado con adornos rojos y amarillos y, además, con un sombrero de paja contra el sol. «Míralo ahí —dijo Curro—, que parece que va a la plaza de toros a tomar la alternativa.»

Entramos. Había un ancho muro de piedra romana con un lebrel[30] dormitando al pie y dos lagartos sobre las piedras tomando el sol.

En el castillo no vimos nada notable más que el borriquito. Pero cuando salíamos encontramos en un patio hasta quince o veinte chicos de entre ocho y diez años. Era el patio de la escuela. Dentro se oía a los más pequeños cantar a coro su lección de Historia Sagrada. La maestra preguntaba cantando también:

—Niños, ¿qué es el *cíngulo*?

Y todos respondían a coro:

La cuerda con que
a Cristo me le, me le
ataron a la coluuuuurna.

Preguntó Curro a los chicos por qué estaban tan bien vestidos y peinados, y uno de ellos dijo que iban a la parroquia a confesarse.

—¿Quién tiene más pecados? —pregunté yo.

Un chico alzó la mano. Le pregunté cuántos tenía, y él dijo:

—¿De los gordos, de los medianos o de los pequeños? ¿De todos? Tres docenas y media justas.

—Muchos son. ¿Y cuál es el peor?

—No lo puedo decir, porque uno que está en el corro si se entera me matará.

—Pues ven a decírmelo a la oreja —dije yo.

---

30. *lebrel*: perro que se caracteriza por tener el labio superior y las orejas caídas, el hocico recto, el cuerpo largo y las patas retiradas hacia atrás. Se le dio este nombre por ser muy apto para cazar liebres.

El niño vino y me dijo que había robado un nido de pájaros del árbol de otro chico vecino suyo, que estaba allí. «Si se entera, me degollará como a un puerco. No se lo diga.» Yo no me atreví a reír para no decepcionarle.

Seguimos allí un rato. Nos hicimos muy amigos de aquellos chicos. Aunque solo fuera por eso, yo me habría quedado en aquel lugar un par de días. Los de España son verdaderos chicos silvestres y, sin embargo, comedidos. Y si les gusta una persona como yo, pues se abandonan a la mayor confianza. Un chico tocó la bocina del coche, otro se metió dentro y le llevamos a la iglesia, donde esperó a sus amigos.

Al ir a la fonda, mi amigo pidió una sola habitación con dos camas. Yo me interpuse y pedí dos. Mi novio se puso rojo como un tomate y dijo al empleado:

—Es verdad. La señora se encuentra delicada.

Yo, en voz muy alta, expliqué:

—No soy señora, sino señorita.

Entonces nos registramos cada cual por su cuenta. El empleado disimulaba la risa. Un gato rubio con grandes ojos verdes miraba a mi novio y luego a mí y luego otra vez a mi novio, y parecía sonreír burlón desde el mostrador al lado del libro de los registros. Curro estaba enfadado y yo no lo estaba menos. En el pasillo me dijo no sé qué de hacer el paripé. Yo le dije que había cometido una villanía. Me gusta esa palabra: villanía.

Después salí sola del hotel y recorrí el pueblo con uno de los chicos. Era una noche de luna muy clara. Lejos se oían las olas del mar y los grillos de los huertos. Yo caminaba lentamente, apoyando mi mano en el hombro del chico. Curro se fue con dos de ellos también por otra parte del pueblo. Lo bueno del caso es que los mozalbetes, al darse cuenta de que estábamos enfadados, nos reconciliaron yendo y viniendo con recados y salidas graciosas. Recuerdo que uno de ellos vino y, acercándose a mi oído, me dijo en voz baja:

—¿Sabe lo que dice él de usted?

Yo le contesté en voz baja también:

—No. ¿Qué dice?

—Que usted vale su peso en oro. Y que es más bonita que la mar y sus orillas a la luz de la luna.

—¿Y dónde está él ahora?

—Al otro lado del pueblo.

—¿Por qué me hablas tan bajito entonces?

—Yo porque estoy afónico. Usted hable como quiera.

Al fin, Curro fue el que bajó la cabeza, lo que es natural, ya que había sido el culpable. ¿No te parece? Aquella noche, al volver al hotel, Curro se adelantó porque tenía que llamar por teléfono a Sevilla. En la esquina del hotel vi a otro mocoso de unos diez años que estaba fumando y le dije:

—¿Ya sabe tu madre que fumas?

Él me dijo gravemente:

—¿Ya sabe su marido que usted se detiene en la calle a hablar con hombres desconocidos?

Me hice la ofendida para no decepcionarle y seguí hacia el hotel. Como ves, en España los turistas hacemos relación fácilmente con los niños. Yo tenía miedo de que el *cenizo* hubiera salido de la mar para instalarse una vez más entre Curro y yo, pero por fortuna no fue así.

Después de cenar en santa paz hice tragar a Curro como penitencia una especie de *report* sobre la antigüedad de los pueblos de Andalucía. Tú sabes que pasé dos años entre *Modern Languages* y Antropología. Esta mezcla del hispanismo lingüístico y antropológico e histórico es para dar sentido y alegría y luz a una vida entera. Curro sabe algo de eso, no creas.

—De los pueblos antiguos —decía Curro—, los que mejor conozco son los bártulos.

—¿Eh?

—Como lo oyes, niña. ¿Quién no conoce a los bártulos? ¿Tú no has oído nunca hablar de ellos?

—No estoy segura, pero es posible. ¿Vinieron con los vándalos y los suevos[31]?

—Ezo es.

—No he oído nada de ellos. Los suevos se quedaron en Galicia.

—Ahá. Por eso hay allí tanta gallina. Fueron los suevos los que trajeron las gallinas.

—Y los bártulos, ¿dónde se instalaron?

—En todas partes. No hay casa española donde no haya algún bártulo.

Todavía hoy. Ya ves. Continuidad histórica. Hablando de esas cosas yo le expliqué a Curro el origen étnico suyo, porque mi novio es de raza muy definida. Un ibero[32], desde luego, descendiente de Cam[33], es decir, un hombre de piel oscura. Un camita. Los iberos son todos camitas.

—Habrá también algún camastrón[34] —respondió Curro—. Muchos camastrones.

---

31. *vándalos y suevos*: pueblos de la antigua Germania que invadieron la España romana en el siglo v, junto con los alanos. Se caracterizaron —sobre todo los vándalos— por su furia destructora.

32. *ibero (o íbero)*: adjetivo que los antiguos escritores griegos usaron para referirse a los pueblos del levante y sur de la península ibérica, con el fin de distinguirlos de los pueblos del interior. Su área de influencia abarcaba todo el litoral mediterráneo, desde la actual Andalucía hasta el sur francés, incluyendo parte del valle del Ebro. Recibieron influencias fenicias y, posteriormente, griegas a través de los contactos con las colonias que fueron estableciendo en zonas estratégicas de la costa. Su civilización desapareció con la conquista romana de la península (218 a. C.-19 d. C.).

33. *Cam*: patriarca bíblico, hijo de Noé y padre de Canaán. Según la tradición, los camitas se extendieron por el norte y noroeste de África. Físicamente se distinguían por tener cabello castaño, casi negro y muy rizado, piel morena, cara alargada, labios delgados, barba puntiaguda y nariz prominente.

34. *camastrón*: se da un juego de palabras, por asociación de ideas. La palabra para referirse al descendiente de Cam —*camita* en el pensamiento de Nancy— la interpreta Curro como diminutivo de *cama* y la asocia a *camastrón,* aumentativo con carácter despectivo que significa 'persona disimulada y doble, que actúa según le conviene'.

Le respondí que no era fácil, porque el sufijo *on* y *ones* es celta y los celtas tiran a rubios.

Cuando le hablo de estas cosas me mira entre culpable y zumbón[35]. No estoy segura de que crea las cosas que digo y a veces debe de pensar que estoy bromeando. Yo llevaba conmigo el libro de Schulten, y, como lo sé casi de memoria, le dije que los Antoninos romanos podían venir quizá de Argantonio, así como él, Curro —Curro Antolín—, venía quizá de los Antoninos.

El camarero que nos servía era el hombre de apariencia más lamentable y fúnebre que se puede imaginar. Verle y sentir ganas de llorar era todo uno. Curro le preguntó: «¿A qué hora es el entierro?». Y el camarero suspiró y se fue sin responder.

Expliqué a Curro que Argantonio entró a reinar a los cuarenta años y que reinó ochenta más. Así es que vivió ciento veinte años. Los tartesios venían de los tirsenos[36], y la capital de estos era Lidia[37].

—Eso se me hace natural. Somos gente de lidia[38]. ¿Y el toreo viene también de allí?

—No; más bien de Creta.

—¿Tú no has oído hablar, mi vida, de los toros de lidia?

—Sí; pero el toreo comenzó en Creta. Era... ¿cómo se dice al natural de Creta? ¿Cretino? No. Cretense. El toreo era cretense. Pero los toros no venían de allí, que los había mejores en las riberas del Guadalquivir. Lo que llegó de allá fue la corrida de toros. También vinieron otras cosas. Por ejemplo, los curetes[39].

35. *zumbón*: guasón, bromista.
36. *tirsenos*: los tirsenos o tirrenos se han identificado con los etruscos, por quienes fue bautizado el mar Tirreno.
37. *Lidia*: se encuentra en el oeste de la península de Anatolia (Turquía). Ónfale, reina de Lidia, requirió los servicios de Hércules durante un tiempo. De ahí surge una tradición que considera a Tirseo, hijo del héroe, como el padre de los tirrenos (tirsenos), es decir, de los etruscos, que provendrían de Lidia y serían descendientes directos de Hércules.
38. *gente de lidia*: de pelea, combativa.
39. *curetes*: seres mitológicos, hijos de la Tierra, que protegieron a Zeus, hijo de Cronos, mientras estuvo escondido en Creta.

—Los curitas, querrás decir.

—No; unos diablitos enredadores que se llamaban curetes en Creta. Mucho antes de que hubiera curas en el mundo. Los curetes.

—¡Mira los granujillas! ¿Y cómo averiguáis eso?

—Investigando debajo de la tierra. Sobre todo, en las sepulturas viejas.

—Mardita sea. ¿Con los macabeos[40]?

—No. Los macabeos estaban en Galilea.

—También aquí. Pues no hay macabeos que digamos en los camposantos. ¿Y ese Argantonio era el único rey que tuvieron los tartesios?

—No. Hubo un tirseno muy valiente que se llamaba Neto[41].

—De ahí viene eso del valor neto y el valor bruto[42]. Ese señor Bruto tengo oído que fue arguien también.

Como ves, Curro no es ignorante. No ha estudiado, pero coge en el aire la almendrita de las cuestiones lo mismo en literatura que en historia o en arte. El camarero iba y venía silencioso y triste y a veces parecía escucharnos.

Dije a Curro que otro rey ibero —es decir, tartesio, porque los iberos no admiten reyes— era Habis[43], que tenía una hija muy hermosa, con la cual, según la historia, cometió incesto. Aquí Curro hizo una serie de preguntas sobre los iberos. ¿No consentían reyes? ¿Y su reli-

---

40. *macabeos*: los macabeos se levantaron contra el rey sirio Antíoco IV Epífanes, cuando este prohibió al pueblo de Israel practicar su religión, forzándolo a adorar a los dioses griegos. Con su lucha consiguieron que Israel fuera libre e independiente durante un siglo (164-63 a. C.).

41. *Neto*: nombre del dios de la guerra entre los tartesios; seguramente procede del celta.

42. *bruto*: nuevo juego de palabras. Curro asocia el *valor neto,* del etrusco Neto, con el *valor bruto,* de Bruto, militar y político romano (85-42 a. C.) que intervino activamente en el asesinato de César.

43. *Habis*: rey de Tartesos, de origen mítico que, como Saturno, enseña la agricultura, legisla y, por último, se convierte en dios.

gión? Yo le dije que tenían algunas supersticiones bonitas. Por ejemplo, consideraban sagrada y divina a la cierva joven, es decir, a la corza.

Al oír esto, el camarero que parecía tan lúgubre soltó a reír. Miraba a Curro y reía, y a veces se cubría la boca con la servilleta.

Curro lo miró extrañado y el camarero se puso lúgubre otra vez.

Dijo Curro que el nombre del coto de Doñana venía de una venadita misteriosa que hablaba. Y que se llamaba Ana. Doña Ana. Hace siglos. El tiempo de los bártulos.

Al oírlo el camarero volvió a reír, esta vez de una manera franca y abierta.

Pero yo seguía con mis arqueologías. Los andaluces inventaron el bronce en la Antigüedad. Fueron los primeros que mezclaron el cobre con el estaño y fundaron y establecieron en la historia la Edad del Bronce, después del período Neolítico. Curro dijo que ya lo sabía y que de ahí venía el hecho de que la gente del bronce[44] fuera andaluza. Me dio una verdadera conferencia, ¿sabes? Los hombres no les dejan a las mujeres la iniciativa de la conversación aquí. Y yo se lo agradecí, porque me dijo que hoy mismo la gente del bronce es la que se bate el cobre y también la que da la lata (estaño) con su matonería. Batir el cobre y dar la lata (estaño). Mira cómo ha llegado hasta el folclore moderno ese hecho prehistórico. La gente del bronce dando la lata y batiendo el cobre en nuestros días. Eso mismo era lo que hacían en la prehistoria para fabricar el bronce.

Es asombroso el sentido de continuidad. Por ejemplo, días pasados, hojeando un libro de historia en la universidad, vi que la iglesia de la Macarena de Sevilla[45], favorita de los toreros, era en el siglo ix la mezquita de la Macrina, y que era la preferida de los árabes que cuidaban toros y de los matarifes[46].

---

44. *gente del bronce*: gente alegre y resuelta, pendenciera.

La gente del bronce. La macrina. La venadita de Doñana. Pero esto último no me lo había explicado aún Curro con bastantes detalles.

Le pedí que me hablara más de aquello, y él miró de reojo al camarero y dijo: «Más tarde». Los andaluces inventaron el vaso campaniforme, y a Curro le parece natural, porque dice que el bronce siempre ha tenido que ver con las campanas. Al hablar de la alfarería prehistórica y de los cacharros de cocina y los dibujos con que los adornaban, Schulten dice que en la alfarería los artesanos copiaban los dibujos de los cestos de esparto, de modo que el alfar salía de esos cestos. Curro dijo que hoy todavía los pucheros y las cazuelas salen de los cestos de esparto, y que se ve a diario en los mercados.

Al ver que me escuchaba, aunque su atención estaba dividida entre lo que yo decía y el ir y venir del lúgubre camarero, le dije también que Tartesos llevaba ya cinco mil años de civilización con leyes escritas, cuando en muchos lugares de Inglaterra —por ejemplo, en la isla de Amrum[47]— la población era caníbal y se comían los unos a los otros.

—¿Qué te parece? Y si los de Creta se llaman cretenses, ¿cómo se llamaban los de Amrum?

—Ambrones.

No lo creía. Le mostré el libro donde él mismo leyó: *ambrones*. «Tanta hambre que hasta se han comido la hache —dijo él—. ¡Mardita sea su estampa!»

---

45. *iglesia de la Macarena de Sevilla*: la basílica de Santa María de la Esperanza Macarena es un moderno templo que comenzó a construirse en el año 1941, junto a las murallas almorávides de la ciudad. Hasta esa fecha, la imagen de la Virgen de la Macarena se encontraba en la iglesia de san Gil, construida en el reinado de Alfonso X el Sabio y que, según algunos historiadores, se levanta sobre el solar de alguna antigua mezquita, cuyos restos todavía hoy se conservan en la base de la torre y en la capilla del sagrario.
46. *matarifes*: encargados de sacrificar y descuartizar las reses en el matadero.
47. *Amrum*: se trata de una de las islas frisias septentrionales del mar del Norte.

Luego añadió que él debía de venir de aquella isla de Amrum, porque le daban ganas de comerme a mí. Eso no creas que es canibalismo, Betsy, sino solo galantería.

Le expliqué que Circe[48], la hechicera de Ulises, era española, y que los griegos más antiguos, según Schulten, decían que las puertas del infierno estaban en Andalucía, en Riotinto[49]; es decir, en la confluencia de los dos ríos de esa comarca de Huelva. Allí está también la laguna de Acherón. Al oír esto, Curro tuvo una observación sagaz: «¿No será de esa laguna de Acherón de donde viene la barca de Caronte[50]?». Yo creo que es posible y voy a documentarme sobre el caso.

Ya ves que mi novio tiene instinto de *scholar*. Ya te digo, la almendrita.

El camarero, aunque ya no tenía nada que hacer en nuestra mesa, se acercaba con la servilleta al brazo yo creo que tratando de escuchar. La verdad es que, tan solemne, tan curioso y tan lúgubre (con pequeñas explosiones de risa de vez en cuando), aquel hombre me intrigaba.

Parece que es un músico en las horas libres y que Curro lo conoce. Lo llamaba siempre «el gachó del harpa[51]». Yo creía que entre estos andaluces solo se usaba la guitarra.

Pero nosotros seguimos nuestra sobremesa. Me preguntaba mi novio cómo eran los iberos y le dije lo poco que de ellos se sabe.

---

48. *Circe*: maga legendaria que habitaba la isla de Ea, según cuenta Homero en la *Odisea*. Ulises convivió con ella un año, sin sucumbir a sus hechizos, gracias a una hierba que le facilitó Hermes. Sus compañeros, sin embargo, fueron transformados en cerdos. La isla de Circe se ha identificado con el promontorio Circeo.

49. *Riotinto*: municipio español de la provincia de Huelva, conocido por sus minas, explotadas desde la Antigüedad.

50. *Caronte*: según la mitología, era el barquero de los infiernos. Se encargaba de pasar las almas de los difuntos a la otra orilla de la laguna o del río Aqueronte, que separaba el mundo de los vivos del reino de los muertos. Curro identifica el mítico río Aqueronte con la laguna Acherón, en Huelva.

51. *gachó del harpa*: expresión que se utiliza para referirse a alguien sin utilizar su nombre.

Desde luego, eran grandes corredores. También ahora, según Curro. Los corredores ibéricos tienen un rito que se llama «salir de naja[52]». Lo que no entiendo es lo que la naja (la culebra negra de África y Asia) tiene que ver en eso.

—Esa debe de ser la bicha[53] —dijo Curro y silbó.

Yo le respondí que no. La *Bicha de Bazalote* es una escultura ibérica hallada en el Cerro de los Santos, que es mitad toro y mitad hombre. Él recelaba al principio y yo una vez más le enseñé el libro. Entonces Curro dijo:

—No me extraña. En mi calle hay un carnicero que tiene medio cuerpo de toro y manos de cerdo y cabeza de jabalí.

—Imposible.

Luego comprendí que era una broma —tenía todas aquellas cosas el carnicero para venderlas— y reímos. Así pasó la velada. Y al día siguiente salimos temprano. Al vernos los chicos en la calle vinieron y nos pidieron chicle. Dijeron que iban a la escuela, donde aprendían un poco de todo. Yo quise probarlos:

—¿Quién hizo el *Quijote?*

—Yo no he sido —dijo uno.

—Yo tampoco. Ha debido de ser este, el hijo del *Bizco.*

Uno se subió al pescante[54], otro al motor. Arrancamos despacio, y al llegar a la esquina, donde había más muchachos, frené de golpe y el chico resbaló por delante y cayó como una ranita al suelo. Todos rieron, y el chico se levantó muy serio:

—¿De qué os reís, si ya iba a bajarme?

Muchas más cosas te diría sobre mis experiencias en aquella aldea encantadora, pero tengo miedo de hacerme prolija[55] y pesada.

---

52. *salir de naja*: marcharse precipitadamente.
53. *bicha*: eufemismo de culebra, serpiente.
54. *pescante*: especie de estribo que sobresale en el costado de un coche.
55. *prolija*: larga, dilatada.

Aquí el tiempo parece detenerse o al menos camina más despacio que en otras partes, y mi carta tiene la misma tendencia al *relentí*[56]. Perdona si a veces te aburro.

Salimos y llegamos a otro pueblo que tenía puente y por donde debíamos cruzar el río. Yo pensé que sería bueno detenerse allí todo el día y la noche. Fuimos a la fonda y otra vez Curro pidió una habitación con dos camas. Yo dije con voz muy segura:

—Dos habitaciones, camará, que soy señorita.

Eso de *camará* hace flamenco, ¿sabes?

Curro comenzó a decir malhumorado que en aquel pueblo había pulgas y que más valdría seguir adelante. En el pueblo próximo no las había. Es verdad que hay pulgas en España. Curro dijo que los insecticidas abundaban, pero que, como decía un tío suyo, era difícil coger la pulga, hacerle abrir la boca y tragar el polvo mortífero.

—No es muy listo tu tío —le dije yo.

—No. No ha inventado la pólvora, eso es verdad. ¿Sabes? Es contratista de obras. Y un día se puso a hacer una casa de ladrillo para el perro, en el jardín. Para ir más deprisa se metió dentro, digo entre los cuatro muros. Cuando la terminó se quedó encerrado y no podía salir. Sacaba la cabeza por la puerta del perro y gritaba: «Auxilio, auxilio...», que daba pena.

Por ahí es por donde me vence Curro: por la risa. Como habrás podido deducir, en este país es de mal gusto hablar seriamente de nada. Y no es de ahora. Era ya con los árabes. Y antes con los romanos, y mucho antes con los tartesios. Hablar siempre en broma no creas que es fácil, al menos para mí. Y es peligroso reír demasiado. A veces yo pienso que la risa por la risa es un poco de locura, como cuando dice Shakespeare en *El mercader de Venecia*[57]: «*And laugh like parrots at a bagpiper*».

---

56. *relentí*: lentitud, morosidad.
57. Acto I. Escena I.

A veces los andaluces de clase baja riendo por cualquier motivo me parecen eso: loros riéndose del hombre que pasa tocando la gaita.

En fin, que pasamos el puente al atardecer. Al otro lado había tres caminos y no sabíamos cuál seguir. Un campesino al que le preguntaba Curro, respondía a todas las preguntas: «Yo no sé». Molesto, mi novio le dijo:

—Pues entonces, ¿qué sabe usted?

—Al menos sé que no ando perdío —respondió el pobre, y tenía razón.

Por fin llegamos al coto de Doñana. Mi carta para el duque de Tarifa[58] no surtió efecto, porque el duque murió en 1933 y ahora el coto pertenece al marqués de Borgheto[59]. Sin embargo, me recibieron amablemente y me encomendaron al administrador, que nos dijo que nos daría caballos a Curro y a mí y podríamos recorrer libremente la comarca. Yo quise preguntarle por la leyenda o la tradición de la cierva —de donde viene el nombre del coto—, pero Curro me tiró del vestido disimuladamente. Luego me dijo que no había que hablar de aquello en la casa y que el caso de la venadita que hablaba pasó en tiempos de los bártulos y que ya no se acordaba nadie.

Misterios. Todo son misterios en este país.

—Casi metiste la pata, niña —decía Curro.

---

58. *duque de Tarifa*: título nobiliario creado por el rey Alfonso XII en 1882, vinculado a la casa de Medinaceli. En 1900, Guillermo Garvey Capdepón compró Doñana al duque de Medina Sidonia, cuando la finca estaba completamente abandonada. Garvey hizo una excelente gestión, gracias a la cual la finca alcanzó un enorme esplendor. A su muerte pasó a su hermano José y de este, a su sobrina María Medina y Garvey, casada con el duque de Tarifa, que era ingeniero de montes e introdujo nuevas mejoras en Doñana.

59. *marqués de Borgheto*: el marquesado del Borghetto es un título nobiliario español creado por el rey Alfonso XIII en 1903. En 1934, Doñana quedó en manos de la hermana de la duquesa de Tarifa, Blanca Medina y Garvey, casada con el marqués del Borghetto. En 1942, los marqueses del Borghetto vendieron parte de Doñana a una sociedad formada por Salvador Noguera, Manuel González y el marqués del Mérito.

Los administradores conocían muy bien al profesor Schulten, a quien llamaban don Adolfito, riéndose también, aunque con un respeto natural sobrentendido, y con cierto cariño. A mí me invitaron a vivir en la casa de los administradores, pero no a Curro, que no era mi marido y cuyo nombre no estaba en la carta de Boston. Entonces yo dije que teníamos alojamiento preparado en Trebujena[60]. Mentira. Dije también que pensábamos dar un paseo de noche a caballo. Esto era verdad. Y tan pronto dicho como hecho. Nos dieron dos caballos.

Salimos bajo la luna. ¡Qué noche inolvidable, llena de dobles fondos tartesios, griegos, árabes, gitanos!

Fuimos hacia la laguna del Sopetón[61], nombre raro cuyo sentido me explicó Curro. Un sopetón es un pronto. La laguna se llamaba así porque aparecía de pronto y sin avisar. Así es que, en lugar de decir pronto, se puede decir sopetón. Es muy fonético: sopetón. Cuando me contestes, pues, contéstame sopetón, pero en inglés, *please*. Tu carta en español no está mal, pero resulta confusa. Y no te enfades, *honey*.

La laguna del Sopetón estaba rodeada de dunas de arena, y cuando llegamos había una corza en la orilla que alzó su cabecita nerviosa y... habló. No te rías, por favor, que tú sabes que yo no soy amiga de embustes ni de fantasías. Habló. Al menos yo la oí hablar. Dijo *I'm Ana*. En inglés. Luego dio un salto y salió corriendo. Curro me cogió la mano y dijo: «Piensa un cosa, una cosa que quieras mucho».

Nos quedamos callados mientras la corza corría. Después yo dije: «Ha hablado». Curro afirmó, solo que él dijo haber oído: «Nancy debe entregarse a Curro en cuerpo y alma». Muy largo me parecía a mí eso. Yo solo le había oído decir *I'm Ana* con una voz delicadísi-

60. *Trebujena*: municipio de la provincia de Cádiz, junto a las marismas del Guadalquivir. En la época contaba con unos 5.000 habitantes.
61. *laguna del Sopetón*: se encuentra en Matalascañas, dentro del término municipal de Almonte.

ma. Curro no creía que la corza supiera inglés. Pero puesta a hablar una corza y a hacer el milagro, ¿no es lo mismo que hable inglés o español? La superstición ibérica estaba una vez más en pie. Curro me decía que el deseo que nace viendo una corza se cumple siempre. La continuidad histórica, te digo. Le pregunté cuál era su deseo y él dijo: «No puedo decírtelo, porque soy un caballero». Luego dijo que no le extrañaba que la corza hubiera hablado en el coto de Doñana, porque el nombre del coto venía del siguiente caso: una princesa de los bártulos que era hechicera tenía celos de una esclava que se llamaba Ana, a la cual convirtió en una corza. El rey de los bártulos se fue a cazar y encontró a la corza, que le habló como una doncellita. Le dijo los nombres de todas las personas de su familia desde el más viejo al más joven. El rey de los bártulos le preguntó: «¿Y tú quién eres?». Y ella dijo: «Ana». Desde entonces está prohibido matar en este coto ciervos hembras, es decir, venaditas.

Concluyó Curro que aquella venadita que había hablado era una princesa bártula.

Una infantita encantada o algo así. ¡Qué fácil es para el ibero Curro creer en la divinidad de las venaditas!

Concluyó su relación diciendo que el rey de los bártulos era un tío.

—¿Tuyo? —le pregunté—. Es decir, ¿de algún antepasado tuyo?

Él dijo que no. Caminábamos en silencio. Era noche cerrada. Cuando voy de excursión al campo llevo siempre mi traje de baño de nailon en el bolso de mano, pero no era fácil ponérmelo a cubierto de las miradas de Curro. Le dije que volviera a la casa del administrador, y él dijo:

—Niña, ezo está a ocho kilómetros de aquí. Si es que quieres nadar, puedes hacerlo, que yo no miraré.

Las dunas permiten esconderse bastante bien, porque entre una y otra hay depresiones. Así es que me puse el traje y me arrojé al agua.

—¿Y tú? —pregunté a Curro—. ¿No nadas nada?

—No traje traje.

Le dije que podía nadar en *shorts*. Nadamos más de dos horas. A la luz de la luna. Curro parecía de bronce de Tartesos. Yo debía de parecer algo raro también. Curro me dijo que yo parecía un pimpollo. ¡Qué raro, en masculino! ¿Por qué no usar el femenino? Curro me dijo que yo no sé gramática parda[62], que es la importante. Nunca había oído hablar de esa gramática. Solo conozco la de la Academia. Según Curro, el hombre es siempre masculino; pero la mujer no es necesariamente femenina, sino *masculona*. El hombre, masculino, y la mujer, *masculona*. En la gramática de la Academia yo solo había visto tres géneros: masculino, femenino y neutro. Para ciertas cosas hay que venir a España, querida. Ya ves, la gramática parda. Nunca había oído yo hablar de tal cosa en Pensilvania.

Cuando la luna comenzó a inclinarse sobre el horizonte, salimos de naja (así dicen los iberos) con nuestros caballos hacia las ruinas de Torre la Higuera[63] (llevaba yo conmigo un mapa de Schulten). Curro vio dos veces más la corza y me hizo correr con él detrás por algún tiempo. Yo no la vi. Supongo que entre tanto tú estás llena de curiosidad, Betsy. Pero por ahora es todo lo que puedo decirte. Un día hablaremos más despacio. Como decía el otro día la decana, al menos yo no fumo.

En unas alforjas (palabra árabe) que llevaba Curro en su caballo había comida y sobre todo bebida. El administrador fue bastante amable como para pensar en nuestros estómagos. Gracias a eso pu-

---

62. *gramática parda*: habilidad para conducirse en la vida, astucia para salir bien de situaciones comprometidas.
63. *Torre la Higuera*: conocida coloquialmente como el Tapón de Matalascañas, constituye una de las once torres almenaras que pueblan la costa de Huelva. Se encuentra en la playa de Matalascañas, en el término municipal de Almonte (provincia de Huelva). Su origen se remonta al siglo XVI, cuando la costa onubense era saqueada por corsarios y piratas berberiscos. Por este motivo, se construyó una serie de torres que sirvieran de puesto de vigilancia y, en caso necesario, de refugio.

dimos comer en Torre la Higuera, al lado del mar de los focenses[64] y de los cartagineses. El mar lleno de peligros y de monstruos, según decían los cartagineses para que nadie se aventurara a navegar más allá del estrecho donde solo querían navegar ellos. El mar misterioso y tremendo de la *Odisea*[65]. Aquellas ruinas que a mí me embriagaban, a mi novio le tenían sin cuidado. Y decía:

—Después de hacer el paripé en dos fondas, eso de pasar la noche en la Higuera con los calzones mojados tiene mardita la grasia.

Otra acepción nueva del paripé, como ves. A veces creo que he averiguado lo que es el paripé, pero siempre aparece algún malentendido nuevo. A pesar de todo, aquí me tienes sin saber qué pensar de eso.

Y de otras muchas cosas, Betsy querida.

¿Qué te diría yo de Torre la Higuera? Ruinas de piedra. Al lado, playa baja, arena limpia como polvo de oro y el rumor del mar que ya huele un poco a América porque es el Atlántico. Yo no tenía ganas de dormir. Me puse a remover piedras para ver si encontraba otro anillo como el del profesor Schulten. El aliento de cincuenta siglos me llegaba en la brisa de la noche. De debajo de una piedra salió un lagarto.

Curro se burlaba de mí y me llamaba venadita de Doñana. Le pedí que me cantara algo, y él, después de decirme que aquel lagarto era animal sagrado en tiempo de los bártulos, me cantó una canción (creo que es de Lorca) que dice más o menos:

---

64. *focenses*: Focea era una ciudad griega de Asia Menor, en el golfo de Esmirna. Según la leyenda, los focenses fueron los primeros griegos que realizaron largos viajes por mar, con lo que descubrieron el Adriático, el Tirreno, Iberia y Tartesos. Amenazados por los persas, el rey Argantonio les ofreció refugio en Tartesos, pero ellos lo rechazaron; entonces, el monarca les facilitó dinero para que construyeran unas murallas que defendiesen Focea.

65. *Odisea*: poema de Homero que relata las aventuras de Ulises (Odiseo) al regresar a su patria, Ítaca, tras la caída de Troya.

... cuando seas novia mía,
con la primavera blanca,
los cascos de mi caballo
cuatro sollozos de plata...[66]

La noche era muy hermosa, con el mar abajo y las estrellas arriba. La vida es aquí como regalo inesperado de cada día. Todo es nuevo y sorprendente. Sopetón aquí y allá. Habíamos llegado a Torre la Higuera como al fin del mundo. De allá en adelante, el infinito. *Non plus ultra.*

Y como el silencio era imposible, porque si callábamos parecía que iba a suceder un cataclismo, nos pusimos a hablar otra vez de los iberos corredores. Curro me dijo que es corredor de vinos de Sanlúcar. Ya ves. Le pregunté más cosas sobre eso. Parece que los iberos agitanados cuando salen de naja toman un producto del país que se llama soleta. Tomar soleta[67]. Eso dicen. Debe de ser un extracto del esparto, del que se hacen las suelas de las alpargatas. Soleta. Eso les da fuerzas especiales hoy lo mismo que hace setenta siglos. Continuidad. ¿No es excitante?

Curro creía que la corza ibérica estaba detrás de cada arbusto diciendo: *I'm Ana*, y que también la sentía en cada gesto mío. Poco antes del amanecer se oyó a un ciervo —es la época del celo—, y era un bramido articulado, engolado[68] y alto. Era como la voz de un caballero antiguo y parecía decir en inglés: «*I worship her. I worship her*».

Magia pura. Resultó que el deseo que yo cuajé en mi corazón y el que cuajó Curro en el suyo eran el mismo. Pero no te diré cuál era. Eso que decías en tu carta (que antes de la puesta del sol los

---

66. Versos pertenecientes al poema «Zorongo», en *Cantares populares*, de García Lorca.
67. *tomar soleta:* huir.
68. *engolado*: sonoro, enfático, altanero.

colores del día son más vivos) pasa también con la noche. Antes del amanecer, el cielo era más negro y las estrellas como sartas de pedrería brillante.

Soy feliz. Acordándome ahora de aquella noche en Torre la Higuera, recito el verso de Rubén:

De desnuda que está brilla la estrella[69].

¿Por qué lo recuerdo? Ya te contaré, querida. Estoy en el clímax de mi juventud y a veces

... cuando quiero llorar, no lloro,
y a veces lloro sin querer[70].

No le escribas estas cosas a nuestra amiga holandesa, digo a Elsa, porque la harás sufrir. Yo no sabía que ella estuviera tan enamorada de Curro y creía que se trataba solo de un *flirt* sin importancia. En todo caso, si crees que debes decírselas, mejor será que lo hagas con cuidado para no herirla demasiado. Bien pensado, ella no tiene ya derecho alguno sobre Curro, porque él le dijo un día cuando ella le preguntó por qué no pasaba nunca por su calle ni se acercaba a su reja:

Tu calle ya no es tu calle,
que es una calle cualquiera,
camino de cualquier parte[71].

---

69. Verso perteneciente al poema que comienza: «Yo soy aquel que ayer...», del libro *Cantos de vida y esperanza* (1905), de Rubén Darío (1867-1916), máximo exponente del Modernismo hispanoamericano.
70. Versos del poema «Canción de otoño en primavera», también de Rubén Darío, incluido en sus *Cantos de vida y esperanza*.
71. Versos pertenecientes a «Soleares», de Manuel Machado.

Y Curro todo lo importante lo dice en coplas. De veras. Pero, en fin, si le escribes no olvides poner lo de la venadita. Curro me llama ahora así. Venadita de las Californias. Y dice que soy para él «er querer más fino y más hondo de su vida». No te lo digo por nada, no vayas a creer. Si le escribes a la holandesa, te dejo en libertad de decirle lo que quieras. Pero que sea sin herirla, ¿me entiendes? Tú sabes hacer estas cosas.

CARTA VI

NANCY Y EL ABEJORRITO RUBIO

En esta carta, Nancy me alude a mí. Venciendo mi natural modestia y por no alterar el manuscrito de mi amiga, incluyo las líneas donde aparece mi nombre. Mentiría si dijera que esa alusión de Nancy no me gusta.

Dice Nancy:

Mistress Dawson envió un telegrama para mí al coto de Doñana diciendo que volviéramos a Sevilla enseguida porque necesitaba su coche. En el coto enviaron el telegrama a Trebujena (donde yo había dicho que teníamos hospedaje reservado), y al no encontrarnos allí, lo devolvieron a Doñana. Total, que cuando fuimos a llevar los caballos el administrador nos miró con recelo, como pensando: «¿Dónde han pasado la noche estos pájaros?».

Y tuvimos que volver a Alcalá de Guadaira el mismo día. Yo temía que le hubiera sucedido algo a *Mrs.* Dawson, pero cuando llegamos resultó que no. Ella, según dijo, nos había prestado el coche para el fin de semana, y era lunes y lo quería.

También se enteró de que nosotros no estábamos en el coto de Doñana ni en Trebujena, y se ha pasado algunos días preguntándose dónde dormíamos. Lo mejor sería decirle que no dormíamos en ninguna parte. No se lo he dicho porque odia a la gente bohemia[1].

---

1. *bohemia*: que lleva un tipo de vida que se aparta de las normas y convenciones sociales.

Dos días después fuimos con ella a Sevilla y nos pidió que la lleváramos a la catedral menor[2] —así la llamaba—, que era una iglesia antigua y sombría cerca del barrio de Santa Cruz[3]. Quería mostrarnos algo. Pensaba haber hecho un descubrimiento en la capilla donde Miguel de Mañara[4], este notable sujeto muerto a principios del siglo XVII, tiene su estatua de piedra sepulcral. Alguien le había dicho a nuestra amiga que Mañara fue el modelo del don Juan de Tirso de Molina. Y ella me miraba con una especie de pedantería[5] académica y preguntaba a Curro:

—¿Sabe usted quién es ese caballero, digo, el de la escultura?

—¡Vaya usted a saberlo!, con la gente que traen a estas iglesias antiguas —decía Curro.

Declaró *Mrs.* Dawson que aquel ciudadano había sido el verdadero don Juan Tenorio. Yo me acordaba de lo que nos dijo un *visiting professor* en sus conferencias sobre don Juan. ¿Te acuerdas? Era Sender. Dijo que el mito de don Juan es de origen mozárabe y nació en la Baja Edad Media bajo la influencia de las costumbres musulmanas. En tiempos de los árabes la vida social, la picardía, los martelos[6], lo que llamamos ahora *flirt*, se hacían en los cemen-

---

2. *la catedral menor*: se trata de la iglesia de la Caridad, que forma parte del hospital del mismo nombre, en el barrio del Arenal, muy próxima a la Maestranza. Se construyó en el siglo XVII gracias al caballero Miguel de Mañara.

3. *barrio de Santa Cruz*: ubicado en el centro de la ciudad, es un laberinto formado por estrechas callejuelas, que dan testimonio de sus orígenes como judería. Es famoso por sus leyendas sobre duelos y amoríos. Se dice, por ejemplo, que don Juan Tenorio nació en la plaza de los Venerables y habría conocido a la mítica doña Inés de Ulloa en la plaza de Doña Elvira.

4. *Miguel de Mañara*: caballero sevillano (1626-1679), fundador del hospital de la Caridad de Sevilla. En torno a su figura se creó una leyenda de juventud desordenada y posterior conversión, por lo que se le ha llegado a identificar como el precedente real del personaje de don Juan Tenorio, de *El burlador de Sevilla y convidado de piedra*, de Tirso de Molina.

5. *pedantería*: actitud del que presume de saber o de erudición, la tenga o no, en especial, cuando no es el momento oportuno.

6. *martelos*: enamoramientos.

terios. Había un día a la semana —el viernes, según el escritor argelino Lévi-Provençal[7]— en que los cementerios estaban llenos de muchachitas y de pícaros galanes. Era el día de la galantería. Allí, entre los sepulcros... De ahí viene el ser «un calavera», es decir, un galán que se pasa la vida en el camposanto esperando una ocasión. Porque los martelos se iniciaban y se consumaban a veces en aquellos floridos pero lúgubres parques. Un calavera. Es decir, un habitual de los cementerios. Y además el mito de don Juan comenzó con el romancillo de los dos amigos en el fosal[8], uno de los cuales tropieza con una calavera y la convida a cenar en su casa. ¿Te acuerdas? Eso decía el *visiting professor* español.

Mistress Dawson creía haber descubierto a don Miguel de Mañara, calavera ilustre y escandaloso que antes de morir se arrepintió y dejó su fortuna a los jesuitas. Estos lo absolvieron y publicaron incluso un pequeño libro sobre sus virtudes no conocidas y sobre la salvación de su alma. Seguía nuestra amiga hablando. Curro se rascaba la nuca para decir:

—Ezo yo lo había oído en arguna parte, la verdá.

—¿Dónde?

—Deje usted que me acuerde.

—Usted no lo ha oído en ninguna parte.

—¡Y que podría ser verdad!

Miró *Mrs.* Dawson de arriba abajo a Curro y me dijo en inglés: «Es un *ignoramus*». Pero Curro comprendió la palabra, que al fin es casi la misma en español, y se sintió ofendido:

---

7. *Evariste Lévi-Provençal*: arabista francés (1894-1956), autor de la *España musulmana*, estudio que abarca hasta el año 1031. Este y otros ensayos sobre períodos posteriores (taifas, almorávides y almohades) son muy valorados por los estudiosos.

8. *fosal*: osario, cementerio.

—Vamos a ver, señora —dijo provocador—. ¿Qué desea usted saber sobre ese cabayero[9]? Digo, sobre don Miguelito del carcañar[10] de mármol. Es er mismo don Juan en persona, con su capa encarná y sus calzones bordados de plata. Es don Juan. No digo que no aquer don Juan que desía:

> *Cuán gritan esos malditos,*
> *pero mal rayo me parta*
> *si en acabando esta carta*
> *no pagan caros sus gritos...*

Mistress Dawson se quedó sorprendida y Curro añadió: «Así comienza *Don Juan Tenorio*[11]». Como vio que le escuchábamos, siguió hablando. Alzaba la voz y declamaba como un viejo cómico: «Su suegro er comendador va a la hostería der laurel y mira alrededor, y viendo los malos muebles de la casa, levanta los ojos al cielo y dice con voz de caverna:

> *¡Que un hombre de mi linaje*
> *descienda a tan vil mansión!*»[12]

Se quedaba *Mrs.* Dawson muda de asombro. Y me preguntaba si Curro había ido al *college*. Yo le decía que sí. Y que sabía mucha historia, especialmente sobre los bártulos. *Mrs.* Dawson repetía con

---

9. *cabayero*: caso de yeísmo; *caballero*.
10. *carcañar*: a partir de *calcañar*, hay identificación de *l* y *r* implosivas. Es el talón y en arquitectura, un tipo de moldura.
11. *Don Juan Tenorio*: obra de José Zorrilla (1817-1893). Este autor retoma el mito del libertino, tratado por Tirso de Molina, desde una perspectiva netamente romántica al conseguir la salvación por el amor de doña Inés. Aunque las citas que aparecen a continuación se apartan del original (hay alteraciones, omisiones, cambios de orden), los versos que acabamos de leer corresponden a los cuatro primeros de la obra.
12. Versos 243-244.

aire soñador: «Los bártulos...». Mi novio, comprendiendo el cambio de actitud de aquella mujer, alzó la voz:

> ... *¡Villano,*
> *me has puesto en la faz la mano!*[13]

Y sin dejar que *Mrs.* Dawson acabara de respirar, añadió que a él le gustaba especialmente el final del acto tercero, cuando don Juan dice:

> *¡Llamé al cielo y no me oyó,*
> *mas si sus puertas me cierra,*
> *de mis pasos en la tierra*
> *responda el cielo, no yo!*[14]

Mi amiga escuchaba con la boca abierta y preguntaba de vez en cuando: «¿Es un especialista en teatro español? ¿Cómo no me lo habíais dicho?». Pero Curro seguía recitando. Ya ves, querida, lo que son los hombres aquí. ¿Cuándo un boxeador de Chicago, pongamos por tipo nacional equivalente al torero o al cantador andaluz, podría recitar tiradas enteras de una obra de Shakespeare, o Bacon[15], o el romántico Byron[16]? Pero aquí la cultura nos sale al paso en todas partes. Y no es que Curro estudie, sino que la cosa está en el aire y «se respira». En medio de la iglesia recitaba alzándose un poco sobre las puntas de los pies:

13. Versos 777-778.
14. Versos 2.620-2.623. En realidad, se corresponde con el final del acto IV de la primera parte.
15. *Francis Bacon*: político y filósofo (1561-1626), representante del empirismo inglés. Es autor del *Novum organum, Ensayos* y la *Nueva Atlántida*.
16. *Lord Byron*: poeta (1788-1824) y máximo exponente del Romanticismo en Inglaterra. Es autor de *Las peregrinaciones de Childe-Harold, El corsario* y *Don Juan*.

> *—¿No es verdad, ángel de amor,*
> *que en esta apartada orilla*
> *más pura la luna brilla*
> *y se respira mejor?*
> *—Don Juan, don Juan, yo lo imploro*
> *de tu hidalga condición,*
> *o arráncame el corazón,*
> *o ámame, porque te adoro.*[17]

Dijo mi amiga que aquel drama era un misterio medieval y al oír la palabra misterio Curro alzó las cejas: «No es nada el misterio que hay en el dramita ese». Y mirando a *Mrs.* Dawson de reojo y con recelo y ahuecando la voz recitó:

> *Esa aldabada postrera*
> *ha sonado en la escalera.*[18]

Antes de que *Mrs.* Dawson reaccionara añadió:

> *Muertos a quien yo maté,*
> *no os podréis quejar de mí;*
> *si buena vida os quité,*
> *buena sepultura os di.*[19]

Con el entusiasmo Curro se abandonaba y alzaba la voz demasiado. Acudía el Manús (el de la peluca y la pértiga) con su mirada oriental, y Curro dijo que había llegado la hora de salir de naja. *Mrs.* Dawson miraba a Curro como si fuera Menéndez Pidal[20] y en voz

---

17. Versos 2.170-2.173 y 2.256-2.259.
18. Versos 3.329-3.330.
19. Versos 2.900-2.903.

baja me repetía: «*Honey*, te vas a casar con un verdadero *scholar*. Enhorabuena». Yo exultaba de gozo, y Curro, dándose cuenta, tomaba un aire modesto, porque era lo que correspondía a un verdadero sabio. «Uno ha visto un poco de teatro», decía.

Salimos de la catedral bajo la mirada del Manús. Al llegar al atrio[21] vimos que llovía. *Mistress* Dawson quiso salir, pero volvió mojada a cobijarse bajo la bóveda. «Tenga cuidado, señora —dijo Curro—, porque cuando llueve las americanas se encogen.»

¿Quería decir con eso que las americanas somos *sissy*? No sé, querida.

Por fin amainó y nos fuimos hacia el café. Por el camino, *Mrs.* Dawson hacía preguntas tímidamente a mi novio sobre don Juan, y él le respondía con alguna estrofa nueva:

> *Yo a los palacios subí,*
> *yo a las cabañas bajé,*
> *y en todas partes dejé*
> *memoria triste de mí...*[22]

Siempre el don Juan de Zorrilla. Cosa extraña. Le pregunté si no le gustaba el otro, el don Juan clásico.

—Yo, la verdá —dijo—, no tengo nada contra ese caballero.

—¿Cómo?

—Quiero decir que estoy en buenos términos con él.

Mistress Dawson, hablando de lo que tomaría en el café, dijo que pediría té con «pastos» y que los «pastos» españoles le gustaban más que los de Virginia. Ya ves. Los pastos son la hierba, y solo co-

---

20. *Ramón Menéndez Pidal:* filólogo, historiador y erudito (1869-1968), miembro de la RAE desde 1901 y su director desde 1925 a 1939 y desde 1947 a 1968.
21. *atrio:* espacio que se abre junto al pórtico de una iglesia.
22. Reinterpretación libre de los versos 506-510.

men pastos las vacas y las ovejas. Quería decir *pastas*, pero siempre equivoca los géneros. No he visto a nadie hablar con más soltura y con menos corrección. En una tienda donde quería comprar jabón pedía «una caja de *sopa*[23]». Le dijeron que la sopa se vendía en latas y no en cajas y ella decía como si tuviera razón: «¿La *sopa* en latas? ¡Qué inadecuado! Esas cosas solo pasan en España».

Camino del café, pasamos delante de un camión lleno de muebles estacionado frente a una casa. Un hombre cruzaba la ancha acera llevando un reloj de caja antiguo y enorme a la espalda. Mientras avanzaba fatigado pasaron dos mocitas, y una preguntó:

—Compare, ¿me hace el favor de decirme la hora?

Y la otra, con una voz de pajarito jovial:

—¿No le sería más cómodo llevar un reloj de pulsera?

El hombre sudaba y seguía adelante diciendo algo entre dientes de muy mal humor. Curro explicó: «Se mudan de casa. Y ahí va el camión con los bártulos». Yo recordaba ese nombre histórico. «¿Los bártulos? ¿Dónde están?», pregunté. Curro señaló con un gesto el camión:

—Ahí. ¿No los ves?

Había en el camión solo dos hombres, uno al volante y otro al lado, que me contemplaban risueños. Tenían expresiones un poco primitivas. Los *bártulos*. Sentí verdadera emoción histórica. Y seguimos caminando. *Mrs.* Dawson no se había repuesto de su impresión con Mañara y con Curro y preguntaba si don Miguel de Mañara había llegado a ser un mito popular en su tiempo. Curro contestaba que «er gachó del harpa se las traía», y juntando los dedos de la mano izquierda en el aire, recitaba:

---

23. *una caja de sopa*: la palabra inglesa para *jabón* es precisamente *soap*.

Por dondequiera que fui
la razón atropellé,
la virtud escarnecí,
a la justicia burlé
y a las mujeres vendí...[24]

Me miraba la Dawson y parecía decirme: «Si hubiera sabido esto, os habría dejado el coche una semana entera».

—Eze don Miguelito de la capilla era un maula, señora.

Eso no. Los maulas, según nos dijo el *visiting professor**, eran en la España musulmana los redimidos, los esclavos libertos. Los árabes los llamaban así: *mawlas*. Y don Miguel de Mañara no debió de ser nunca un esclavo. Curro decía que los *maulas* son gente pícara que tienen sus trucos y saben salir siempre adelante. Es posible que el nombre venga de ahí. Te digo que a cada paso tropieza una con páginas vivas de la más vieja antigüedad. Y alusiones históricas y proyecciones al más remoto pasado: *maulas*.

Así llegamos al café. Mi novio solía vender vinos a aquel establecimiento, y al verlo llegar el encargado, que le había dado el día antes un vale firmado en lugar de dinero, le preguntó bajando la voz:

—¿Vale el vale?

—Sí —dijo Curro—. Pero no vino el vino.

Mistress Dawson repetía: «Vale el vale. Vino el vino». Parecían consignas secretas en clave. En aquel momento, dos contertulios estaban hablando animadamente y uno se lamentaba de tener que ir cada día a casa del dentista, donde pasaba grandes molestias. El otro le preguntaba cómo se las arreglaba para comer y el de los dientes respondía agriamente:

---

24. Versos 501-505. El pasaje se repite en varias ocasiones a lo largo de la obra.

* Perdone el lector esta nueva alusión, con la cual a un tiempo sufre mi modestia y se siente halagada mi vanidad (Ramón J. Sender).

—¿Cómo como? Como como como.

Bajó la voz *Mrs.* Dawson para preguntarme qué idioma hablaba aquel hombre que repetía la misma palabra cinco veces en diferentes tonos, como los chinos. Curro dijo que hablaba portugués «del otro lado de la mar». Y añadió:

—Eze tiene una tía mulata en Riojaneiro[25]. ¿No ha oído mentar esa tierra? Er que la descubrió era de la Rioja y de ahí er nombre. La tía es la que suelta la mosca para que er niño estudie en la Universidad de Sevilla.

Eso de soltar la mosca es, creo yo, una superstición. Parece que en las cajas de caudales tienen una mosca guardada. Cuando sacan dinero sueltan la mosca. Cuando meten dinero en la caja parece que guardan la mosca otra vez. No sé si es la misma mosca u otra. Curro me explicó que es una superstición del tiempo de los bártulos. Tengo que estudiar seriamente a los bártulos. Sospecho que tienen algo que ver con los etruscos.

Otro de la tertulia me dijo que la mosca es de una especie un poco rara, que se cría en Cataluña y que la llaman *pastizara vulgaris*. En Andalucía no usan esa mosca, sino otra que llaman «guita». *Guita tartesia*. Soltar la guita o guardar la guita[26], dicen.

Curro tenía que cobrar algo del dueño de aquel café y le preguntaba al encargado:

—¿Cuándo suelta la mosca el *Seis Doble*?

Porque al dueño le llaman el *Seis Doble*. Podrían llamarle el *Doce*, ¿verdad? *Mrs.* Dawson, que no pierde palabra de las que se dicen a su alrededor, me preguntaba qué clase de mosca era aquella que guardaban y soltaban, y yo le expliqué lo de la *pastizara vulgaris*. Se lo expliqué tal como me lo habrían explicado a mí. Ella decía: «Ya ves. Curro, vendedor de vinos, es erudito. El dueño del café es un

---

25. *Riojaneiro:* se refiere a la ciudad de Río de Janeiro, al sureste de Brasil.
26. *guita:* dinero.

entomólogo[27] además de comerciante. Confieso que la clase media es más culta aquí que en América».

Había en la tertulia un joven a quien yo creía haber visto antes. Era andaluz y sin embargo muy rubio, con ojos azules. El contraste me llamaba la atención. En cuanto vio que estábamos hablando de don Miguel de Mañara cambió de asiento, vino a mi lado y, bajo la mirada recelosa de Curro, entró en el diálogo. Comprendí yo enseguida que se trataba del poeta de quien te hablé en otra carta, y aunque rubio, no solo es andaluz, sino gitano también. El contraste resulta bastante sugestivo.

Como poeta que es, me habló mucho de Mañara, y al ver que *Mrs.* Dawson y yo habíamos ido a la iglesia a ver la estatua, me leyó un soneto dedicado a ella:

> *La negra azabachería[28]*
> *de la noche te exaspera,*
> *por mi alma una jauría*
> *de perros va caminera,*
> *nunca el celo de la harpía[29]*
> *luna se mostró mayor,*
> *ni el respirar de la fría*
> *parca[30] más alentador.*
> *Eres la muerte, la vida;*
> *eres en fin el amor,*

---

27. *entomólogo*: estudioso de los insectos.
28. *azabachería*: oscuridad, por el color negro del azabache.
29. *harpía*: ave fabulosa con rostro de mujer y cuerpo de ave de rapiña. Se relaciona a estos seres con las almas de los muertos que se dedican a raptar las de los vivos; en sentido figurado, codiciosa.
30. *parca*: las Parcas eran tres deidades —Cloto, Láquesis y Átropos— que decidían sobre la existencia del hombre: la primera hilaba, la segunda devanaba y la tercera cortaba el hilo de la vida. Se utilizan como figura poética para referirse a la muerte.

> *—no el amor de los amores—,*
> *y entre las parcas menores*
> *del arquitrabe[31], rendida*
> *se ha desmayado una sor[32].*

Yo le pedí el manuscrito para leerlo a solas en casa, porque me resultaba un tanto difícil entenderlo todo la primera vez. Las parcas son aquí como las euménides[33]. Pregunté a Curro quiénes eran y me dijo que eran «las gachíes del harpa». Todo lo arreglaba con el harpa aquel día. Luego he sabido que los gachós del harpa no son músicos, sino personas ausentes a las que se refieren sin citar el nombre.

Se fue Curro al mostrador para hablar con el *Seis Doble*. El poeta rubio que se llama Quin se acercó a mi oído y me recitó otros versos en voz baja. Yo no entendía mucho, pero está claro que eran galanteos. Curro volvió y, como el que no se da cuenta, dijo en voz alta que no le gustaban los mosquitos que se acercaban a la oreja con la trompetilla y menos los moscones que traían coplas. El poeta dijo que no eran coplas, sino sonetos, se apartó y se puso a hablar de otra cosa con *Mrs.* Dawson. De vez en cuando, Curro y él se cruzaban una mirada a veces venenosa, a veces evasiva.

Busqué en el diccionario de *Mrs.* Dawson —siempre lo lleva consigo— la palabra *moscón*. Es un *bumble-bee*; es decir, igual que abejorro. Al hablar de eso, algunos contertulios me dijeron que hay abejorros de mal agüero[34]: los negros. Y otros de buen agüero: los dorados o rubios. Y el poeta, desde el otro lado de la tertulia, me

---

31. *arquitrabe*: elemento arquitectónico en el que descansa el friso y que se apoya sobre las columnas.
32. *sor*: hermana.
33. *euménides*: divinidades que se representan mediante figuras de mujeres negras y aladas, con serpientes enroscadas en sus cabezas. Se ocupan, sobre todo, de vengar los crímenes.
34. *de mal agüero*: que presagian desgracias.

miró sonriente, como diciendo: «Yo soy de esos, de los rubios que dan buena suerte, aunque a Curro le parezca mal».

Y es verdad que aquel chico era pequeño y dorado cono un *gilden bumble-bee*.

Una chica que era medio pariente de Curro y que bailaba en la Eritaña los sábados acababa de llegar y le dijo al poeta:

—Abejorrito rubio, convídame a una caña.

El perfil de Curro cuando se pone tormentoso anuncia cosas tremendas. Yo lo conozco. Pensé que habría sido mejor no ir al café aquella tarde. Estaba Curro de mal humor. Por el abejorrito rubio y porque, además, según me dijo, «el *Seis Doble* no soltaba la mosca».

Como no podía menos de suceder, apareció *Mistress* Adams en la puerta, vino a nuestro grupo y comenzó a decir cosas inadecuadas. Así como los errores de *Mrs.* Dawson son solo por cambio del género de las palabras, los de *Mrs.* Adams son más sutiles. Por ejemplo, la manera de colocar los acentos. Dijo que venía a esperar al secretario de la cofradía del Gran Poder, que le da informes sobre el folclore de la Semana Santa. Pero siempre llega tarde el secretario a las citas según *Mrs.* Adams porque se queda horas extras en la oficina «gozando de su *secretaria*». Quería decir que le gusta su *secretaría*, es decir, su trabajo. Claro, hubo choteo.

Choteo es una palabra que no se usa mucho, porque es como te dije la versión culta de la ironía. Después viene el «cabreo», que es la versión culta del enfado. Esos sufijos en «eo» me suenan a la Grecia clásica. La aristocracia del idioma.

Curro dijo que aquel secretario era un Panoli. Hay varios linajes nobles en Sevilla que son como las castas antiguas entre los árabes. Y entre esos linajes hay tres que Curro no puede tolerar. Ya te he hablado el otro día de los llamados gilipollas, y hay que añadir los daosportal (nombre raro, ¿verdad?) y también, como acabo de decirte, los panolis. Con todos los demás Curro se lleva bien, pero a esos no puede verlos. Y cuando vuelve la cara con disgusto y dice de alguien que es un Panoli, un gilipollas o un daosportal, yo veo siglos de atavismo[35] y de orgullo de tribu. Porque, como te he dicho otras veces, Curro es de casta real (los Antoninos) y tiene sangre de reyes en la palma de la mano. Los tres linajes cuyos nombres te digo tienen escudos de armas especiales con yelmos de plata y plumas como los abencerrajes[36].

Me dijo Curro que aquel secretario del Gran Poder era un prójimo. Yo le pregunté: «¿Qué es un prójimo?». Y Curro contestó: «Un prójimo es un prójimo». Eso no me resolvía el problema y el *abejorrito rubio* se dio cuenta y me explicó desde el otro extremo de la mesa con mucha intención:

—Un prójimo es aquel cuya mujer deseamos. Esa es la definición de la Biblia.

Y miró a Curro. En aquel momento yo descubrí que el poeta agitanado pero rubio —rara combinación— estaba enamorado de mí. Como te lo digo. Y no le importaba darlo a entender. Curro dijo con doble sentido:

—Pero hay prójimos bravos. Y esos son peligrosos a veces.

—Eso creen ellos —dijo el poeta rubio— y por mí pueden seguir creyéndolo.

Nadie me había presentado al poeta, porque en las tertulias se olvidan muchas veces de presentar a las personas. O tal vez nos presentaron en otra ocasión y no me acuerdo. Confieso que era un hombre atrayente. Curro dijo:

—Ese joven de las coplas es Joaquín Gómez. Quin, lo llaman. ¿No es usted Quin?

Había un poco de burla en la voz de Curro. El otro respondió con el mismo acento:

35. *atavismo*: tendencia a imitar o a mantener formas de vida arcaicas, ancestrales.
36. *abencerrajes*: familia musulmana que vivió en el reino de Granada durante el siglo xv, rival de los zegríes. Se convirtieron al cristianismo tras la rendición de la ciudad en 1492. Su historia ha sido motivo de inspiración literaria (véase además nota 2 de página 237).

—No estoy seguro, Curro.

—Más valdrá —dijo mi novio entornando el ojo izquierdo— que se lo pregunte usted por teléfono a su tía la que lo llevó a cristianar[37]. Para cerciorarse, digo.

—¿Qué tía?

—La tuerta.

—Su teléfono no funciona.

—Puede usted llamarla al teléfono de la pollería de la esquina.

—El que yo uso es el de la huevería de al lado.

—Tengamos la fiesta en paz, señores —dijo alguien.

La chica de la Eritaña preguntó:

—¿Y cómo es que no sabe si eres Joaquín? ¿Qué guasa es esa?

—Lo explicaré, preciosa. Nacimos dos hermanitos gemelos exactamente iguales, y estando los dos desnudos y en el baño uno se ahogó. Ahora no se sabe si se ahogó Félix o Joaquín. Y esa es la razón por la que a estas horas yo no sé si soy yo o si soy mi hermano.

—Pobrecito —dijo Curro con ironía.

—Se agradece la buena voluntad. Al fin se ve que ha calado usted la cuestión.

—También puedo calar otras cosas.

—Los melones de Alcalá del Río.

—Y las calabazas de Triana.

—¿Me lo dice o me lo cuenta?

Iban poniéndose nerviosos a medida que hablaban y los ojos echaban chispas. Curro se levantó, me levanté yo porque aquí la novia hace causa común siempre con el novio, cosa rara ¿verdad? Antes de irnos, él hizo un saludo general y dijo al poeta:

—Cuando voy con la señorita no me acaloro, zeñó. Pero a veces ocurre que no voy con eya[38], ¿entiende?

---

37. *cristianar*: bautizar.
38. *eya*: caso de yeísmo; *ella*.

—Aquí me encontrará, a no ser que prefiera verme en Alcalá de Guadaira.

—¿Tiene usted allí la querencia[39], es un suponer?

—Tengo argo más.

—No hay que molestarse en ir tan lejos. Nos vamos a ver aquí dentro de... —miró el reloj con un abandono insolente— minuto y medio. Los señores son testigos de que voy a volver.

Curro y yo salimos dejando detrás un silencio bastante dramático, *darling*. Ya en la calle buscamos el coche de *Mrs.* Dawson. Curro me llevó allí y yo le pregunté:

—¿Qué te pasa con ese joven?

—¡Bah!, es un daosportal. Pero aguárdame un instante.

Volvió al café. En la puerta se cruzó con *Mistress* Dawson, que vino a mi lado:

—¿Qué le sucede a Curro? —me preguntó alarmada—. Pasó a mi lado sin verme.

Y yo pensaba: si el poeta es un daosportal comprendo toda la inquina de Curro. Expliqué a mi amiga quiénes eran los daosportal y su noble linaje solo comparable con los panolis y los gilipollas. Ella lo anotaba todo, y un poco después se oyó algarabía de voces. Y salió Curro rodeado de tres amigos que lo sujetaban. Venía diciendo con voz ronca:

—Déjenme ustedes, que solo quiero darle un recadito.

Pero sus amigos lo trajeron al coche de viva fuerza y lo obligaron a entrar. Luego le hicieron prometer que dejaría en paz al poeta, es decir, al abejorrito rubio, y cuando Curro prometió volvieron al café. Curro parecía tranquilo y se arreglaba la corbata mirándose en el espejito del parabrisas. Toda aquella agitación con sus amigos fue como una descarga magnética y estaba ya satisfecho sin que hubiera

---

39. *querencia*: tendencia de ciertos animales a volver al sitio al que tienen costumbre de acudir.

habido riña ninguna. Es decir, que no llegó a pelear con el abejorrito porque lo impidieron sus amigos. Le preguntó *Mrs.* Dawson por qué quería tan mal al pobre poeta, y Curro dijo:

—Yo no lo quiero mal. Ar revés:

> *dondequiera que lo encuentre*
> *tiene er entierro pagao...*

Ese es un propósito cristiano, pero se veía que en el fondo se trataba no tanto de pagarle el entierro como de matarlo.

Era un Otelo frustrado. Horrible, Betsy.

Llegamos a Alcalá en poco tiempo. Cuando llegamos, Curro me dijo que yo tenía que dejar el hotel y vivir en un pisito independiente. Porque en el hotel había un bar con terraza a la calle siempre llena de señoritos desocupados y se fijaban demasiado en mí. Los graciosos, viendo tanta gente tumbada en sillones de paja y sin hacer nada, llamaban a aquella terraza la Unión General de Trabajadores.

No sé cómo decirte. Desde que hicimos la excursión al coto de Doñana me siento un poco sonámbula y obedezco ciegamente a Curro. Lo peor es que me gusta esa sumisión y esclavitud. Tú crees que me conoces. Bien, pues si me vieras aquí no me conocerías. No me conozco yo a mí misma.

Algún día te explicaré, pero por ahora —como te dije— por lo menos yo no fumo.

Dos días después estaba instalada en un pisito muy coqueto con macetas de albahaca por todas partes. Y geranios.

Curro me advirtió: «No digas a nadie dónde vives por ahora, niña. Tú para mí y yo para ti. Luego, ya veremos». Me recordó que tenía que ir a Sanlúcar a liquidar su trimestre de comisiones y ventas. Me pidió que los días que estuviera sola no fuera al café. Yo le dije que no iría (ya ves hasta dónde llega mi sumisión) hasta que él volviera. Y lo cumplí. Aquí las novias se conducen con una fidelidad monstruosa.

Aunque siempre se mezcla el azar en mis buenos deseos y esta vez de una manera diabólica, como verás.

Pero no precipitemos los hechos. Aquella tarde Curro abrió mi bolso de mano para sacar una de las llaves del piso y llevársela. Al abrirlo vio el papel con el soneto octosílabo. Yo le dije que me lo había dado el *abejorrito rubio*.

—¿Quién? —preguntó él con la voz temblorosa.

—El abejorrito rubio.

—Niña, por los pendientes de la Macarena, no lo llames así.

Curro leyó el soneto. Por fortuna, como has visto, no era un soneto de amor. Porque hubo momentos en que yo vi en Curro la misma expresión de Otelo en el momento cumbre de la tragedia. En serio, querida mía. Ya sabes que yo no exagero y menos en cosas de esa naturaleza íntima. No me gusta dramatizar. Pero puedo estar segura, repito, de que si hubiera encontrado un soneto hablando de amor —como hay tantos— ese soneto habría sido como el pañuelo de Desdémona[40]. Yo habría parecido culpable siendo inocente. Ah, querida. Yo sentí en el aire el ala de la fatalidad. Y aquella sensación, peligrosa y todo, no me disgustó. Me he contagiado tal vez del erotismo fatalista andaluz.

Ya te digo que aquí entro fácilmente en situaciones erótico-trágicas quiera o no quiera. Y yo no diría que es desagradable, la verdad.

No soy Desdémona, claro. Tampoco Curro es negro como Otelo, aunque le falta poco, la verdad. Su raza no figura en los libros de antropología. Lo podríamos llamar verde jade y cuando se enfada verde botella.

Por fortuna, el soneto se refería a Mañara. He prometido a *Mrs*. Dawson una copia, y como ella no sabe dónde vivo y no quiero que se entere se la mandaré por correo.

40. *Desdémona*: esposa de Otelo en la tragedia homónima de Shakespeare, mueres a manos de su marido, quien la estrangula por celos de su amigo Yago, que había robado un pañuelo a la dama para avivar las sospechas y espolear la pasión del protagonista.

Cuando Curro se convenció de que el soneto no quería decir nada, me besó dulcemente y se marchó. Yo me di cuenta de que me había sacado del hotel y traído a una dirección nueva y secreta para aislarme de mis amigos y sobre todo para que el enamorado rubio no pudiera encontrarme si me buscaba. La verdad es que se trata de un joven sugestivo. En el peor caso, mientras el poeta se orientaba o no, pasarían los cinco días que, según Curro, iba a tardar en volver.

Yo estaba dispuesta a obedecer fielmente a mi amor. Es increíble cómo se acostumbra una, y es como una esclavitud gustosa. Mi nueva vivienda era ni más ni menos una dirección escondida.

Él no me dijo nada de eso (digo, de la dirección escondida) porque tiene un sentido de la dignidad que yo llamaría hispanomusulmán.

Curro me presentó a una mujer de la vecindad que vive al lado en una casita llena de flores. Su padre, ya viejo, tiene ochenta años y ella dice que desde el año anterior es «octogeranio[41]». Curro me dijo que la mujer haría las faenas de la casa y me lavaría la ropa. Esa mujer tiene una niña que se llama Carmela, encantadora. Tiene cuatro o cinco años y viene y me habla con su media lengua agitanada. Es la cosa más *cute*. Había que verla alzar las manitas y girar sobre un pie mientras cantaba:

> *Aquí no hay nafta que ve,*
> *porque un barquito que había*
> *tendió la vela y se fue.*

El barquito era Curro. Estábamos la niña y yo casi siempre en un cuarto que tiene una ventana sobre un huerto con arrayanes moriscos[42]. Al otro lado del huerto se veía una casa de aire mudéjar[43] que

---

41. *octogeranio*: caso de metátesis; *octogenario*, 'de ochenta años'.
42. *arrayanes moriscos*: conocidos también como *arrayanes morunos*, son arbustos olorosos, con hojas de un verde vivo, flores blancas y bayas de color negro azulado.
43. *mudéjar*: estilo arquitectónico caracterizado por el empleo de elementos cristianos y ornamentación árabe, que se desarrolló en España entre los siglos XIII y XVI.

llaman la *casa de la reina mora*. Ya ves si hay color local en mis *surroundings*. El «color local» no me gusta en la literatura, porque hace «inferior y provinciano», pero en la vida es la chipén[44]. La segunda tarde entró por la ventana un abejorro dorado, recorrió la habitación, fue a la cocina, al dormitorio, a la sala, se quedó zumbando al lado de la ventana un rato, miró su propia sombra en el muro, se dio de cabezadas contra el cristal y por fin se fue lo mismo que vino. Yo reía y decía: «Ha averiguado mi dirección y ha venido a verme». La niña preguntaba:

—¿Quién?

—¿Quién ha de ser? Mi enamorado, el poeta —y reíamos las dos como tontas.

Al día siguiente por la tarde, apareció otra vez el abejorro. Entró, hizo su recorrido, se quedó girando alrededor de las flores de los tiestos, visitó de uno en uno los geranios y una brazada de nardos que había en un rincón y luego se acercó, dio la vuelta alrededor de mi cabeza —yo le dije a la niña que el *bumble-bee* me había besado en el pelo— y se fue igual que el día anterior.

Lo mismo sucedió los días siguientes. Cuando lo veía acercarse a la ventana, la niña Carmela juntaba sus manitas y decía: «Ahí está tu enamorado que viene». Luego el abejorrito rubio hacía como siempre su recorrido. La niña creía de veras que era un ser humano. Yo casi lo creía también, porque la fe de la niña se me contagiaba. Y así son las cosas de la vida en esta tierra. No sabe una dónde empieza la verdad y dónde acaba el sueño. *Charming*.

Llegaba cada día con cierta puntualidad. Creo que le gustaba al *bumble-bee* el perfume de mi cabello, porque desde que estoy en Andalucía me he acostumbrado a perfumarme como las mocitas del país. A no ser que lleve un clavel natural, como sucede en este momento.

44. *la chipén*: excelente.

Pasaron los cinco días sin sentirlo y yo leí mucho aprovechando que estaba sola. Terminé el Lévi-Provençal y llené de notas dos cuadernos. No salí de casa. Fue una vacación saludable. Cada tarde, con sus aromas y colores y con la visita del abejorro, era como una serie de sonetos octosílabos. Y no dejaba de pensar en Curro, quien me envió dos o tres telegramas muy cariñosos.

Cuando Curro volvió un día al anochecer sucedieron mil cosas extrañas. Pon atención a lo que voy a decir para darte cuenta de cómo se enredan las inclinaciones pasionales en esta antigua Tartesos. Curro antes de subir a casa fue a llevarle un regalito a Carmela, que vive al lado. Es su padrino. Y jugando con ella le preguntó, no sé si inocentemente:

—¿Iba alguno a ver a la señorita americana estos días?

—Sí —dijo Carmela—. Iba su enamorado todas las tardes. El abejorrito rubio.

—¿Qué dices?

—Cada día a la misma hora. Al llegar le daba un beso en el pelo.

Sin hablar más, Curro vino a verme muy pálido. Pálido como un muerto o como un condenado a muerte. (La palidez de Curro es verdosa, como te he dicho muchas veces.) La madre de Carmela me dijo después que salió tambaleándose *con su media en las agujas*. Imagina. Estaba tan confuso Curro que al parecer se llevó las agujas de hacer calceta de la pobre mujer sin saber lo que hacía. También Otelo hacía pequeñas incongruencias, ¿verdad? La ceguera del amor en estos países de tradición tartesio-musulmana.

No puedes imaginar la escena que me hizo, porque en los Estados Unidos estas cosas no suceden. Él pensaba que había venido el poeta rubio y yo no podía imaginarlo. Aunque hubieran sido verdad las visitas del poeta, ningún marido se habría considerado en Pensilvania con derecho a ofenderse y menos un novio. ¡Pues no faltaría más! No somos esclavas. Pero aquí, como te digo... Curro llegó al oscurecer con la media en las agujas (las de la madre de Carmela), y estas en el bolsillo, supongo. A los ojos de Curro se asomaba el genio del mal con sus amenazas milenarias. Tartesios, turdetanos, iberos, bártulos con sus pasiones acumuladas.

—¿No ha venido nadie a verte? —preguntó con un acento raro—. ¿No? Vaya, quiere decirse que te has aburrido.

—Ya sabes que yo no me aburro cuando tengo libros de historia. Buscaba a los bártulos, pero no los he hallado en ninguna parte.

—¿De veras?

—De veras, Curro. ¿Por qué?

—¿No te ayudaba a encontrarlos el abejorrito rubio?

Yo solté a reír:

—¿Te lo han dicho? Venía todos los días a la misma hora. Entraba por esa ventana.

Pero él se puso furioso:

—No te rías. ¡Malditos sean los mengues[45] que mecieron mi cuna! ¡Carmela me lo dijo todo y desde que me lo ha dicho no me llega el aliento al corazón!

Yo creía en aquel momento que Carmela le había dicho la simple verdad, es decir, que se trataba de un moscardón, y la idea de que Curro tuviera celos de un *bumble-bee* me parecía graciosísima —cosa de gitanos, pensaba yo— y poética y mágica y me hacía reír más. Tú sabes cómo soy. Él estaba tan furioso que yo lo creí un momento capaz de todo. Enseñaba los dientes sin sonreír como hacen los perros antes de pelear.

—¿Cada día, eh?

—Cada día venía el abejorrito rubio, a la misma hora.

—¡No lo llames así!

—¿El abejorro rubio?

Se puso frenético y le faltó poco para golpearme. De veras. Sentía yo una emoción muy compleja, mezcla de placer y de miedo, que no

---

45. *mengues*: duendes, diablos.

había sentido desde la infancia cuando mi madre me daba *spankings* (azotes).

—He hablado con Carmela —repetía él con los ojos encendidos—. ¡Mardita sea tu arma!

Bah, aquello comenzaba a ser demasiado. Yo sé que a veces se da de bofetadas con su sombra, según me ha dicho; y un hombre que hace eso, la verdad, no tiene control de sus actos. Puede ser una neurosis peligrosa. Pero aquí, querida, nadie va al psiquiatra sino unos ciudadanos bastante desacreditados que llaman *los chalaos*. (No es como en Pensilvania, que vamos al psiquiatra como se va al dentista.) La alusión de Curro al arma me dio una idea. Viéndolo venir sobre mí otra vez con la expresión de Otelo y sintiéndome ya Desdémona, pero menos resignada —al fin estamos en el siglo xx—, fui a mi baúl, que estaba abierto, y saqué la pistolita calibre 22 que compré un día en Nueva York. Al verme con la pistola en la mano, Curro cambió de actitud. Se sentó, hundió la cabeza entre las manos, suspiró y dijo con una voz que no le había oído nunca:

—Anda, dispara.

—¡Curro!

—¡Dispara!

—¿Yo?

—Ezo es. Mátame, criatura. Dispara y verás que no sale una gota de sangre, porque la tengo toda helada en el corazón. Anda, dispara; que lo mismo me da vivir que morir. Dispara y vete con tu poeta.

Era la primera vez que me insultaba llamándome *criatura*. Tú sabes que en América una criatura es un monstruo incalificable. Criatura. Y repetía:

—Mátame, mardita sea la holandesa malange que nos presentó. Mátame y vete por la ventana con tu abejorro de la buena suerte.

Nos quedamos los dos callados un largo rato. Por fin Curro, con una expresión que daba pena, murmuró:

Quién me había de decir
que una cosita tan dulce
tuviera mortal el fin.

Agonizaba por soleares, Betsy. Pero esto lo pienso ahora. En aquel momento yo estaba casi tan loca como él. De momento, el revólver me salvaba de cualquier crisis de Curro. Pero mi propia precaución me daba vergüenza. Ya te digo que Curro no ha ido nunca a un neurólogo como vamos nosotras cuando tenemos alguna fijación o manía. Y yo le dije con la mejor intención del mundo:

—Lo que tenemos que hacer mañana es ir a ver a un psiquiatra.

—¿Yo? Yo no soy un chalao. Calla y dispara de una vez.

—¿Por qué voy a disparar, si te quiero? ¿Por qué, Curro de mi arma?

Y mi arma calibre 22 me temblaba en la mano. Entonces él dio un gran suspiro:

—Así sois ustedes[46] las hembras —dijo—. Me quieres y, sin dejar de quererme, en cuanto vuelvo la espalda te orvidas de mí.

Yo creía que iba a llorar el pobre Curro y me daba pena. ¿Pero qué podía hacer yo?

—¿Vas a disparar o no? —preguntaba él.

—No, querido; no puedo.

—Entonces deja ese chirimbolo[47] en er sillón, Nancy. ¡Por los clavos de la pasión del Cristo del Gran Poder!

—¡No!

—¡Que lo dejes, niña!

Yo lo hice y entonces él se acercó y me abrazó muy conmovido. Te digo la verdad, Betsy. Nunca había sabido yo lo que es un beso

---

46. *sois ustedes*: en andaluz, es habitual utilizar *ustedes* para la 2.ª persona del plural.
47. *chirimbolo*: trasto, cachivache y, en general, cualquier utensilio que no se quiere mencionar por su nombre.

hasta entonces. Te digo que mientras me besaba oí las campanas del paraíso, los gritos del infierno, las músicas de todos los compositores clásicos y románticos mezcladas y el himno nacional americano. De veras. No me soltaba Curro y yo comenzaba a lamentarme de haberme quedado sin el revólver, porque a veces me faltaba el aliento, cuando mi novio me dijo:

—Tendremos, a pesar de todo, nuestra felicidad hasta el momento de hundirse er firmamento para los dos. Porque te juro que se va a hundir antes de cuarenta y ocho horas.

Decía yo que sí a todo, como puedes imaginar. Él me besaba y a veces yo sentía su mano en mi garganta y te aseguro que se me ponían los pelos de punta, pero al mismo tiempo me besaba y... *honey*, qué pasión. No se tiene idea de lo que es eso en Pensilvania. Cuando pudo hablar, dijo:

—Porque mañana se va a hundir el firmamento también para ti. ¿Qué dices?

—Nada, Curro.

—¡Di argo, mardito sea *Undivé*!

—¡Que se hunda el firmamento ahora si a ti te parece mejor! Nada me importa.

—¡Será cuando yo lo diga!

La verdad es que no sé a lo que se estaba refiriendo. Suspiró y repitió: «¡Mardito sea Undivé!». Creo que ese *Undivé* es un pariente suyo lejano con quien vivió de niño. En los momentos desesperados habla de él. Lo que sucedió poco después nunca lo imaginarías. En lugar de hundir el firmamento —Curro me dijo que lo dejaba para después— fuimos a pasear por el río. Antes pasamos por una tienda donde vendían flores y mi novio encargó diez docenas de varas de nardo, que pagó en el acto dando una propina de marqués. Esas flores no las hay en América. Nardos. Son flores fragantes como la carne de las «mujeres mocitas», dice Curro. Mandó que las llevaran a la madre de Carmela y que le dijeran que las subiera a nuestro piso, para lo cual les dio su llave. Yo no comprendía para qué tantas flores y él dijo con la voz quebrada por la emoción:

—Tal vez serán las úrtimas. En ese caso, para la capilla ardiente.

—¿Para qué dices?

—... Así nos acompañarán en el tránsito.

No llevaba yo diccionario conmigo. Aquella capilla y aquel tránsito tenían algo que ver con la caída del firmamento. Mirábamos la estrella de la tarde y Curro suspiraba.

Compró también media docena de botellas. Lo más fino del país, decía. Y caviar y otras cosas caras que me gustan a mí. También compró algo misterioso en una farmacia y recuerdo que el boticario le decía: «Curro, no me busques un compromiso. ¿Para qué quieres tantas?». Curro miraba otra vez a la estrella de la tarde y suspiraba. Yo pensaba en el tránsito con cierto temor. Pero si te digo que en ese temor había una verdadera voluptuosidad[48], no lo creerás.

Total, que hacia medianoche volvimos a casa, y antes de subir regaló Curro cien pesetas a Carmela y trescientas a su madre. «¿Es mi salario?», preguntaba ella sin entender. Curro suspiró y dijo no sé qué de los inútiles que eran para los desgraciados los bienes de la tierra. También dijo algo —una vez más— del firmamento. Se quedaron la madre y la niña nerviosas y desorientadas, pero contentas.

Subimos a mi cuarto y... ¿qué decirte? Curro no volvió a hablar del abejorro. Fui a decirle yo algo y él me atajó y dijo: «No hablemos. Confesaste y no pido más. A tu manera eres honrada y te lo agradezco. No tenéis ustedes la culpa, digo las hembras, sino er mengue, que las hizo como son». Eso decía. Añadía: «¡Mardito sea Undivé!». Y se quedó en mi apartamento toda la noche. Bueno, tú sabes... Hay dos dormitorios... En fin, piensa lo que quieras. Tú me conoces. Yo no voy a explicarte todas las cosas, porque las mejores cosas de la vida no se pueden explicar. Por otra parte, ni tú ni yo somos ya niñas; y el amor, y

48. *voluptuosidad*: sensualidad, placer, erotismo.

la capilla ardiente, y los nardos, y el tránsito, hicieron la noche larga y profunda como un misterio religioso antiguo. Creo que serían las seis de la mañana cuando me quedé dormida. Supongo que Curro tomó algunas cápsulas y puso el contenido de otras en el vino.

Nos bebimos las seis botellas y todavía no sé cómo. En fin, serían ya las tres de la tarde cuando medio desperté y lo vi a mi lado de pie y me asusté, y él me dijo entonces con una expresión que me dio miedo: «Corazón mío: lo que no han querido hacer las capsulitas del boticario lo harán estas». Y mostraba algunas balas de mi revólver en la mano.

Yo medio dormida temblaba pensando: «Ya sé lo que es la capilla ardiente», y estaba a punto del *breakdown*.

Pero sucedía algo encantador. Como puedes suponer, la casa estaba llena de nardos. Parece que entre las flores habrían traído sin darse cuenta docenas de caracolitos pequeños color de nácar que con la humedad (las flores estaban en cuatro cubos con agua) habían salido y trepaban por paredes, cortinas, lámparas, techo. Era una delicia despertar y ver todo aquello lleno de graciosos caracolitos trepadores, tan blancos y tan dulces como las flores mismas.

Por los cristales y las ventanas, por las patas de las sillas, por el muro de estuco blanco, por las cortinas. Todo era como una broma floral. Caracolitos arriba, en medio y abajo. En los cristales dejaban una estelita brillante como de escarcha.

—¡Mira, Curro! —gritaba yo excitada y medio muerta.

Pero él suspiraba todavía, bebía un sorbo de vino y murmuraba mirando las puntas de sus pies, más pálido (digo verde) que nunca:

> *Madresita mía,*
> *mire usted por dónde,*
> *a aquel espejito donde me miraba*
> *se le fue el azogue...*[49]

49. *azogue*: capa de mercurio con que se fabricaban los espejos.

Seguía muriéndose, al parecer por seguiriyas. (No creas que esto lo pensaba entonces, *honey*. No estaba para bromas.)

Pero Dios no abandona a los pobres seres humanos. Cuando yo comenzaba a sentirme caer en los abismos del *breakdown* vi que entraba por la ventana el abejorro dorado. Lo miré con recelo, la verdad. No comprendía las reacciones de Curro, y dije tímidamente:

—Ahí está el abejorrito como todos los días. Pero no te enfades, por favor.

—¿Qué dices?

—El abejorrito rubio, que viene a verme.

Lo miraba Curro alucinado y el moscardón zumbaba flotando en el aire. Ya te digo, Betsy, que en aquel momento el *bumble-bee* era más humano que Curro y que yo juntos. Y confieso que veía en él claramente al poeta del soneto. Tan culpable me sentía a pesar de mi inocencia que no me atrevía a mirarlo allí delante de Curro. Desde la huerta, la pequeña Carmela dio una voz:

—¡Señorita, ahí está su enamorado, el abejorrito!

—¿Pero es eze? ¿Eze bicho na má? —decía Curro sin acabar de creerlo.

Se desperezó mirando al techo —el moscardón se retardaba zumbando contra un rincón— y dijo en voz alta, con los ojos huidizos de vergüenza:

Er querer quita er sentío,
lo digo por experiensia,
porque a mí me ha susedío.

Ahora se disculpaba por bulerías[50]. Luego soltó a reír como si se burlara de sí mismo. ¡Qué risa aquella! Siglos de sarcasmo[51], Betsy.

---

50. *bulerías*: cante popular andaluz de ritmo vivo, acompañado de palmas.
51. *sarcasmo*: humor cáustico, mordaz e hiriente.

Veinte siglos desde los Antoninos de la famosa Itálica. Curro atrapó un pañuelo que me pongo yo a la cabeza cuando hace viento y se puso a perseguir al abejorrito para matarlo.

—¡No! —grité yo asustada.

Pero ya le había dado un golpe y el pobre animalito había perdido algún ala y se arrastraba por el suelo zumbando y avanzando en remolinos. Yo le pedí a Curro que no lo matara.

—¡Pero es un moscardón!

—Es un abejorro de los que traen buena suerte, según dicen tus amigos. Y es mi amigo. Es el mejor amigo que he tenido mientras estabas fuera.

Lo tomé suavemente con la pinza de las cejas, mientras decía Curro: «La vida me ha devuelto a mí ese bicho». Lo arrojé por la ventana. Se oyó un zumbido y salió volando aunque de un modo irregular. Había perdido el ala grande del lado derecho. Me miraba Curro con esa expresión congelada que pone cuando ve algo que no espera llegar a comprender en lo que le queda de vida.

—Curro, ¿qué te pasa? —le pregunté con un poco de miedo.

—Na, venadita. Soy feliz. Eres mi vida y podrías ser mi perdición. Has estado a punto de ser mi perdición, venadita.

—¿Por qué?

—Estuvimos los dos con un pie en el otro lado, bendito sea *Undivé*.

—¿En qué lado? —preguntaba yo solo por hacerle hablar.

Yo sabía muy bien, Betsy, a qué lado se refería: al otro lado del Riotinto, es decir, a la laguna que los antiguos llamaban de Acherón, donde tenía su barca Caronte.

¡Vaya si lo sabía!

La madre de Carmela dijo algo desde abajo y Curro se asomó para advertirle que las trescientas pesetas que le dio eran su salario del mes. Yo me apresuré a decirle a Curro que le pagaría ese dinero al recibir mi cheque. No puedo vivir a expensas de un hombre, porque no soy una esclava, es decir, una *mawla* de la Edad Media. Curro seguía hablando con la madre de Carmela. Dijo que la vida era un regalito de Pascua y volvió a mi lado con la expresión del que ha hablado no con la *house keeper*, sino con los ángeles.

—Vámonos a Sevilla —me dijo muy decidido abrochándose la chaqueta a lo torero.

Antes de salir cogió mi revólver pequeñito y se lo guardó:

—Lo quiero como recuerdo del día mejor —dijo gravemente— y del día peor de mi vida.

—¿Qué día?

—Hoy. Malo como la entraña de la hiena y bueno como el corazoncito del nardo.

Me besó otra vez y yo sentí una inquietud de dobles y triples fondos mixta de gozo y de misterio. Fuimos a ver a *Mrs.* Dawson. Curro le pidió el coche porque acabábamos de nacer los dos, según decía, y teníamos que celebrarlo. Ella dijo que siempre estábamos celebrando algo, y se invitó a la fiesta. Por lo menos iría a la ciudad con nosotros. Le pregunté a Curro si tenía una cerilla (llevaba yo un cigarrillo sin encender en los labios). Curro sacó la caja, la abrió, dijo que tenía tres; la cerró y se la volvió a guardar. Yo preguntaba:

—¿No me quieres dar una?

—Sí, mujer.

—¿Pues por qué no me la das?

—Mujer, tú solo me preguntaste si tenía cerillas. Yo te he dicho que tengo tres. Si quieres una, eso es otra cosa. Podrías decirlo.

Me encendió el cigarrillo. Esa broma *Mrs.* Dawson tardó en comprenderla, pero cuando la comprendió comenzó a reír y luego se acordaba y volvía a reír aquí y allá sin motivo aparente.

Salimos juntos. De vez en cuando mi amiga vieja me miraba y decía: «Hija, qué cara. ¿Es que no has dormido?». Yo me ponía muy roja y decía: «No bastante». Curro cantaba a media voz en el coche:

Bendita sea esa luna
que nos sigue por el sielo
y ha puesto en un abejorro
la fin de mi desconsuelo.

De veras había una luna diurna, Betsy. Lo que no sabía era que la palabra fin fuera femenino: *la fin*[52]. En todo caso no he visto nunca un hombre más feliz. Me besó otra vez, allí delante de *Mrs.* Dawson, solo para molestarla.

Al acercarnos al café —porque íbamos allí a pesar de todo— yo vi al poeta rubio que salía con la bailarina de la venta Eritaña. El corazón me dio un salto porque (es caso de asombro) el poeta llevaba el brazo derecho en cabestrillo. El derecho, del mismo lado del ala rota del abejorrito. No nos vieron, menos mal. Mi novio seguía a aquella pareja con una mirada burlona y amistosa, casi de simpatía.

—Ahí va er panoli como zi tal coza.

Al llegar al café el encargado se acercó a Curro y le dijo que el dueño había soltado la mosca. Curro, que veinticuatro horas antes era un hombre desesperado y sin futuro, como Otelo, ahora parecía de veras feliz. Todo porque entró —pensaba yo entonces— un moscardón en mi cuarto y porque salió una mosca de la caja del dueño del café.

Así es la vida aquí, querida. Se diría que una está en otro planeta. Un planeta encantador cuya existencia nunca pude sospechar desde Pensilvania. Ya ves la influencia que un abejorrito y la mosca *pastizara vulgaris* tienen en el destino de los seres humanos más nobles.

Aquel día en la tertulia estuvieron discutiendo sobre el materialismo de los americanos y el espiritualismo de los españoles. Parece que la gente que tiene automóvil es materialista y los que no lo tienen y quisieran tenerlo son espiritualistas. Eso es lo que yo deduzco de lo que discutían. Pero tal vez la cosa es más complicada. Ya te explicaré.

52. *la fin*: igual que ocurre con *azúcar* y *mar*, *fin* es un nombre ambiguo que admite el artículo masculino y femenino indistintamente.

CARTA VII

EL PATIO, LA RIVALIDAD
Y EL POZO ENCANTADO

Después de dos meses comenzamos a «descansar» de nuestra pasión. Yo evité el *breakdown* y Curro el hundimiento del universo. Vamos renaciendo poco a poco.

Los bártulos no existen. Son una broma de Curro. No volveré a escucharle más en materia histórica. La palabra me sonaba, porque había oído algo parecido, pero eran los *várdulos*. Ya ves: los várdulos[1].

Un bártulo es una cosa sin valor y sin importancia. Un utensilio inútil, por ejemplo.

La vida es un edén aunque con algunas novedades. Desde que pasé a vivir al apartamento de Alcalá de Guadaira, Curro quería pagar todos mis gastos y yo tuve que pararle los pies. No soy una esclava. En el amor hay que respetar las fronteras de la personalidad. Él en su casa y yo en la mía como Dios manda. Y él es él y yo soy yo. ¿No te parece, Betsy?

Curro aceptó, pero poco después comenzó no solo a permitirme pagar mis propios gastos, sino también algunos gastos suyos pequeños o grandes con una completa despreocupación. Al cabo de dos meses y a fuerza de pagarlo yo todo me quedé sin un centavo, y ahora aquí me tienes colgada de su brazo y esperando que me invite

---

1. *várdulos*: pueblo hispánico prerromano, que habitaba el litoral cantábrico en el siglo III a. C.

a las cosas que necesito o que me gustan. Hasta que llegue mi cheque del mes próximo estoy, pues, a su merced. Creo que Curro no puede tolerar que haya dos economías. Es como si tuviera celos de mi independencia. Quiere que yo viva a su costa o él a la mía. Esta situación, aunque ilógica y ligeramente humillante, tiene su atractivo: una especie de relajo moral autorizado por el amor.

Porque todo es amor ahora en mi vida. Absolutamente todo, querida.

El abejorrito rubio por el cual me preguntas tampoco es *grandee* y se llama Quin Gómez —ya te lo dije—. Aquello de ser hermano mellizo era una chufla del género que llamaríamos pugnaz. Es pugnaz cuando el de la chufla enseña los dientes sin reírse como los perros antes de pelear, cosa frecuente en España cuando los hombres discuten sobre mujeres. No necesito decirte que el abejorrito es hoy un fantasma entre Curro y yo. Un fantasma que no tiene peligro alguno creo yo, pero que, de todas formas, crece. Bueno, no lo entiendas mal, a mí no me interesa sino por la distinción —digámoslo así— de su espíritu.

Me dicen —aunque yo no suelo preguntar— que va todos los días al café, pero a horas diferentes que Curro. Prudencia. Para mí no existe como galán, porque comprendo que si existiera podía volver a producir el horrible *misunderstanding* de la noche de los nardos. Fue horrible y sublime. Las cosas de España son así: horribles y sublimes. *Mrs.* Adams, que se mete en todo, ha indagado los ires y venires del poeta y viene a contármelos. Dice que el abejorrito bebe los vientos por mí. Eso le ha dicho él mismo. Bebe los vientos[2]. A eso le llaman en los Estados Unidos aerofagia y acaba por producir dolores de estómago. Y úlceras. Yo no tengo la culpa. Soy solo una pobre turista universitaria trabajando en su tesis.

---

2. *beber los vientos*: amar apasionadamente a una persona hasta el punto de estar dispuesto a hacer cualquier cosa por ella.

No es que me interese Quin. Pero es el polo opuesto de Curro y siempre tiene algún atractivo un hombre que nos recuerda con sus ojos azules y pelo rubio a los compatriotas del lejano país.

Pero ya digo que no pienso nunca en él y si ahora parece lo contrario es porque trato de responder a tus preguntas.

Lo encontramos el otro día en un patio. Al principio me asusté, sobre todo viendo la cara que ponía Curro. Pero al fin y al cabo Quin y Curro viven en el siglo xx y son civilizados, digo yo. Sobre todo Quin.

La institución sevillana del patio viene de lejos. De muy lejísimos como diría Curro, mi dulce amor. Los griegos llamaban a esos patios peristilos[3] y tienen porches alrededor; el centro está defendido del sol por una lona como la vela de un barco —que da a las caras un suave color topacio— y descubierto de noche. Flores en el centro, en los alrededores del pozo (un pozo que no se usa por una razón que te diré) geranios, rudas, aspidistras volantes, todo, hija mía. Un patio sevillano es una canastilla de boda, digo de flores de boda. Los árabes hicieron de ellos en la Edad Media una imagen del oasis en el desierto. Esto es historia y poesía juntas, como todas las cosas de la Bética.

El pozo del patio tiene un hechizo que en este momento no sé cómo explicar. Ya sabes que mi mente es más iluminativa que constructiva.

Había un piano de cola cubierto con unas mantas de Filipinas[4] (así creo que se llaman) pero yo no veía nada a mi alrededor, preocupada por la presencia de los dos rivales. Yo creo que aunque Curro aparentaba ligereza de ánimo tampoco pensaba en otra cosa.

El abejorrito, impresionado por nuestra presencia, se disimuló detrás de un biombo japonés que tenía pavos reales bordados en seda de colores. Y en algún lugar alguien tocaba la guitarra.

3. *peristilo*: galería de columnas que rodea un edificio o parte de él.
4. *mantas de Filipinas*: alusión a los mantones de Manila, paños grandes de seda, primorosamente bordados.

Las puertas de las habitaciones bajas estaban abiertas y se entraba y se salía con libertad. En uno de aquellos cuartos había dos viejecitas con el cabello blanco sentadas en mecedoras. La abuela de la casa y una ancianita francesa de Limoges[5]. La francesa no sabía español y la española ignoraba del todo el francés. Pero cada una hablaba en su idioma, y aunque no se entendían, charlaban sin parar y reían y se divertían mucho.

Había luces, pero no demasiadas. La señora de la casa, que es viuda con siete hijas, tiene más de cuarenta años y no quiere tener luz directa sobre su cara, como tampoco las mujeres de su edad en los Estados Unidos. Es interesante y, cosa rara, tiene un colmillo retorcido[6], según Curro. En cuanto a las hijas, las tres mayores estaban cada una en su reja con el novio. «Todas las rejas ocupadas», decía la madre con acento doliente, aunque en el fondo satisfecha. Las otras cuatro que andaban por allí eran como frutas un poco ácidas, pero fragantes. Curro dice que son de costumbres muy puritanas, y no es raro, porque la madre es tan severa en su catolicismo, que Curro dice de ella que es «un pendón». (Pendón[7] es el estandarte religioso que se lleva en las procesiones.)

Quin el abejorro galanteaba mucho a las otras hijas de la casa. Las cuatro que no tienen novio están también enamoradas de alguien, y siempre es un torero o un militar o un cura. Del cura, platónicamente, claro. Pero ellos se diría que les hacen la corte lo mismo —miradas, sonrisas, suspiros—, aunque solo por el lado espiritual. Yo vigilaba a Quin, él a Curro y Curro a mí con miradas inquietas y furtivas. Al decirme la señora que sus tres hijas mayores estaban en la reja con los novios, pregunté por qué no entraban ellos en el patio.

---

5. *Limoges*: ciudad histórica de Francia situada en el centro del país, célebre por sus fábricas de porcelana.
6. *tener el colmillo retorcido*: se dice de las personas resabiadas, maleadas.
7. *pendón*: en sentido figurado, persona que lleva una vida desordenada o deshonesta.

—No pueden. No son novios formales aún. Eso lleva años. Entre tanto, pelan la pava.

No he visto esa pava por ninguna parte. En una de mis primeras cartas te he hablado de eso. Debe de ser una figura de dicción. Pelar la pava. Me dijo Curro que la niña mayor está coladísima[8]. En el diccionario eso quiere decir que está pasada por un colador (*perforated sink cover*). ¿Cómo se puede colar a un ser humano, digo yo? El novio, según Curro, es un lilaila[9]. No sé qué profesión será esa.

Esas reuniones del patio son una especie de fiestas de familia que celebran dos veces a la semana con amigos, gente joven, alguna pareja y un cura viejo que se llama don Oselito[10]. Hay casas que tienen patio abierto todos los días.

Yo pensaba si se atrevería Quin a acercárseme y, en caso afirmativo, qué sucedería.

Olvido decirte que había también en el patio —en una hornacina en el muro— una imagen de la Virgen con el corazón descubierto y siete puñales clavados en él. ¡Qué crueles los españoles, a veces! Tenía una lamparita al pie. La gente tan despreocupada y bromista junto a la Dolorosa con los siete puñales me resultaba un poco incongruente. Si tanto quieren a la Virgen, ¿por qué le ponen esos puñales en el corazón? Pero así son las cosas. A veces, sin dejar de ser feliz tengo un poco de miedo, la verdad. Pero ese miedo es voluptuoso.

En estas fiestas, los diálogos son rápidos y una se vuelve loca. Yo trataba de entender, pero las palabras tienen electricidad y echan chispas. Cuando una no puede más se queda confusa, en un estado de turbación típico de Andalucía que creo se llama *la tarumba*. Cuando repiten las mismas palabras de un modo obstinado se produce un efecto retórico que llaman la monserga.

8. *coladísima*: muy enamorada.
9. *lilaila*: astuto, bellaco.
10. *Oselito*: aféresis de *Joselito*.

Los hombres y las mujeres hablan por medias palabras, adivinándose lo que van a decir y sin decirlo casi nunca. Cuando llevábamos un rato Curro y yo en el patio se oyó una guitarra, y Quin se levantó poco a poco al lado del tocador. Yo me quedé helada. Pero él me sonreía y cantaba:

> *¿Qué quieres que le haga yo*
> *si siendo suya la rosa*
> *hasta mí llega la olor?*

Me hice la distraída. Curro torció el gesto:

—Eze niño se empeña en buscarse la ruina.

El abejorro cantador, tal vez para disimular, miró a la hija más pequeña de la casa, una niña de quince años un poco boba, y le cantó con ojos tiernos:

> *¿Qué tienes en el pecho*
> *que tanto huele?*
> *Azahar[11] de los puertos,*
> *romero verde.*
> *¿Qué huele tanto?*
> *Azahar de los puertos,*
> *romero blanco.*

Un loro gritó desde su jaula.

Hubo un silencio súbito y en alguna parte se oyó una risita nerviosa. Era la niña boba, creo yo. Se había acercado a Quin y le miraba en éxtasis[12] con una expresión afeminada un poco excesiva.

—La niña es linda, ¿no te parece? —preguntó Curro.

---

11. *azahar*: flor blanca del naranjo o del limonero.
12. *éxtasis*: arrebato, encantamiento, fascinación.

—Bah, si le quitas los quince años no le queda nada.

—¿Tú crees?

—Cualquiera diría lo mismo.

Me miraba Curro agriamente. Aquella mirada quería decir: «No te gusta la niña porque el abejorro la corteja, ya veo». Y tenía razón. ¡Qué fácilmente me atrapa a mí Curro con su perfidia[13] de macho tartesio!

Al lado del tocador, Quin parecía una esfinge[14] con su cabello leonado. A mí se me estaba quitando el miedo a los posibles incidentes y tenía una gran curiosidad.

La hija pequeña, al ver que me interesaba por el loro, me contó que de día andaba suelto por la casa, y como lo habían pisado una vez cuando caminaba, ahora por los pasillos oscuros iba gritando:

—Cuidado..., cuidado...

Yo no sé si creerlo. Tal vez ella tampoco lo creía. Curro dijo a la señora que pensábamos casarnos pronto (es prudente cuando los demás nos ven juntos a todas horas). Yo creí mejorar la cosa diciendo que si salgo por la noche es imitando a las estudiantes españolas que hacen la carrera. Hubo un vago silencio.

La pequeña le preguntaba a Curro con una expresión adormecida y casual:

—¿Y os vais ustedes a ir a América, digo, tan lejísimos?

—No; eso no —respondió Curro ofendido—. ¿Por quién me tomas, niña?

Nunca habíamos hablado de esa posibilidad, y las palabras de Curro fueron una sorpresa y una ducha fría para mí. Alguien dijo que yo había subido a caballo a la Giralda y me miraron con admiración. ¿En un verdadero caballo? Yo dije ingenuamente: «Bueno, en una yegua». Rieron creyendo que lo decía por hacer gracia.

13. *perfidia*: malicia, pircardía.
14. *esfinge*: monstruo fabuloso, de cabeza humana, y cuerpo y pies de león.

La niña de los quince años, que parecía una virgen de Fray Angélico[15], volvía al tema preguntando a Curro con los ojos dormidillos y la mandíbula un poco colgante:

—¿Por qué no quiere ir a los Estados Unidos? ¿Se puede saber?

—¡Hombre..., yo...!

—¿O no debo preguntarlo y he metido la patita?

Yo repetí la pregunta un poco desafiadora, y Curro dijo muy serio que no iría a causa de los perforantes. Añadió que los perforantes son unos *insertos*[16] americanos en forma de barrena que se meten debajo de la piel y allí ponen sus huevos... Entonces resulta que a veces se desarrollan dentro y van minando el cuerpo, al extremo de que una pierna, por ejemplo, queda vacía y hueca, y la persona sigue yendo y viniendo como si tal cosa. Al caminar y tocar el suelo, la pierna hace «cling, clang»...

Era absurdo aquello, pero debía de tener alguna base, porque Curro exagera, pero no suele mentir. Por fin caí en que se refería a las *niguas*[17].

—Es verdad —dije echándolo a broma— que hay unos *bugs* muy pequeños en los jardines y parques que de veras anidan en el cuerpo debajo de la piel. Pero no se comen la pierna, y menos la dejan vacía.

—Ezo dependerá del apetito, digo yo.

Algunos se escalofriaban imaginando a los *perforantes*. Yo explicaba, tratando de reír, que con un poco de algodón impregnado en soda todo se arreglaba. Un invitado me preguntó si había que ir entonces por los Estados Unidos con una botella de soda y un al-

---

15. *Fray Angélico*: pintor italiano (1387-1455) del primer Renacimiento, cuyas *Anunciaciones* transmiten la delicadeza y la juventud de la Virgen, realzada por la suavidad de los colores.

16. *insertos*: aquí hay asimilación de *c* con *r* en posición implosiva; *insectos*.

17. *niguas*: insectos parecidos a las pulgas, pero más pequeños. Las hembras fecundadas penetran bajo la piel de los animales y del hombre, principalmente en los pies, y allí depositan la cría, que ocasiona picazón y úlceras graves.

godón en la mano. Curro insistía muy serio en la peligrosidad de los *perforantes*, y viendo que los otros le escuchaban dio una verdadera conferencia. Dijo que esos bichos se reproducen tan deprisa que en un mismo día son padres y abuelos, y que una vez debajo de la piel se extienden por todas partes haciendo estragos. Lo había leído en el libro de un malasombra que se llamaba Julio Camba[18] y que había estado allí.

—¿Por qué es un *malasombra?* —preguntó el cura.

—Hombre, es un gallego que quiere hacerse el gracioso. ¿Cuándo se ha visto cosa igual?

Volviendo a los perforantes lo peor era que el individuo no moría, porque los perforantes no atacan las partes vitales del cuerpo, como el corazón o las venas y ni siquiera los nervios. Por lo tanto se podía llegar a estar casi vacío o vacío del todo —es lo que decía él— sin morirse. La cosa llegaba a ser alucinante. Un hombre hueco por dentro —así decía Curro— y caminando por la calle. «Un mastuerzo[19] lleno de aire.» Y cuando ese hombre hablaba parecía que la voz salía de un barril o de un cántaro vacío. Era que los perforantes se lo habían comido ya por dentro y solo quedaba el cuero inflado por el aire del aliento y los tendones. Los tendones y las venas sueltos por dentro como cuerdas de guitarra vieja. Por eso muchos americanos —concluyó, seguro de sí— prefieren venir a España. Porque aquí no hay perforantes. Y si algunos americanos se ponen huecos en Sevilla (es decir, si se inflan de vanidad) es por otra cosa: por la buena vida que se dan con los vellerifes[20] del banco de Nueva York.

Eso decía Curro. Con tantos detalles nadie dudaba de los perforantes y me miraban a mí compasivos pensando que tal vez estaba

---

18. *Julio Camba*: periodista y escritor (1882-1962), autor de libros de viajes y de novelas como *La ciudad automática, Un año en el otro mundo,* etc.
19. *mastuerzo*: torpe, necio, majadero.
20. *vellerifes*: billetes, dinero.

yo medio *hueca por dentro* también. En un extremo de la sala se oyó a Quin decir a media voz: «Eso es hablar por hablar». Yo me quedé sin aliento pensando: ¿lo habrá oído Curro? El loro cantaba entre tanto una canción torera titulada «La novia de Reverte». (*Reverte* quiere decir volver a verte otra vez. Muchos nombres españoles tienen sentido funcional. Por ejemplo, Concepción quiere decir mujer especialmente apta para la maternidad.) Y el loro repetía:

Con cuatro picadores, mamita...

Curro se acercó a la jaula del loro y dijo a los más próximos:
—Ezte loro es muy patriótico.
Yo respiré: «No ha oído a Quin». Pero Curro volvía a insultar a mi país:
—Además, en América no hay nada que beber. En España tenemos jerez, en Francia hay champaña, en Inglaterra whisky, ¿pero en América qué hay? Gazolina, señores.
Esa «gazolina» con zeta resultaba de veras vejatoria[21]. Yo seguía ofendida, y viéndolo Curro hizo un gran esfuerzo para ponerse razonable:
—La verdá es que yo tendría que aprender inglés si fuera al otro lado del charco. ¿Y cómo voy a aprenderlo? Es una lengua mentirosa. Nada se dice como se escribe. Nada se pronuncia como es debido. Por ejemplo, escriben Shakespeare y parece que pronuncian... —se quedó un rato haciendo memoria en vano. En el otro lado del patio se oyó una voz.
—Schopenhauer[22].
—Ezo es. Schopenhauer.

---

21. *vejatoria*: humillante.
22. *Arthur Schopenhauer*: filósofo alemán (1788-1860), exponente del pensamiento pesimista, que refleja en su obra *El mundo como voluntad y representación*.

Había sido el cura quien lo dijo. No sé si lo decían inocentemente o para hacer reír. Con estos andaluces nunca se sabe. Es como lo de los bártulos. Desde el otro lado del patio Quin le decía al guitarrista para que lo oyera Curro: «Tonterías. Shakespeare y Schopenhauer son dos personas distintas». Añadió que solo los confundían los flamencos ignorantes.

Yo me llevé otro gran susto, pero gracias a Dios no pasó nada. Parece que Curro no oyó aquellas palabras atrevidas.

La hermana que seguía en edad a la tercera de las novias de la reja dijo que en América no se podían decir piropos a una mujer, y eso le parecía incivil²³ y salvaje. Entonces las pobres mujeres, ¿para qué se acicalaban²⁴ y salían a la calle? El cura don Oselito para cambiar el tema dijo que el día antes había tenido un incidente en la calle. Pasaba por delante de una taberna cuando vio a dos borrachos peleando. Intervino para separarlos y uno de ellos le dio una bofetada. El cura se aguantó y acordándose del evangelio puso la otra mejilla. El borracho le dio otra bofetada. Entonces el cura dijo: «Bien, ya he cumplido con Jesús. Ahora voy yo». Y le dio al borracho una paliza que tuvieron que recogerlo después en una espuerta. Eso decía él: en una espuerta²⁵.

—Osú²⁶, don Oselito —gemía la señora de la casa—. ¡Qué cosas tiene!

Y el gemido se iba convirtiendo en una risa muy aguda. No creíamos al cura. Pero Curro la había tomado con América. Faltaba la acusación general y sabida: la de los hombres trabajando en la cocina. Todos hicieron grandes extremos, y la niña quinceañera parecía muy divertida con las alarmas de los chicos. Los miraba a la cara, de uno en uno, con su linda mandíbula de nácar un poco caída.

---

23. *incivil*: grosero, maleducado.
24. *acicalar*: arreglar, componerse.
25. *espuerta*: especie de cesta de esparto con dos asas.
26. *Osú*: Jesús.

—Los hombres son allí —decía mi novio— demasiado cocinillas[27].
Todos callaban y él añadía muy solemne:

—Lo peor es que uno podía volverse igual.

—No te apures, mi arma —le dije yo—, que tú no trabajarás nunca en la cocina de mi casa.

—¡Y olé mi venadita! Ustedes son testigos.

La hija pequeña de la casa susurró al oído de su vecina: «La americana se le sube a la cabeza a Curro como la manzanilla sanluqueña». Yo pensé: «Vaya con la niña que parece tonta». Pero entonces vino a mi lado y se puso a contar en voz baja pequeñas cosas de su vida. Algunas tenían gracia. Por ejemplo, llevaba un año viendo en la vitrina de una librería cerca de casa un libro que tenía un título muy prometedor: «Lo que debe saber toda muchacha antes de casarse». En la cubierta, una novia con velo y formas abultadas. No se atrevía la niña a comprarlo, pero, por fin, el día anterior entró un poco avergonzada, y al salir con el libro a la calle lo abrió y resultó ser... un libro de cocina. Dijo que me lo regalaría si quería, porque tenía muchas recetas españolas.

—Aunque ustedes las americanas —añadió con cierta picardía— parece que cuando se casan saben ya guisar.

Le dije que en todo caso las españolas siempre podrían enseñarme algo y que me gustaría tener el libro. Ella corrió a buscarlo. Yo comprendí que la chica no era boba, pero lo simulaba por coquetería. ¡Cosa más rara! En los Estados Unidos una tonta es una tonta, pero aquí la tontería puede ser un atractivo. ¡Viajar para ver!

Me acerqué al pozo. Curro vino y dijo, bajando la voz:

—Ese pozo tiene un hechizo.

Al lado del tocador de guitarra, Quin, quien no quería callarse, cantaba a media voz:

---

27. *cocinillas*: el que se entromete en asuntos, especialmente domésticos, que no son de su incumbencia.

Quisiera ser como el aire
y estar a la vera tuya
sin que me sintiera naide.

Estaba Quin tentando al destino.

Aunque, la verdad, después de las experiencias anteriores yo comenzaba a pensar que no había verdadero peligro. A propósito, «naide» es una metátesis[28] que todo el mundo emplea. Naide. Curro ninguneaba a Quin (como dicen en México). Es decir, lo ignoraba. Poco después, por el bien parecer me dejó y se fue con otros invitados. Pero cuanto más lejos se iba más cerca lo sentía yo. Su presencia era cálida y su ausencia magnética. No exagero, Betsy. Aunque llevamos cerca de cuatro meses de relación siempre parece el primer día.

Uno de los chicos que se me acercaron dijo refiriéndose al pozo que tiempos atrás se había arrojado dentro una niña que se llamaba Soleá. No era de la familia, sino hija del jardinero. Diciendo esto parecía querer atenuar la desgracia. Yo no debía darme por enterada —advertí— porque no le gustaba a la familia que se hablara de aquello. El chico añadía:

—La pobre Soleá dejó arribita en el brocal[29] un pañolito bordao con cuatro hojas de guipur[30] y er nombre del novio: *Juanito*.

—¡Juanito!

Otro corroboró: «Ezo es, Juanito». Como yo seguía con la obsesión de los platos sucios en las cocinas americanas, dije que ni los hombres ni las mujeres tienen que lavarlos, porque hay máquinas para eso. Pero tengo la impresión de que no me creían. Nadie se considera obligado en Sevilla a creer lo que le dicen y si escucha con

28. *metátesis*: cambio de lugar de un sonido en la palabra.
29. *brocal*: antepecho que se coloca alrededor de la boca de un pozo, para evitar el peligro de caer en él.
30. *guipur*: tipo de encaje de malla ancha.

interés es solo atendiendo a la gracia o a la falta de gracia del que habla. Tampoco pretende nadie ser creído, sino solo ser escuchado.

En un grupo cercano estaba Curro y cerca de mí el cura con su perfil fúnebre decía que había tenido mucha suerte naciendo en Sevilla.

—Porque si llego a nacer en Chicago. Con las dificultades que tengo para el inglés...

Era broma, pero aquella noche a mí todo me incomodaba. Es verdad que a muchos sevillanos no les gusta América. Una de las chicas cantó de pronto como si quisiera cambiar las ideas de los invitados:

Ay qué penita, serrano,
que se te aflojan los dedos
cuando te cojo la mano...

Me dio tristeza esa canción, porque yo sentía como si a mi novio se le aflojaran los dedos cuando yo hablaba de mi país. A mi lado un muchacho decía tonterías sobre el mismo asunto:

—En Chicago hace tanto frío que cuando cruzas la calle en invierno para ir a ver a la novia se te forman bisagras de hielo en los ojos y no puedes abrirlos.

—¡Bisagras! —decían aquí y allá aterrados.

Yo me volví como una viborita:

—California es también América, y allí hace más calor que aquí en invierno. Y en Florida y en Luisiana y en Tejas.

El loro imitaba el toque militar de diana y la señora de la casa se llevaba las manos a la cabeza y decía: «Ay, ese periquito que me quiebra er sentío». La niña de quince se acercaba a la jaula con un poco de chocolate:

—Periquito, no le quiebres er sentío a mamita. ¿Oyes, monín?

Ya dije que parecía tonta la niña, pero no lo era. Me dio el libro, que tenía una cubierta con dibujos sugestivos. Seguí hablando de

California y fue mala ocurrencia, porque alguien dijo que en aquel país condenaban a muerte a los que se propasaban con una mujer, y que según los periódicos, habían ejecutado en la cárcel de san Francisco a un joven que violó a una anciana de sesenta años.

—Y se lo tenía merecido, por asaúra —dijo Curro.

Una palabra nueva: asaúra. Parece que llaman así al que viola a una mujer anciana. En eso Curro se puso a mi lado como ves —le pareció bien que lo ejecutaran— y aunque tú sabes yo no soy partidaria de esas leyes terribles, se lo agradecí. Él añadió alzando la voz:

—Además, que hay lugares en América donde el domingo un ciudadano tiene que beber agua, porque lo manda la ley. Es como si la hubieran hecho las ranas esa ley.

Hubo un silencio escandalizado, y para sellar y consolidar el efecto de su revelación mi novio añadió:

—¡O leche! Beben leche en vasos así de grandes, como si todos se pusieran enfermos de repente.

El silencio era completo. El loro cantó desde su rincón:

Coronelita, canela,
canela, coronelita.

No sé si te dije que la señora de la casa era viuda de un coronel.

Curro nunca se había conducido así con América. Yo creo que no le gusta que sienta nostalgia por mi país. Querría separarme de mi patria con verdades o mentiras. Es como si tuviera celos del puente de Brooklyn. Aquella noche yo cavilaba, pero no caía en esto. Cuando estoy en sociedad solo pienso en causar buena impresión y no puedo decir que soy especialmente aguda y sagaz, al menos no tanto como los sevillanos. Las cosas buenas se me ocurren después, en mi casa. «Cuando me dijeron esto —pienso— yo debía haber contestado tal o cual.» Tú comprendes. Así pues, el tener Curro celos de América se me ha ocurrido después en mi casa.

Por el momento, la atención se distrajo de nosotros porque la novia de la reja número uno entró diciendo que había roto con el novio para siempre, que era un canalla y que le iba a devolver las cartas. La madre la miraba con una ternura sonriente y decía:

—No grites, niña, que si se enteran tus hermanas les dará el tolondrón[31] de pelear también.

Añadía mirando a la gente:

—Es la tercera vez que se pelean en este mes los tortolitos. Y estamos a dose nada más.

La chica juraba que aquella vez iba en serio. Y fue a buscar las cartas. La madre se hacía aire con un abanico y dijo que a los hombres había que entenderlos. Con un acento lloriqueante añadió que los hombres se dividían en seis clases: paganos, feligreses, babiecas, seráficos y mártires. Ah, se olvidaba de uno: los granujas. «Este feligrés de la reja número uno parece que no quiere entrar por el aro», dijo la niña tonta detrás de mí.

A todo esto, Quin se me acercó disimuladamente y me dijo que consideraba mi país como el más digno de respeto del mundo. Sería feliz —añadió— si pudiera vivir en Pensilvania como un americano, con su coche en la puerta, su teléfono blanco en el baño y, sobre todo, la libertad para hacer lo que quisiera y decirlo y escribirlo como un hombre digno de llamarse tal. Todo esto es admirable de verdad menos el teléfono blanco, que es *corny* o, como dicen aquí, «cursi». La palabra viene también del árabe. Llamaban «cursi» los árabes españoles a un cierto asiento recamado[32] de nácar y de metales preciosos, según la riqueza de cada cual, que tenían en casa para ofrecerlo al visitante.

Quin se daba cuenta de mi gratitud; pero otro de los chicos, con su vaso de manzanilla en la mano y hablando zarzalloso[33], dijo:

31. *tolondrón*: locura, desatino.
32. *recamado*: bordado de realce.
33. *zarzalloso*: torpe, enmarañado.

—En las Américas la gente no pasea, porque eso me lo han dicho a mí. Digo, luciendo el garbo y viendo pasar a las mocitas.

—Tú te callas —le dijo Quin—, que estás borracho y no dices más que simplezas. Cuando veníamos aquí, pasó cerca una mujer que parecía una jirafa y este vaina[34] gritó: «¡Osú, qué mujer más fea!». Y la mujer se detuvo y respondió: «¡Y qué borracho más indecente!». Y tenía razón.

—Sí, pero a mí se me va mañana.

Aquel chico era bastante malasombra y yo dije a Quin para premiar su entusiasmo por nuestro país que si algún día decidía ir a los Estados Unidos yo le daría mi *affidavit*[35].

Los otros prestaron más atención. Creo que nadie sabía lo que es un *affidavit* y sospechaban cosas incongruentes. El del vaso bebió un sorbo y dijo con cierta sorna[36] pesada:

—¿Qué es eso que le quiere dar a Quin?

—El *affidavit*.

—Vaya —dijo poniéndose un poco rojo.

Aquella palabra fue circulando y alguien aventuró una hipótesis: «Debe de ser un chirimbolo nuevo para er automóvil». El chico borracho decía que aquel mismo día tenía que haber salido para Cádiz a ver a su novia y fue a la estación, pero cuando entró en el andén el tren salía y solo acertó a ver el último vagón a lo lejos. Comentaba, estoico[37]:

—Llegué tarde, pero ya lo dice el refrán: más vale tarde que nunca.

Como había perdido el tren y se quedó sin ver a la novia, fue al casino y se puso a beber. En aquel momento yo sentí a Curro a mi lado:

34. *vaina*: tonto, despreciable.
35. *affidavit*: acta notarial en la que el interesado expone ciertos hechos y los ratifica con una declaración jurada para que surtan los efectos oportunos; en este caso, que las autoridades estadounidenses permitan a Quin la entrada en el país.
36. *sorna*: ironía o tono burlón con que se dice algo.
37. *estoico*: que afronta las adversidades con entereza y resignación.

—Si miras al fondo del pozo —dijo señalando el brocal lleno de macetas con claveles— y comes tres aceitunas negras, tendrás sueños dulces por la noche. Sueñesitos de fiesta en *ternicolor*[38] como en er cine. Eso es lo que dicen las niñas.

Era evidente que hablaba Curro pensando en otra cosa. Viendo pasar a la niña quinceañera añadió:

—A eze angelito le gustan los toreros más que a los perros los picatostes[39].

Los picatostes creo que son una casta de pájaros de pico largo. Pero Curro seguía pensando en otra cosa y yo me preguntaba en qué. De pronto me dijo si quería que nos marcháramos, y los chicos que estaban cerca protestaron. Entonces Curro me advirtió en voz baja: «Está bien, nos quedaremos, pero como se te acerque ese moscardón malasombra voy a armar la Dios es Cristo». Yo sentí otra vez el ala de la fatalidad tartesia y griega pasar por sus ojos. Cuando se arma la de Dios es Cristo hay sangre, pero no es frecuente que eso suceda en un patio sevillano. Suele pasar más bien en un lugar lejano donde al parecer Cristo dio tres voces. No sé cuáles. Lo he oído decir.

A veces en esos lugares lejanos y nocturnos no pasa nada, sino que el ofendido le da dinero para el pelo (para cortárselo) al otro. Es un misterio que no entiendo todavía. Tiene un sentido demasiado críptico para mí. Darle para el pelo, dicen. Yo pregunté una vez si eso tiene que ver con el *scalp* de los indios, y nadie supo darme razón, porque no sabían lo que era un *scalp*. Pero yo me pregunto por qué van a un sitio lejano y oscuro para darle dinero al que necesita cortarse el cabello.

La novia de la reja pasaba otra vez muy adusta[40] con el cofrecito de las cartas. Dejaba detrás un perfume de sándalo[41]. Se le cayó un

---

38. *ternicolor*: hay asimilación de *c* con *r* en posición implosiva; *tecnicolor*.
39. *picatostes*: trozos de pan frito.
40. *adusta*: poco tratable, huraña, arisca, malhumorada.
41. *sándalo*: perfume muy oloroso que se extrae de las flores de la planta del mismo nombre.

envoltorio del que salieron varios objetos que se desparramaron por el suelo: dos colillas viejas de cigarrillo que tenían fechas escritas en un lado y que la novia recogió como si fueran objetos preciosos. También recogió una flor seca diciendo: «¡Ay, qué flor criminal!». Dos envolturas de caramelos con fechas también escritas (¡amargas fechas!), una caja de cerillas vacía «como su corazón», una entrada de cine arrugada y un pequeño sujetador de corbata, que contempló sollozando. Guardó todo aquello y con el cofrecito de las cartas contra el regazo se fue heroicamente hacia la reja. La madre sonreía bonachona:

—Siempre están así los tortolitos. Son los más reñidores de la familia.

Yo, pensando en aquellas colillas, en aquella caja de cerillas vacía y en las otras cosas «sagradas», dije:

—¡Pero eso es fetichismo[42]! Una aberración, señora.

La madre me miró contagiada de mi alarma, pero sin entender. Después de un largo espacio en silencio preguntó:

—¿Feti... qué?

—Fetichismo.

—No sé, hija mía. Ahora esas cosas parece que están prohibidas.

—¿Qué cosas?

—Los partidos políticos.

Me callé pensando que era inútil explicarlo. En las perversiones la mitad del mal está en la palabra. Más valía callarse. Pero estas novias españolas con toda su pureza a mí me parecen un poco... pornográficas, la verdad.

En el grupo de Curro se hablaba de madrugar y de trasnochar y de las costumbres de cada cual en esa materia. En aquel grupo no había más que hombres y cada uno decía la hora a que se acostaba o levantaba. Curro declaró:

---

42. *fetichismo*: preferencia por alguna parte del cuerpo humano o por alguna prenda relacionada con él como objeto erótico con el que despierta el deseo sexual.

—Yo, zeñores, me levanto todos los días a las seis de la mañana. En invierno y verano.

Hubo un clamor de incredulidad. Creían que era *bluff*.

—¿Y qué haces a esa hora, tan temprano?

—Pues voy un momentito al lavabo y luego vuervo a acostarme.

Las bromas de siempre. Tú dirás que son de mal gusto, pero ya sabes lo que dice de ellas la psicopatología moderna. No son un desdoro ni mucho menos.

La de Curro es una salud tremenda. Insolente.

Suspiraba don Oselito y decía que él no podía trasnochar, porque tenía que ir al día siguiente al rosario de la aurora[43]. La madre reía con las inflexiones[44] del llanto.

—El rosario de la aurora. No me haga usted reír, don Oselito.

Parece que ese es un rosario-procesión que hacen al amanecer donde al final rompen los faroles y los fieles (la gente piadosa) se disciplinan los unos a los otros con los palos o con cuerdas, o lo que tienen más a mano. Influencia oriental de los derviches[45]. Los derviches se disciplinan también en las procesiones. Continuidad histórica como te he dicho otras veces.

Los días que llueve la procesión no sale, sino que se queda dentro de la catedral alrededor de los claustros. Entonces cada uno se flagela a sí mismo y de ahí el dicho: *la procesión va por dentro*. Con eso quieren decir que está lloviendo.

En el grupo de Quin, este seguía defendiendo a América —Dios lo bendiga— y un chico de piel granujienta, es decir apicarada, porque a los que tienen esa piel los llaman granujas, le llevaba la contraria y contaba un caso del que había sido testigo. Hay aquí un matrimonio

---

43. *rosario de la aurora*: rezo del rosario al amanecer. En sentido figurado, la expresión *acabar como el rosario de la aurora* da a entender que algo acaba en el caos y el desastre.
44. *inflexiones*: modulaciones de la voz.
45. *derviche*: especie de monje mendicante musulmán.

que trabaja en la base de Morón. Marido, mujer y una niña de once años. Tienen un gatito siamés[46] (de la niña) y un perrito *spaniel*[47], de la mamá, y el otro día el chico granujiento encontró en la calle a la niña, le preguntó cómo estaban en su casa y ella dijo: «Oh, el gatito ha estado con *distemper*, pero ya está bueno». Más tarde encontró en el parque a la madre, quien se apresuró a decirle: «El perrito estuvo malito con pulmonía». Por fortuna se había curado también. Aquella misma noche encontró al padre en el café, y al preguntarle por su salud el pobre padre americano dijo: «Tuve un ataque de apendicitis y me operaron hace dos semanas». De eso no le habían dicho nada la esposa ni la hija.

Reconozco que es posible y que en los Estados Unidos la gente es demasiado sentimental con las mujeres, los niños y los animales, y no bastante sensitiva con los hombres. En una familia donde el padre fuera como Curro, sin embargo, no sucedería nunca un incidente como ese. De modo que todo depende de la *stamina* del varón.

A pesar de todo, el abejorrito rubio se confiaba y volvía a acercarse a mí. Yo estaba inquieta pensando en Curro y tampoco Quin parecía sentirse seguro en su piel, con lo cual los dos debíamos de tener —lo vi en un espejo— un aire alucinado de mártires antiguos.

Estaba Curro al lado del guitarrista, a quien ofrecía un vaso de manzanilla. El tocador la bebía de un sorbo:

—Se agradece.

Lo decía como el sacerdote en la misa cuando dice: «*Dominus vobiscum*[48]».

---

46. *gatito siamés*: raza de gato proveniente del antiguo reino de Siam (actual Tailandia), caracterizado por su cuerpo esbelto, estilizado, flexible y musculoso. Su cabeza tiene forma triangular, el hocico es fino, y los ojos son almendrados y oblicuos.

47. *perrito spaniel*: raza de perros de tamaño medio o pequeño, orejas colgantes y grandes, y hocico ancho, cubiertos de pelo largo y ondulado. Se suelen emplear en la caza de aves, buscándolas primero y, tras ser abatidas, recogiéndolas y entregándoselas al cazador.

48. *Dominus vobiscum*: fórmula litúrgica latina equivalente al actual *el Señor esté con vosotros*.

La Coronela rogaba —siempre hablaba con un acento gemebundo[49]— a Curro: «Por la Macarena, niño, no me levanten un tiberio[50] de coplas con segunda» (quería decir *segunda intención*). Prometió Curro que por él no había cuidado, pero poco después el tocador comenzó a rasguear y Curro viendo a Quin a mi lado cantó por lo bajini:

A mí se me da muy poco
que un pájaro en la arbolea
se pase de un árbol a otro.

Aquello fue una decepción. Había dicho antes que mataría a Quin si lo veía a mi lado. Y ahora se mostraba *cold, calm and collected*. No me gustó, Betsy. ¿Qué otra cosa habría hecho un vulgar americano de Pensilvania? Te digo que a pesar de subírseme la sangre a la cabeza me puse pálida. ¡No le importaba que yo, pájaro de alameda, me pasara de un árbol a otro! ¡Te digo que me decepcionó de veras!

—¿No se encuentra bien? —me preguntó el caballeroso Quin.

Yo respondí mirando a otra parte:

—Lejos de mi país me siento a veces un poco perdida.

—¿El amor no la consuela?

—¿Qué amor, amigo mío? —y suspiré.

Él me dijo que los españoles llaman al dolor de la ausencia añoranza, nostalgia, querencia, saudade. ¿No es bonito *querencia*? Quin dijo que esa palabra olía como la hierba recién cortada.

—¿Y saudade?

—Saudade no huele, pero suena como el batir de alas de la golondrina contra el cristal de la ventana. Digo, en el poema de Bécquer[51].

---

49. *gemebundo*: lastimero, quejumbroso.
50. *un tiberio*: alboroto, revuelo, escandalo, quizá como alusión a las orgías del emperador Tiberio.
51. Alusión a la famosa Rima LIII, «Volverán las oscuras golondrinas...», de Gustavo Adolfo Bécquer, poeta romántico sevillano (1836-1870) y el más importante lírico español del siglo XIX, autor de *Rimas y Leyendas*.

Tal como yo lo repito parece un poco *corny* —no tanto como desear un teléfono blanco en el baño—, pero él lo dijo con una expresión modesta e inspirada, rezumando intimidad.

¿Tú recuerdas, querida, la encuesta que hizo el periódico estudiantil de nuestra universidad hace dos años entre las muchachas? El *repórter* —un chico muy inteligente— nos preguntaba: «¿Qué clase de individuo prefiere usted para el amor? ¿El hombre dulce y tierno, o el hombre prehistórico, brutal y violento, es decir el hombre de la tranca?». ¿Recuerdas que hubo mayoría de chicas que preferían el hombre violento? Yo, no. Yo prefiero el hombre civilizado y afable.

Tenía yo el libro de la niña boba en la mano. Al ver el título —tan estimulante— algún chico me lo pedía, pero al averiguar que se trataba de recetas de cocina hacía un gesto muy raro:

—Tiene guasa —decía devolviéndomelo.

Aquí todo es guasa. Estoy divagando demasiado, querida. Yo te hablaría mucho sobre el amor, pero ¿qué decir? Se ama y eso es todo. Hablando así con *Mrs.* Dawson nos enfadamos el otro día, y lo siento, porque me he quedado por el momento sin coche. Fuera de los Estados Unidos las mujeres americanas se hacen irritables. A *Mrs.* Adams le molestan mis comentarios y a *Mistress* Dawson mis risas. Yo creo que a las dos les molesta mi juventud, y eso es todo. Hay que tener cuidado con las mujeres viejas para no ofenderlas. Les dices «Buenos días» y ya creen que estás dándote importancia. Dentro de nuestro país no son tan sensitivas[52]. Aquí parece que andan con la piel arrancada y cualquier contacto las hiere.

Debe de ser, por un lado, la influencia oriental, por otro, que nadie les hace caso como tales mujeres en cuanto salen de América —son ya viejas— y, finalmente, este aire *sexy* de Sevilla perfumado de azahar que a ellas no les sirve ya para nada, supongo. Porque los hombres aquí no quieren ser asaúras como en California.

52. *sensitivas*: sensibles, susceptibles.

A propósito, estuvo en la fiesta —digo la noche del patio— la sobrina de *Mrs.* Dawson, de la que te he hablado otras veces. Ahora habla ya español y lee afanosamente todo lo que cae en sus manos, pero se arma un lío. Y hojeando un libro de reproducciones de arte, un chico dijo aquella noche al ver *El entierro del conde de Orgaz*[53]: «Ahí está el famoso entierro». Y ella preguntó: «¿Es eso lo que llaman vulgarmente el entierro de la sardina?». Yo en su caso habría querido que me tragara la tierra. Pero no vayas a creer. Sus errores caen bien entre los chicos. Es que según dice Curro tiene «mucha *espetera*[54]». Un eufemismo, espetera. Quiere decir que puede hablar tonterías sin cuidado, porque el timbre de su voz tiene *appeal* erótico. ¿No son delicados todos esos matices españoles sobre la inclinación amorosa?

La sobrina de la Dawson no tiene ángel, sin embargo. Y diciendo Curro que le extrañaba no ver entre los turistas americanos hombres viejos y en cambio muchas mujeres de edad avanzada, la sobrina (la llamo así porque tiene cara de sobrina y parece haber nacido solo para eso) respondió muy ufana[55]:

—Es que en América los hombres mueren jóvenes de tanto trabajar para nosotras.

No puede hablar esa chica sin decir una inconveniencia. Pasó una brisa fría por los ojos de los hombres. ¿Qué creerán ahora los españoles de nosotras? Creerán que somos tigres. Al oír aquello, Curro tocaba hierro y se apartaba. En aquel momento el loro comenzó a cantar una saeta:

Míralo por dónde viene...

---

53. *El entierro del conde de Orgaz*: el cuadro más famoso de El Greco (1541-1613), de composición barroca, característico por la estilización de las figuras que lo componen.
54. *espetera*: pecho de la mujer cuando es muy abultado.
55. *ufana*: orgullosa, satisfecha, alegre.

Y se reía como un loco. Se reía a veces aquel pájaro de una manera muy oportuna, por ejemplo, cuando la niña boba se santiguó frente a la imagen de la Virgen. Y cuando a la novia reñidora se le cayeron los fetiches (las colillas de cigarrillo, las envolturas de caramelos, etc.).

Últimamente se reía con motivos que yo llamaría poéticos, es decir, viendo una mariposa nocturna pasar y volver a pasar.

Mi novio seguía con su obsesión antiamericana. Dijo que los americanos comían maíz cogiendo la panocha por los dos extremos e hincando el colmillo como jabalíes. Él lo había visto en el cine. Añadió que comíamos también perros (*hot dogs*) y cuervos. Esto viene de que una vez amenacé a *Mrs.* Dawson con «comer cuervo[56]» —obligarla a tragarse sus propias palabras sobre Curro y sobre mí—. Yo se lo traduje a Curro y ahora mi novio cree que *Mrs.* Dawson come cuervo asado, de verdad, en su cuarto del hotel. Curro no tiene costumbre como yo de analizar los problemas y cae en malentendidos que hay que disculparle. ¿No crees?

Yo sé bastante español y no caigo en esos malentendidos nunca.

Curro decía que en Norteamérica además de los perforantes hay indios con flechas envenenadas y cerbatanas detrás de los árboles de los parques, y cuando uno sale a respirar el aire, ¡zas! Condiosito[57]. RIP[58] Dice otras cosas raras, por ejemplo, que las monjas andan en Nueva York en motocicleta y que un amigo suyo, que vive en Florida, fue al bosque de la eterna juventud, descubierto por el andaluz Ponce de León, y se le apareció un hada (ya ves tú qué fantasía encantadora) y le dijo: «Pídeme lo que quieras, que te lo concederé por haber nacido en Triana». Y mi amigo pensó un momento y dijo: «Pues solo quiero que todas las mujeres que me vean se enamoren

---

56. *comer cuervo*: Nancy se refiere a la expresión idiomática *eating crow*, que se utiliza cuando se fuerza a alguien a reconocer un error que ha cometido.
57. *condiosito*: diminutivo de *con Dios o adiós,* fórmulas de despedida.
58. *RIP*: sigla formada por las iniciales de la frase latina *requiescat in pace*, 'descanse en paz', que suele colocarse en las lápidas de los cementerios.

perdidamente de mí». Ella dijo: «Concedido». Y luego el amigo salió del bosque y al ir a su casa por una calle extraviada salió una vieja mulata de setenta y cinco años, sin dientes, medio calva, fea como un demonio, lo atrapó por un tobillo y se lo llevó a un sótano, donde lo tuvo encerrado veinte años sin ver la luz. El pobre pasó las moradas. (Quiere decir que pasó grandes dificultades y pruebas espirituales por alusión —creo, aunque no estoy segura— a las siete moradas de Santa Teresa[59].) Pero usan el apócope[60]; es decir, que Curro dice «las morás» en lugar de «las moradas».

A Curro además no le gusta el mar. «Todavía si hicieran una carretera de aquí a Nueva York, lo pensaría y calcularía los pros y los contras.» Yo lo oía sin rencor, porque cuando empieza a contar historias —como esa de Florida— tiene gracia y todo se le puede perdonar. Voy contagiándome también y convirtiéndome, como dice la pedante Elsa, en «una entidad estética». Yo me hago andaluza, pero Curro no se hace americano, y eso a veces me duele. Oh, sí, Betsy, me duele, y tú lo comprendes.

Como te dije antes, Curro tiene celos de los Estados Unidos. Se lo dije a Quin y él respondió: «No veo por qué. Yo quiero más a los Estados Unidos desde que sé que es la patria de una criatura como usted». Era un piropo patriótico y le di las gracias. Siempre que doy las gracias a los andaluces por un piropo se quedan un poco raros, como cuando se les atraganta el embeleco en el paripé. Un poco *frozen*. Es que no están acostumbrados.

Se hablaba también de política americana y Curro dijo que en los Estados Unidos la opinión se divide entre los partidarios del burro y los del elefante. Curro prefería la venadita. Menos mal,

---

59. *Santa Teresa de Jesús* (1515-1582), en su obra *Las moradas o Castillo interior*, se refiere a los aposentos o lugares de residencia que el alma debe recorrer, en su camino de perfección, hasta alcanzar la unión con Dios.
60. *apócope*: supresión de algún sonido al final de la palabra.

esa alusión me hizo recordar Torre la Higuera, donde lo pasamos tan bien. Le explicaba a Quin que el burro y el elefante[61] son meros símbolos. El muchacho, que no se chupa el dedo, me preguntó con cierta acritud[62]:

—¿Y la venadita? ¿Es símbolo también?

Yo le respondí que era una deidad que los iberos del norte adoraban y que le habían regalado una venadita blanca a Sertorio[63], el general romano. Era una manera de disimular, ¿verdad? ¿Qué culpa tengo yo de que Curro me llame así?

Lo que no sabía es que tuviera Quin tanto fervor religioso. Todos dicen de él que es un ¡viva la Virgen!

Entre tanto, Curro nos volvía la espalda y hablaba con dos de las hijas de la casa. Quin me preguntó qué era el *affidavit*. La palabra se le había quedado en la imaginación y echaba raíces. Cuando se lo expliqué pareció decepcionarse un poco, pero se recuperó y me dio las gracias.

Yo recordaba lo que había dicho Quin del teléfono blanco. Suspiré. «Suponiendo que usted y yo congeniáramos y fuéramos novios y nos llegáramos a casar —le dije en broma—, vendríamos a veranear todos los años a Sevilla.» Él respondió secamente que si tenía un día la suerte de casarse conmigo no vendríamos nunca a Sevilla, donde yo era feliz con otro. Y miró en la dirección de Curro de un modo siniestro. Recordé esos melodramas donde un enamorado dice a su rival: «Este planeta es demasiado pequeño para los dos». Yo creía, Betsy, que eso no sucedía más que en las novelas.

Curro no quiere ir conmigo a América, y no solo por los perforantes, sino porque supone que he tenido allí otros novios. Quin dice

---

61. *el burro y el elefante*: símbolo de los demócratas y de los republicanos, respectivamente.
62. *acritud*: desabrimiento, aspereza.
63. *Quinto Sertorio*: general romano (123-72 a. C.) que, indignado por la crueldad y barbarie con que se trataba a los hispanos, desertó, organizó un ejército con los indígenas e hizo la guerra a Roma durante ocho años.

que no volvería a España por la misma razón. Si un día me caso con un español, tendremos que irnos a Australia.

—Además —decía Curro todavía— que los yanquis comen en las farmacias, donde se prepara al lado, si a mano viene, la receta para un moribundo. ¡Ezo es!

Me volvía yo a mirar a Quin, pero él suspiraba, se estremecía debajo de su chaqueta y no decía nada. Cambiando el tema se puso a hablar del famoso bandido del siglo pasado, Diego Corrientes[64], cuya calavera enseñan al parecer en una jaulita en siete ventas diferentes diciendo que es la genuina. Por lo visto, Diego Corrientes tuvo siete cráneos. El poeta dice que está escribiendo algo sobre los siete cráneos de Diego Corrientes. Incidentalmente, ese bandido no mató a nadie nunca. Solo robaba.

La niña de quince años se había acercado otra vez a Curro y seguía con sus curiosidades inocentes:

—¿De veras se va a casar, Currito? ¿Y tendrá bastante con una americana para toda la vida aunque sea tan bonita?

—A ver. Cuando uno promete matrimonio a una niña yanqui y no lo cumple lo ponen a uno a la sombra. (Quería decir en la cárcel.)

Rio la niña, rio el loro en su jaula, y aunque era obvio que Curro hablaba en broma, yo quise responder en serio a la niña y a mi novio:

—Curro, te devuelvo tus promesas cuando quieras.

—Gracias, no me interesan. Pero comprende que todo se puede tolerar menos lo que hace la policía en tu país con la gente. ¿Saben ustedes lo que hacen cuando un hombre va por la carretera en su coche a una velocidad mayor de lo corriente? Pues se enteran por radar desde una caseta que tienen escondida. Y entonces lo detienen

---

64. *Diego Corrientes*: bandolero sevillano (1757-1781) que robaba a los ricos para ayudar a los pobres, con lo que consiguió que no le delataran las gentes del campo. Al final fue arrestado, ahorcado y descuartizado; su cabeza se puso en una jaula y se exhibió en una venta cercana a Utrera, su ciudad de nacimiento.

a uno y le quitan la camisa y le sacan de la vena maestra con una aguja así de grande un cuartillo[65] de sangre y la analizan para ver si hay alcohol o no. Y según lo haya, así le va al payo. Vamos, hombre. Una pinta[66] de sangre le sacan. Aquí en Sevilla eso no se hace ni con los gatos. No digas que no, prenda.

Entre tanto, el loro cantaba algo. Aquí los loros son todos así.

La novia de la reja volvía a entrar con el cofrecito de sándalo y el envoltorio con las viejas colillas, la flor seca y otros objetos preciosos.

—Vaya —dijo la madre—. Mis niñitos hacen las paces otra vez.

—Oh —comentó la novia, airada—. La curpa la tienen los demás. La gente. ¡Si Dios quisiera que el mundo se acabara y nos queáramos solos mi novio y yo, no nos pelearíamos nunca!

—¿Pero qué iban ustedes a hacer solos en un planeta desierto? —les pregunté.

—Pues, ¿qué sé yo? Haríamos lo que hacían Adán y Eva, supongo.

Reía alguien entre quejumbroso y escandalizado. «No peleen ustés —dijo la madre—, porque dan ejemplo a los otros novios que son del género seráfico-granuja y un día se les vuelan a ustedes.» El que reía a carcajadas era el lorito en su jaula.

Curro seguía implacable hablando de la inhumanidad de nuestras costumbres. En cuanto un americano cae enfermo, la familia lo envía al hospital. En España solo va al hospital el pobre que no tiene un perrito que le ladre. ¿Qué tendrá que ver el ladrido de los perros con la salud? Entonces Quin dijo, aunque mirando a otra parte, que en América la gente toma jugos de fruta y de legumbres y la alimentación es más racional. Curro lo aceptaba, pero según él eso no alargaba la vida a los americanos. Se morían a la misma edad

---

65. *cuartillo*: antigua medida de capacidad para líquidos equivalente a la cuarta parte de un azumbre, es decir, a 0,512 l.
66. *pinta*: antigua medida de capacidad para líquidos, equivalente a la mitad de un azumbre, es decir, a 1,024 l.

que los españoles, más o menos, aunque había que aceptar que se morían más sanos. Muchísimo más sanos.

—¡Morirse más sanos! ¡Cómo se burlaba, el *rascal*[67]!

La niña de los quince dijo que hacía calor. A pesar de sus bracitos desnudos tenía calor. ¿No tenía calor Curro? Y le preguntó con su vocecita de ángel custodio:

—¿No quiere que le quiten la americana? —luego se volvió hacia el abejorrito rubio—: Quin, ¿no quiere quitarle la americana a Curro y llevársela al vestíbulo?

¡Quién iba a pensarlo en aquella niña! Los ojos de Quin se apagaron, se encendieron y se volvieron a apagar. La niña miró despacio a Curro y se apartó con su sonrisita y con movimientos de pavo real. A pesar de su apariencia, te digo que era un diablo.

Curro y Quin se cruzaron una mirada de veras asesina. Yo me hallaba en un dilema: el patriotismo por un lado y el amor por otro. Entonces componía una expresión neutra y hablaba con el cura.

El resto de la velada se fue en cantos y bailes. El cura no bailaba, pero jaleaba a los bailadores. También los jaleaba el loro.

Una hora más tarde, cuando salíamos, vi que salía también el abejorrito rubio con otro grupo. La niña de los quince decía a Curro todavía en el zaguán[68]:

—Usted no se deja quitar la americana así como así..., ¿verdad?

En la calle anduvimos hasta doblar la primera esquina, y Curro, exasperado[69], alzó la voz y dijo:

—¡Dejarme yo quitar la americana! Y menos por un niño fifí...[70]

Lo oyó Quin y entonces lo hubieras visto venir hacia nosotros. ¡Qué gesto, qué iracundia[71], qué arrogancia! Viéndolo comprendí por

---

67. *rascal*: vivales, sinvergüenza.
68. *zaguán*: vestíbulo, recibidor.
69. *exasperado*: enfurecido, indignado.
70. *niño fifí*: en México, apócope de *fifiriche*: enclenque, raquítico, petimetre.

vez primera el espíritu de los héroes de la Edad Media. El abejorrito parecía un visigodo belicoso[72] y Curro un sarraceno filosófico[73] y peligroso. Pero a Quin lo atraparon sus amigos. Lo sujetaban y él forcejaba como un león:

—Déjenme ustés, que a ese tío lo tengo atravesao en la boca del estómago.

Curro impasible pero verde respondía: «Suéltenlo ustés, que tengo que darle una lección y esta noche me siento con facultades pedagógicas». Te aseguro que aquella noche despertaron en mi conciencia los atavismos del tiempo de las cavernas, cuando la hembra era conquistada con el hacha y la maza, es decir, por la lucha y la violencia. Sin embargo, debo añadir que no pasó nada. Por eso yo ahora no me siento culpable. ¡Si hubieras visto cómo resonaban las voces de los dos rivales en la callejuela medieval! Cuatro hombres sujetaban a Quin, y por fin se lo llevaron en volandas. Un perro ladraba en una esquina, asustado. Te digo que fue un momento memorable, Betsy. ¿Tendrán razón, al final, las muchachas que en la encuesta del periódico de la universidad decían preferir el estilo cavernícola, es decir, la tranca? Aunque Sevilla no es una selva africana, sino más bien una corte oriental como Bagdad.

Se llevaron a Quin en un estado semiconsciente, de rabia. Pobre muchacho. Como ves, Quin había querido pegarle a Curro y sus amigos lo impidieron. En otra carta anterior te contaba cómo Curro había querido matar a Quin y los de la tertulia se interpusieron también. ¿No es *exciting*? Aunque yo prefiero el sistema afable. Me

71. *iracundia*: cólera, enojo.
72. *visigodo belicoso*: la tradición ha caracterizado a los visigodos como uno de los pueblos más violentos de la Antigüedad; las palabras que aportan a nuestra lengua parecen confirmarlo: *guerra, yelmo, dardo, botín...*
73. *sarraceno filosófico*: *sarraceno* es uno de los nombres con los que la cristiandad medieval denominaba genéricamente a los musulmanes. Como es sabido, buena parte del saber antiguo ha llegado hasta nosotros a través de textos árabes, de ahí el calificativo que aparece en el texto.

había dejado olvidado el libro en el patio y volví a buscarlo. La niña de los quince se había enterado bien del escándalo, pero me preguntaba como si no supiera nada. Yo cogí mi libro y le dije que deseaba asomarme un momento al pozo.

—Ah, vamos —dijo ella—. ¿Se lo han contado a usted? ¿Qué le han dicho, que se ahogó la niña? No, eso no es verdad. La gente siempre quiere que pase lo peor, pero no se ahogó, sino que la sacaron vivita y chorreando. Fresca como un cangrejo. Atrapó un buen resfriado, pero luego se salió con la suya y se casó con Juanito.

—¿Y por qué se quiso matar la niña?

—No sé. Chalaúras[74] que le pasaron en un cine al aire libre. Es un poco bruja. Era la primera vez que iba al cine y en la pantalla veía una mar que no era la mar, y hombres que eran hombres y no eran hombres al mismo tiempo, y ella esperaba a su novio y no llegó o llegó con otra. Cosas de la vida. La sacaron del pozo, pero salió diciendo que abajo había visto algo. Yo no le diré lo que vio porque es una cosa de muchísimo malange.

—Por favor, dígamelo. ¡No me iré hasta que me lo diga!

—Bueno, allá va y sálvese el que pueda —dijo la niña—. Descubrió ahí abajo una especie de calendario subterráneo y una fecha, eso es. Hay un día que es el aniversario anticipado de nuestra muerte (antes de morirnos, claro) y nadie se da cuenta y nadie lo celebra. Solo celebramos el del nacer. Todos pasamos por ese día de nuestro aniversario mortal, sin verlo, una vez cada año. Y añadía Soleá cosas por el estilo. Ella descubrió esa fecha suya ahí abajo. Es lo que dice, al menos. Y la celebra con sus amigos cuando llega el caso. Siempre fue Soleá una niña con duende. Un poco bruja. Y cuando lo celebra arma una que para qué te voy a contar. Demasiado duende para mí. Yo no quiero saber mi aniversario. Digo, el del día que la tierra se

---

74. *chalaúras*: hay omisión de la -*d*- intervocálica; *chaladuras,* 'locuras', 'extravagancias'.

ha de comer mi cuerpo —y añadió por lo bajo con una voz ronquilla de sueño—: ¡siquiera se le indigeste!

Curro me llamaba desde la cancela. Yo pedí a la niña tres aceitunas, y salí. Es verdad lo de los sueños. Aquella noche, en mi casa, después de comer las tres aceitunas, soñé que había muerto. Debía de ser el mes de octubre, pero no sé el año ni el día. Y estaba caída en el parque de María Luisa y me comían los pájaros.

Quiero conocer a la niña del pozo, digo a Soleá. Ya te contaré. Se lo dije a Curro y él se puso verde otra vez y me dijo: «Vaya niña, ¿qué bicho te ha picao?».

—¿Por qué?

—No es por ná, pero Soleá tiene el sexto sentío.

CARTA VIII

NANCY Y LA FLOR

Dices que no entiendes algunas palabras coloquiales. A partir de ahora te las explicaré (las que pongo en español en mis cartas). Si me acuerdo, querida.

Como puedes suponer hace ya tres meses que soy amiga de Soleá, la que se arrojó al pozo en un pronto o *sopetón*. Tenía una neurosis, cuyo nombre técnico es en español *la guilladura*[1].

Ayer pasé la tarde con Soleá. Por cierto que antes había estado en casa oyendo una canción americana de radio y se me había quedado en la cabeza esa canción que dice:

> *I've got you under my skin...*
> *(Te has metido debajo de mi piel...)*[2]

Oyéndola me acordaba de los perforantes de Curro.

Entre paréntesis, Quin y Curro no habían vuelto a encontrarse ni en el café ni en los patios de nuestros amigos. Yo creo que se evitan razonablemente aunque solo sea por respeto a mí, es decir, a mi buena reputación. No es discreto que dos enamorados rivales peleen como tigres en medio de la calle. Y a mí ni me gusta ni me favorece. (Aunque confieso que es una novedad y que en Pensilvania

---

1. *guilladura*: chaladura, locura, trastorno.
2. Título de una canción de Cole Porter (1861-1964) para la película *Born to dance* (1936), de Roy del Ruth. La versión de Frank Sinatra (1915-1998) es del año 1960.

una muchacha no es fácil que conozca experiencias como esa.) Pero ya te digo que yo no la quiero.

La mujer que hace las faenas en mi casita dice que yo soy una hembra cabal, porque solo me baño de vez en cuando. Para ella bañarse demasiado no es decente, y, además, ¿cómo pueden ser tan sucios algunos americanos que necesitan bañarse cada día? Eso dice.

Su marido es un marrullero[3], según Curro. No sé qué profesión será esa. Tal vez no es profesión, sino solo rasgo de carácter. A veces me equivoco en eso, todavía. Carmela, la niña de mi vecina, a quien le pregunté, dice que un marrullero es un vendedor de gatos y perros a plazos. No lo creo. Pero con su media lengua todo lo responde esa niña. El otro día, cuando iba a salir, vino y me dijo abrazándose a mis piernas:

—¡Lléveme con usted!

—¿Adónde?

Había una luna grande en el balcón.

—A la luna para ver desde allí los soldados de Cataluña.

Habla también por medias coplas, a su manera. Otras veces dice que la lleve al fondo del mar a *buscar las llaves*. ¿Qué llaves?, me digo yo. Supongo —es decir sé positivamente— que es otra canción.

Soleá no toma vino. A mí me ofreció leche fría cuando llegué, pero he oído decir que en España la leche es peor que nunca y que desde hace veinte años la mala leche ha causado más de un millón de muertos[4]. Eso dicen.

¿No crees que debería intervenir la sección de salubridad de la ONU?

Soleá tiene unos treinta y cinco años, y al caminar parece que baila. Caminar es un arte, como te dije. En los Estados Unidos no

---

3. *marrullero*: tramposo, embaucador.
4. *un millón de muertos*: alusión a los caídos en la Guerra Civil y a los que fueron víctimas de la represión de la posguerra.

sabemos nada de la cimbreación[5] —así se dice, creo—, ni de mover la faldita a un lado y al otro con gracia para «sembrar campanillitas de plata», como dice la canción.

Soleá tiene una sobrina en su casa que no debe de tener más de catorce años, es muy linda y acaba de llegar de la aldea. Soleá me dijo que los primeros días la muchacha al ir al retrete y hacer correr el agua salía pidiendo auxilio, asustadísima por el ruido. Y es que en las aldeas las gentes son bastante atrasadas. No creo que mejoren, porque se están mano sobre mano como los orientales, en un estado filosófico muy parecido al nirvana[6] que se llama *la murria*[7].

Pregunté a Soleá si era verdad que se había arrojado al pozo. Ella se puso colorada y dijo que sí. Luego añadió:

—Vaya, esas cosas no se preguntan, pero ya que es usted de las Californias y no comadrea[8] con mi gente se lo diré. Pues... mi novio me castigaba, se iba con otras mujeres, llegaba tarde y cuando yo le reñía me respondía: «Todavía no nos hemos casado, niña, y cuanto más gritas más se me pasan las ganas». Lo quería yo más que a mi vida al condenado. Cuando me convencí de que no era nadie para él me entró el cenizo. Aquella noche habíamos estado en un cine al aire libre y había una mar que no era la mar y era la mar, y al volver a casa me fui al patio y..., bueno, lo del pozo ya lo sabe usted.

—¿Es verdad que vio en el fondo escrita la fecha de su muerte?

—¿Dónde iba a estar escrita esa fecha? Esas son tonterías que dice la Nena. Lo que me pasó es que en el pozo, al sentir tanta negrura, comprendí que la muerte consistía en eso: en ser tragada por las sombras. Y cuando me sacaron del pozo yo dejé abajo el cenizo para siempre. Y salí muy aprendida. Lo primero que aprendí es que

---

5. *cimbreación*: mover con garbo el cuerpo al andar.
6. *nirvana*: en el budismo, estado de felicidad que se logra cuando el alma se libera de todo deseo.
7. *murria*: estado de tristeza, que hace andar cabizbajo y melancólico.
8. *comadrear*: murmurar, cotillear.

la muerte la llevamos pegada al pie. De veras, en la sombra. Y va y viene con una. Mirando mi sombra un día, el 23 de octubre, vi que se ponía pálida y que temblaba. Estando yo quieta temblaba mi sombra. Aquel día me dio un patatús (nombre científico del desmayo, Betsy) y vi como en un sueño mi propio entierro, solo que la gente del duelo tocaba las castañuelas. Desde entonces, yo imagino que muerte y boda tienen algo en común y por eso Juanito y yo nos casamos el día 23 de octubre. Eso es.

—¡Qué romántico! El aniversario de su muerte.

—Cada año celebro yo al mismo tiempo el aniversario de mi muerte futura y el de mi boda pasada. Ese día 23 de octubre mi sombra tiembla y yo me desmayo con el menor motivo. Algunas personas se han enterado de todo ese brujerío mío, han venido a preguntarme por el aniversario de su muerte también y me ofrecen veinte y hasta cincuenta chulíes. (Un chulí es cinco beatas, Betsy, y lo mismo que la beata, el *chulí* es una moneda antigua que usan los gitanos todavía.) Veinte chulíes me ofrecen, pero yo digo nanay[9]. (Quiere decir ese *nanay* que ya lo pensará.)

—El 23 de octubre. ¿Y de qué año?

—Ah, eso no lo sé, gracias a Dios. Si supiera el día y el año sería como si el cenizo saliera del pozo y me siguiera por la calle otra vez. Dios no lo quiera.

Yo la imaginaba caminando por el parque de María Luisa y el cenizo detrás, mitad perro y mitad hombre, con pelos grises caídos sobre los ojos.

Son felices ahora Soleá y Juan, aunque no tienen hijos. El único defecto de Juan es que trasnocha y se recoge a dormir muy tarde. Ella le dice:

—¿Por qué no vienes más temprano?

---

9.   *nanay*: expresión humorística con que se niega rotundamente una cosa.

Y él responde:

—Son las cuatro de la mañana, Soleá. ¿Te parece que no es bastante temprano?

Ayer me había citado con Curro en casa de Soleá. Necesitaba yo una amiga como ella aquí, digo una amiga indígena. Al verme llegar Soleá, se asustó un poco y dijo que Quin iba a presentarse en cualquier momento. «Figúrate si Curro y Quin coinciden», añadió muy pálida. Coincidieron precisamente en el zaguán (palabra árabe, *zaguán*) poco después. Yo estaba alerta y pensaba: ahora sí que se hunde el firmamento. Corrí al segundo piso a mirar desde un ventanuco disimulado que hay en el suelo y que se abre levantando un ladrillo (costumbre muladí[10], ese ladrillo movedizo, Betsy). Primero llegó Curro, y mientras se frotaba los zapatos en la esterilla apareció Quin.

El diablo había intervenido en aquello.

Quedaron mirándose. A mí me palpitaba el corazón arriba, en el ventanuco.

—Hola —dijo Quin con una voz así como resfriada.

—Ya veo que los mengues no pierden el tiempo —contestó Curro.

Miró Quin alrededor a ver si había alguien por las cercanías y dijo:

—Es verdad que los mengues nos reúnen a usted y a mí solos. Esta vez no se va a interponer nadie.

—¿Se alegra usted o no?

—Esa es más bien una cosa para decirla otro día.

—¿Qué día?

—Pasado mañana después de misa. Por lo pronto aquí estamos solos.

—Solos como la una.

---

10. *muladí*: se dice del cristiano español que, durante la dominación musulmana, abrazaba el islamismo y vivía según este credo.

—Como las dos, diría yo.

Desde mi ventanuco muladí pensaba yo: *como las tres*. Aquel era el momento de armarse lo que llaman «la de Dios es Cristo». Curro sonreía con la mano en el bolsillo, pero no sacó la pistola, sino la tabaquera —quién iba a pensar—, ofreciendo un cigarrillo. Le temblaba un poco la mano.

—Los abejorros de cualquier color —dijo con la voz todavía alterada— pueden vivir al mismo tiempo. Flores hay en el mundo para todos. Y si a los dos se les antoja la misma pues no vamos a matarnos por eso. El antojo pasa y tal día hará un año.

Yo no acababa de creer lo que oía, Betsy. No solo no se mataban, sino que bromeaban: «Tal día hará un año».

—La verdad es que yo tenía otra idea de usted, Currito —dijo Quin cogiendo el cigarrillo y encendiéndolo—. Creí que era usted más echao p'alante[11].

—En eso le han dicho la verdad y cualquier hora es buena para demostrarlo. Pero los valientes mueren jóvenes o van a gurapas[12]. (*Gurapas* creo que es un campamento militar en Marruecos, Betsy.) Yo querría llegar a viejo si es posible, Quin, y morir en los noventa. Bueno, mejor sería no morir de ninguna manera, ni viejo ni joven. ¿Para qué? Esa es una cosa que no tiene utilidá, digo, el morirse. ¿Qué saca nadie con eso?

Callaban los dos. Quin sonreía de medio lado y Curro añadió: «La única que saldría ganando sería la hembra que se sacaría su realce[13]. Con nuestra sangre se sacaría su realce».

El realce no sé lo que es. Tal vez llaman así al dinero del seguro de vida y es probable que Curro haya hecho uno a mi nombre y que

---

11. *echao p'alante*: se da omisión de la -*d*- intervocálica y sincretismo de la preposición; *echado para delante*, 'atrevido', 'valiente'.
12. *gurapas*: castigo de galeras y, por extensión, de cárcel.
13. *realce*: prestigio, estima, fama.

no me haya dicho nada hasta ahora por delicadeza. Entre tanto hablaban como si tal cosa. Confieso que estaba decepcionada. Curro le puso la mano en el hombro de Quin y le soltó un discurso:

—Usted sabe, Quin, que no llegaré a viejo, porque si me tocan al querer me dan unos prontos que el corazón se me sube al garguero[14] y la mano se me va sola a la faca[15] o al revólver. En eso no le había mentido a usted. Pero no se lo han dicho todo y quien se lo va a decir ahora toíto[16] soy yo. Quiero a Nancy y ella es mi amante. La quiero como ella merece, ni más ni menos.

Yo pensaba: ¡viva tu madre! (Ahí es donde va bien esa exclamación y no donde tú la ponías en tu carta, Betsy.)

—Eso es —seguía Curro—. Yo la camelo[17] y me siento orgulloso de Nancy. Es una gachí de mistó[18]. (No estoy segura, Betsy, pero la palabra tiene la misma raíz de misticismo y de *mist*, niebla.) Merece todo lo que pueda merecer una niña de las Californias.

—No digo que no.

—Hay que *diquelar*[19]. (Eso quiere decir mirar astutamente a través de los *diques* de la personalidad, Betsy.)

Hizo una pausa Curro y luego añadió:

—Pero hay mujeres y mujeres. Las niñas de las Californias no son como las que se estilan aquí. Ellas tienen sus costumbres, van y vienen con su libertad... Una mijita[20] demasiada libertad, digo yo...

—Prejuicios, Curro. Nadie en el mundo tiene esos prejuicios más que los españoles.

Mi novio alzó la voz:

---

14. *garguero*: garganta.
15. *faca*: navaja.
16. *toíto*: diminutivo de *todo*, con omisión de *-d-* intervocálica.
17. *camelar*: galantear, enamorar.
18. *gachí de mistó*: chica guapa, mujer estupenda.
19. *diquelar*: entender, comprender.
20. *mijita*: diminutivo de *migaja*, con omisión de la *g* y asimilación de vocales; significa 'un poquito'.

—Calle usted, que no he terminao. Lo que voy a decir es que yo la quiero, pero no me mato con nadie por una hembra que cuando la conocí estaba sin su flor. Ezo es. Yo tampoco me caso con ella. ¿Está claro? ¿Lo entiende o no?

Quin enseñaba los dientes y decía:

—¿Qué más da la flor o no la flor?

Estaba helada yo, escuchando. Curro no se casaría conmigo, porque cuando me conoció no tenía yo mi flor. ¡Quién podría imaginar en los Estados Unidos una cosa así! Corté un clavel de una maceta que tenía al lado y me lo puse en el pelo. Desde aquella revelación tartesia oída por un ventanuco yo llevo siempre una flor en el pelo, no porque quiera que Curro se mate con nadie ni tampoco porque yo tenga el propósito de casarme con él (tú sabes que dejé un medio novio en Pensilvania, a quien, por cierto, debes dar a leer estas cartas, ya que ha seguido siempre interesándose por mí). Tú ves la importancia que tienen las flores para estos turdetanos-iberos-ligures[21]. No hay más remedio que aceptar lo que dice Elsa sobre las entidades estéticas de Andalucía. Cuando me conoció Curro estaba yo sin mi flor, es decir, que no llevaba la flor de las mocitas andaluzas en el pelo. Te aseguro que si pongo este incidente en la tesis, aunque lo desarrolle con el genio de Aristóteles[22], no me creerá nadie en los Estados Unidos. Estoy tentada, porque tal vez mi tesis se convertiría entonces en un tratado de costumbres. En todo caso y en aquel trance, perdía yo mis temores, Betsy, y a veces me daban ganas de reír. Te digo, sin embargo, que viendo a los dos rivales reconciliados estaba bastante

---

21. *ligures*: antiguo pueblo europeo que habitaba el sudeste francés (Languedoc), el noroeste italiano (Toscana, Umbría, Lacio) y algunos puntos de España, de donde fueron expulsados por los iberos en el siglo vii a. C.
22. *Aristóteles*: filósofo griego (384-322 a. C.), uno de los pensadores más importantes de la historia de la humanidad, creador de un sistema (articulado en distintas partes: física, metafísica, lógica, psicología, ética, política y estética), cuyo tema central es el ser, su esencia y definición.

confusa. Ahora mismo me acuerdo de la noche de los nardos, y de los caracolitos trepadores, y la luz en la ventana, y el abejorrito rubio volando alrededor; y es el erotismo fatalista que vuelve a mi sangre.

¡La importancia que pueden tener las flores entre estas gentes! Yo diría que es un sentimiento religioso atávico, desde la prehistoria. Decadentes no lo son, insisto. Aunque hay un pueblo cerca de la vieja Tarsis donde los hombres tienen fama de afeminados y cuando fui con *Mrs.* Adams ella preguntó a un guía si era verdad que lo eran y el guía respondió (no creas que lo invento):

—Señora, en eso sucede igual que en todo. Como presumir presumen muchos, pero serlo lo somos muy pocos.

Yo me quedé asombrada. Ya ves, Betsy. Cuando el guía hablaba así tal vez fuera cierto. Aunque André Gide[23] dice en *Corydon* que España es el país del mundo donde hay menos homosexuales. Yo lo creo, porque aquí nadie tiene la preocupación formal y exterior de la hombría. Y cuando se tiene esa obsesión es lo que yo digo: *I smell a rat.* ¿No crees? En América hay esa obsesión y ya ves lo que dice el *Kinsey report*[24]. Con esto no quiero decir nada.

Como te digo, los dos rivales, en cuanto se encontraron a solas y sin compadres que los separaran, se trataron como amigos. Viéndolos yo desde el ventanuco del techo se podría decir con el poeta Manuel Machado[25], a quien estoy leyendo:

---

23. *André Gide*: escritor francés (1869-1951) que en *Corydon* (1911) analiza el problema de la homosexualidad masculina y del instinto sexual desde un punto de vista que aspira a ser científico y riguroso.
24. *Kinsey report*: el *Informe Kinsey* fue el resultado de un estudio realizado por Alfred C. Kinsey, que llevó a cabo más de 20.000 entrevistas confidenciales para obtener datos sobre el comportamiento sexual de hombres y mujeres. Sus conclusiones resultaron sorprendentes, pues conductas que se consideraban inmorales o marginales —por ejemplo, la homosexualidad— eran practicadas por un porcentaje considerable de la población.
25. *Manuel Machado*: poeta modernista (1874-1947), hermano de Antonio. Cultiva una poesía colorista y esteticista, en la que el andalucismo se combina con el cosmopolitismo. Entre sus obras destacan libros como *Alma, Apolo* y *Cante hondo*.

> *Currito y Joaquín,*
> *mirándose sin*
> *rencores,*
> *en vez de pelear,*
> *pusiéronse a hablar*
> *de flores.*

Bueno, los versos no son exactamente así. El poema de Manuel Machado comienza de la siguiente manera:

> *Pierrot y Arlequín,*
> *mirándose sin*
> *rencores,*
> *después de cenar,*
> *pusiéronse a hablar*
> *de amores.*

¿Cabe cosa más peculiar? Y yo, pobre Colombina[26] en el ventanuco muladí. Ahora recuerdo también esa canción castellana que dice:

> *... yo la vi y ella me miraba*
> *y en la mano llevaba una flor.*

Esa muchacha de la flor en la mano era una novia prudente, y en cambio yo... Bueno, cuando Curro me conoció no llevaba flor alguna. Como ves, aquí no debe ir nunca una mujer sin su flor.

Estaba yo atenta a las reacciones de Quin, pero el que gritaba más era Curro:

---

26. *Colombina*: como Pierrot y Arlequín, es un personaje de la comedia del arte italiana. Se caracteriza por su aparente ingenuidad.

—¡Yo no me acaloro por una mujer que no reúne ciertas condiciones! Y no hablemos más del caso aquí, en este lugar, que no vale la pena. Si quiere seguir discutiéndolo, puede ir más tarde al casino, que allí estaré sobre las once.

Quin no va nunca a ese casino. Dice que es «donde salta la liebre», porque hay un refrán que dice: donde menos se piensa salta la liebre. Y según Quin es aquel casino el lugar de Sevilla *donde menos se piensa*. Esto es un juego de palabras un poco satírico.

En aquel momento yo le habría preguntado a Curro qué flor era la que prefería para tener una fresca y nueva cada día en el pecho. Pero el poeta rubio seguía discrepando:

—A mí eso de la flor me tiene sin cuidado, Curro.

—Lo que pasa es que no dice la verdad. Al fin es usted andaluz y flamenco y antes se casaría, lo mismo que yo, con una mujer fea, pero que tuviera su flor, que con Nancy. Yo la quiero a Nancy, pero no para madre de mis chavales. Y usted no se interesa poco ni nada por ella. A los artistas les pasa lo de la copla:

> *Tengo un sentir no sé dónde*
> *nacido de no sé qué,*
> *y se me irá no sé cuándo*
> *si me cura no sé quién.*

Yo me pregunto una vez más, Betsy: ¿cuál será la flor de Curro? ¡Hay tantas en Sevilla! Esta ciudad es un verdadero vergel y sería difícil elegir entre las que tienen Soleá y Juanito en su huerta: tulipanes, claveles, rosas, magnolias, rododendros, gladiolos, lirios, violetas, alhelíes, azucenas, nardos, jacintos, asfodelos, jazmines, narcisos, clavelinas, orquídeas, dondiegos, peonías, anémonas, amapolas, camelias, margaritas, nenúfares, pimpinelas, miosotis, azahares, mimosas, siemprevivas, madreselvas, pasionarias y otras muchas todavía. ¿Cuál de ellas será la que prefiere Curro? Cuando escribo estos nombres me mareo como si percibiera todos los aromas juntos y, además, los nombres suenan como cascabeles. Todo es así en casa de Soleá. El marido de Soleá se llama Juan y suele ir con un carrito por la calle pregonando:

> *Llevo un carmen*[27] *en er carro,*
> *clavelinas, azucenas,*
> *rositas de olor y nardos.*

Y luego, después de un ratito, añade: *Al bonito funerá de las criaturas der Señor...* Y del carro tira un burrito con sombrero de paja y alamares[28] como un banderillero. Eso del *funerá* es porque tiene Juan en un lado del jardín de su casa un cementerio de gatos, perros y canarios, es decir, de *pets*. Y fabrica unos ataúdes para los canarios muy graciosos. En el cementerio les pone su nombre en una tablita y todo. Ya ves. ¿A quién se le ocurriría en los Estados Unidos fabricar ataúdes para los canarios? Con esto y algún jornal en los jardines públicos o privados y la venta de sus flores marcha como un sultán. Así dice él.

Curro dice que Juan tiene pesquis[29]. Lo dice tocándose la cabeza. (*Pesquis* creo que es peluca falsa.) Lástima, porque Juan es un hombre hermoso.

Pero perdona la divagación. Es que cuando me acuerdo de la escenita del zaguán me impaciento demasiado y tengo que ponerme a hablar de otra cosa. ¿Pero de qué cosa puedo hablar que me interese más? El diálogo entre Curro y Quin no había terminado aún. Quin ponía la mano en el hombro de Curro y cantaba también a media voz:

---

27. *carmen*: en Granada, quinta con huerto o jardín.
28. *alamares*: adornos, flecos.
29. *pesquis*: cerebro, perspicacia.

Una me dice que sí
y otra me dice que no;
la del sí ella me quiere,
la del no la quiero yo.

—La mujer que te dice que no, ¿quién es? ¿Quién te dice que no?

Habían pasado a tutearse. Tú no puedes imaginar la importancia que tiene el tuteo en este país. Lo tuteaba, es decir, que se hacían verdaderos amigos. ¡Y pensar que hace dos meses Curro quería matarme y suicidarse (ese era el firmamento que se derrumbaba) por culpa del abejorrito rubio!

Los tartesios son versátiles[30].

Quin le respondió tuteándolo también:

—Mucho quieres saber, Currito, en un solo día.

Se miraban de pronto otra vez como perros que van a morder, pero de pronto —quién iba a pensarlo— se cogieron del brazo:

—Vamos a la taberna de enfrente, que estoy un poco desguitarriao —dijo Curro. (*Desguitarriao* es el nombre técnico del cólico nervioso, Betsy.)

Pensé por un momento que no volverían —la camaradería masculina conspirando contra el amor, ¡oh!— y que Quin desertaba a su novia y Curro me desertaba a mí. Irritante. Se iban a alguna parte a celebrar las paces, creo yo. Mientras volvían, fui a buscar a Soleá, que estaba en la cocina, y le dije:

—Por favor, cuando venga Curro dile que no he venido.

Ella se extrañaba:

—Ojo con él, que es un poco bronco[31] para el castigo.

---

30. *versátiles*: volubles, inconstantes.
31. *bronco*: áspero, que toma una actitud violenta.

Bronco es el masculino de bronca, Betsy, que es cuando se pelean dos clientes en el número siete de un colmado. Así se dice: ¡*bronca en el siete!*

—Pero es verdad —añadió Soleá— que a los hombres hay que domarlos. ¡Son muy perros los hombres!

Un perro que había en la cocina dormitando alzó la cabeza y miró a mi amiga. Parecía haber comprendido.

Nos pusimos a hablar de la familia de las siete hijas, del pozo, del lorito jovial y de la Coronela. Mi amiga me dijo algo increíble. Estuvo sirviendo de doncella en la casa de las tres rejas. El padre de Soleá era el jardinero y ella la doncella. Vivía aún el coronel, que era hombre enamoradizo.

—El coronel —decía Soleá— me hacía la rueda como un pavo real[32] y me prometía el oro y el moro (esto quiere decir, Betsy, que le prometía dinero y vestidos de tul marroquí). Yo era muy mosita entonces y eso encalabrina[33] a los viejos. Tanto me apretó que fui con el cuento a la señora. Al principio ella se enfadó, pero luego vio que yo no tenía la culpa. Entonces preparó una encerrona (un *plot* a puerta cerrada) porque es muy liosa. Y me dijo: «Anda Soleá, dile al señor que sí y dale cita en tu alcoba a medianoche y a oscuras, digo en tu casa, ahora que tu padre está en Lucena. Yo me acostaré en tu cama y él creerá que está contigo, pero estará conmigo como Dios manda. A ver si esa lesionsita le enseña a ser un buen marío». Y así fue, pero pasó algo con lo que no contábamos. El capitán ayudante de plaza encontró al coronel en el casino (donde salta la liebre) el día de la cita y al oír las confidencias del viejo le dijo que aquello era profanar el hogar. Dudaba el coronel de que hubiera tal profanación, porque no era en el hogar, sino en casa del jardinero, donde sucedería la cosa. En fin, tantas razones le dijo el capitán, que el coronel,

---

32. *hacer la rueda como un pavo real*: alusión al ritual de apareamiento del pavo real, en el que el macho despliega su cola ante la hembra; de ahí, cortejar, seducir.
33. *encalabrinar*: excitar, exaltar.

avergonzado, confesó que realmente su mujer era una santa y él un cerdo. Con lágrimas en los ojos añadió: «Vaya usted, capitán, por mí a la cita. Vaya usted, que es soltero, y a quien Dios se la da, san Pedro se la bendiga». Total, que fue el capitán y estuvo con la Coronela creyendo que estaba conmigo. Los dos a oscuras y sin hablar, porque ni ella ni él querían descubrirse por la voz.

Cuando el coronel se conducía un poco demasiado amorosamente por la noche, la Coronela le daba por la mañana un desayuno de jamón, huevos, vino especial, en fin, algo como para recuperarse, el pobrecito. Y la señora durante el desayuno le descubrió el pastel. ¿Creía que había estado con Soleá? Pues había estado con su legítima esposa. Al coronel le entró aquel día una melancolía perniciosa —así decía el médico— y le daban a veces ramos de locura[34]. Vivió tres meses con una fiebre cerebral maligna y al cabo murió. El capitán fue al entierro y después pidió el traslado.

Muy sensitivo se me hace ese coronel, Betsy. ¡Morirse por una cosa así! Hace tiempo que no quedarían coroneles si todos fueran como el de Sevilla, ¿no te parece?

Entre tanto llegó a la casa de Soleá la niña de la venta Eritaña —novia de Quin— que se llama Clamores. Al saber que Curro y Quin habían hecho las paces se quedó también asombrada, aunque contenta. Dijo que cuando volvieran se escondería conmigo en algún lugar desde donde podríamos oír lo que hablaban. Porque no acababa de creerlo.

Es una chica bondadosa, Clamores. Me decía: «Mi novio Quin está perdidito por usted y no me extraña ya que es usted la americana más bonita que ha caído por Sevilla. El pobre Quin es un sol, pero sabe que no la conseguirá a usted y entonces, a falta de otra cosa mejor, me quiere a mí». Yo la besé en las dos mejillas, agradecida. Aquí viene bien lo del paripé. Hacía Clamores el paripé con los dos,

---

34. *ramos de locura*: ataques repentinos de falta de juicio.

con Quin y conmigo. (En este caso el paripé es como un acto de generosidad excesiva y un poco desairada.) Ella repetía que Quin tenía un alma de cristal. No sé cómo serán esas almas, pero en todo caso le dije:

—¿No es grande ser novia de un poeta?

—¿Poeta? Ya veo que usted no lo conoce a Quin —añadió con los ojos muy brillantes—: Pone banderillas al cuarteo[35] como nadie en Sevilla. Bueno, solo en beneficios y becerradas se entiende.

Sentía yo súbitos arrebatos de amistad por aquella bailarina. Está enamorada de Quin hasta más allá de la muerte. Aquel día se la veía tan contenta por las paces entre Quin y Curro que alzando las manos comenzó a batir palmas y cantó a media voz:

Lo quiero porque lo quiero
y por poner banderillas
como las ponía Frascuelo[36].

Soleá dijo riendo: «Esta niña está majareta[37]». Esta palabra —sigo explicándote— viene de «maja». Diminutivo de maja: majareta. Pequeña maja o algo así. Entonces Clamores cambió de maneras, se sentó en una silla y preguntó a Soleá dónde estaba su marido:

—Ha ido a entregar quince docenas de esquejes de clavel al alcázar. Está un poco mosca y se fue sin decir oste ni moste[38].

Oste ni moste es una frase cabalística[39] para conjurar al duende, creo yo. Algo como la mosca que entra o sale de la caja de cauda-

---

35. *poner banderillas al cuarteo*: hacer el torero un movimiento de curva al ir a poner las banderillas, evitando, así, la embestida del toro.
36. *Frascuelo*: apodo de Salvador Sánchez (1842-1898), banderillero y matador de toros, sobresaliente por su valor, sobre todo, en las faenas con la muleta y en el estoque.
37. *majareta*: chiflada.
38. *sin decir oste ni moste*: sin despedirse, sin decir palabra.
39. *cabalística*: perteneciente a la cábala o sistema de interpretación mística y alegórica de las Sagradas Escrituras en la tradición judía; figuradamente, algo enigmático y misterioso.

les. Pero no estoy bastante enterada. Tal vez me equivoque. Al principio yo creía que Juanito era comerciante de pinturas —tú ves que confieso mis errores—, porque todos me decían que era pinturero[40]. Yo pensaba que pintureros eran los que vendían pintura como zapateros los que venden zapatos. Error. El único que he cometido con mi español desde que estoy en Sevilla. Pintureros son aquellos individuos a quienes les gusta pintarla. Esto es, pintar la casa, supongo; aunque a eso le llaman «el calijo», es decir, poner cal en las paredes. La casa de Soleá es tan blanca que hace daño mirarla, pero las rejas y las puertas están pintadas de verde, y con las flores y la verbena de la azotea se compensa el blanco, un blanco más escandaloso que la nieve.

Soleá (que es un nombre funcional también, y quiere decir soleada, es decir, *sunny*) al oír la campanilla del zaguán nos escondió a las mujeres en un cuarto interior donde solo había un diván y dos sillas, y nos dijo:

—No hablen, no hagan ruido, que vienen esos malas sombras.

—¡Curro no es malasombra! —salté yo.

—Tampoco lo es Quin —protestó Clamores.

Se fue riendo Soleá y diciendo que estábamos chalás[41]. Nos quedamos allí escuchando. Poco después Curro hablaba en la sala de recibir:

—Tú no comprendes ná —le decía a Quin con la obstinación de los borrachos—. Una novia sin su flor es como un jardín sin rosal o un rosal sin perfume o un perfume sin narices que lo perciban.

—Yo tengo mis narices como cada cual, Curro —decía Quin amenazador—. Y ella tiene su perfume.

—No digo que no.

---

40. *pinturero*: se dice de la persona que alardea ridícula o afectadamente de su aspecto fino, elegante o bien parecido.
41. *chalás*: hay omisión de la -*d*- intervocálica; *chaladas*, 'aleladas', 'atontadas'.

—La mar de perfume.

Desde nuestro escondite oíamos decir a Soleá: «Las niñas no han venido aún y a lo mejor no vendrán ya». Pero los otros seguían con su tema:

—La flor que da Dios, esa —insistió Curro— no tiene precio.

Debía referirse pienso ahora a la que llaman pasionaria y tiene en su corola todos los signos de la pasión y muerte de Jesús.

Nuestros novios pasaron al jardín sin dejar de discutir, y desde allí apenas si llegaban sus voces hasta nuestro escondite. En cambio se oyó poco después otra vez la campanilla de la puerta y Soleá ir al zaguán y volver a entrar con otro hombre que tenía una voz rara —yo diría una voz de alta clase— y que repetía:

—¡Qué mala uva, Soleá, no encontrar a Juanito!

Ella balbuceaba con una voz humilde: «Si el señor quiere pasar...». Yo estaba intrigada y Clamores me dijo que Soleá trataba con gente de verdadera distinción y que aquel debía de ser el duque de Los G.[42].

Seguíamos en el desván, que era un cuarto sin más muebles, como dije, que un sofá contra el muro y dos sillas. Aquella soledad y aquel silencio comenzaban a ponerme nerviosa. Y en un momento en que el cuarto y la casa y el mundo entero parecían muertos o deshabitados pasó algo que tú no comprenderás como yo tampoco lo entendí entonces. El diván se movió solo. Las cuatro patas resbalaron un poco sobre el suelo. Contuvimos el aliento y Clamores se levantó muy pálida:

---

42. *duque de Los G.*: se refiere al duque de Los Gazules, personaje que tendrá una importancia de primer orden en las últimas cartas de la novela. Alcalá de los Gazules se encuentra en las estribaciones de la sierra de Cádiz. Durante la dominación árabe, el rey de Granada encomendó esta ciudad a la estirpe de caballeros Gazules, de la cual toma su denominación. En el siglo xv se creó el ducado de Alcalá de los Gazules, título que con el tiempo se incorporó a la casa de Medinaceli. En la época en que se desarrolla la acción de la novela, el municipio tenía unos 11.000 habitantes.

—En esta casa hay duendes —dijo—. Duendes de los malos.

Yo pensé en el cenizo del pozo y sentí hormigueo en la nuca, pero soy más lógica y antes de formar opinión me incliné a mirar por debajo del sofá. Se veía el muro blanco entre el asiento y el suelo. No había nadie. En aquel momento el diván avanzó un gran trecho —casi un metro— hacia nosotras, arrastrándose. Clamores gritó y las dos salimos corriendo. Fantasmas. *Elfs*. Al vernos fuera encontramos a Soleá que estaba con un hombre de unos cincuenta años, alto y *handsome*.

—El sofá está vivo y camina —gritó Clamores súbitamente tranquila.

Pero en los ojos de Soleá no vi extrañeza ninguna. El caballero nos miraba sin escucharnos, distante y frío. En lugar de presentarnos, Soleá se llevó al caballero al otro extremo de la sala y siguió hablando en voz baja con él. Era un hombre flaco y vibrador con algo de viejo soldado inglés. Aunque yo evitaba mirarlo demasiado, él se dio cuenta de mi atención. También a mí la presencia de aquel hombre me devolvió de pronto la calma.

Iba muy afeitado, el color de su piel era entre pergamino y topacio[43]. Su delgadez tenía algo heroico. En su conjunto aquel hombre que hablaba a Soleá como Dios debe de hablar a sus ángeles —es decir, de arriba abajo— era español y pertenecía a una de las casas más nobles de todos los tiempos. Tenía un cortijo cerca de Sevilla. En su distinción había signos de decadentismo y de degeneración, pero nada de eso le quitaba atractivos. Su bigote corto, en cepillo, tenía un color como desteñido, y hablaba diciendo cosas sin importancia:

—Soleá, dile a Juan que venga a ver los arriates[44] del pabellón nuevo.

---

43. *entre pergamino y topacio*: se dice que la piel está apergaminada cuando se encuentra arrugada; el topacio es una piedra fina, de color amarillo y muy dura.
44. *arriates*: parterres estrechos para colocar plantas de adorno junto a las paredes.

—Le aseguro que irá sin falta. La otra vez no fue, porque le dio un pasmo[45] y tuvo que guardar cama. Irá el sábado y estará allí el tiempo que sea menester, señor duque.

El aristócrata nos miró intrigado:

—¿Puedo preguntar qué sofá es ese que camina, señoritas?

Entonces Soleá nos presentó, y aquel caballero al ver que yo era americana pareció alegrarse y me habló en un inglés perfecto. Me preguntó entre serio y bromista si yo creía que un sofá podía caminar solo y respondí que no tenía más remedio que creerlo, porque lo había visto con mis propios ojos.

Soleá no parecía extrañarse de que el sofá caminara. El aristócrata me dijo en inglés que estaba dispuesto a creerlo todo desde que vio un día en pleno mar Pacífico (es oficial de reserva de la Marina) un barco de guerra que iba al garete[46] (los *garetes* creo que son los puertos de Polinesia, Betsy) tripulado por cerdos vestidos de almirantes, capitanes, contramaestres, marineros, etc. Animales vestidos de uniforme, porque la armada yanqui quería comprobar los efectos de una bomba atómica en seres vivos vestidos y el cerdo es el animal físicamente más parecido a las personas. El caballero subió a bordo de aquel barco —dijo— sin saber qué sucedía ni de qué se trataba. Los cerdos llevaban su gorra de oficiales muy bien asegurada de modo que no se les cayera y sus trajes se los habían hecho a la medida. Llevaban algunos su cuello duro de pajarita y su corbata. Ver a toda aquella lucida marinería caminando por la cubierta de un barco a cuatro patas era notable. El oficial español desde entonces estaba dispuesto a no extrañarse de nada. Luego, aquel hombre me dijo en inglés algunas cosas galantes que las otras mujeres no entendieron. El mejor milagro de la casa de Soleá lo tenía él allí. (Yo era el milagro, ¿entiendes?)

---

45. *pasmo*: patología que se caracteriza por el dolor de huesos, la rigidez articular y las contracciones musculares.
46. *ir al garete*: sin gobierno, a la deriva.

Más que viejo yo diría que aquel hombre era ancestral. Ancestral pero juvenil. Clamores se adelantó a ir al desván y la seguimos. Caminaba el aristócrata con movimientos así como arcaicos. Ese sí que era un *grandee*, Betsy. Soleá repetía:

—Por la Macarena les pido que me guarden ustedes el secreto.

En el cuarto no había nadie. El príncipe —permíteme que lo llame así con motivo o sin él— miró detrás del sofá y vio que había en el muro a la altura del respaldo un agujero por donde podía pasar una persona. Con el sofá arrimado no se veía. Dijo el caballero mirándome a mí:

—*Monkey business* —y añadió dirigiéndose a Soleá—: Una puertecita falsa ¿eh?

—Es mi padre que vive ahí, señor.

—¿Pero no había muerto tu padre?

—Lleva escondido ahí desde antes de casarme. Veintidós años. Se escondió en 1936. Lo querían matar, según decían, por rebelión contra el Estado, usted calcule. Un pobre hombre como mi padre, sin otras armas que la azuela de jardinero.

Entonces sucedió algo de veras notable. El príncipe, que parecía escuchar con un humor ligero, se puso grave:

—Dile a tu padre que salga y que no tenga cuidado, Soleá. Anda, niña. Yo también soy enemigo de esos que querían matarlo.

—Los *curritos* los llamaban.

—Anda, que conmigo no se atreven los curritos. Saca a tu padre, que estará más seguro en mi finca. Allí no tendrá que esconderse. Nos iremos esta misma tarde al cortijo, Soleá.

Viendo a Soleá indecisa, añadió:

—Anda, sácalo de ahí a tu padre, que yo lo llevaré al cortijo y allí podrá vivir tranquilo y respirar el aire limpio de la montaña. ¿Qué edad tiene?

—Setenta y un años.

Entre tanto, en el jardín discutían los antiguos rivales, ahora por bulerías, y era el turno de Curro:

Le dijo er tiempo al querer:
esa soberbia que tienes
yo te la castigaré...

La voz de Quin respondió (se veía que estaban comparando el uno y el otro sus talentos):

Volando vivo,
igual me da una encina
como un olivo.

Miraba el príncipe hacia el jardín, intrigado, y Clamores se puso colorada para decir:

—Son nuestros novios, señor. Han *pimplao*[47].

Lo decía de una manera un poco boba, pero ya te dije que el encanto de las chicas de Sevilla es así. En cuanto a *pimplar* es un verbo raro con raíz inglesa: *pimp*. Hacer el pimp. En sentido figurado, claro (supongo).

—Ya veo —dijo el príncipe mirándome a mí de un modo heráldico[48].

Betsy, tú me conoces. Yo lo que quiero es recoger datos para mi tesis, y, si es posible, divertirme un poco. Soleá suspiró:

—Años lleva mi padre diciendo que todo lo que quiere es volver a pisar la calle antes de morirse.

Soleá se fue detrás del diván y se metió en el boquete del muro. Al quedar solos, el príncipe dijo:

—¿Parece que tiene usted un novio flamenco?

—Es que lo necesito —me disculpé— porque estoy escribiendo una tesis sobre el folclore gitano.

El príncipe ordenó a Clamores: «Anda al jardín y entretén a vuestros novios para que no vengan mientras sale el padre de So-

47. *pimplar*: beber vino en exceso, emborracharse; en inglés, *pimp* significa 'chulo', 'proxeneta'.
48. *heráldico*: con aire solemne, el que le confiere el escudo de armas de su familia.

leá». Ella obedeció sin chistar. Entonces él rodeó mi cintura con su brazo y me dijo:

—¡Qué bueno es ser joven y estudiar idiomas y escribir tesis!

Olía a perfume caro. Miré al boquete del muro y el príncipe susurró cerca de mi oído: «No te preocupes, que Soleá es discreta». Yo entonces pensé —ya sabes cómo es mi imaginación— si Soleá sería o no una especie de Celestina[49] no profesional, sino por afición. Un *hobby* tal vez. (Eso pensaba entonces, Betsy.)

Sin soltarme, el príncipe (no lo creerás) me besó en los labios. Era la primera vez que me besaba un hombre con bigote. Recordé a la heroína de una novela de Kipling que prefiere los novios con bigote y dice que ser besada por un hombre sin él es como comer huevos sin sal[50]. Sin sal. ¡Qué extravagancia, Betsy! Me quedé confusa. Ahora entiendo eso a medias, querida. Pero no sé qué decirte.

Por fortuna, Curro no nos vio, aunque si nos hubiera visto no nos habría matado, creo yo. No creo ya en los celos sangrientos de los españoles, y te digo la verdad: me decepciona un poco. Aunque en caso de haber tenido mi flor en el pelo cuando me conoció Curro, tal vez todo habría sido muy diferente con Quin.

En América me habría sentido ofendida por el beso de un desconocido fuera duque o lavador de ventanas, pero aquí me pareció natural. Estos hombres saben hacer las cosas de un modo que yo diría plausible. En cuanto a Soleá, debo explicarte que una Celestina es una *selfmade woman* que tiene un negocio: relacionar hombres con mujeres. En cierto modo es una *social worker*. Yo sospecho que Soleá se dedica a eso, aunque no estoy segura.

---

49. *Celestina*: alcahueta, mediadora que facilita la relación amorosa ilícita, por alusión al célebre personaje de Fernando de Rojas.
50. Nancy se refiere a la novela *La historia de Gadsbys* de Rudyard Kipling, escritor y periodista británico de origen indio (1865-1936). También es el autor de *El libro de la jungla* y *El libro de las tierras vírgenes*. Fue Premio Nobel de Literatura en 1907.

Me miraba aquel hombre con una especie de tierna confianza después del beso. Yo había estado a punto de darle las gracias, pero solo se me ocurrió preguntarle dónde había aprendido el inglés.

Cuando aquel hombre iba a contestarme, apareció Soleá con su padre. Es una ruina el pobre, pero, en fin, al menos va a vivir ahora o a morir en libertad y tranquilo.

—A mí vivo no me atraparán, Soleá. Diles que vivo no me dejaré atrapar.

—Va usted a ver la calle, padre —le decía Soleá como si le hablara a un niño.

Recordaba yo los cuentos medievales de príncipes y pastores. El príncipe estaba delante. No pienses mal, Betsy. Yo amo a Curro, me intriga muchísimo Quin y admiro al príncipe. Esa es mi situación por el momento.

Soleá hizo rápidamente un paquetito con alguna ropa y salió detrás de su padre y del príncipe para llevarlo al coche.

Los nacionalistas querían matar al padre de Soleá en 1936 como a un perro, porque pertenecía a la directiva de una unión obrera, y el príncipe quiere ayudarle ahora a bien morir. No estoy segura de que nadie haya hecho nunca nada por la vida del padre de Soleá. De su muerte sí que se ocupan, como ves.

Sobre lo del beso he estado pensando si debo decírselo a Curro o no. Mejor será callar, porque ahora (con la flor en el pelo) reúno los requisitos para que mi novio pelee y arriesgue la vida por mí. No es que yo desee que Curro se conduzca violentamente con nadie y menos con el príncipe, pero si ha de suceder algo, allá ellos.

Más valdrá no decirle nada a Curro del beso del príncipe. ¿Tú dirás si los huevos me gustan con sal? ¿Qué quieres que te diga? ¿No has tenido experiencias como esa, todavía? Hay pocos bigotes en el campus de nuestra universidad, eso es cierto y no sé, a pesar de todo, si debemos lamentarlo o no.

CARTA IX

VELORIO EN LOS GAZULES

El cortijo donde lleva mes y medio viviendo el padre de Soleá se llama Los Gazules, y está cerca de Lora del Río[1], en el camino de Córdoba. Los Gazules eran una dinastía como los zegríes y los abencerrajes[2] (y creo que los panolis). Todavía quedan algunos en las ciudades al lado del mar, y de ahí la expresión «haber moros en la costa».

Mistress Dawson ha estado en Gibraltar, porque de vez en cuando, según dice, necesita el contacto con la civilización. Lo decía pronunciando la *v* un poco a la manera inglesa casi como la *f*. Curro no podía perderse un efecto tan fácil y tan brillante.

—Ya veo. Ha ido a Gibraltar a que la *sifilicen*[3].

No entendía *Mrs.* Dawson o no quería entender (nunca se sabe con ella). Estábamos en el café. Y preguntaba de dónde habían salido los monos gibraltarenses. Curro explicó no sé si en broma o en serio:

—En el siglo pasado, un comerciante de Gibraltar que tenía un hermano rico en el Brasil le escribió una carta pidiendo que le enviara por el primer barco tres o cuatro monos. Pero escribió la cantidad

---

1. *Lora del Río*: municipio de la provincia de Sevilla, en el valle del Guadalquivir, a unos 57 km de la capital. En la época tenía 16.000 habitantes, aproximadamente.
2. *zegríes y abencerrajes*: dinastías rivales en el reino musulmán de Granada, durante el siglo xv (véase además nota 36 página 162).
3. *sifilizar*: paranomasia entre *civilizar* y *sifilizar*. Curro cambia los sonidos en un sarcástico juego de palabras a partir del típico seseo andaluz y la pronunciación de la *v* como *f* de *Mrs.* Dawson.

en números, así: 3 o 4. Y el brasileiro fletó un barco especial y le mandó 304 monos. El comerciante no sabía qué hacer. Los ingleses aman a los animales y obligaron al comerciante a alimentar a los monos o a dejarlos en libertad. El comerciante vendió algunos, pero · fue soltando a la mayor parte y *velay*, esa es la historia.

Al menos es la explicación de Curro.

A *Mrs.* Dawson la llaman en el café la *Margaritona*. Le va bien, Curro dice que el sufijo «ona» representa el trasero. Así pues, Margaritona es una Margarita con trasero. Desde que lo dijo yo solo veo en mi amiga esa prominente parte de su persona.

Está siempre *Mrs.* Dawson haciendo el paripé; ahora, a propósito, creo haber descubierto de una vez lo que es el paripé. George Borrow dice que viene del sánscrito[4] *parivata*, que quiere decir cambiar. El paripé es un cambio. Por ejemplo, cambiar dólares a cuarenta y cinco estando a sesenta es hacer el paripé. Este es un ejemplo vulgar, claro. Hay otros cambios psicológicos y morales que pongo en mi tesis al hablar de esa importante materia.

En el diccionario de la Academia de 1914 encuentro: «*Paripé. — Presumir, darse tono*». Y en otra edición anterior de 1899 dice: «*Hacer extremos para engañar*». Si añadimos a esas dos versiones tan diferentes la del cambio ya son tres y las tres verdaderas según dice Quin Gómez —el abejorrito— con quien tenemos ahora Curro y yo relaciones normales. Pero dice Quin que solo son verdad esas versiones si el que cambia para engañar a alguien no lo consigue y el que se da tono tampoco se sale con la suya. Tú ves. Solo hay *paripé* si hay frustración. Y cuando lo hace un comprador de lana a veces lo trasquilan.

Dice Borrow que los gitanos ingleses usan la palabra *paripé* añadiendo una n: *paripén*. En la copla que te copiaba un día allí donde dice:

---

4. *sánscrito*: lengua antigua en la que se compusieron los textos sagrados de la India.

... y que venga er doctó Grabié,
er der bisoñé,
er der paripé,
porque m'estoy ajogando...

Se diría que falta la *n* de los ingleses: *paripén.* Con ella se evita la sombra de cacofonía[5] del «paripé-por». Y el filólogo Miklosich[6] dice que en todos los dialectos gitanos de Europa existe la raíz *paruv* (cambiar) y cree que viene también del sánscrito.

La opinión de Borrow sobre el paripé es la que prevalece en mi tesis. Perdona que añada tantos detalles. Si mis interpretaciones son buenas, cuando las publique vendrán los filólogos españoles a roerme los zancajos[7], según me dicen. Es un homenaje antiguo que no sé en qué consiste.

Mistress Dawson quería que Clamores fuera a bailar a su club, pero no hablaba de dinero y Clamores le dijo:

—¿Qué se cree usted, señora? Solo los angelitos del cielo y los seises de la catedral bailan gratis. Eso de bailar gratis sería hacer el paripé.

Bien dicho.

No siempre estoy de acuerdo con Borrow. Por ejemplo, de los gitanos dice (y copio la edición de Putnam Sons de 1899): «He estado viviendo con los gitanos de la provincia de Extremadura. ¡Pobre gente! Son terriblemente maltratados y los persiguen como a lobos. Llevan consigo inmensas tijeras, que ellos llaman cachas, para defenderse. Son tan largas como el brazo, y con ellas pueden cortar una mano, las orejas o la nariz a cualquiera. Viven miserablemente, son nómadas y comen tocino, tripas y bellotas. Algunos se dedican al contrabando».

---

5. cacofonía: repetición desagradable de un mismo sonido; en este caso, el sonido *p.*
6. *F. Miklosich*: filólogo esloveno (1813-1891) que destacó por sus estudios de lenguas eslavas; publicó un diccionario de eslavo antiguo y una gramática comparada de lenguas eslavas.

Hay gitanos y gitanos, la verdad. Curro, por ejemplo, es muy diferente. En cuanto al contrabando, las mujeres que se dedican a él se suelen llamar Francisca, es decir Paca y las llaman con un *nick name*: Pacotillas. Así se dice: *las Pacotillas del contrabando*. Y las mejores son parientes de una familia muy inteligente formada por tres personas a quienes llaman Lupe, Lupija y su hija.

Me dijo Curro que esos gitanos de Borrow eran los parias[8] de la raza y que llevaban las tijeras, no para pelear, sino para esquilar los caballos y los burros. Y esto es verdad, porque yo vi un caso en Trebujena. Estaba en el balcón de una venta y Curro abajo sentado en un poyo y fumando. Enfrente había un caballo con los pies delanteros trabados. Y llegó un gitano y preguntó a Curro:

—¿Qué le parece, amigo, si le doy una esquilada al caballito?

Curro echó el humo al aire y dijo: «Muy bien». El gitano comenzó a trabajar. De vez en cuando decía: «¿Le dejo las crines en el cuello?». Y Curro: «Por mí se las puede dejar». El gitano quería hacerle cerca del rabo un «enrejao[9]» de fantasía. Curro dijo: «Es verdad, no quedará mal». Por fin, el gitano terminó:

—¿No le parece que el caballito queda muy guapo?

—Es verdad.

—Son dos chulíes si me hace el favor.

—¿Yo? Usted me preguntó qué me parecía si lo esquilaba y yo dije que bien. No era más que una opinión. ¡Si fuera uno a pagar dos chulíes por cada opinión!...

—¿Pero no es suyo er animal?

—No.

El gitano se puso pálido, y viéndome en el balcón comenzó a explicar que había hecho un trabajo de artista y que el caballo pa-

---

7. *roer los zancajos*: al contrario de lo que supone Nancy, esta expresión familiar se utiliza para hacer referencia al hecho de murmurar, de hablar mal de una persona en su ausencia.
8. *parias*: individuos considerados como inferiores.
9. *enrejao*: hay omisión de -d- intervocálica; *enrejado*, 'trenzado'.

recía antes una cabra en la muda y ahora se veía más galán que el emperador de la China. Luego añadió que yo era más linda que una puesta de sol en el Guadalquivir.

Le arrojé su dinero, que hacía como quince centavos de dólar, y se fue contento, pero antes le dijo a Curro: «Malos mengues te piquen la muy, asaúra». Dijo Curro que si no hubiera sido por mí le habría dado para el pelo al gitano de las cachas. ¡Y buena falta que le hacía al pobre!

Borrow tiene opiniones arbitrarias. En la misma página donde habla de los gitanos de Extremadura dice: «España sería el país más hermoso del mundo si la gente tuviera algún parecido con los seres humanos, pero no lo tiene. Son casi tan abyectos los españoles como los irlandeses, con la excepción de que los españoles no se emborrachan. Aunque el vino es allí tan común y corriente como el agua, no he visto nunca un borracho».

Yo en el año que llevo en España he visto uno, pero era un verdadero *gentleman*. Se tocaba el sombrero a cada paso y me decía:

—Sin faltarle, señorita. ¿Es que falto yo?

Desde un rincón dijo alguien:

—El que la pilla para él.

—Ese caballero se refiere a la cogorza —me explicó el borracho amablemente después de saludar desde lejos al que lo había dicho.

Le pregunté a Curro qué es eso de «paria», porque había hablado de gitanos parias y son los que no tienen donde caerse muertos, es decir, que no tienen dinero para comprar la sepultura. Pobrecitos. Con tres o cuatro chulíes la podrían comprar. Aquí la muerte, es decir, la fiesta que sigue a la muerte y que llaman velorio, tiene más importancia que en los Estados Unidos.

En inglés decimos *pariah*, y mi diccionario etimológico dice que la cosa viene de la India, donde los *pariah* eran los que tañían el bombo, y que los coloniales portugueses trajeron la palabra a Europa. Yo no he visto aquí gitanos tocando el bombo y de instrumentos de percusión solo usan el pandero. Así suelen decir: «Al gachó le zumba el pandero». Con frecuencia, además del pandero, tiene un harpa, aunque yo no la he visto. Así se dice coloquialmente: «Al gachó del harpa le zumba el pandero». Esta es una nota aclaratoria que pondré en mi tesis. Hay una variante según la cual en lugar del masculino (pandero) se usa el femenino: pandereta. Así se puede decir con toda corrección: «Al gachó del harpa le zumba la pandereta».

Curro me dijo que los parias, además de esquilar, se dedican a la choricería[10] y también a la pesca de la merluza, es decir, a fabricar conservas de cerdo y a pescar. También se dedican a otra profesión: la mangancia[11]. No he podido averiguar hasta ahora exactamente en qué consiste.

A la tertulia viene un torero que se llama Pérez y tiene el sentido olfativo de un perro. Para él cada calle huele de un modo diferente.

También viene por el café un español que es maestro en un *high school* americano de la base de Morón. Dice que cuando reprende a algún chico americano que enreda en la clase este le responde: «La constitución de mi país me autoriza a la busca de la felicidad, y eso es lo que estoy haciendo».

Voy ahora siempre con mi flor, pero a veces dudo de mi *charm*. Por fortuna, ayer llegó una carta de Richard, mi novio de *college*. Dice así: «He visto las largas cartas que escribes a Betsy y te felicito por tus romances. Sobre todo por la conquista de ese príncipe de ambas Castillas que te besó de una manera inesperada y señorial. También por el sucesor de los Antoninos que, según dice Betsy, es una especie de Nijinski[12] español. Enhorabuena.

---

10. *choricería*: en sentido figurado, robo, hurto.
11. *mangancia*: pasar el tiempo sin hacer nada.
12. *Vaslav Fomich Nijinski*: famoso bailarín y coreógrafo ruso (1890-1950). En *El espectro de la rosa* ejecutó un salto tal que ha pasado a ser célebre en la historia de la danza clásica.

»Yo he sido seleccionado por el *coach* para el equipo de fútbol del año próximo. Te lo digo para que veas que no solo tú triunfas en la vida. Yo tengo también satisfacciones legítimas.

»Si viene un día por aquí el poeta rubio —el abejorro—, dile que le regalaremos un teléfono blanco y que será bien recibido por la clase 51 de español, donde estaré el año próximo, pero que no haga como el *visiting professor* del año pasado que me suspendió. Entre paréntesis, creo que también estás un poco enamorada del abejorro. No digas que no. Te conozco.

»Querría saber cuáles son tus planes, digo si piensas casarte con el tartesio o con el poeta rubio o con el *grandee* romántico, aunque este es un poco viejo para ti. Es una pregunta que te hago poniendo el mayor énfasis, y no debes dejar de contestar cuanto antes por razones de orden muy personal. Perdón si no te digo más por ahora. *Love*. Richard».

Ya ves, Betsy. Mis aventuras en España hacen pensar a Richard que soy más deseable de lo que él creía. A eso se llama aquí tener una mosca en el oído[13]. Pero yo voy a dejarle cocerse un poco en su salsa. Por ahora soy novia española. La palabra viene del hebreo: novia, *nub*; y luego pasa al latín, *nubilare*, que quiere decir fructificar, y luego al español. (Probable nota al pie.) Estoy de lleno en un romance y con perspectivas de esplendor por el lado del príncipe.

No soy coleccionista, pero las mujeres somos versátiles, y si el príncipe me dijera la palabra mágica no sé lo que sucedería. Yo misma me pregunto qué es lo que sucedería en ese caso. Princesa o duquesa de Los Gazules suena bien. Aunque por ahora sigo, de veras, enamorada de Curro. Y soy piropeada a menudo por Quin. Y no se matan. Y no dejo de tener los mejores recuerdos de Richard a pesar de todo.

---

13. *mosca en el oído*: la expresión correcta es *tener la mosca detrás de la oreja*, 'recelar', 'sospechar algo'.

No sé si debes enseñar esta carta a Richard por lo que digo antes sobre el cocerse en su propia salsa[14]. En todo caso dile que sus triunfos atléticos me impresionan y que tiene en mi corazón uno de los primeros lugares. ¿Subirá Richard o bajará en la escala de mi estimación con el tiempo? ¡Quién sabe! Si sube, mereceré un postre especial que aquí llaman *miel sobre hojuelas*[15].

Pérez, el torero, tiene sentido de humor. Desprecia al público y se ríe de la gente haciendo a veces cosas raras. Pérez y Quin, que como poeta toma a veces actitudes parecidas, estuvieron el otro día en el café muy serios hinchando las mejillas, dejando salir el aire, mirando al techo y produciendo un zumbido. La gente se reunía delante tratando de comprender.

Estas bromas son más ingeniosas que las formas vulgares de protesta social de los *beatniks*[16].

Tiene Pérez una cara lánguida y trágica, y por eso las bromas de él producen como un anticlímax. Me dijo que lo han pintado dos veces como san Tadeo[17] para las iglesias de la provincia. El hecho de que las beatas le recen como a san Tadeo le da mala suerte y por eso no prospera como lidiador.

Días pasados fuimos a la finca del príncipe con Soleá. Cuando le pregunté a su padre —que está enfermo— cómo se encontraba, el buen viejo me respondió:

14. *cocerse en su propia salsa*: dar tiempo al tiempo, dejar que algo siga su curso.
15. *miel sobre hojuelas*: las hojuelas son un dulce hecho con láminas de masa muy fina que se fríen en una sartén; si se quieren enriquecer aún más, se cubren con miel. Nancy entiende la expresión en su sentido literal, no en el figurado, cuando significa que una cosa ya de por sí buena se ve realzada por alguna característica que la convierte en algo aún mejor.
16. *beatniks*: el término fue acuñado en 1958 por el periodista estadounidense Herb Caen para parodiar a la generación *beat* y a sus seguidores. Más tarde se convirtió en un estereotipo para referirse a los jóvenes que descuidan su aspecto y su ropa, holgazanes, proclives al desenfreno sexual, la violencia y el vandalismo.
17. *San Tadeo*: san Judas Tadeo suele representarse con una maza (instrumento con el que, según la tradición católica, sufrió martirio), un medallón con la imagen de Jesús en el pecho y el fuego del Espíritu descendiendo sobre su cabeza. Se le venera como abogado de las causas difíciles y desesperadas.

—Lo que me pasa a mí es lo mismo que a algunos caballos que no toleran la avena, señorita.

Quería decir con eso que tampoco él puede tolerar la comida de lujo de la libertad.

El cortijo es grande y los *cowboys* imitan a los del sudoeste americano con sus sillas de montar levantadas por detrás. Me acompañaba un hombre a quien llaman capataz, porque en las tientas —supongo— torea siempre de capa, y me enseñó hasta las casetas de los cerdos. Son como las del zoo, con su parte exterior y su parte interior. Delante de una jaula me explicó:

—Este es el verraco[18] padre más antiguo. El decano —y llamó—: *¡Trianero!*

Mientras el *Trianero* llegaba, el capataz añadió indicando al cerdo:

—Tiene más condecoraciones que el capitán general con mando en plaza, dicho sea sin mal señalar. Y tiene muchísimo *pesquis.*

Un día te escribí, Betsy, que pesquis quiere decir peluca falsa. Eso creía, porque siempre que dicen esa palabra los andaluces se tocan el pelo, pero, sin duda, no dije la verdad. Me extraña porque no suelo caer en errores de esa naturaleza. ¿Cómo va a usar un cerdo una peluca falsa? El *Trianero* se acercaba despacio con la mano en el anca:

—Es un verdadero señorón —dijo refiriéndose también al cerdo—. No le falta más que el cigarro puro y el coche. Pesa sus veintiséis arrobas[19] y se da buena vida. Come, bebe y de lo otro ni hablar. Yo me paso el día trabajando en las cochiqueras[20]. Soy como el ayuda de cámara de estos señorones. Cuando voy a comer a casa, mi chico (mardita sea su estampa) dice: «Ya está ahí mi padre, que huele a puerco». Ahora le voy a dar al señorón su baño. Tiene más de tres-

---

18. *verraco*: cerdo padre.
19. *arroba*: peso equivalente a 11,5 kg.
20. *cochiqueras*: pocilgas.

cientos hijos, aunque es todavía joven. Digo y me quedo corto. Es la divina torta, señora. Las fotografías de este animal que tienen salida en la prensa son infinidad y hay una con un marco dorado en la oficina del señor duque. Er día que lo sacrifiquemos habrá que cantar er gorigori[21] como a un cristiano.

Tanta explicación resultaba un poco obscena.

Dijo el capataz que el *Trianero* era muy cazurro. Eso se dice de las personas que tienen habilidad para la caza. En cuanto al cerdo, yo no he visto otro igual. Ya digo que había en él algo indecente. Ahora lo veo algunas noches, en sueños, de pie y cantando el gorigori, que es una canción que les cantan a los cerdos el día de san Martín.

El *Trianero* añadió:

—Ese animal tiene su nombre: er *Verraco*. Aquí, digo en Lora, cada cual tiene su nombre y su alias.

—¿Cuál es el de usted? —pregunté al capataz.

Esto dio una gran risa al *Trianero*. Comprendí que me había perdido una gran oportunidad para callarme, pero añadí:

—Si todo el mundo tiene un apodo, ¿cuál es el mío?

Dijo el *Trianero* sin vacilar:

—Tengo oído que la llaman a usted la *Notaria*. En Sevilla. Y dicho sea sin faltar.

—Cállate, voceras[22] —ordenó el capataz y añadió—: Habla tanto, porque aquí donde lo ve su mujer está para dar a luz, y como marido, asaúra pues, tiene su hormiguillo[23].

Pregunté qué es una notaria y el *Trianero* dijo que es la mujer de un señor que va con una cartera llena de papeles y apunta las cosas. Ya ves: me llaman así porque tomo notas para mi tesis.

---

21. *cantar el gorigori*: alusión al canto que entonan los sacerdotes en entierros y funerales. La expresión remeda el sonido del latín a oídos del pueblo, que desconocía esta lengua.
22. *voceras*: bocazas.
23. *tener hormiguillo*: estar inquieto, desasosegado.

Volvimos el mismo día a Sevilla. Por el camino, en el autobús, me decía Soleá llorosa: «Se va a morir cualquier día mi padre a pesar de que vive bien cuidado».

Creía que habría vivido más tiempo en su escondite, porque la ilusión de ser liberado un día le ayudaba.

Luego me dijo que su padre se lamentaba de no haber sido fusilado como otros en 1936.

—A eso —añadió Soleá— le llama «morir bonito». Eso es; quería «morir bonito» en 1936.

La muerte que espera ahora el pobre viejo no es bonita.

Al llegar a casa de Soleá encontré a Quin y me puse a contar lo del cortijo y el verraco.

—El abuelo de Curro —me dijo Quin súbitamente iluminado— pertenecía a una banda de ladrones que andaba por los caminos en el siglo pasado y que se llamaba *Los verracos*. Los ahorcaron. Todos los *verracos* cayeron y no quedó uno solo para contarlo.

Yo no podía creerlo, y el abejorrito fue a pedirle a Soleá un número de *El Liberal* de 1862[24], amarillo y viejo, que ella guardaba con otros. Quin lo desplegó con cuidado diciendo:

—No crea usted que lo invento yo para difamar a Curro. Curro y yo somos ahora la misma filarmonía. Y lo seremos siempre.

—¿Está usted seguro? —pregunté yo sintiéndome un poco herida no sé por qué.

Pero él estaba leyendo ya el periódico. ¡Qué cosas se ven en este país! ¡Y luego dicen que los extranjeros poetizamos a España! ¡Poetizar a España! Eso sería como llevar agua al mar. Quin leía lo siguiente letra por letra: «Ayer tuvo lugar la ejecución del caballero de la casa

---

24. *un número de* El Liberal *de 1862:* se trata de un anacronismo. *El Liberal* lo fundaron el 31 de mayo de 1879 un grupo de periodistas que procedían de la redacción de *El Imparcial*. Sus oficinas se encontraban en Madrid. Se componía de cuatro páginas (un pliego) y costaba 5 céntimos. Republicano y ligeramente anticlerical, se convirtió en uno de los diarios más importantes de la Restauración.

de Alcalá don Fernando de Alcalá y Reyes de Guadalmecina, a quien condenaron a la última pena como cabeza de la banda de los malhechores apodados *Los verracos*, que en los últimos años ha causado depredaciones en los caminos, los cortijos y las dehesas, haciendo insegura la vida fuera de las ciudades.

»La familia del finado puso en circulación la siguiente esquela[25] mortuoria: *Rogad a Dios por el eterno descanso del alma del Excmo. Sr. D. Fernando de Alcalá y Reyes de Guadalmecina, caballero de la Orden de Calatrava[26], señor de Lucena de la Vega[27], hermano de la Orden Tercera de san Francisco[28], cofrade del Gran Poder[29], mayordomo del Santísimo Rosario...[30], etc., etc.*

»*Sus hermanos, el excelentísimo señor don Félix Custodio, marqués de Lucena de la Vega y maestre de Ronda[31]; doña Clorinda, baronesa de Santa Olalla la Nueva[32]; sus sobrinos, don Lucas de Osuna y*

25. *esquela*: nota breve que se publica en un periódico para anunciar el fallecimiento de una persona.
26. *Orden de Calatrava*: se trata de una orden militar y religiosa fundada en el siglo XIII por el abad Raimundo de Fitero con el objetivo de defender la ciudad de Calatrava, junto al río Guadiana, que acababa de ser reconquistada. Se consolidó tras la batalla de las Navas de Tolosa (1212). En poco tiempo acumuló un enorme poder político y militar, con castillos a lo largo de toda la frontera de Castilla y Aragón, y distintas encomiendas en Andalucía. Fernando el Católico fue nombrado Maestre de la Orden de Calatrava en 1477; a partir de él todos los reyes de España han ostentado el título.
27. *Lucena de la Vega*: población de Córdoba en la vega del río Genil.
28. *Orden Tercera de san Francisco*: orden franciscana seglar.
29. *cofrade del Gran Poder*: la hermandad del Gran Poder es una cofradía de Semana Santa establecida en la ciudad de Sevilla y fundada en 1477, que sale en procesión en la madrugada del Viernes santo con un paso de Jesús Nazareno con la cruz al hombro y otro de la Virgen del Mayor Dolor y Traspaso.
30. *mayordomo del Santísimo Rosario*: la hermandad del Santísimo Rosario es una cofradía de Semana Santa establecida en la ciudad de Dos Hermanas, que se fundó a finales del siglo XVI.
31. *maestre de Ronda*: la Real Maestranza de Caballería de Ronda se fundó en 1572 con el fin de adiestrar a la nobleza en las armas y en la práctica ecuestre, capacitando a oficiales para el ejército y poniéndolos al servicio de la corona.
32. *baronesa de Santa Olalla la Nueva*: municipio de Huelva, junto a la laguna del mismo nombre.

doña María do Minho (ausente), y demás familia, el santo cabildo
metropolitano, la muy ilustre Orden de Calatrava, la villa de Lucena
de la Vega y la gran Maestranza de Ronda ruegan a sus miembros y
patrocinadores que asistan al entierro, que tendrá lugar el día 4, a
las seis de la tarde, desde el patio de los Naranjos. Con la bendición
apostólica y las indulgencias acostumbradas».

¡Qué te parece, Betsy! Todo eso estaba rodeado de una orla negra
y encima había una gran cruz.

Seguía *El Liberal* con la siguiente información que copio: «En
el patio de los Naranjos se levantó un tablado y la familia del reo
envió tapiceros que forraron de terciopelo negro todas las maderas,
poniendo en el fondo, contra el muro, un amplísimo repostero con
las armas de los Alcalá y Reyes de Guadalmecina.

»El poste donde estaba el mecanismo de la ejecución fue también forrado de terciopelo, después de obtener la familia el permiso
correspondiente de la ilustre audiencia provincial.

»En lugar del banquillo que suele usarse para estos casos, la familia del finado hizo llevar un sillón de cuero que tenía también la-
bradas las armas de los Alcalá y Reyes de Guadalmecina. Y un ataúd
adecuadamente decorado, encima del cual se veían los atributos de
la Orden de Calatrava, incluida la espada.

»A las seis de la mañana comenzaron a doblar a muerto las campanas de la ciudad. Muchos sevillanos acudieron esperando ver al
reo, quien salió rodeado de los padres de la Orden Tercera. El verdugo vestía la librea[33] de gala de la familia de don Fernando, según
la voluntad expresa del reo.

»Al llegar al patio de los Naranjos, la comitiva se abrió paso entre la multitud. Dos sacerdotes encomendaban a Dios al reo y le
preguntaban: "¿Te arrepientes?". El reo decía: "Es cuestión mía si

---

33. *librea*: uniforme con chaqueta larga que visten los criados de príncipes y señores;
normalmente suele llevar el distintivo de la familia a la que sirven.

me arrepiento o no, pero no olvides, curita, que a mí no me tutea nadie y que tengo tratamiento de excelencia". Al llegar al cadalso[34] subió sin vacilar y se sentó en el sillón como si fuera a presidir un acto de la Real Maestranza en lugar de recibir la muerte por justicia. Minutos después la vida de su excelencia se había acabado y su cuerpo quedó en el sillón según dispone la ley para ser puesto más tarde en el ataúd. Entre tanto, dos lacayos[35] vistiendo librea de la familia estuvieron al pie del cadalso con hachones encendidos de cera blanca perfumada».

El periódico concluía diciendo que la familia consiguió que el verdugo no cortara la cabeza para enseñarla en una jaula en las ventas y cortijos como se hacía habitualmente y se había hecho con las cabezas de los otros miembros de la banda de *Los verracos*. Se le concedió esa merced por tratarse de un Alcalá y Reyes de Guadalmecina.

En cuanto vi a Curro le dije todo esto y mi novio se apresuró a explicar que *Los verracos* eran de otra rama. Añadió que un bisabuelo suyo había andado en justicias, pero murió en el campo peleando y fue a principios del siglo pasado. Era un gitano fino, según Curro. «Y un día —dijo mi novio— Napoleón[36], el rey del mundo, pasó por Sevilla y Córdoba, en un viaje de vuelta de África, y mi bisabuelo le salió al camino, lo rodeó con los suyos y apuntando con los trabucos lo tuvo tieso y quieto como a una momia. A él y a su cortejo. Entonces mi bisabuelo se acercó a Napoleón y le pidió con mucha finura que le atara el zapato. Y Napoleón se lo ató. ¡A ver! Porque hay bandidos

---

34. *cadalso*: patíbulo, tablado que se levanta para la ejecución de la pena de muerte.
35. *lacayos*: sirvientes de príncipes y señores.
36. *Napoleón*: Napoleón I Bonaparte (1769-1821), uno de los mayores genios militares de la historia, llevó a cabo agresivas campañas militares con las que se adueñó, prácticamente, de toda Europa. En marzo de 1798, Bonaparte se propuso llevar a cabo una expedición para colonizar Egipto. La empresa duró un año, acabó de forma desastrosa y el general tuvo que regresar apresuradamente a Francia.

y bandidos, y los nuestros son gente honrá y dizna[37] y no han pasao por la horca. ¿De dónde has sacao la historia?»

—Me la ha contado Quin —dije pérfidamente (ahora reconozco mi perfidia, Betsy).

Vi en los ojos de Curro los demonios todos del infierno. Lo siento. No me gusta que por mí peleen los hombres, ya me conoces. Al día siguiente fui al café. Tenía el temor de que podía pasar algo entre ellos. Curro no había llegado, pero estaba Quin con su novia Clamores, quien hablaba de las mocitas pobres de Sevilla que dan el pie a los americanos de las bases. (Eso de dar pie es un recurso del *flirt* español y es lo contrario de pedir la mano.) Dijo Quin que los americanos solo conquistaban a las niñas a fuerza de parné[38] y no como él a cuerpo limpio.

—¡Y olé mi niño, que se murió tu abuela! —dijo Clamores.

Aquí cuando la abuela se ha muerto, la sociedad le tolera al hombre hablar bien de sí mismo. Clamores decía que en la última fiesta de la flor (para combatir la tuberculosis) le puso un clavel en el ojal al torero Belmonte[39] y él le dio cincuenta pesetas. Clamores le dijo: «¿Solo cincuenta? A su hijo le he puesto una flor y me ha dado cien». Y Belmonte dijo: «Mi hijo puede hacerlo porque tiene un padre rico».

Yo pregunté a Quin:

—Parece que me ha mentido usted en lo de *Los verracos*. No eran de la familia de Curro. El hombre a quien ajusticiaron era de otra rama.

—¡Menuda rama! Todavía entre los gitanos de Alcalá de Guadaira llaman a Curro el sobrino del *Verraco* —respondió Quin.

---

37. *dizna*: hay sustitución de *g* por *z*; *digna*.
38. *parné*: dinero.
39. *Juan Belmonte*: matador de toros sevillano (1892-1962). Fue el primero que se quedó completamente quieto ante los toros, templando, aguantando, lo que revolucionó el arte del toreo.

Por cambiar de tema pregunté a Clamores si nuestra amiga Soleá era o no una Celestina y a todos les dio mucha risa. Me dijo Quin que si hacía oficios de *tercerola*[40] era por puro amor al arte y sin cobrar. Yo declaré que hacía mal y que en los Estados Unidos un agente de *social relations* debe cobrar y cuando es tan eficaz como Soleá cobra caro.

—¿Cobrar caro?

Las risas fueron mayores y yo acabé por ponerme colorada. No se puede con esta gente.

Pero, Betsy querida, tengo a veces la impresión incómoda de que comienzo a estar demasiado vista. Me llaman la *Notaria* y eso es choteo. ¡Qué le vamos a hacer! Imagino a Curro unas veces haciéndose atar el zapato por Napoleón y otras como el *Verraco* del cortijo, es decir, con una especie de calma porcina gruñendo en su jaula y preguntando dónde está la *Notaria*.

En el café volví a sacar el tema de *Los verracos*. El torero Pérez, que es el que más sabe de vidas ajenas y del pasado y porvenir de la gente, dijo:

—Fernando er *Verraco*, que en paz descanse, era tío abuelo de Curro y cuando lo iban a ahorcar, el verdugo le preguntó: «¿Quiere su excelencia decir algo?». Y el reo dijo que todavía no era el día de san Martín. Como a él lo llamaban el *Verraco* y a los cerdos los mataban en ese día de san Martín, por eso lo decía. Entonces, el verdugo le dijo: «Vuestra excelencia tiene muchos hígados[41] para hablar así en este trance». Y el reo respondió: «Más hígados necesitas tú para estar aquí y oírme hablar a mí, hijo de la gran perra». Entonces, el verdugo le respondió humildemente: «Perdone si molesto a vuestra excelencia, señor». Y el reo le replicó en voz alta: «Ahorca de una vez y calla, que el entierro es a las cinco y no querría que me enterraran vivo».

40. *tercerola*: que hace de tercera, alcahueta, celestina.
41. *tener hígados*: mostrar sangre fría, tener valor.

Los dos bandidos, el de Napoleón y el otro, eran parientes, creo, aunque Curro lo niegue.

El padre de Soleá creo que se ha agravado mucho y vamos a ir mañana otra vez a Los Gazules. Ya te contaré. (Interrumpo esta carta.)

(Continúo ahora en Los Gazules.) El padre de Soleá, después de dos días muy enfermo, se ha muerto «sin saber de qué» y está de cuerpo presente en una mesa con cuatro grandes cirios. Así dicen. De cuerpo presente.

Mañana o pasado lo llevarán a la iglesia, donde hay un catafalco[42] negro con calaveras pintadas. Es una especie de armario donde, al parecer (superstición, claro), se queda algún tiempo el alma del difunto. De ahí la expresión «tener el alma en su armario[43]».

Antes de que me olvide: he sabido que a *Mistress* Adams la llaman la *Gallipava*, que no sé por qué le va muy bien, ¿verdad?

Pero déjame que te cuente el segundo viaje a Los Gazules desde el principio, porque vale la pena. Para ir a Lora tomamos el tren en Alcázar. Curro saludó a ocho o diez conocidos llamándolos por sus apodos. Uno era el *Tragela* (del verbo traer supongo e hipérbaton, digo metátesis o lo que sea de «la traje»). Otro, un antiguo banderillero, el *Nene*, y un viejo largo y delgado con patillas y calañés[44], el *Tripa*. Es tocador de guitarra y ha viajado con Pastora Imperio[45] por el mundo. Curro decía que había que bajarle los humos al *Tripa*, pero no sé lo que quería decir con eso, ya que el *Tripa* no fuma.

---

42. *catafalco*: soporte sobre el que se coloca el féretro durante el velatorio, o en la iglesia, durante el funeral.
43. *tener el alma en su armario*: expresión con la que se da a entender que no se temen las amenazas de otro o bien que, cuando se insulta a una persona, por humilde que sea, no puede menos que sentirse ofendida.
44. *calañés*: sombrero cordobés.
45. *Pastora Imperio*: nombre artístico de Pastora Rojas Monje (1889-1979), bailaora sevillana, una de las figuras más representativas del folclore flamenco de todos los tiempos. Su interpretación de *El amor brujo* le abrió los escenarios del mundo entero.

Iba también el torero Pérez, más melancólico que nunca. Pasó un incidente raro que no acabo de comprender. En una estación estaba Pérez asomado a la ventanilla del tren y cuando este arrancaba se le acercó alguien y le dijo:

—Perdone usted, señor, pero es la mejor cara que he visto en mi vida para recibir una hostia.

Y al parecer le dio la hostia; es decir, la comunión. Es verdad que Pérez tiene cara de místico. El que se la dio debía de ser un cura, supongo, que estaba haciendo catequesis en la estación. Pérez —no veo por qué— estaba furioso y quería bajar del tren, pero los otros lo sujetaban y el tren caminaba cada vez más deprisa.

Tardó mucho en tranquilizarse Pérez. Decía que aquella hostia le llegaba de parte de Lagartijo III, a quien le pisó una corrida el año antes en Antequera[46]. Pero, ¿qué tendrá que ver eso con la religión?

No sé qué clase de hombre será el *Tripa*, pero parece hombre de fondo filosófico. Le oí cantar a media voz:

> *Las cosas son como son*
> *hasta que dejan de serlo...*

Me gusta el *Tripa* y él se da cuenta. Viajamos en tercera clase, pero él decía a cada paso que había ido en primera a París más de una vez con Pastora.

Acabó Pérez por olvidarse de la sagrada forma y de Lagartijo III. También tiene su filosofía. Se hablaba de la muerte y Pérez decía que cuando bebe manzanilla cree en la inmortalidad del alma y si bebe vino tinto, no. Y dice que no le gusta ir a los velorios, porque las casas donde hay un muerto huelen a almendras amargas y le ponen mal cuerpo.

---

46. *Antequera*: municipio de la provincia de Málaga, punto de tránsito entre la Alta y la Baja Andalucía.

De la hostia ya no decía nada. Poco antes hablaba Pérez de volver a aquel pueblo y matar al que se la dio. Ya ves hasta dónde puede llegar la irreligiosidad de los «católicos españoles».

El vagón estaba lleno. Frente a mí había un campesino que tenía a su lado, en el asiento, un enorme cesto con toda clase de frutas, cuyo olor se extendía por el vagón. Delicioso olor que en español se llama «efluvio» y que yo husmeaba (así se dice) con placer.

Cantaba el *Tripa por lo bajini* sintiéndose todavía filosófico:

> *Cada cual es cada cual,*
> *cada quien es cada quien...*

En Lora había un carruaje esperándonos. Los de Sevilla hablaban de los veinticinco años que pasó el padre de Soleá escondido y el cochero, en lugar de responder, decía que la cosecha de aceituna se presentaba muy buena. Parece que tenía órdenes de no hablar del caso político del padre de Soleá.

Así, admirando los olivares en flor, nos acercamos al cortijo. El *Tripa* hablaba del hijo de un conde que es *pansy* y que anda siempre con flamencos y bailadores. Los otros reían. A esos que llaman en Londres *nancy boys* aquí los llaman *apios*[47]. El diccionario dice que *apio* es *celery*. No entiendo. Parece que los moros son aficionados a esas perversidades y de ahí viene «morapio[48]», creo yo.

En el cortijo estaba ya Quin, el abejorrito, que había ido con su novia Clamores. Cuando le pregunté dónde estaba el muerto me respondió asustado: «Ah, eso yo no lo sé. Ni quiero saberlo». No puede ver a los muertos, Quin.

Comprendí que el cortijo entero olía a almendras amargas como decía Pérez. Soleá entraba y salía en el cuarto mortuorio y aparte

---

47. *apios*: en sentido figurado, hombres afeminados.
48. *morapio*: término popular y humorístico para referirse al vino.

el dolor de la pérdida de su padre, parecía gozar de la gloria de un velorio en Los Gazules y, sobre todo, de la concurrencia, que crecía por momentos. Despabilaba[49] las velas y servía anís o manzanilla con una especie de contenida satisfacción.

La parte central del cortijo es un palacio donde vive el duque con su anciana madre. La sala mortuoria estaba en un ala, donde tienen sus viviendas los empleados de importancia. Era grande, encalada, con zócalo negro abajo. Las velas chisporroteaban y había flores por todas partes. Entre el olor a flores yo distinguía como Pérez el de almendras.

El príncipe es viudo. Su madre es ya (como diría mi amiga de Alcalá de Guadaira, la madre de Carmela) «octogerania». Parece que la vieja duquesa es muy obstinada, sobre todo cuando se le pone algo en el moño. (No sé qué cosa es esa que le ponen en el moño y la hace tan enérgica a pesar de sus años.)

Yo no diría que fuera triste aquello. Era fúnebre, pero no triste, digo, el velorio.

Como todas las cosas tienen aquí diferentes nombres según su categoría, a la muerte de un hombre bajo la llaman «espiche» y a la de un noble «defunción». En cuanto al muerto, si es noble es un «finado» y si es un plebeyo se llama «fiambre».

Con las manos cruzadas y el rostro afeitado, el cabello blanco, y rizado el bigote, y con sus zapatos de fiesta, el muerto no tenía mucho dramatismo. Su yerno, el jardinero, lo miraba desde la puerta, suspiraba y decía:

—Al pobrecito no le faltaba más que el billete para ir a la ópera.

¡Qué ocurrencia, Betsy!

Las personas del velorio iban llegando y pasaban al cuarto con ojos asustados. El yerno seguía frente al cadáver y Soleá sollozaba a su lado.

---

49. *despabilar*: quitar el pabilo, la parte quemada de la mecha de las velas, para avivar la llama.

—Vamos, Soleá —decía él—, que nadie ha palmado en tu familia con tanto señorío.

Alguien se acercaba: «He abierto la ventana —dijo— porque el oreo[50] les sienta bien a los difuntos».

Entonces vi a Quin en el quicio de una puerta. Fui a su encuentro y salimos a un solanar[51]. Le di la flor que llevaba y, en cambio, le quité la que tenía él en la solapa y me la puse en el pelo. Estaríamos allí unos minutos hablando cuando apareció Curro:

—¿Qué te dice Quin? —preguntó—. ¿Te habla de *Los verracos* todavía, por un casual?

Miraba nuestras flores cambiadas, receloso. Los dos olían a vino. Me alejé con Quin en el momento en que unas viejecitas se acercaban a Curro y le preguntaban dónde estaba el finado. Quin y yo entramos en un vasto corredor un poco sombrío.

—Veo —le dije con una expresión satisfecha— que Curro y usted están en buena amistad.

—La historia de *Los verracos* ha enfriado un poco la relación —dijo él— y ahora Curro anda diciendo que, como soy rubio, vengo de los alemanes que en la Edad Media musulmana servían en Andalucía de eunucos[52] en los harenes, según usted ha descubierto en no sé qué libro. Si yo desciendo de uno de esos alemanes no debía de ser eunuco, digo yo. ¿No le parece? Por muy rubio y alemán que fuera.

Le dije que aquello de los eunucos lo había leído en Lévi-Provençal. Volví al lado del fiambre yo sola. Un anciano le ofrecía la mano a Soleá, y algunos me la daban también a mí como si fuera de la familia. Las mujeres me abrazaban y decían que habían sido amigas del difunto. Todas olían a vino, de modo que, después de algunos abrazos, yo estaba mareada con los efluvios.

50. *oreo*: aire fresco.
51. *solanar*: lugar donde el sol da de lleno.
52. *eunucos*: hombres castrados que custodiaban los harenes, la parte de las casas musulmanas reservada a las mujeres.

Apareció el príncipe y se quedó en el aro de la puerta mirando al muerto. Llegó un cura. Ya sabes que a mí no me gustan mucho los papistas[53], pero aquel daba la impresión de ser un buen hombre. Me acerqué a ellos. El príncipe me presentó.

—La única verdad de la vida, señorita —suspiró el cura refiriéndose al difunto.

—La muerte —añadió el príncipe evitando el lado malange— y el *income tax*, como decía Mark Twain[54]. Las dos verdades de la vida.

Callábamos. Los cirios chisporroteaban otra vez.

—¿Viene usted conmigo? —me preguntó inesperadamente el príncipe.

—¿Adónde? —dije yo, pensando en los huevos fritos con sal.

—Aquí huele a flor marchita. Vámonos.

No hicimos más que salir cuando, con una propensión[55] (así se dice) rara, me tomó por la cintura.

—Esto también es verdad —dijo.

Pero alguien se acercaba y el duque, apartándose un poco, dijo otra vez que quería presentarme a su madre. Luego añadió:

—Usted es una gringuita divina. Como le decía, quiero presentarla a mi madre. Supongo que habrá terminado ya con los zapatos. Ha venido un viajante de Sevilla. Es la manía de mi madre: coleccionar zapatos de corte.

En aquel momento se le acercó el mayordomo y le dijo algo al oído. El príncipe, antes de dejarme sola, se disculpó:

—Es mi madre que me llama. Espéreme.

Yo pensaba: ¿Pero, no iba a presentarme? ¿En qué quedamos? Esperé paseando por el corredor. Más tarde vi a Curro y fui a ponerle

---

53. *papistas*: nombre con el que los protestantes designan a los cristianos católicos que obedecen la autoridad de Roma.
54. *Mark Twain*: escritor y periodista norteamericano (1869-1910), autor de la famosa novela *Las aventuras de Tom Sawyer*.
55. *propensión*: tendencia, apego.

en la solapa una flor que arranqué de una corona funeraria, pero Curro la rechazó y se puso lívido[56].

No comprendo. Como aquello me disgustó, le hablé con cierta complacencia del duque. Luego le dije que aquella noche me quedaría a dormir en el cortijo. Repetí lo mismo a casi todos mis amigos. A Soleá le pareció muy bien y me prometió una habitación en la parte palacial, cerca del cuarto del príncipe. Pero yo recelaba del *hobby* celestinesco de Soleá y poco después de haber dicho que me quedaría en Los Gazules vino a buscarme *Mrs.* Dawson y sin decir nada a nadie me metí en su coche y salimos para Alcalá de Guadaira.

—Ha hecho usted bien viniendo a buscarme —le dije.

Ella explicó que no venía por hacerme un favor, sino por probar el coche cuyo motor había sido reajustado.

Aquella noche fueron buscándome, según parece, como fantasmas, los tres hombres en el cortijo. Ni el príncipe ni Curro ni Quin podían pensar que me había marchado a Sevilla. Y al parecer la presencia de la muerte los ponía propensos. Soleá se ofendió por mi escapada, según me dijeron al día siguiente. Yo, la verdad, tenía miedo. Pero no a los vivos, sino al muerto.

No hay un hombre vivo en todo el mundo al que yo le tenga miedo, Betsy. Pero llegó un momento en que creí que el muerto iba a levantarse y a perseguirme por los pasillos diciéndome piropos. La atmósfera estaba llena de *libido*[57], que diría Freud.

Al día siguiente volví al cortijo con una brazada de azucenas húmedas. *Mrs.* Dawson fue estornudando todo el camino. Dijo que se resfriaba y como el coche era convertible[58] lo cerramos. Entonces estornudaba más. Debe de ser alérgica a las azucenas.

56. *lívido*: pálido.
57. *libido*: deseo sexual.
58. *convertible*: descapotable.

Tenían aquellas azucenas los estambres llenos de polen amarillo, que a mí me parecía encantador y a ella repugnante. Tú ves qué temperamentos más contrarios.

Creía Soleá que yo había pasado la noche en el cortijo, pero no se atrevía a preguntarme dónde. Y aquí viene lo mejor. Curro tenía un ojo morado y una gran equimosis[59] en la otra mejilla. Parece que Curro y Quin, buscándome a mí, se encontraron, discutieron sobre *Los verracos* y los eunucos alemanes y pelearon. De veras, Betsy. Curro había visto la flor mía en la solapa de Quin. Y pelearon como tigres. No comprendo, Betsy, mi propia reacción. Aunque soy una mujer enemiga de violencias, cuando vi a Curro y a Quin con un ojo morado cada uno tuve la sensación de haberse cumplido algo que últimamente había llegado a ser una necesidad en mi vida. Una necesidad moral, Betsy. Yo no era antes así, pero he ido cambiando en Sevilla, supongo. ¡Quién iba a pensarlo!

En la piel blanca de Quin las equimosis destacaban más. Yo lo veía de lejos y no decía nada. Él se ladeaba un poco para que no viera las huellas de la batalla. Pobrecito. Parece que fue una buena riña y que Quin quedó KO[60] por algunos minutos. Los dos pensaban que yo estaba con el duque. Esa hipótesis, por un lado, me ofende y, por otro, me halaga. Sentimientos ambivalentes, Betsy. Yo te juro que fui a Sevilla inocentemente y sin pensar en los posibles malentendidos que podría traer mi ausencia.

Aunque nadie nos vio salir a *Mrs.* Dawson y a mí. Yo procuré que nadie nos viera. El demonio intervino en eso. Soleá me contó la pelea con todos los detalles y luego me preguntó dónde había dormido. Ese «dónde» era, en cierto modo, un «con quién». Yo le respondí con vaguedades que la intrigaron más. A eso se llama aquí «dar pábulo». Pero lo hacía inocentemente. Te lo juro.

59. *equimosis*: contusión, cardenal, moradura.
60. *KO*: iniciales de *knock out*; en boxeo, dejar fuera de combate.

Aunque el príncipe dijo que me presentaría a su madre, parecía haberlo olvidado. Tal vez estaba con ella ayudándola a probarse zapatos.

La gente del velorio, sin dejar de rezar, bebía y fumaba. Comían unas galletas que olían a anís y a otras especias, con las cuales algunos campesinos dicen que matan un gusanillo que tienen en el estómago. ¡Y luego habla Curro de los perforantes de América!

La proximidad del muerto les daba a todos mucha propensión, querida. La gente del velorio entre vaso y vaso reía. Tenían todos la risa fácil. Entre los intervalos de las risas se oía por el balcón entreabierto una lechuza que debía de estar en el tejado. Es verdad que los búhos acuden a los velorios y silban en el tejado[61], al menos en Andalucía.

Un amigo de Curro dijo que hacía dos años que este estaba en una piscina nadando, cuando se detuvo en medio del agua y, sacando del cinto un paquete de cigarrillos, encendió uno y se puso a fumar. Luego guardó el paquete y las cerillas debajo del agua. Nadie podía comprenderlo y menos las muchachas. Curro les enseñó los cigarrillos y las cerillas protegidos por una bolsita de goma que llaman higiénica. Una bolsita transparente y elástica. Las muchachas, que eran hijas de familia, preguntaban dónde se compraban aquellas gomas transparentes, y Curro les decía alegremente: «En la farmacia». Y añadía: «Para los cigarrillos que fumo yo, son las mejores». Los cigarrillos de Curro eran *Bisontes*[62].

Las chicas recorrieron las farmacias aquellos días pidiendo goma higiénica[63], y los boticarios, escandalizados, no sabían qué hacer. Alguna muchacha decía:

—Son para mis *Bisontes*.

---

61. La lechuza y el búho simbolizan la muerte, quizá por su ulular lúgubre.
62. *Bisontes*: la popular marca de cigarrillos reproducía uno de los bisontes de la cueva de Altamira en la cajetilla.
63. *goma higiénica*: profiláctico.

Los farmacéuticos entendían menos. Esa clase de bromas es muy de Curro y no se extrañaba nadie oyéndolas, ni siquiera el cura. También él tenía algo que contar. Un amigo suyo de una aldeíta vecina decía las misas de encargo por seis reales, y al saberlo el obispo le amonestó: «Está usted envileciendo el santo sacrificio. Decir misas por seis reales revela una gran falta de decoro». Y el cura respondió: «Señor obispo, si viera usted esas misas no daría por ellas ni treinta céntimos».

El cura contó también casos curiosos de confesiones de campesinos o de gitanos. Preguntó a un campesino en el confesonario si tenía bula de Pascuas[64], y el campesino entendió mal y dijo: «Mula, no, señor, pero tengo un macho que labra más que Cristo».

La lechuza silbaba en el alero otra vez.

Algunos contaban cuentos de veras indecentes. Eran tan sucios que yo no los entendía. Otros eran un poco más decorosos. Un comerciante contó el cuento del yanqui que va a Roma y ofrece seis millones al Pontífice a condición de que todos los curas del mundo, cuando dicen misa, en lugar de decir *Dominus vobiscum*, digan: «Tomad Coca-Cola». Otro contó el del artillero mexicano a quien toca la lotería y dice que va a comprarse un cañoncito y a trabajar por su cuenta. Yo no quise ser menos y conté el del *gentleman* inglés que la policía encuentra borracho en la calle y que, al identificarse, dice que trabaja en la Liga Antialcohólica como *mal ejemplo*.

Se oyó otra vez la lechuza en el tejado. Todos callaron y se la oyó cantar dos veces más. Durante algunos momentos tuve miedo. Aquella zumaya[65] cambiaba un poco el sentido de las cosas.

El *Tripa* contó también su cuento sobre un tal Currito, el de Lucena. Un médico joven fue llamado para asistir a un parto en un

---

64. *bula de Pascuas*: excepción a la abstinencia que concede la Iglesia como privilegio; dependiendo del tipo, el poseedor de una bula podía comer carne durante la Cuaresma y la Semana Santa.
65. *zumaya*: autillo, ave rapaz nocturna parecida a la lechuza.

cortijo, y después del parto preguntó por el padre, para felicitarlo, y le dijeron: «La madre es soltera y el padre es un tal Curro, el de Lucena». Pocos días después sucedió lo mismo en otro cortijo bastante lejos y un mes después en un tercer lugar, también apartado. El padre era siempre Currito, el carpintero de Lucena. Por fin, estando un día el médico de paso en Lucena, quiso conocer a aquel hombre. Le dijeron dónde vivía y se dirigió a su taller. Encontró un hombre de unos setenta años serrando madera, le dijo lo que había sucedido y le preguntó si el autor de todo aquello era algún hijo suyo.

—No, señor; es posible que sea yo mismo.

—¿Pero a su edad y... en tantos lugares?

—Es que... tengo una bicicleta.

La gente reía y Pérez decía a Soleá que se acostara a dormir, porque se veía muy fatigada.

Soleá me dijo mirando una vez más a su padre:

—El día que salió de mi casa comprendí que era la muerte quien se lo llevaba al pobrecito. Y ya ve si salió verdad.

Aquellas palabras me hicieron sospechar si el príncipe que se había llevado a su padre, aquel hombre flaco y propenso, sería la muerte. Esta idea no se apartaba de mí y tú comprendes, Betsy, que era producto de la fatiga nerviosa.

Entre tanto, el *Tripa* había desaparecido con el príncipe. Este quería saber noticias de otras personas de su clase o de la clase del *Tripa*; es decir, toreros y bailarinas. Recientemente había muerto un torero en la plaza de Écija. Y el *Tripa*, que sabía siempre las razones secretas de las cosas, explicaba la muerte del torero de la siguiente manera: «El muchacho estaba casado y enamorado y tenía por costumbre el día antes de cada corrida, al ir a dormir, pedir a su vieja madre que fuera a pasar la noche al cuarto matrimonial en otra cama que tenían siempre dispuesta. Así la presencia de la madre suprimía el deseo amoroso en el torero, quien al día siguiente se sentía más íntegro y firme sobre sus piernas, en la plaza». ¿No es delicado esto?

Pero la madre era vieja y murió. Y poco después el torero enamorado fue cogido y corneado por un toro en la arena. Pobrecito. Hablar de estas cosas allí con el muerto en la casa era como un misterio antiguo.

Yo miraba el ojo morado de Curro y él ladeaba un poco la cabeza para ocultarlo, aunque tardíamente.

En el pasillo, que estaba un poco oscuro, tuve la impresión otra vez de la proximidad del príncipe, pero no apareció. Debía de estar ayudando a su madre a probarse zapatos.

El que llegó fue *Tripa*, y me dijo un piropo. Luego se disculpó:

—Ya sé que yo podría ser su papaíto, no crea que no caigo en la cuenta.

—Usted no es tan viejo —le dije—. Su pelo está negro todavía.

—Cada día más negro, eso es lo malo. Cada día más negro.

Quería decir que se lo teñía. ¿No es *charming* ese sentido del humor?

—Ahora bien —añadió—, mi pelo es mío, de verdad. No soy como el señor duque, que lleva peluquín.

Betsy, las cosas llegan a ese nivel en que parecen comenzar a mostrar su reverso grotesco. Curro tenía un ojo negro. Quin, otro color violeta. El duque usaba bisoñé. Soleá era Celestina *amateur;* su padre, muerto, tenía el bigote rizado; los amigos que le sobrevivían mataban el gusanillo y al mismo tiempo contaban cosas procaces[66]. Quin me miraba desde lejos y de medio lado. No se atrevía a entrar en la sala mortuoria ni a acercarse a mí. Me huía. Por mi parte, insisto en que estoy un poco demasiado vista aquí en la Bética. Todo parece que comienza a ir hacia abajo menos mi tesis. En fin, cansada de oír rezar y contar cuentos, salí al campo buscando aire fresco. Fui sola hacia las instalaciones de los cerdos. Me acerqué a ver el verraco, que, naturalmente, no estaba visible. Y pensaba cosas extravagantes, cuando oí una voz (parecía salir de las cochiqueras) que decía:

66. *procaces*: desvergonzadas, licenciosas.

En un patio de verdín
había un potro potranquín...

Era el *Trianero*, que estaba contento, porque su mujer había dado a luz. En un árbol se oía un ruiseñor. Yo lo dije y el *Trianero* replicó:

—Aquí no hay más ruiseñor que usted. Usted es un ruiseñor..., digo una ruiseñora.

—Más bien una ruiseñorita —rectifiqué yo.

Pero comienzo a sentirme a disgusto en todas partes. El príncipe me parece la muerte con bisoñé, el muerto me atemoriza, y hace poco tenía miedo también a los cuentos procaces. Si no fuera por los ojos de luto de Curro y de Quin, yo diría que los hombres han comenzado a no tomarme en serio. Pero aquellos ojos parecían un testimonio de lo contrario. (Lo digo viendo la cosa objetivamente.) Así debían de ser las pasiones en el alto Neolítico y en la Edad del Bronce. Lo pienso —repito— con un sentimiento de objetividad histórica (quiero decir que no se trata, Betsy, de frívola vanidad femenina).

Pero ahora prepárate, amiga mía. Tengo una noticia. Richard me ha enviado un cable que dice: «He comprado una sortija de petición de mano y si no te acercas un poco no te la puedo poner, porque hay demasiada agua por medio». ¿No es un telegrama *cute*? No sé qué hacer. Si Richard supiera español y fuera tan gitano como Curro, tal vez yo le cantaría aquello de:

Como pajarito nuevo
que está en er cañaveral,
me atrapaste con señuelo[67]
a la primera volá.

67. *señuelo*: ave destinada a atraer otras aves; trampa, lazo.

Porque yo fui su primera novia y quiere que siga siéndolo, como ves. ¿No es conmovedor? Sin embargo, no sé qué hacer. Es pronto para casarme. Tengo que acabar mi tesis y pensar si debo doctorarme o no.

Volví al cuarto del velorio. Para quitarme la obsesión de las almendras amargas pedí una copa de anís. La bebí con cierta repugnancia, porque me recordaba los horribles *licorice sticks* que chupábamos de niñas.

La gente estaba fatigada. Pérez decía que un día le preguntó a Rafael Guerra[68] quién era el primer torero, y él volvió lentamente la cabeza y dijo:

—El primero soy yo, er segundo yo, er tercero yo, el cuarto naide y luego vienen los demás.

Según Pérez, aun los días en que Guerra quedaba mal en la plaza no podía ser sino su propio segundo y su propio tercero. Yo estaba de pie junto a una puerta. Había un gran silencio dramático. Cuando quise darme cuenta, sentí la mano del príncipe que me tomaba del brazo; una mano delgada pero no flaca, cubierta de pelusa rojiza. ¡Qué amable el príncipe! Con su blanquísima ropa interior, su cadenita de platino en la muñeca, su inglés inmaculado... Pero me acordé de su peluquín y lo miré a la cabeza, recelosa. Él sonrió. En su sonrisa descubrí algunas grapas de platino en los dientes. Una parte de su dentadura es, quizá, postiza, y se la quita y pone a voluntad. Otra cosa incómoda para mí, la verdad.

—Venga usted —dijo él una vez más.

—¿Adónde?

—A presentarla a mi madre, criatura. ¿No se acuerda que se lo prometí ayer?

Salimos otra vez, llevándonos detrás las miradas de Curro y de Quin. Poco a poco los muros parecían mejor cuidados y decorados.

---

68. *Rafael Guerra, Guerrita*: matador de toros (1862-1941) y excepcional banderillero, dominó con gran maestría todas las suertes del toreo.

Subimos un pequeño tramo de escaleras y entramos en un corredor lleno de tapices y de retratos de época. «Ya estamos», dijo él. Yo miraba curiosa a todas partes, cuando apareció un sirviente de frac y el duque me dijo en inglés: «Este es sobrino de la Faraona y entre sus parientes están los más famosos ladrones de Andalucía». Le dije que a mí me habría dado miedo tener un sirviente como aquel dentro de casa, y el príncipe soltó a reír:

—¡Es más peligroso fuera!

Supongo que el criado está en la casa como agente de enlace —digámoslo así— con la gente del campo; es decir, los bandidos o caballistas[69], como dicen por estas tierras.

A la vuelta de un pasillo apareció una doncella y dijo al duque: «La señora estaba aquí, pero se fue no sé adónde». Un poco extrañado, el duque me soltó el brazo y abrió la puerta que había enfrente. Al abrirla apareció una saleta con un espejo grande al fondo. Pude ver en el espejo a la doncella que se volvía disimuladamente a mis espaldas y me miraba con ironía. Por aquella ironía yo comprendí (las mujeres no nos equivocamos) que la doncella había probado también los huevos fritos con sal.

En algún lugar había una ventana abierta y se oía música de clavecín[70] que parecía entrar de fuera. «¿Quién toca?», pregunté. Y el príncipe dijo: «La radio debe de ser». Salimos. La música se había interrumpido. A veces se oían rezos a coro y de pronto risas y voces animadas. El duque me decía:

—¿Piensa usted volver a América?

Sin esperar mi respuesta dijo que América era un continente bastardo y que la promiscuidad[71] daba allí frutos inferiores. Yo no

69. *caballistas*: en Andalucía, ladrones de a caballo.
70. *clavecín*: clavicordio, antiguo instrumento musical de cuerda, precursor del piano.
71. *promiscuidad*: conducta sexual que se caracteriza por la multiplicación de parejas con las que tiene relaciones una persona.

sé de qué promiscuidad hablaba ni de qué frutos. Estábamos fuera de la casa y paseábamos en las sombras.

La música de clavecín tocaba un minueto[72] de Mozart[73]. Y en aquel momento asomaba la luna entre las nubes y vertía su luz frente a las cochiqueras. Cosa rara. Allí mismo vimos a la anciana duquesa vestida según la moda de 1850 con su bastón de plata, muy ajustado el corpiño[74] blanco y haciendo movimientos de baile, inclinaciones y cortesías al compás del clavecín. El duque quiso disculparla cuando yo dije:

—Pero es encantadora su madre.

—Es que —insistió él— los zapatos que colecciona deben ser usados para que tengan valor y por eso sale con ellos puestos.

Llevaba la duquesa su bastón de plata y en la otra mano un pañuelo de encajes colgando. Y avanzaba, retrocedía, hacía una cortesía a la derecha, otra a la izquierda, daba un brinquito y se contorneaba[75]. Siempre siguiendo el ritmo de la música.

—Es que los zapatos deben ser usados antes de guardarlos en la vitrina —repetía el duque, un poco avergonzado.

Le hice retroceder y nos ocultamos en las sombras. El duque seguía hablando en voz baja y decía que cuando alguien moría en el rancho su madre perdía un poco el sentido de la realidad.

Pero ella seguía bailando al son del lejano clavecín. Como era tan vieja tenía una rigidez de cintura que la hacía parecer una gran muñeca. Pero daba sus saltitos a un lado y al otro con una agilidad infantil.

---

72. *minueto*: composición musical de compás ternario y movimiento moderado, que se intercala entre los tiempos de una sonata, un cuarteto o una sinfonía.
73. *Wolfgang Amadeus Mozart*: compositor austriaco (1756-1791), autor de óperas (*Las bodas de Fígaro, Don Giovanni, La flauta mágica...*), música de cámara (cuarenta y una sinfonías, veintisiete conciertos para piano...) y obras corales (*Misa de réquiem*).
74. *corpiño*: blusa sin mangas ceñida al cuerpo.
75. *contornear*: girar sobre sí mismo.

Lo único que me parecía infausto[76] a mí era que hiciera todo aquello frente al verraco mayor. Sin duda ella no se daba cuenta, pero yo asociaba el baile al cerdo del cigarro y del sombrero de gala. No podía remediarlo.

—Es muy anciana mi madre.

Yo le decía que debía sentirse gratificado por la promesa de una verde vejez también saludable y danzadora si salía a ella.

Como no había luna sino en el lugar donde la vieja duquesa bailaba, nos disimulábamos mejor en las sombras. Seguía la danza y el clavicémbalo[77] cuando se oyó a cierta distancia el gañido[78] feísimo de un ave. El duque dijo:

—Ahora mi madre dejará de bailar, porque esa ave que ha cantado es un pavo real blanco que le da miedo. Así como para otros el ave de la muerte es la zumaya, para ella es el pavo real blanco.

Y así fue. La viejecita dejó de bailar y desapareció corriendo en las sombras.

En vano la seguimos y tratamos de encontrarla. Entre tanto, el duque me decía que su madre era encantadora realmente, pero muy beata. «Si sabe que usted es protestante —me advirtió—, le tomará inquina[79].» Quedamos en que yo no hablaría nunca de religión con ella.

Volvió a oírse el gañido del pavo real, y el duque, bajando la voz, cantó para mí:

De amores lloraba un pavo real
en la fuente de la alegría...

—Eso es un fandanguillo[80] —dije yo.

76. *infausto*: desafortunado, desatinado, oprobioso.
77. *clavicémbalo*: clavecín.
78. *gañido*: quejido.
79. *inquina*: odio, animadversión.
80. *fandanguillo*: tipo de cante andaluz acompañado con música de guitarra, castañuelas y platillos; de tres tiempos, su movimiento es vivo y apasionado.

—¿Es posible que sepa usted tanto de música flamenca?

Yo no quiero que me digas,
yo no quiero que me digas...

—Bulerías —dije.
—¿Y esta?

Las gitanas son primores
y se hacen sobre la frente
con los pelos caracoles...

—Tientos[81].

Iba el duque a besarme cuando oímos pasos. Escuchamos y en aquel silencio se oyó también el llanto de un bebé.

—La muerte por un lado —dijo el duque—, la vida por otro y por otro todavía, yo.

—¿Qué pasa con usted?

—Que no estoy en la vida ni en la muerte, sino fuera de la una y de la otra.

No sabía cómo entender aquello. Yo pensé que el duque trataba de hacerse interesante. Nos dirigimos a la casa del *Trianero,* y viendo que yo no hablaba, el duque se puso a decir que en España el ave de la muerte tiene muchos nombres: zumaya, lechuza, búho, corneja, mochuelo, comadreja y otros menos sabidos como bujarra, coruja, oliva...

El pavo real graznaba o gañía (no sé cómo se dice) lejos otra vez. Entonces se vio de nuevo la luna (había nubes que se abrían y cerraban) y se volvió a oír el minueto. Contuvimos el aliento y miramos a un lugar y otro esperando ver aparecer a la vieja duquesa bailando. Pero no la vimos.

---

81. *tientos:* cante andaluz con letra de tres versos octosílabos.

CARTA X

EL ACABOSE[1] EN LOS GAZULES

Querida Betsy, continúo la carta anterior desde el cortijo. Te esperan al final algunas sorpresas.

Era de noche. Un perro gruñía en las sombras. Parecía que todo dormía alrededor. Pensaba yo: «¿Qué dirá Curro si sabe que voy con el duque por estos lugares a medianoche, la hora de las brujas? (Que diga misa[2].)». Alguien salió de las sombras y nos dijo con una voz que yo diría servil:

—La señora duquesa debe de estar en er molino.

Se trata de un molino antiguo de aceituna que ya no funciona y que ocupa un edificio de piedra, cuyas puertas, ventanas y techos parecen rezumar aceite todavía. El duque preguntaba: «¿Qué puede hacer allí mi madre?». Yo pensaba para mí: bailar el minueto con sus zapatos de seda blanca, su bastón de plata y su pañuelo de encajes. ¿Le parece poco?

En el molino solo había dos o tres docenas de gallinas y un gallo que salió a nuestro encuentro desafiador con pasos también de minueto. El duque recordó que llevaba en el bolsillo una linterna eléctrica no más grande que una pluma fuente[3] y la encendió. Vertió la luz alrededor y dijo:

—Este molino funcionaba ya en tiempos de los romanos.

1. *el acabose*: lo último; suele tener sentido peyorativo: ruina, desastre.
2. *que diga misa*: que le tiene sin cuidado lo que Curro pueda pensar o decir.
3. *pluma fuente*: pluma estilográfica.

Era aquel lugar muy alto de techos. Una viga de contornos cuadrados y de más de un metro de grosor por cada lado lo atravesaba en diagonal y descansaba sobre una especie de torno. La viga pesaría tres o cuatro toneladas al menos. En el centro había un poste y una rueda horizontal con cinco palos saledizos, en cada uno de los cuales, según dijo el duque, empujaba antiguamente un esclavo desnudo para subir el osillo (así lo llaman). Cuando la viga estaba alta ponían debajo una columna de capachos[4] de aceituna. Entonces iban dejando caer la viga poco a poco con todo su peso y el aceite resbalaba para recogerse en una gran poceta circular.

La columna, la viga y la poceta parecían impregnadas de aceite también. Había en el suelo escoria[5] de aceitunas machacadas y secas. El duque cogió un puñado y dijo: «Esto se llama orujo». Parece que cuando se seca es un buen combustible.

Estaba yo absorta ante la rueda de los esclavos de la columna central y pensaba en aquel romano que se llamaba Plauto[6] y que escribió obras importantes de teatro sin dejar de ser esclavo y de trabajar como un pobre animal de tiro.

—¡Qué bueno es ser joven e interesarse por Plauto! —dijo el duque con un aire ligeramente superior.

Fue a besarme, pero me excusé diciendo que aquel lugar era incómodo. Ciertamente yo creo —tal vez era ilusión— que olía a aceite desde los tiempos de Séneca[7].

A mí me ofende el recuerdo de la esclavitud, la verdad. Con objeto de ver de cerca cómo se sentían aquellos pobres esclavos avancé y

---

4. *capachos*: cestas con asas de esparto.
5. *escoria*: residuos, restos.
6. *Tito Maccio Plauto*: comediógrafo latino (254-184 a. C.), autor de farsas con las que alcanzó gran popularidad, como *Miles gloriosus (El soldado fanfarrón), Amphitruo (Anfitrión), Aulularia (La ollita)*, etc. Quien llegó a Roma como esclavo fue Terencio, su sucesor en la escena romana.
7. *Lucio Anneo Séneca*: filósofo (4 a. C.-65 d. C.), natural de Córdoba, senador con Calígula y preceptor de Nerón, quien lo mandó matar. Fue seguidor y representante de la filosofía estoica; destacó por sus reflexiones morales.

bajé la hoya circular donde se instalaban para su trabajo cada día. Me puse en la misma posición y empujé con fuerza.

—Nunca podría levantar la viga usted sola, criatura —reía el duque.

—¿Qué hace usted ahí? Venga a ayudarme.

—Linda esclavita —dijo él con un gorjeo[8] un poco femenino—, salga de ahí que le doy la libertad ahora mismo. Aunque las mujeres, ¿para qué quieren la libertad?

—En América no haría nadie esa pregunta —le dije yo—. A todos nos gusta la libertad. No es como aquí.

—¿Qué pasa aquí?

—Usted, por ejemplo, dice que es enemigo del régimen[9], pero no se le ocurre sino traer al viejo padre de Soleá aquí y ayudarle a bien morir.

Tardó un momento en contestar el duque y por fin dijo:

—Tiene usted razón. Somos cobardes.

Otra vez quiso abrazarme y yo me evadí con un movimiento diagonal y salté fuera de la hoya de los esclavos.

Al salir del molino se nos acercó alguien con una linterna y fue delante alumbrando. Dijo que la señora estaba en casa del *Trianero*. La mancha luminosa de la pluma fuente del duque volaba por las sombras de alrededor como un ave indefinible.

Llegamos pronto, y el *Trianero* no sabía qué hacer para agasajarnos[10]. Allí estaba la vieja duquesa con su traje blanco y su bastón de plata y una copa de anís en la mano. Tenía la cara arrugada, pero pintada como una gran muñeca. El duque nos presentó y la duquesa me miró de reojo dudando si valía la pena tomarme en serio.

---

8. *gorjeo*: quiebro de la voz.
9. *régimen*: se refiere a la dictadura del general Francisco Franco.
10. *agasajar*: atender, obsequiar.

—Soy la madrina —dijo por fin, y añadió dirigiéndose a su hijo—: mañana bautizamos a la niña y le pondremos el santo del día: san Bartolomé apóstol.

—Ese nombre es más aparente para niño —se apresuró a decir el padre rascándose detrás de la oreja.

—Cállate, zopenco. ¿Tú qué sabes?

—No le va el nombre, señora, a la criaturita. ¡Por san Juan Bautista que no le va!

La duquesa golpeaba el suelo con el bastón:

—Todos los nombres pueden ser de niño o de niña a voluntad. La niña se llamará Bartolomea. ¿Qué hay de malo?

El duque sonrió y el *Trianero* buscó su apoyo:

—No es por ná, pero resulta una mijita demasiada guasa, señor duque.

—Calla, zoquete —dijo la duquesa—. Ya sé que a la niña quieres ponerle Macarena, pero, ¿dónde está Santa Macarena? ¿Es que os parece gitano y torero eso de la Macarena, verdad? La niña se llamará como el santo del día: Bartolomea.

Se oía graznar el pavo real blanco y la duquesa parpadeaba, nerviosa. El *Trianero* siguió:

—Es un suponer que en todas partes donde la niña diga que se llama Bartolomea habrá su choteo por el mor[11] de Bartolo. *Bartolomea*. Es decir, pis, dicho sea con respeto.

—¿Qué es eso del pis, cochino?

No podía el duque aguantar la risa y disculpándose con su madre salimos de allí. Ya fuera rio a su gusto.

Reía a carcajadas en varios tonos, histéricamente. No entendía aquellas risas y sigo sin entenderlas, pero estuvieron el *Trianero* y la duquesa toda la noche discutiendo el nombre de la niña sin ceder ninguna de las dos partes.

11. *mor*: a causa de.

Dormí esa noche, de veras, en el cortijo, en el mismo cuarto de Soleá, que estuvo explicándome que no era Celestina de las que cobran ni de las otras, aunque a veces ayudaba a los amantes amigos que conocía teniéndoles la vela[12]. No sé qué vela, porque por aquí hay luz eléctrica en todas partes, hasta en las casetas de los cerdos. Yo le hablé del problema de la duquesa con el nombre del bebé. Y al decirlo —Bartolomea— también Soleá soltó a reír. Debe de ser uno de esos pequeños misterios tartesios que los extranjeros no podemos entender.

Al día siguiente Curro me hizo una escena tremenda. Yo pensaba que esta vez iba a derrumbarse el firmamento de verdad. Curro dijo que iba a darle «un mandao» al duque que no volverían a quedarle ganas de arrimarse a mí y que a su edad estaba más para que lo sacaran al sol en una silla de ruedas que para andar haciendo la corte a las mujeres.

Y que con pergaminos[13] y sin ellos el duque era un panoli. Eso decía. Ya ves, Betsy.

Ha desarrollado Curro un odio venenoso contra el duque, sobre todo desde ayer. ¡Pues no cree que he pasado yo la noche en su cuarto! Nunca entenderán estos tartesios que una cosa es el amor o una tesis académica y otra que seamos libertinas[14]. Me dice Curro que el duque, vestido de gala con el uniforme del *navy*, es cosa de ver y que el día del aniversario del Glorioso Alzamiento parece una carroza mortuoria puesta de pie con sus dorados y plumeros. También me dijo que, si a mano viene, caballistas hay en el monte que le darían un susto al duque y a su madre.

Un buen susto entre los carrascales[15] —eso dijo— de Sierra Morena[16].

12. *teniéndoles la vela*: se trata de una expresión criolla que significa prestar ayuda a alguien en una aventura amorosa.
13. *pergaminos*: títulos nobiliarios.
14. *libertinas*: licenciosas, promiscuas.
15. *carrascales*: terrenos donde abundan las matas de encinas.
16. *Sierra Morena*: región montañosa del sur de España que separa la meseta castellana de Andalucía.

Me acordé de *Los verracos* a quienes ataba el zapato Napoleón. Y mirando a Curro y viendo su ojo morado, y al saber que Quin y Clamores se habían ido a Sevilla sin despedirse de mí, pensé que Curro estaba llevando las cosas a un camino demasiado peculiar. Eso me asusta un poco. De veras, Betsy.

Pedí el teléfono al duque y el viejo galán me condujo a una cabina tapizada de seda color rosa. Llamé a Sevilla. Cuando me la dieron, el duque se retiró y cerró la puerta de cristales.

Yo puse un telegrama a Pensilvania. Sensación. Betsy. El telegrama, ¿para quién, dirás? Para Richard aceptando su anillo de boda y diciéndole que señale la fecha, porque regreso a Pensilvania en el primer avión donde consiga un asiento. ¿Qué te parece? No lo esperabas tú, Betsy. Confiésalo. Es un verdadero golpe para todos.

Bien mirado, el matrimonio es una cosa seria y creo que debo casarme con el primer novio que tuve: Richard.

Pregunté a la central el precio del telegrama y me dijeron que colgara, y que llamarían para decírmelo. Mientras lo tasaban, abrí la puerta de cristales de la cabina y le conté al duque lo que había dicho Curro sobre el susto que podía darle a él —al duque— con sus amigos caballistas. No creas que lo dije por agravar la situación entre ellos, sino solo porque las reacciones pasionales de la antigua Tartesos me interesan de un modo académico y objetivo. Y quería ver lo que sucedía.

El duque me miró distante y glacial y dijo:

—A *Los verracos* los ahorcaron, según dicen. Si Curro fuera un caballero podríamos batirnos[17], pero siendo un plebeyo[18] y un gitano me conformaré, si el caso llega, con hacerlo apalear por mis criados en las escaleras de mi casa. Puede decírselo cuando quiera.

¿Yo? Dios me libre. Estoy segura de que si le dijera una cosa así a Curro —plebeyo o no— en veinticuatro horas desaparecería el duque

17. *batirse*: enfrentarse en un duelo.
18. *plebeyo*: sin nobleza, de condición humilde.

y tal vez yo misma. Los caballistas nos llevarían a él y a mí a alguna cueva en Sierra Morena con los ojos vendados y pedirían millones de beatas de rescate. O matarían al duque al modo árabe, es decir, poniendo su cabeza en la dirección del sol naciente y rebanándole el pasapán[19] (horrible paranomasia[20]). A mí no me harían nada, porque soy extranjera.

Verdad es que si todo esto sucediera podría yo sacar el *copyright* de la información y venderla a un sindicato de prensa de los Estados Unidos. Yo en Sierra Morena con el duque, en manos de los bandidos caballerosos y románticos. *Big money*, Betsy. Pero siempre he sido generosa y prudente. Así pues, la carroza funeral, por lo que a mí toca, seguirá de pie en el aniversario del Glorioso Alzamiento, con su bisoñé, sus dientes y sus plumeros blancos. Lástima, porque con el dinero de la historia del *kidnaping* me habría salido gratis el viaje y la estancia en Sevilla, y, además, al volver a los Estados Unidos podría comprar un *corvette*[21] rojo, que es mi pasión. Pero no hay ni que pensar. Pobre duque.

Abrí más la puerta de la cabina del teléfono, porque el aire se ponía pesado y el duque entró. No había sitio para uno y estábamos dos. Más que una cabina era un estuche tapizado de seda y nosotros éramos las joyas. Cerró la puerta. Una lámpara azulina muy pequeña iluminaba el techo pompeyano. Yo le dije al duque:

—¿Sabe usted una cosa, *your highness*?

—¡Qué tontería! —rio él—. No me llame *your highness*.

—¿Sabe usted que con ese telegrama he aceptado una proposición de matrimonio?

—Lo siento —dijo él—. Lo siento con toda mi alma.

19. *rebanar el pasapán*: cortar el cuello, degollar.
20. *paranomasia*: palabras que tienen sonido parecido pero significado diferente: en este caso, *pan* y *pasapán* (garganta).
21. *corvette*: el Chevrolet Corvette es un automóvil deportivo fabricado por la marca estadounidense Chevrolet desde el año 1953.

Iba yo a decir que la cosa tenía arreglo, pero se adelantó el duque a deshacer el equívoco:

—Lo digo, porque, siempre que se casa una mujer bonita, todos los hombres perdemos algo. Incluso yo, a pesar de mi edad.

El *rascal* daba marcha atrás. Vio mi intención y yo vi su alarma. La verdad es que acordándome del molino de aceite, de la rueda de los esclavos y del pobre Plauto se me atragantaba el embeleco.

La cabina era muy pequeña y parecía, repito, un estuche de lujo. El duque trataba de ver hacia afuera por la puerta de cristales.

—Este decorado —dije por decir— es pompeyano.

Se acercó más el duque y yo sentí una de sus rodillas contra la mía.

—¿En qué se distingue el decorado pompeyano?

Miré alrededor y dije pedantemente:

—El arte pompeyano es distinto de los otros porque la cuestión consiste aquí en la manera de distribuir los espacios blancos. ¿Ve usted?

—¿Qué blancos, linda oceánida[22]?

Eh, Betsy. Oceánida. Estaba bien llamarnos a las americanas así: oceánidas. Suena muy lindo.

—En otras partes —expliqué— el problema está en llenar esos vacíos. Pero aquí se trata solo de distribuirlos de un cierto modo. ¿Ve ahí un ánfora? Un ánfora esbelta de cuyo gollete[23] salen rayas verticales que enlazan más arriba con otra ánfora.

Estábamos muy apretados, la verdad. El duque señalaba algo en el muro:

—Pero esto es un ramillete. Mi esposa, que en paz descanse, era vasca y solía cantar aquello de:

---

22. *oceánida*: en la mitología griega, hija de Océano. El marqués da este calificativo a Nancy porque procede de Estados Unidos, al otro lado del océano.
23. *gollete*: cuello estrecho que tienen algunas vasijas, como las ánforas.

... al ramillete.
Santurce, Bilbao
y Portugalete.

—Eso tiene ritmo de baile antiguo —dije yo.

—Y lo es. Pero ella, digo mi esposa, no bailaba. Al menos no iba a bailar frente a las cochiqueras como mi madre.

Quiso el duque pasarse la mano por la cabeza, pero tropezó con la lámpara del techo. Yo le expliqué:

—Son *guirlandas.*

—Guirnaldas —corrigió él.

El decorado es por paneles color rosa. Con una orla que tiene ánforas, *guirnaldas* y grecas de diferentes clases. Estilo pompeyano.

Y dije tres versos de Shakespeare —del drama *Julio César*— traducidos al español:

> *Vosotros, bloques, piedras como cosas inertes,*
> *corazones sin sangre, crueles hombres de Roma,*
> *¿no conocisteis Pompeya?*[24]

Entonces, el duque se arrodilló a mis pies tembloroso de emoción y recitó en inglés unos versos de Shakespeare, también del mismo drama, cambiando el nombre de Pompeyo por el mío:

> *Even at the base of my Nancy statue*
> *which all the while ran blood, great Cesar fell.*

—No veo sangre por ninguna parte —dije yo.

—Tampoco yo soy César. ¿Oye usted, hermosa oceánida?

24. Acto I, escena I, sustituyendo el nombre de Pompeyo por el de Pompeya.

En todo caso, el duque es hombre culto también. Yo seguí:

—Ese tipo de decorado es muy frecuente en los libros antiguos, porque la tipografía es también el arte de distribuir los blancos, es decir, de administrarlos. ¡Oh Pompeya[25] bajo las cenizas del cataclismo!

Me miraba el duque en éxtasis desde abajo —seguía arrodillado— y repetía pensativo: «Los blancos». El aire de la cabina se ponía caliente. Tú dirás por qué no salíamos. Yo estaba esperando la llamada del teléfono. Comenzaba a oler también a almendras amargas (como el cuarto funeral) y el duque no quería abrir.

—Volutas[26] —dije yo—. Y tréboles. Estos son tréboles. Estos adornos se llaman vermiculados[27]. Y estos tan pequeñitos y delicados son quinquefolios[28].

—¡Cielos! ¿Y sabiendo tanto se va a Pensilvania?

—No lo diga usted a nadie —le pedí riendo— hasta que me vaya. No querría que se enterara Curro. No es bueno que lo sepa todavía.

La luz dentro de la cabina daba calor. Los ojos del duque arrodillado eran más claros que antes y su piel porosa y dorada se perlaba[29] de sudor.

—¿Es que le ha prometido usted a Curro casarse con él? —preguntaba el duque sin levantarse.

—No, eso no.

—Entonces... Si le hubiera prometido matrimonio sería diferente, porque las ilusiones del gitano se expanden como los gases y quién sabe qué alturas alcanzan.

—No hable así de Curro.

---

25. *Pompeya*: ciudad de la Antigua Roma situada en la bahía de Nápoles. Quedó enterrada bajo toneladas de cenizas por la violenta erupción del Vesubio el 24 de agosto del año 79 d. C.
26. *volutas*: adornos en espiral utilizados en arquitectura.
27. *vermiculados*: adornos de forma irregular, como roeduras de gusanos.
28. *quinquefolios*: adornos en forma de cincoenrama, tipo de hierba.
29. *perlar*: cubrir o salpicar de gotas de agua, lágrimas, etc., en forma de perla.

—¿Por qué?

—No tiene Curro más que un octavo de gitano.

—Perdón, señorita. Curro tiene ocho octavos de gitano y uno de *son of a bitch*.

Yo reía viendo tan celoso al duque. La cabina se ponía divertida.

—Levántese —le dije.

Y él recitó levantándose otras dos líneas de Shakespeare, esta vez en español:

Me hincaba de rodillas
y agradecía al cielo el amor de mi bella.

Comenzaba a oírse en el aire el clavicémbalo y el minueto igual que la noche anterior. Yo imaginaba a la madre del duque bailando frente a la casa del verraco.

Se acercaba el duque un poco más a mí. No comprendo cómo era posible acercarse más, ya que estábamos en un lugar donde era imposible estar separados. La seda roja reflejaba la luz sobre nuestras caras.

—Usted —dijo el duque— vino a Andalucía a hacer una tesis.

—Ya la tengo escrita en borrador. Por eso creo que debo volver a América —añadí mirando al teléfono. Pero no acababan de tasar el telegrama.

—No lo tasarán. Tengo una cuenta en la central y me pasarán el *bill* dentro de un mes o dos.

—Yo necesito pagárselo a usted antes de irme.

—Mientras esté usted en mi casa no hay que hablar de esas cosas.

Liberé mi brazo derecho y al mismo tiempo sonó en la caja del teléfono un timbre. Una sola nota, un poco tímida. Era como si el teléfono protestara de que hubiera tanta gente en la cabina y tanto calor.

—Otras cosas podría usted darme en lugar de dinero si fuera usted mi amiga verdadera.

Le eché los brazos al cuello y lo besé en la mejilla como una hija, pensando en los siete dólares que podría costar el telegrama. Luego fui a abrir la puerta, pero el duque puso el pie contra ella y lo impidió, porque era de esas puertas que se abren doblándose hacia dentro.

—Quiero que me explique más sobre el arte pompeyano —dijo con una expresión altiva.

Yo añadí como si estuviera en clase:

—Nació en los palacios de Pompeya, ciudad enterrada por las cenizas del Vesubio. ¿Ve usted? Esta es otra greca que se llama «posta» o «empostada». Oh, es obvio eso de las postas. Suélteme, por favor, la mano. ¿Los espacios vacíos? Todo arte actúa sobre un vacío que trata de llenar. Y no lo llena, sino que lo siembra, por decirlo así. Lo siembra con cosas que producen un contraste: lo vacío y lo ocupado. Es decir, la nada y el...

—El todo.

—No, no el todo, sino el «algo». Pero suélteme la mano, por favor. ¿No ve que transpiran las dos, la suya y la mía?

Hablábamos inglés en aquel momento.

—A mí no me molesta el sudor —dijo él alzando las cejas—. ¿Y a usted?

—A las mujeres suelen gustarnos las cosas que a ustedes les molestan, quiero decir que una piel áspera, sudorosa o peluda a nosotras nos parece muy bien. Pero aquí el aire se enrarece demasiado. ¿Verdad? No es que se enrarezca, yo diría que se caldea. Más aún, yo diría...

—Diga usted, criatura.

Se me ocurrió una pregunta gramatical:

—¿Tiene masculino esa palabra? Si yo soy una criatura, ¿podría decirse que usted es *un criaturo?*

—No —rio el duque—. Eso es un género que llaman epiceno[30].

---

30. *epiceno*: nombre que, con un solo género gramatical, designa indistintamente al macho y a la hembra: hiena, criatura, etc.

Añadió que no sabía una palabra de gramática y que perdería yo el tiempo si le hacía más preguntas. Aquello de *epiceno* era todo lo que recordaba de cuando fue estudiante. Y añadió:

—En español es igual que en inglés: epiceno. La palabra no tiene género, es decir sexo.

Al pronunciar esa última palabra —sexo— el duque se iluminó, se apagó y se volvió a iluminar en la cabina pompeyana. Digo, sus ojos.

Y los dos sudábamos bajo la lámpara.

—Epiceno quiere decir también —corregí yo— que tiene las cualidades de los dos sexos. Es decir, *hermafrodita*.

El aire se estaba poniendo imposible, pero la cabina era tan linda que no dije nada. Estábamos tan juntos que era una vergüenza. Y el calor era, de veras, obsceno.

Los espacios blancos —le dije con un acento subrayado con el que mostraba cierta impaciencia— representan el vacío en la decoración. El vacío. Lo más importante en todas las artes es el vacío.

—Eso ya me lo dijo antes. Dígame algo nuevo, señorita.

—Toda creación —añadí— consiste en dar énfasis funcional al vacío, más que en llenarlo. Y perdone que me ponga pedante, pero soy una estudiante americana trabajando en su tesis, una pobre esclava de la Filología y la Antropología histórica. ¿Ve usted? En cada ánfora, es decir, debajo y encima de cada ánfora, hay una insinuación de algo que se va a proyectar hacia el centro, pero que no se proyecta. Algo que comienza a salir y no sale, algo que quiere ocupar los vacíos del panel, pero se queda con la intención. Eso es lo mejor en las artes. La intención evidente y voluntariamente contenida. ¿Comprende?

Miraba el duque la seda de la tapicería, recogía la pierna izquierda y extendía la derecha:

—En la vida es posible que lo sea también —dijo.

Yo continuaba:

—Todo es insinuación en el arte pompeyano. Y nada se cumple realmente. No hay nada que podamos llamar acabado. Pero los espacios blancos tienen en los muros una misión: destacar mejor la figura de la mujer.

—¿Es posible?

El duque parecía dudar. Me tomó por los hombros y me puso contra el centro rosado de un panel aplastándome sin querer —creo yo, Betsy, aunque no lo juraría— un seno con su antebrazo. Luego suspiró enamorado y dramático:

—Es verdad. El decorado es como una orla.

En Roma—seguí yo— la mujer era más importante que en Grecia, donde se cultivaba demasiado la homosexualidad. Todo era en Roma para la mujer. Todo en Grecia, para el efebo[31].

El duque se ponía muy colorado o era, quizá, el reflejo de la seda del muro y del techo. Yo esperaba aún la llamada de la central para saber el precio del telegrama. Porque me habían dicho que llamarían. El duque seguía ruborizado y yo me preguntaba si sería por los efebos o por la seda del muro.

Estaba un poco asustada al ver que planteábamos aquellos temas en un espacio vital tan reducido y con tan poco aire. Me creí en el caso de continuar:

—Esas del techo son las únicas figuras humanas en el decorado de la cabina. Son pequeñas y graciosas, y están hechas con un molde, es decir, que no han sido dibujadas por un artista, sino copiadas de una manera mecánica. Yo las he visto antes en algún lugar, tal vez en Carmona, en la necrópolis. Es muy posible.

Las vi exactamente en el sepulcro de Postumio y representando el banquete fúnebre. Al fin y al cabo el de Postumio era un velorio como el del padre de Soleá. Pasábamos las manos por distintos lugares de la tapicería, a veces se reunían las mías y las de él y entonces él me las tomaba y me miraba con ternura, aunque todavía ruborizado. Las

---

31. *efebo*: adolescente que destaca por su belleza afeminada.

dos veces que quiso besarme y acercó su cara a la mía yo sentía en su respiración un olor agrio de dentadura falsa. O por lo menos lo que llamamos en los Estados Unidos *dentures*. Perdona, Betsy, que sea tan realista, pero si comencé un día a escribirte la pura y simple verdad, creo que debo seguir hasta el fin. (Y guarda estas cartas, porque podría ser que hiciéramos un día algo con ellas.)

La proximidad del príncipe no me hacía feliz, y no porque el príncipe me desagradara, sino porque habían acudido al corredor algunos criados y nos estaban viendo a través de la puerta de cristales. Desde dentro no se veía el corredor sino a duras penas (haciendo pantalla con las dos manos), porque la luz de la cabina se refractaba en los cristales. Se lo dije al duque y él alzó otra vez las cejas despreocupado, y dijo que en aquella casa nadie veía nada que no debiera ver.

—Los criados no son ciegos —protestaba yo.

—Para el caso lo son —y al decirlo me di cuenta de que una de sus manos estaba en mi cintura—. Supongamos que nos ven los criados. Bien. Nos ven. Es decir, para expresarse con exactitud: nos miran. Que nos vean o no es otra cosa. Y si nos ven no importa. ¿Usted se preocupa cuando la mira un gato, un perro, un insecto? Pues un criado es algo por el estilo. Miran y no miran.

—Son seres humanos. Pero ya veo, la esclavitud. Todavía la esclavitud. Pobre gente.

—No lo crea. Ellos me sirven y yo, siendo duque, los trato como a iguales. Se hacen la idea de que son mis amigos y con eso son felices. Tienen suerte. ¿Qué saco yo en cambio siendo amigo de nadie, por ejemplo, de usted?

—Bien, en todo caso yo me pregunto: ¿se puede saber qué hacemos aquí?

—Hablar.

—Hay otros sitios más adecuados para hablar.

Comenzaba a sentirme incómoda. Tenía sed.

—Lo que querría ahora —dije— es un buen *ice cream soda*.

Soltó a reír el príncipe como si hubiera dicho algo de veras gracioso. Fuera de la cabina no se veía nada, es decir, nos veíamos reflejados en los cristales el duque y yo. Pero suponía que estaban mirando los criados desde fuera. El duque añadió:

—Estamos como si fuéramos marido y mujer, pero no acostados, sino verticales. La nupcia vertical.

—No hay nupcia de ninguna clase, duque. Y suélteme la pierna, *please*, que es mía.

Él miraba las figuritas del techo y yo le dije una vez más:

—Alguien está ahí fuera mirándonos. Y quiera usted o no quiera, son seres humanos y nos ven.

Comenzaba a tener miedo. Aquel hombre que se había llevado de Sevilla al padre de Soleá para que muriera en Los Gazules me daba miedo. Tal vez quería que muriera en la cabina yo sofocada. Y fuera de la cabina había —repito— varias personas calladas y mirando. Esperando, tal vez, verme morir sofocada. El duque no hacía caso:

—Postumio —dijo soñador—. El banquete de Postumio. Debe de ser algo notable el banquete funeral de un tipo que se llama así. El nombre importa mucho. Los nombres tienen cualidades mágicas. ¿Sabe usted cuál es el mío?

—Confieso que no lo sé. Pero estamos muy incómodos.

—Esperemos un poco más, que venga mi madre. Hace treinta años mi madre me sorprendió aquí abrazado a una joven criatura que era vasca y que solía cantar eso de «Santurce, Bilbao y Portugalete...». Mi primera mujer. Mi madre nos vio, se escandalizó y me obligó a casarme. Vamos a esperarla ahora a mi madre, es decir..., si no tiene usted nada en contra.

(Fíjate bien, Betsy, que esto era una proposición de matrimonio en regla, ni más ni menos. Una proposición un poco barroca, como todas las cosas en Andalucía.) Yo le respondí:

—La gente hablará.

—¿Qué importa que hable la gente? Mi mundo es mío y de nadie más. Bueno, suyo también si lo quiere.

Estas palabras, Betsy, eran una reiteración de la proposición anterior, que así hacen las cosas los *grandees*. Yo estaba aparte comprobando algo muy importante: si mi sudor le molestaba a él o el suyo me molestaba a mí. Creo poder asegurar que no. Menos mal.

Alcé la cabeza y la moví a un lado y a otro, porque comenzaba a dolerme el cuello.

—A usted la llaman la *Notaria* —me dijo él de pronto y yo me puse colorada, en vista de lo cual, el duque añadió por cortesía—: Eso no importa. Lo que diga esa gente no importa.

Sonreía mostrando las grapas de platino de los colmillos. Yo apenas si respiraba y él añadió:

—Usted ve lo que pasa. Soy príncipe y duque. Aunque para mí ninguno de estos títulos vale tanto como el de conde. Yo soy condeduque. El título conde en España es más antiguo. Verdadera solera. Prefiero que me llamen conde. Pero, ¿cómo me llaman en realidad?

Soltó a reír de un modo estridente y añadió:

—A usted la *Notaria* y a mí, el *Garambo*.

—¿*Carambo*? —pregunté yo pensando en la expresión *caramba*, tan frecuente.

—No, no. Con ge. *Garambo*. El *conde Garambo*, que quiere decir algo así como maneroso o amanerado. De ahí viene *garambaino* o *garambaina*. Eso es, ríase. Sí, yo también me río. Las cosas de la plebe hacen reír.

Pero de pronto se puso serio:

—Estamos aquí —explicó— para que mi madre nos vea y se escandalice. Así es como me casé con mi primera mujer. Ya se lo he dicho. Depende de mi madre.

—Pero, aunque su madre quisiera, está Curro por medio. Y si Curro no le basta, está Richard, el de Pensilvania.

—Serían dos dificultades menores.

Yo vi el diablo en sus ojos y protesté:

—No, de ningún modo. Usted no haría nada contra Curro. Yo no se lo permitiría, suponiendo que llegara el caso. ¿Oye usted?

—De todas maneras, hasta que mi madre nos vea aquí y tenga una reacción en un sentido u otro no se puede aventurar juicio alguno. Todo es prematuro. Vamos a esperar. Es lo único que podemos hacer: esperar. Entre tanto, cada uno de nosotros se acostumbra al sudor del otro, porque en las circunstancias que atravesamos, el sudor es un elemento más que importante. Un factor a considerar también para el futuro.

Alargó la pierna izquierda. Se había descalzado una sandalia y sentí su pie desnudo en el mollete de mi pierna[32]. ¡Qué extraña caricia! El pie estaba frío. Sentí un temblor debajo de mi piel.

—¡El *Garambo!* Así me llaman.

—¿No será *Carambo*, de *caramba*?

—No; de ningún modo. ¿Cómo quiere que se lo diga? Bien, así ha sido siempre la vida. Piénselo un momento. Son los otros quienes nos deterioran y nos gastan. La experiencia del contacto con los otros nos extenúa. Es posible que yo sea el *Garambo*, pero Curro es un *Verraco*, quiéralo o no lo quiera. Permítame que lo repita. Usted es experta en decorado pompeyano, pero yo sé algo de vida social andaluza. Y toda experiencia exterior nos disminuye. Nos alcorza[33] por arriba o por abajo. Usted, la *Notaria*, y yo, el *Garambo*. ¿Qué le parece? Y no hay quien lo remedie. Nada que hacer.

En la pared contra la cual apoyaba mi espalda y mi..., bueno, lo que llaman aquí la rabadilla, había un taburete. Un taburete plegado contra el muro. Lo desplegué poco a poco y me senté. Suspiré hondamente y quise abrir la puerta, pero él volvió a poner el pie, y entonces me resigné a pasar en aquel lugar si era preciso el resto de mi vida

---

32. *mollete de la pierna*: pantorrilla.
33. *alcorzar*: mermar, menguar, reducir; se trata de un aragonesismo.

como una momia en su urna. La verdad es que, aparte de la falta de aire, lo demás no me importaba. El duque me miraba a los ojos:

—¿Respira mal?

—Bastante mal, pero no se preocupe. No importa.

En aquel momento tenía ganas de gritar, pero me aguantaba. Tú sabes que padezco claustrofobia[34], Betsy. Como si aquello no bastara, se apagó la luz y quedamos a oscuras. Yo vi al otro lado de la puerta el pasillo iluminado y a seis criados mirando y cubriéndose la boca para disimular la risa. Delante de ellos estaba Curro. Al mismo tiempo sentí los brazos del duque alrededor, que me apretaban como los tentáculos de un pulpo.

Curro gritó:

—¡Eso zi que no lo tolero!

—¿El qué? —preguntó un criado que parecía el mayordomo.

—La oscuridaz. ¡Que enciendan la luz, so leche[35]!

Yo grité también:

—¡La luz! Curro tiene razón. ¡La luz!

Acerté a encontrar la llave y encendí. Miré afuera, pero no se veía nada por la refracción. El duque me miraba sonriente:

—Hizo mal en encender la luz —dijo con expresión obsequiosa[36]—, porque si mi madre nos encuentra a oscuras, seguro que se escandaliza. Y es lo que busco.

En aquel momento decidí de una vez para siempre lo que iba a hacer. Saldría para Madrid al día siguiente sin decirlo a nadie y me presentaría en Pensilvania cuanto antes. Allí terminaría la tesis, y mi novio Richard se entretendría durante la luna de miel copiándola a máquina. Los datos los tengo ya todos. Ni uno siquiera de esos datos está sacado de los libros ni de los polvorientos archivos, sino que

---

34. *claustrofobia*: angustia que sienten determinadas personas cuando se encuentran en lugares limitados, cerrados.
35. *so leche*: pelmazo, atontado.
36. *obsequiosa*: rendida, benevolente, afectuosa.

son de primerísima mano. Como solía decir mi padre, yo he tenido siempre un punto de vista realista en las cosas de la cultura lo mismo que en las de la vida en general. Curro iba haciéndose demasiado posesivo y, sin darme cuenta y bajo la influencia de su erotismo tartesio, yo iba afeminándome un poco. No importa. En definitiva, mi tesis habrá valido la experiencia.

Se lo dije en voz baja al príncipe *Garambo*, y él hacía amables gestos de asombro y de admiración. Comprendí que mi situación en aquella cabina de teléfonos era por demás excéntrica[37]. Nos salvó a todos el timbre del teléfono. Lo tomé y me dijeron: «Trescientas veinte pesetas, señorita». Yo calculé: «Seis dólares». Pero él se negaba a recibir el dinero. Y cuando más discutíamos, apareció su madre apoyada en el bastón de plata. A Curro se lo llevaban los criados a la fuerza. Abrió la duquesa la puerta de la cabina y dijo con aire triunfal:

—Hijo mío, el zopenco del *Trianero* bajó la testuz[38] y la niña se llamará Bartolomea.

Reía el duque como un bobo, repitiendo: «Bartolomea». Hice prometer al duque que no apalearían a Curro en las escaleras del palacio ni en ninguna otra parte, y él prometió por su honor. Lo prometió entre los hipos de la risa.

Se oía fuera de la casa —en el aire— el minueto, y la vieja duquesa marcaba ligeramente (casi imperceptiblemente) los movimientos de baile. En suma, querida Betsy, que se acabó la experiencia tartesia-turdetana-bética-flamenca; que la vieja duquesa no se escandalizó de vernos en la cabina pompeyana, y que dentro de unos días, *Deo volente*[39] (así decían los españoles en el siglo XIX), estaré ahí, en el nuevo mundo, con Richard, contigo, con el borrador de mi tesis y con unas doscientas fichas que debo incorporar a ella antes de hacerla copiar definitivamente.

37. *excéntrica*: rara, extravagante.
38. *testuz*: cabeza.
39. *Deo volente*: expresión latina equivalente a *si Dios quiere* o *Dios mediante*.

ESTUDIO DE LA OBRA

1. FICHA DE LECTURA

1.1. Título: *La tesis de Nancy*.
1.2. Autor: Ramón J. Sender.
1.3. Fecha: 1962.
1.4. Movimiento literario: literatura del exilio.
1.5. Género: novela.
1.6. Subgénero: novela epistolar.

2. VIDA Y OBRA DEL AUTOR

1901	El 3 de febrero nace en Chalamera del Cinca (Huesca) Ramón José Sender Garcés.
1903	La familia se traslada a vivir a Alcolea, espacio de juegos y aventuras. La infancia de Sender está marcada por el cariño de su madre, la admiración que siente por su abuelo paterno y el rigor con el que le trata su padre, del que se distancia.
1911	Estudia los dos primeros cursos de Bachillerato como alumno libre con el capellán del convento de Santa Clara de Tauste (Zaragoza). Allí encuentra al amor de su niñez y su primera adolescencia: Valentina. Más tarde se traslada a Reus (Tarragona) para estudiar el tercer y el cuarto curso de Bachillerato en el internado de los frailes de san Pedro Apóstol.
1914	Se matricula en el Instituto General y Técnico de Zaragoza.
1916	Los padres se trasladan a Caspe. Sender permanece en Zaragoza, donde vive solo. Trabaja como mancebo de botica para conseguir algún dinero. Hace sus primeras colaboraciones en el diario *Crónica de Aragón*. Publica un artículo sobre el anarquista Kropotkin en *El Escolar*, con el que se gana fama de rebelde. Poco después, la dirección del instituto le hace responsable de una algarada estudiantil. Debe trasladarse a Alcañiz (Teruel) para poder acabar el Bachillerato.
1918	Las malas relaciones con su padre lo animan a marcharse a Madrid. Pasa grandes penalidades: durante tres meses tiene que dormir en un banco del parque del Retiro y asearse en las fuentes y en las duchas del Ateneo, donde acude diariamente a leer y escribir. Publica artículos y cuentos en *España Nueva*, *El País* y *La Tribuna*.
1919	Aprovechando que Sender aún es menor de edad, su padre lo reclama y se lo lleva a Huesca, donde el joven dirige durante tres años *La Tierra*.

1922	Aunque el padre de Sender está dispuesto a abonar la tasa estipulada para que quede exento del servicio militar, el muchacho ingresa en el ejército por voluntad propia y participa en la guerra de Marruecos.
1924	Se establece en Madrid y comienza a trabajar para el periódico *El Sol*, el más influyente de la época, donde adquiere gran reputación.
1926	Pasa un mes en prisión a raíz de las protestas contra el Gobierno.
1929	Tiene su primer contacto con la CNT. Se vuelca en la literatura social.
1930	Publica *Imán*, novela comprometida sobre la guerra de Marruecos que le cuesta su salida de *El Sol*, pues se le obliga a dimitir.
1932	Se aproxima al comunismo. Publica *Siete domingos rojos*.
1933	Sender cubre la violenta represión del movimiento anarquista de Casas Viejas para el diario *La Libertad*. Viaja a la URSS. En el mes de noviembre publica *Viaje a la aldea del crimen (Documental de Casas Viejas)*.
1935	Obtiene el Premio Nacional de Literatura por su novela *Mr. Witt en el cantón*, cuya acción transcurre en la Cartagena revolucionaria de 1873.
1936	La Guerra Civil lo sorprende veraneando en san Rafael (Madrid) con su mujer, Amparo, y sus dos hijos, Ramón y Andrea (de dos años y medio y seis meses de edad). Sender decide unirse a una columna republicana y envía a su mujer e hijos a Zamora, con la familia de ella. En el mes de octubre matan a su mujer en Zamora.
1937	Al quedar sus hijos huérfanos, pasa a Francia, logra sacarlos de España por medio de la Cruz Roja Internacional y se reúne con ellos en Bayona. Pide incorporarse al frente de Aragón, pero su solicitud es denegada.
1938	Viaja a Estados Unidos, enviado por el Gobierno republicano para buscar apoyos y divulgar su causa a través de conferencias en universidades. Se le encarga la fundación en París de una revista de propaganda de guerra titulada *La voz de Madrid*.
1939	Se exilia. Se instala en México, donde funda la editorial *Quetzal*. Publica *El lugar de un hombre*, una reflexión sobre la ambición y la soberbia humanas.
1942	Se traslada a Estados Unidos gracias a una beca de la Guggenheim Foundation. Conoce a Florence Hall, con quien se casará al año siguiente. Publica *Epitalamio del prieto Trinidad*, que narra una revuelta en una colonia penal del Caribe.
1943	Comienza su labor docente en el Amherst College. Da conferencias semanales para unos trescientos alumnos.
1945	Viaja a Nueva York, donde colabora con la Metro-Goldwyn-Mayer en la adaptación de películas al español.
1947	Imparte clases de Literatura Española en la Universidad de Alburquerque.

1952	Comienza una fructífera amistad con Joaquín Maurín, que había fundado en Nueva York la American Literacy Agency, que distribuirá artículos de prestigiosos autores latinoamericanos y españoles. Publica *El verdugo afable*, un crudo análisis psicológico de esta figura.
1953	Publica *Mosén Millán*, que en 1960 aparecerá con el título definitivo de *Réquiem por un campesino español*, novela en la que pretende reflejar la tragedia de las dos Españas.
1957	Publica *Los cinco libros de Ariadna*, novela sobre la Guerra Civil.
1958	Se le nombra consejero de la Hispanic Society of America.
1960	Publica *La llave y otras narraciones*.
1962	Sender se divorcia de Florence. Publica *La tesis de Nancy*.
1965	Imparte clases en la Universidad del Sur de California. Publica *El bandido adolescente*, sobre el pistolero norteamericano Billy el Niño.
1966	Gana el Premio Ciudad de Barcelona por *Crónica del Alba*, de carácter autobiográfico.
1967	Publica *La aventura equinoccial de Lope de Aguirre*, basada en la expedición americana de este personaje en busca de El Dorado.
1968	La Universidad de Nuevo México le concede el título de Doctor honoris causa.
1969	Se le concede el Premio Planeta por *En la vida de Ignacio Moriel*.
1972	Cambia su residencia a san Diego buscando aire puro que mejore sus problemas de salud. Se instituye el Premio Ramón J. Sender.
1973	La Universidad del Sur de California le otorga el título de Doctor honoris causa en Derecho.
1974	El 29 de mayo, después de treinta y cinco años de exilio, vuelve a España. Llega a Barcelona, donde se le tributa una calurosa acogida. Visita Aragón, Madrid y regresa a Estados Unidos el 12 junio.
1976	Realiza dos nuevos viajes a España en los meses de mayo y octubre. Comienza a colaborar con *Historia 16*.
1977	La Institución Fernando el Católico, dependiente de la Diputación Provincial de Zaragoza, le concede uno de los premios personales de san Jorge.
1980	El Ayuntamiento de Zaragoza, que ya le había dedicado una calle, le concede la medalla de oro de la ciudad. El rey de España le concede la Encomienda de la Orden de Isabel la Católica.
1981	Solicitan que le sea concedido el Premio Nobel de Literatura.
1982	Muere en san Diego (California) el 16 de enero. Sus restos son incinerados y sus cenizas se esparcen en el Pacífico.

3. ARGUMENTO E INTENCIÓN DE *LA TESIS DE NANCY*

«Está por salir también (no te había hablado de eso) una novela humorística (género nuevo para mí) titulada *La tesis de Nancy* que se refiere a una muchacha americana que ha ido a Sevilla a estudiar a los gitanos para escribir su tesis académica. Como puedes suponer hay mil *quidprocuos* y malentendidos y contrastes graciosos. Pero claro que mantengo el decoro literario y que no es todo reír, aunque como decía Cervantes "hacer reír es tarea de discretos"» (extracto de una carta de Ramón J. Sender a su amigo Joaquín Maurín, fechada el 13 de julio de 1960).

¿Qué es el humor? Según el *DRAE,* el humor es una «manera de enjuiciar, afrontar y comentar las situaciones con cierto distanciamiento ingenioso, burlón y, aunque sea en apariencia, ligero». En realidad, nos reímos de cosas muy serias. La carcajada supone crítica y reflexión, juega siempre con el sistema de vigencias que aceptamos socialmente: nos reímos de lo que consideramos una caída súbita y transitoria de nivel (si fuera permanente, se produciría un efecto trágico). Por ejemplo, el hecho de que una persona presumida y acicalada resbale y acabe en un charco, produce risa (siempre que se levante y la encontremos ilesa, claro está), porque su caída pone en juego dos niveles —lo presuntuoso y lo humilde— despertando nuestro sentido crítico, desenmascarando al impostor, denunciando el tópico o el cliché social. Este es precisamente el objetivo fundamental de *La tesis de Nancy.*

Facetas del humor. Como el humor es un juego de niveles, nos reímos de lo que no llega o se pasa, de lo que quiere ser y no es, de lo que sucede al contrario de lo que esperábamos, de lo inadecuado y fallido y, sobre todo, de lo que, siendo absurdo, se nos presenta como razonable. En este sentido, parece la herramienta idónea para criticar una España en la que conviven lo horrible y lo sublime, la liberalidad y el rencor, la riqueza de los caciques y la miseria de los campesinos, la cultura y el atraso social, la religión y la superstición.

Mordacidad/ironía, caricatura/parodia. Sin que se confunda con ellas, el humor linda a veces con estos fenómenos. Todos juegan con el concepto de imitación y, sobre todo, con el de degradación. Son muchos los pasajes de la novela que recuerdan las sátiras de Quevedo, los cuadros de Goya o la visión esperpéntica del teatro de Valle-Inclán.

Los mecanismos del humor. Con carácter general, se pueden distinguir tres estrategias para producir humor:

a) **Humor por el carácter.** Se centra, por ejemplo, en la parodia o la caricatura de un personaje: el señorito, el torero, el poeta, el buscavidas, etc.
b) **Humor por la situación**, si deriva de unas circunstancias insólitas.
c) **Humor verbal.** Se trata de juegos de palabras o chistes. Buena parte de la gracia de la novela reside en giros del lenguaje y expresiones locales que no entendería alguien que no tiene el español como lengua materna.

La repetición. Como hemos señalado, la caída de nivel no puede ser permanente, pero sí repetida. Cuando esto sucede, el lector se anticipa a lo que va a suceder. Un ejemplo de ello son los dos meses largos que tarda Nancy en descubrir que los *bártulos* no son un pueblo de la antigua Andalucía, sino una cosa sin valor y sin importancia. Hasta entonces la hemos visto buscándolos denodadamente; cada vez que cree dar con ellos, el lector esboza una sonrisa, porque sabe cómo va a acabar la secuencia; se convierte en una especie de bajo continuo que acompaña y pauta el relato.

Los gestos. Guiños, muecas, señas, posturas y ademanes forman parte del lenguaje no verbal, un código con una semántica propia, doblemente difícil de interpretar, pues, por una parte, depende de las costumbres de cada sociedad y de cada época; por otra, a diferencia de la lengua, no existen gramáticas ni diccionarios a los que recurrir para entender sus convenciones. Nancy no advierte las intenciones eróticas del marqués de Estoraque ni del hombre que se sienta a su lado en el cine, cuando le acarician la pierna: en el primer caso piensa que se trata de un masaje; en el segundo, que tratan de robarle el bolso.

4. GÉNERO LITERARIO

En 1925, José Ortega y Gasset publicó *Ideas sobre la novela*. Es una reflexión sobre el carácter de este género literario en la época moderna. Según el filosofo, «la novela ha de ser hoy lo contrario que el cuento. El cuento es la simple narración de peripecias. El argumento de una novela no es lo interesante. La esencia de lo novelesco no está en lo que pasa, sino precisamente en lo que no es "pasar algo", en el puro vivir, en el ser y el estar de los personajes, sobre todo en su conjunto o ambiente».

La tesis de Nancy se ajusta estrictamente a esta definición. Se ha visto (y criticado) como una obra abigarrada, en la que la mezcla de digresiones culturales, históricas y etnográficas, así como la acumulación de episodios sin una trabazón argumental, rompen la estructura narrativa y frustran las aspiraciones del lector, que espera una progresión, un itinerario que conduzca a un desenlace. *La tesis de Nancy* no tiene una forma o una vía prefijadas, porque desconoce su meta. Es una novela netamente moderna en la que lo sustantivo —como apunta Ortega— es el «ser y el estar de los personajes» y sus esfuerzos por orientarse en una realidad tan abigarrada como el propio texto.

Uno de los rasgos más sobresalientes de la novela moderna es que rara vez se agota en una única dimensión. Lo normal es encontrar varios planos que se entrecruzan y complementan. En *La tesis de Nancy* encontramos un relato costumbrista dentro de un libro de viajes, cuyo marco es una novela epistolar en la que se aprecia la impronta de la tradición picaresca y cervantina.

Un relato costumbrista. La literatura costumbrista se configura como una sucesión de cuadros independientes con una acción elemental o nula, centrados en la descripción de tipos y usos populares, con un propósito didáctico, satírico, humorístico, etc. Este es el sustrato sobre el que se asienta *La tesis de Nancy*, por la que transita infinidad de personajes tipo: señoritos, terratenientes, gitanos, jovencitas, curas y profesores, descritos por una extranjera que se fija en ellos para tratar de explicarse el carácter de nuestra nación, con sus luces y sus sombras.

Un libro de viajes. Habría que considerar el motivo del viaje como algo medular en relación con la novela. El componente de búsqueda es el más decisivo del género. Toda búsqueda implica la menesterosidad, el vacío y la ignorancia de quien la emprende con la esperanza de acabar descubriendo su misma naturaleza y la del mundo. En esta búsqueda se pasa por una serie de hitos positivos o negativos que son la sustancia narrativa. Cuanto mayor sea la indigencia del protagonista o de su época, tanto más se inclinará a contarlo todo, a probarlo todo. Aquí encontramos a Nancy, moderna, dinámica y joven como su país, que se adentra en el espacio pintoresco, inmovilista y atrasado que es la España de los años cincuenta, para encontrarse con una realidad diferente, que la fascina, seguramente porque, en muchos sentidos, es la contrafigura perfecta de su propia identidad.

Una novela epistolar. La crítica de costumbres realizada por viajeros llegados de otro país es un recurso tópico en la historia de la literatura. Las cartas se presentan como la modalidad textual más adecuada para realizar este ejercicio. En *La tesis de Nancy*, las corresponsales son la protagonista y su prima Betsy, que vive en Pensilvania. La situación en la que se encuentra cada una de ellas es muy distinta y genera un interesante juego de perspectivas. Nancy va desgranando sus experiencias en España a lo largo de diez cartas. El lector, que conoce la realidad que observa Nancy y es invitado por Sender a curiosear en sus textos, puede leer entre líneas, y distinguir, entre lo que se dice, lo que se sugiere y lo que se calla, una imagen sorprendente de su propio mundo.

La tradición picaresca y cervantina. En nuestra tradición literaria, el prototipo de novela epistolar es el *Lazarillo de Tormes*. Lázaro, un muchacho sin experiencia, pero con buen fondo, se enfrenta a un ambiente de holgazanes, estafadores y vagabundos en el que reinan la malicia y el engaño. Espabila rápidamente, logra sobrevivir y transmite lo que ha aprendido mediante una serie de cartas en las que da cuenta de sus andanzas. Como él, Nancy se sumerge en un mundo folclórico y popular, que por su ambiente se acerca mucho al del pícaro y que se refleja en infinidad de historietas, que se integran en un relato al que un yo autobiográfico da unidad y sentido. El lector disfruta de sus cartas gracias a que Sender conoce a Betsy, la prima de Nancy, que se las ha ido pasando. Él se ha limitado a traducirlas y publicarlas. El artificio del manuscrito encontrado nos lleva directamente a la novela cervantina. Recordemos que la historia de don Quijote es atribuida al historiador árabe Cide Hamete Benengeli. El objetivo inmediato de Cervantes es subrayar el carácter realista de la historia y reforzar el perspectivismo que define la novela. La motivación de Sender es semejante, aunque en su caso hay que tener en cuenta, además, su condición de exiliado: cuando uno busca arraigo, ¿cabe tener mejores compañeros que Lázaro y don Quijote? Viajeros, como Nancy, son los modelos idóneos para la heroína de Sender.

5. ESTRUCTURA

La estructura externa de *La tesis de Nancy* está formada por una *Nota previa* seguida de diez cartas que carecen de fecha, pero que, en cambio, sí que presentan título.

Estructura general de *La tesis de Nancy*	
Nota previa	«Mi amiga Betsy tiene una prima estudiante de español que ha ido a España para obtener un grado universitario. Betsy me ha enseñado una carta de su prima, fechada en Alcalá de Guadaira (Sevilla). Creí al verla que valía la pena traducirla. Después le he pedido más cartas, y las he traducido también. [...] Aquí están y ojalá te diviertan, lector. Hacer reír es tarea de discretos, según decía Cervantes.»
Carta I **Nancy descubre Sevilla**	Impresiones sobre Sevilla y sus gentes, la actitud que muestran y su forma de hablar. Nancy visita el barrio de Santa Cruz, acude a una cena en el palacio del marqués de Estoraque, asiste a una corrida de toros y también a un picnic organizado por *Mrs.* Dawson, una de sus amigas. Vive su primera aventura: como el marqués le ha comentado que la torre de la catedral es la única en el mundo a la que se puede subir a caballo por la amplitud de su escalera, decide hacer la prueba y sube a la Giralda montada en una yegua.
Carta II **Nancy entra en el mundo gitano**	Nancy acude con su amiga Elsa a una fiesta gitana. Observa su curiosa forma de hablar, la pasión con la que cantan y bailan, su sentido religioso, sus supersticiones... Elsa es novia de uno de los gitanos, Curro, que pone sus ojos en Nancy. La muchacha se deja querer, porque cree que le vendrá bien tener un novio gitano que la ayude en su tesis.
Carta III **Nancy y la aventura en el cine**	Nancy y Curro acuden a la catedral para ver el baile de los seises, los muchachos vestidos como pajecitos del siglo XVII que bailan y tocan las castañuelas en ciertas solemnidades. La pareja tiene un incidente en el cine, cuando el vecino de butaca de Nancy pone su mano sobre el muslo de la joven: ella cree que le está robando el bolso, Curro entiende que lo que ha hecho es propasarse con ella y llama a la policía.
Carta IV **Las excursiones de Nancy y la tertulia en el café**	Nancy, Curro y *Mrs.* Adams, antigua profesora de la protagonista, visitan las ruinas de Itálica. La visita le invita a hacer algunas reflexiones sobre la cultura de los tartesios. La pareja acude a una tertulia en un café. Nancy queda fascinada por el ambiente. La carta se cierra con la visita a la necrópolis de Carmona, acompañada por *Mrs.* Adams. El hombre prefiere pasar por ladrón antes que por un aprovechado y se resigna a cumplir quince días de prisión.

Carta V **Nancy y la** **venadita** **habladora**	Betsy escribe una carta a Nancy en un español endemoniado, lleno de calcos del inglés, y se la da a leer a Sender. Él la transcribe para que el lector pueda juzgar. Nancy, por su parte, hace un pequeño viaje junto a su novio en el coche de *Mrs.* Dawson. Pasan por Jerez de la Frontera, el castillo de Medina Sidonia, Puerto de Santa María, Tarifa, Cádiz, Rota y llegan a Doñana. La pareja sale a pasear a caballo bajo la luz de la luna y vive un pequeño idilio. Curro le ha contado a Nancy que el nombre del coto viene de una corza (una «venadita») misteriosa que sabe hablar y se llama Ana. Esa noche, Nancy la ve en la laguna del Sopetón.
Carta VI **Nancy y el** **abejorrito rubio**	Quin, un poeta al que Nancy conoció en la tertulia del café, se ha enamorado de ella, lo que provoca los celos de Curro, que a punto está de pelearse con su rival: no le gustan los «moscones», una palabra que la joven no acaba de comprender: ¿por qué llama «abejorrito» a Quin? Como su novio debe ausentarse de Sevilla unos días y desea probarle su fidelidad, Nancy deja el hotel y se muda a un pisito. No sale a la calle hasta que él vuelve. Durante ese tiempo, todas las tardes entra por la ventana de su habitación un abejorrito rubio que, según los sevillanos, da buena suerte. Cuando Curro vuelve y se entera de que un «abejorrito rubio» ha visitado a Nancy cada tarde, piensa en Quin, tiene un terrible ataque de celos y a punto está de matar a Nancy y de suicidarse. Afortunadamente, el malentendido se aclara y la pareja se reconcilia.
Carta VII **El patio, la** **rivalidad** **y el pozo** **encantado**	El ambiente mágico y poético caracterizador de los episodios de la «venadita habladora» y del «abejorrito rubio» envuelve también el patio sevillano donde acontece la anécdota que refiere esta carta. En el centro hay un pozo al que, según se cuenta, se arrojó una muchacha llamada Soleá por mal de amores. La señora de la casa es viuda y tiene siete hijas; algunas de ellas están a la reja con sus novios. Se habla de Estados Unidos: Curro se burla de la patria de Nancy; Quin, que también ha acudido a la reunión, se declara admirador de Estados Unidos. La tarde transcurre entre bromas, burlas y veras, y se cierra con una nueva riña entre novio y pretendiente.
Carta VIII **Nancy y la flor**	Nancy conoce a Soleá y se hace amiga de ella. Soleá admite que se arrojó al pozo por celos de su novio, porque iba con otras mujeres. Dentro de él, descubrió el auténtico significado de la muerte. La sacaron y, desde entonces, cada 23 de octubre, la fecha en que iba a casarse, celebra el aniversario de su muerte anticipada. Salvando esta anécdota mágica o maravillosa, el tema central de la carta es la importancia que la virginidad tiene para Curro. Él y Quin vuelven a encontrarse. Ambos hombres confraternizan y se marchan a tomar unos vinos a una taberna. La carta se cierra con la aparición del padre de Soleá. Lleva veintidós años escondido en el desván de su casa, para evitar que lo detengan. En la casa se encuentra casualmente el duque de Los Gazules, que le ofrece protección en su finca. El duque coquetea con Nancy y acaba besándola.

Carta IX **Velorio en** **Los Gazules**	Nancy está confusa: ama a Curro, le intriga Quin y admira al duque (ella lo llama «príncipe»). A esto se suma Richard, un antiguo novio que tuvo en Estados Unidos y que le ha enviado un telegrama pidiéndole que se case con él. Escucha ciertas historias sobre el abuelo de Curro, que, según dicen, fue bandolero, lo detuvieron y lo ahorcaron. El padre de Soleá muere en Los Gazules, el cortijo del duque. El ambiente mágico y maravilloso que ha venido marcando las últimas cartas, roza aquí el surrealismo: durante el velatorio, la anciana duquesa, madre del príncipe, comienza a bailar. Su danza cesa cuando oye cantar a un pavo real blanco, que para ella es el ave que simboliza la muerte.
Carta X **El acabose** **en Los Gazules**	Nancy pone un telegrama a Pensilvania para anunciar a Richard que acepta su propuesta de matrimonio. El tono surrealista se acentúa aún más: Nancy está dentro de una cabina de teléfono esperando confirmación del precio del telegrama, el duque entra también y se encierra con ella en el reducido habitáculo. Su intención es que pase su madre, la anciana duquesa, los vea y decida si deben o no deben casarse. Se apaga la luz, se quedan a oscuras, el ambiente está cargado. La duquesa no llega, pero quien sí lo hace es Curro que, al ver la escena, se indigna. Es más de lo que Nancy puede soportar, de modo que abandona la finca del duque poniendo fin a su experiencia tartesia-turdetana-bética-flamenca.

La estructura interna de la novela no obedece al patrón clásico de planteamiento-nudo-desenlace. Como ya se ha apuntado, es más bien una acumulación de episodios y anécdotas, que se articulan en torno a un ambiente y unos personajes que dotan de unidad al conjunto.

Seguramente, la organización del relato tiene mucho que ver con la forma en que fue escrito: según afirma el propio Sender, llegaba a mecanografiar entre treinta y cincuenta páginas en una sola sesión, prácticamente sin detenerse a releer o corregir. El producto de esta frenética actividad es un material que se va decantando en sucesivos estratos, cuya disposición no obedece a un índice global ni a un horizonte definido. Se trata, más bien, de un *continuum* en el que lo único que varía es el tono del relato, que parte de lo real y pasa por lo poético, lo mágico o lo maravilloso, hasta llegar a lo surrealista. Como no podría ser de otra forma, el final es abrupto: la huida de Nancy pone punto final a una obra que, de otra manera, podría haberse prolongado indefinidamente, sumando nuevas situaciones.

6. NARRADOR

Técnicamente, *La tesis de Nancy* es un relato autobiográfico en el que la protagonista nos ofrece un testimonio de su experiencia de España, una realidad a la que se enfrenta por primera vez y que le resulta tan atractiva como desconcertante.

No hay que perder de vista que Nancy, como narradora, es una entidad creada por el autor, R. J. Sender, a la que este cede la palabra. Para eso recurre al tópico del manuscrito encontrado. Eso no significa que se resigne a permanecer en la sombra; de hecho, aparece en la *Nota previa* para presentar a su personaje y se reserva él el papel de traductor de sus palabras; al comienzo de la Carta V, para introducir la carta en español que Betsy remite a su prima; y en la Carta VI, en la que los personajes lo citan y él reconoce sentirse halagado por ello. En cierto modo, las fronteras entre personaje real y de ficción se relajan y confunden: el mundo real penetra en el literario y el literario accede de alguna forma al real, fundidos en un único discurso en el que la sustancia verbal lo iguala todo.

Una narración en primera persona, como la que comentamos, comporta adoptar una perspectiva muy determinada que condiciona la comprensión de la historia. El narrador no se encuentra fuera o al margen de los acontecimientos, sino que se implica en ellos. Por otra parte, en el caso de *La tesis de Nancy*, al tratarse de una novela epistolar, la relación entre narrador y lector es indirecta: la destinataria de las cartas de Nancy es su prima Betsy, que se convierte en un nexo de unión entre ella y el lector. Se produce así un fenómeno muy curioso en el que están implicadas cuatro instancias: el autor, R. J. Sender; su narradora, Nancy; la narrataria (destinataria del relato), Betsy; y el lector. El relieve y el enfoque que se da a cada uno de los temas que van apareciendo en la novela son el resultado de una función en la que se integran las expectativas, los conocimientos, la sensibilidad y la situación de los cuatro.

7. TEMAS

La tesis de Nancy es un gran lienzo en el que se plasma la realidad española de los años cincuenta del siglo XX. La tradición de la literatura crítica y satírica en la que se inserta esta novela exigiría un análisis en el que se señalaran con claridad aquellos aspectos que se consideran negativos, juzgándolos conforme a unos criterios estables; y, en efecto, el objetivo del relato no es otro que la desmitificación de España. Ahora bien, a nadie se le escapa que todo mito revive y brilla con una luz nueva cuando se desmitifican sus estereotipos, cuando se deconstruye su hechizo fascinador. De este modo, cada vez que Nancy examina un aspecto de la realidad o de las tradiciones andaluzas, lo redime y lo integra en una especie de paisaje del alma. Solo criticando un mito se pone de relieve la atracción que ejerce sobre nosotros. La protagonista termina reconociendo que el objeto de su tesis escapa a la crítica estricta: «Así son las cosas de la vida en esta tierra. No sabe una dónde empieza la verdad y dónde acaba el sueño. *Charming*».

El tema general de España se articula en distintos subtemas y aspectos.

Tema	Subtemas	Aspectos que se desarrollan
Análisis de la realidad española	Costumbres	Carácter alegre y desenfadado de los españoles. Los papeles del hombre y de la mujer. Las relaciones amorosas (piropos, coqueteo, noviazgo, virginidad, fidelidad, celos). Carácter pasional, en ocasiones, violento o cruel. El valor, la fuerza, el genio como cualidades del español. Lo poético, lo mágico, lo maravilloso en lo cotidiano. Fiestas y celebraciones populares (cante, baile, toros). Tertulias, patios y reuniones como ámbitos de encuentro.
	Crítica social	Falta de seriedad y de sentido práctico. La brecha que se abre entre la aristocracia y el pueblo, y el problema que representa la ausencia de clase media. Los desequilibrios económicos. La falta de conocimiento y educación. La hipocresía, los tópicos y clichés sociales.

		La cultura milenaria (prerromanos, latinos, árabes).
Análisis de la realidad española	**La historia y el pasado**	La cultura milenaria (prerromanos, latinos, árabes). Tradiciones populares (coplas, leyendas, mitos). El atraso y la decadencia. El conservadurismo que frena el progreso. La necesidad de apertura. La riqueza de la lengua. La pedantería, el orgullo de casta.
	La cuestión política	El régimen de Franco y la falta de libertades. El papel de la autoridad y de la fuerza pública. La situación de los vencidos (huidos, exiliados).
	Creencias y supersticiones	La religión como fenómeno social (nacionalcatolicismo). Devociones populares (Cristo, Niño Jesús, la Virgen, fiestas como la Semana Santa o el Corpus, etc.). Supersticiones (por ejemplo, el miedo a las culebras). Formas de enfrentarse a la muerte.

Como ya se ha señalado, la crítica del mito suele aumentar la fuerza de los ideales que lo respaldan, liberándolos de su rigidez. El resultado es el cuestionamiento del propio sistema de valores, en este caso, el modelo anglosajón que sirve de referencia a Nancy y a Betsy, pero también a *Mrs.* Adams y a *Mrs.* Dawson. Hay capítulos enteros dedicados a este fin (por ejemplo, la Carta VII). Esto no quiere decir que la novela se reduzca a un mero choque entre culturas. Al contrario, en la obra de Sender prevalece un discurso integrador y constructivo, que a la par que critica, subraya los aspectos positivos de ambos mundos. Sender, el exiliado, no cae en la trampa de la simplificación.

8. CLASIFICACIÓN DE LOS PERSONAJES

En buena medida, los personajes que aparecen en *La tesis de Nancy* son estereotipos más o menos planos que responden a un retrato tópico o a cierta idea. Es como si el mito cobrara vida y se presentase ante el lector con su miseria y su grandeza. Esto explica la austeridad con la que Sender trata a los personajes. Las descripciones físicas son muy parcas, apenas sabemos nada de su figura o de su indumentaria; más que esbozar su carácter, prefiere ponerlos en situaciones concretas para que el lector vea cómo actúan en ellas.

Personajes principales	**Personajes extranjeros**	**Nancy**	Es la protagonista de la novela. Se trata de una joven estudiante norteamericana, de 24 años, que viaja a Sevilla con el propósito de sumergirse en la cultura gitana, andaluza y española, y recopilar materiales para su tesis doctoral sobre Antropología y Literatura. Reside en Alcalá de Guadaira y desde allí cuenta sus vivencias e impresiones a su prima Betsy, a través de cartas en las que recoge conversaciones, muchas veces de forma literal, anécdotas y reflexiones sobre la realidad que va descubriendo. La propia Nancy nos informa de que está atravesando por un momento difícil en su vida: no acaba de asumir el cuarto divorcio de su madre y ha preferido distanciarse de un pretendiente que tenía en Estados Unidos, Richard. Poco más se sabe de ella: no conocemos su nombre completo y tampoco tenemos referencias sobre su aspecto físico; tal vez tenga el cabello de color caoba, pues cuando unos hombres le piropean llamándola «canelita», ella cree que se refieren a su pelo. En cuanto a su carácter, se puede decir que tiene una mentalidad abierta, liberal, pero no flexible, le cuesta adaptarse y tarda en aceptar aquello que no encaja en determinados patrones. Presume de ser culta, pero carece de experiencia, lo que la hace aparecer como una persona ingenua y crédula. El personaje evoluciona a lo largo de la novela españolizando su aspecto (la forma en que camina, se viste, se arregla o habla) y, en cierto modo, su mentalidad (su respuesta a la pasión, los celos, la violencia), aunque no se puede decir que llegue a integrarse en su entorno: los que la conocen la apodan «la Notaria», pues registra compulsivamente en una libreta todo lo que le ocurre. Su objetivo es racionalizar, comprender intelectualmente formas de ser complejas que, por naturaleza, no se pueden reducir a una serie de datos.
		Betsy	Es prima de Nancy y amiga del propio Ramón J. Sender, a quien facilita las cartas que va recibiendo desde España y que él se encarga de traducir y poner a disposición del lector. En este sentido, su función como mediadora es clave. Como Nancy, también ella ha estudiado español, aunque se expresa en él con muchas dificultades, como se manifiesta al comienzo de la Carta VI. Vive en Lake Forest (Pensilvania), pero no acaba de encontrar su sitio en Estados Unidos. Preocupada por la humanidad, la moral y el sentido de la existencia, se define a sí misma como una especie de Hamlet en versión femenina.

Personajes principales	**Personajes extranjeros**	**Elsa Rosenfeld**	Es una joven holandesa, pareja de Curro, hasta que Nancy, que es amiga suya, le quita el novio. Destaca por su simpleza y falta de carácter. Es usual que se hable de ella en tono despectivo, degradándola, animalizándola: se la compara con un ratón, una ardilla, un chimpancé, un conejo, un grillo y una yegua.
		Mrs. **Adams**	Californiana, es una profesora retirada del *college* en el que estudió Nancy en Pensilvania. Estirada y puritana, regala una Biblia a Curro y le anima a que la lea; muchas veces, cuando se encuentra ante un dilema, abre las Escrituras al azar y encuentra en ellas la solución. Curro hace la prueba y el fracaso no puede ser más rotundo, pues las citas que encuentra son: «... Y entonces fue y se colgó de un árbol y se ahorcó.» «Haz tú lo mismo». *Mrs.* Adams presume de cultura, acude al teatro, a conciertos, visita yacimientos arqueológicos y todo lo quiere saber antes y mejor que nadie. Sin embargo, son frecuentes sus errores lingüísticos (confunde el género y los acentos de las palabras) y conceptuales (sentido y origen de ciertas tradiciones). Representa la personalidad hueca de muchos académicos norteamericanos pagados de sí mismos.
		Mrs. **Dawson**	Escocesa de Edimburgo, es un personaje digno de Quevedo: severa, rígida, tacaña, tan alta que hace falta encontrarse con ella varios días para verla entera, calza unos zapatos enormes, como si tuviera que vivir en ellos, y lleva gafas gruesas de color rosa; siempre lleva consigo una Biblia y un diccionario. Con su impertinencia despierta la antipatía de los que tiene a su alrededor, pero a ella no solo no le importa, sino que le agrada, porque le hace sentirse diferente. Le gustaría que la gente fuera tan seria, grave y triste como ella. Se sorprende de que Curro conozca fragmentos de *Don Juan Tenorio*, porque considera incultos a los de su clase. Cuando necesita tener contacto con la civilización, viaja a Gibraltar. No se lleva nada bien con *Mrs.* Adams, parece que entre ellas existe cierta rivalidad, si bien están de acuerdo a la hora de censurar a Nancy (la joven piensa que le tienen envidia por su juventud). Representa la mentalidad desfasada de la vieja Europa respecto al dinamismo de un país joven como Estados Unidos.

Personajes principales	**Personajes españoles**	**Curro**	Francisco Antolín Reyes. Es el novio gitano de Nancy y su cicerone en Andalucía. Alegre, ocurrente y con don de gentes, pero visceral: los celos lo enloquecen cuando piensa que la joven ha podido serle infiel. Desprecia la cultura estadounidense y abraza ciegamente la tradición española, que defiende a ultranza, con todos sus usos y sus abusos. Representa la España inmovilista que rechaza el progreso y se cierra a la influencia del exterior.
		Quin	Joaquín Gómez. También es gitano, aunque sea rubio y con los ojos azules, lo que lo distingue claramente del resto. Banderillero, le gusta la poesía y frecuentar cafés y tertulias. Aunque tiene novia, Clamores, quien verdaderamente le gusta es Nancy, lo cual lo convierte en rival de Curro, con el que se pelea en distintas ocasiones. A diferencia de él, Quin se muestra dispuesto (incluso deseoso) a adaptarse al mundo de la joven. Representa la España moderna, aperturista, que, sin renunciar a su esencia, apuesta por el progreso.
		El duque de Los Gazules	Aparece como una especie de marqués de Bradomín, un donjuán venido a menos, patriarcal y despótico, con todas las veleidades propias de su clase. Se le describe como un hombre ancestral, pero juvenil. Culto y refinado, galante y seductor, habla un inglés perfecto y da muestras de poseer una gran cultura. A diferencia de Quin, que se siente atraído por Nancy y la requiebra, el duque obedece ciegamente a su pasión, la estrecha entre sus brazos y la besa, sin que ella se resista, subyugada por su magnetismo. Su presencia se limita a las últimas cartas, donde aparece envuelto en una atmósfera tan surrealista como su figura. Representa la decadencia de una cultura aristocrática incapaz de adaptarse a los nuevos tiempos.
Personajes secundarios			Son muchos los personajes secundarios que pueblan la novela. Merece la pena destacar a Richard —antiguo novio de Nancy en Estados Unidos—, por ser el cuarto galán con que cuenta la joven: enamorada de Curro, piropeada por Quin, requerida por el «príncipe» (así es como ella lo llama al duque) y recordada por Richard. Otros personajes son el marqués de Estoraque, a cuya casa acude Nancy invitada a una cena; Carmela, casera de la protagonista en Alcalá de Guadaira; la hija de esta, una niña de 4 años, ahijada de Curro; Soleá, una amiga sevillana a la que Nancy conoce después de pasar una tarde en uno de los patios de la ciudad; su padre, que lleva más de veinte años —desde la Guerra Civil— escondido en el desván de la casa; la Faraona y el grupo de gitanos a los que se acerca Nancy para conocer cómo son sus fiestas; la madre del duque de Los Gazules, una anciana singular, y el resto de los personajes que pasan por la finca; los asiduos a las tertulias y reuniones... Todos ellos son figuras constitutivas del universo en el que se mueve la protagonista.

9. TIEMPO NARRATIVO

Toda novela exige unas coordenadas temporales en las que se ubican los personajes: es lo que se conoce como tiempo externo. A pesar de que las cartas de Nancy aparecen sin fecha, se puede deducir que su estancia en España se desarrolla entre 1957 y 1958. El dato en el que se apoya este cálculo lo aporta la Carta VIII, en la que Soleá dice que su padre «lleva escondido ahí [en el desván] desde antes de casarme. Veintidós años. Se escondió en 1936. Lo querían matar, según decían, por rebelión contra el Estado, usted calcule». Sender nos sitúa, por lo tanto, en la década de los cincuenta.

Algunos acontecimientos importantes de estos años fueron:

- El fin del racionamiento de víveres en 1952. El aceite, las legumbres, la carne, los huevos y el azúcar habían estado sujetos a control por parte del Estado para garantizar el abastecimiento de la población.
- El Concordato con la Santa Sede de 1953.
- El tratado hispano-estadounidense del mismo año, en virtud del cual España recibió ayuda económica a cambio de permitir la instalación de bases militares estadounidenses en su territorio (la base de Morón se cita en la novela en un par de ocasiones).
- El ingreso de España en la ONU en 1955.
- La reorganización de la Administración central del Estado en 1957 con un Gobierno de tecnócratas. Esto comportó la creación del Ministerio de Vivienda y de comisiones delegadas de asuntos económicos, transportes, comunicaciones, acción cultural, sanidad y asuntos sociales, los cuales desarrollaron planes para industrializar, electrificar y modernizar el país.

Se trata, en suma, de un período en el que España, poco a poco, rompe su aislamiento y empieza a experimentar un tímido desarrollo económico y social —no político—, que acabará confirmándose en la década de los sesenta con los planes de desarrollo y las remesas de dinero que envían a nuestro país los emigrantes.

Definir el tiempo interno de la novela es, sin embargo, una tarea muy complicada, ya que en *La tesis de Nancy* este tiempo es sustancialmente distinto del cronológico. Al ser un tiempo «creado» por el autor del relato, este puede manipularlo para conseguir determinados efectos. Como ya se ha indicado, los acontecimientos de la historia no siguen un orden lógico-causal; se asemejan, más bien, a estratos superpuestos, por lo que el orden temporal se relaja notablemente.

- Lo primordial son las *escenas* que, por su cercanía al cuadro de costumbres, mantienen cierta independencia entre sí.
- El autor introduce *pausas* para dar cabida a las reflexiones de Nancy; son largas *digresiones* en las que trata aspectos sociales, culturales, psicológicos, etc.
- Es frecuente la *elipsis*, técnica en las que omite un período sin efecto para el desarrollo de la acción. Es evidente que Nancy ha de seleccionar el material que incluirá en sus cartas y decide centrarse en las anécdotas más significativas.
- Por la misma razón, la protagonista debe recurrir una y otra vez a la técnica del *resumen*, que le permite condensar el tiempo de la historia.

Varias cartas contienen referencias temporales más o menos precisas; estas nos permitirían trazar un eje cronológico aproximado:

Carta III.   «Los *seises* son fascinadores. Y el día del Corpus, y el de Navidad, y el del Glorioso Movimiento (la fecha de la sublevación de los nacionalistas) van a la catedral y bailan con castañuelas que es una gloria.»

Carta IV. «Se acercan las fiestas de este año —faltan solo tres días— y se comentaban en la dehesa los nuevos pasos de Semana Santa y el orden de las cofradías.»

Carta VII. «Después de dos meses comenzamos a "descansar" de nuestra pasión.»

«Aunque llevamos cerca de cuatro meses de relación.»

Carta VIII. «Como puedes suponer hace ya tres meses que soy amiga de Soleá.»

«Y pensar que hace dos meses Curro quería matarme y suicidarse [...] por culpa del abejorrito rubio.»

Carta IX. «El cortijo donde lleva mes y medio viviendo el padre de Soleá se llama Los Gazules.»

Carta X. «Mañana bautizamos a la niña y le pondremos el santo del día: san Bartolomé apóstol.»

De acuerdo con él, Nancy llegaría a Alcalá de Guadaira en el otoño de 1957 (Carta I), comenzaría su noviazgo con Curro entre noviembre y diciembre (Carta II), viviría su aventura en el cine en Navidades (Carta III), haría la excursión a Itálica y Carmona, y conocería a Quin en Semana Santa (Carta IV), emprendería el viaje con Curro hasta Doñana en el mes de abril (Carta V), los episodios del abejorrito rubio y del patio se situarían entre abril y mayo (Cartas VI y VII, aunque los datos que se proporcionan ponen de manifiesto un desajuste, pues, atendiendo a ellos, habría conocido a Soleá antes de pelearse con Curro por el malentendido del abejorrito, lo que contradice la disposición de estas escenas en la novela), conocería al duque de Los Gazules en casa de Soleá a comienzos del mes de julio (Carta VIII) y acabaría su aventura en España (Cartas IX y X) en vísperas de la festividad de san Bartolomé, 24 de agosto de 1958.

El esbozo anterior pone de manifiesto que Sender no estaba tan interesado en ofrecer una historia coherente y ordenada, como en montar una serie de escenas sobre un soporte cronológico que le permitiese situarlas, eso sí, en una época y en un lugar con unos tipos humanos y un ambiente muy determinados, a los que dedica toda su atención.

10. ESPACIO NARRATIVO

La acción de *La tesis de Nancy* transcurre en un espacio real y muy bien definido: Sevilla, Alcalá de Guadaira, Jerez de la Frontera, Medina Sidonia, Puerto de Santa María, Tarifa, Cádiz, Rota o Doñana. Las cartas de la protagonista nacen de la observación de una Andalucía que, a sus ojos, resulta exótica y pintoresca.

La dictadura de Franco había inaugurado en España una fase apolítica y de resignación, en la que, ante la imposibilidad de participar de forma activa en la transformación social del país, la vida se cierra sobre sí misma. Esta es la Andalucía a la que llega Nancy, un espacio utópico y atemporal, en el que la imposibilidad de todo cambio invita a cultivar un carácter bohemio, marginal (el mundo gitano, el ambiente del hampa, los bandoleros, los buscavidas), una conciencia melancólica que añora la grandeza pasada (la cultura en ruinas de Itálica, la necrópolis de Carmona), a rechazar el presente insignificante y a jugar con la fantasía (las tertulias, los mentideros, los patios) mezclando lo real y lo irreal, lo humano y lo divino (las iglesias, las imágenes, los pasos de la Semana Santa), a entregarse al escapismo (el ambiente de cuento que reina en la casa del marqués), a la ironía, al distanciamiento, al escepticismo, incluso a la muerte, con la que se mantiene una morbosa relación (el cortijo del duque).

El espacio, por lo tanto, no es un concepto abstracto ni homogéneo: está «personalizado», se convierte prácticamente en una cualidad individual, íntima.

- **Andalucía como territorio.** La unión del hombre y su espacio es el fundamento del territorio. Andalucía implica una memoria, contiene la historia de los hombres que la habitaron. Nancy señala esta circunstancia una y otra vez: «Esto es historia y poesía juntas, como todas las cosas de la Bética».

- **El paisaje.** De la contemplación del territorio nace el paisaje. No existe en sí mismo. Solo adquiere sentido gracias al observador y a los sentimientos que este proyecta sobre él. Nancy busca la esencia, el alma de esta tierra, que despierta un profundo eco en su interior. «Si alguna vez he sentido no haber continuado con mis clases de pintura en la universidad fue entonces, delante de aquel paisaje».

- **Las ciudades.** Nancy considera las ciudades que visita como paisaje humano. Lo que más le llama la atención es su antigüedad. Las considera herederas de un pasado mítico, legendario. Sus habitantes son descendientes de los iberos, los tartesios, los turdetanos y los árabes; conservan rasgos de la cultura griega y etrusca. Si Occidente ha canonizado cuatro arquetipos de ciudad —la Jerusalén celeste, la Babilonia opulenta, la Roma de las leyes y la Bizancio del arte—, las ciudades de Andalucía son para Nancy la síntesis de todas ellas. «Tartesos, la gran ciudad donde los caballos comían en pesebres de plata; los ciudadanos tenían leyes en verso, escritas desde hace ocho mil años (imagínate), y estaba habitada por los hombres más hermosos y más pacíficos del mundo.»

- **Los edificios.** «Hay cafés, iglesias, tiendas de flores, como en una aldea grande americana, aunque con más personalidad.» Los edificios de Andalucía tienen magia. Su aspecto y su uso trascienden lo aparente. Las casas, los patios, las tabernas, los templos son espacios que hablan a Nancy: en esta tierra, una fachada deja de ser una pared, una reja no es lo mismo que una verja, un pozo no contiene solo agua y un huerto o un cortijo no son solamente explotaciones agrarias o ganaderas. En Estados Unidos cada objeto y cada lugar es lo que es; en Andalucía, no.

- **Los ambientes marginales.** «De aquellos gitanos, pocos había que hicieran una vida regular, digo de ciudadanos respetables. Curro era el único, quizá, a quien podríamos tú y yo presentar a nuestras familias. Unos habían sido heridos en riña. Otros habían estado en la cárcel.» La marginación implica la exclusión social, pero, al mismo tiempo, confiere una libertad sin límites al que tiene el valor para instalarse en ella. Nancy se siente atraída por este ambiente, lo valora de forma positiva y, en general, admira a aquellos que se atreven a llevar una vida «a la intemperie», según sus propias reglas. Este juicio comporta una crítica indirecta a la situación del país. Nancy comenta, respecto a Estados Unidos: «A todos nos gusta la libertad. No es como aquí». El tema de los fugitivos, los desterrados o los exiliados por sus ideas políticas está representado en la obra en la figura del padre de Soleá, que lleva veintidós años escondido por miedo a las represalias.

11. CUESTIONES DE LENGUA Y ESTILO

La tesis de Nancy tiene el aspecto de una crónica (no olvidemos la faceta periodística de Sender), en la que, en tono confidencial, con un discurso que se contagia del registro y de los rasgos formales de la lengua de su entorno, la protagonista da cuenta de los acontecimientos que suceden durante su estancia en Andalucía en el orden en que van sucediendo.

Como ya se ha señalado, el humor tiene una importancia capital en la novela. En muchas ocasiones, la comicidad se apoya en el uso que se hace del lenguaje, para lo que el autor emplea distintos recursos:

Juegos de palabras.   «El apellido más antiguo del mundo es Pérez. Adán, el del paraíso terrenal, se llamaba Pérez, porque Dios le dijo: "Si comes fruta del árbol prohibido, Pérez-serás".»

Equívocos.   «El mejor maestro del toreo es la gazuza.» (El hambre y no una persona.)
«Señoritas que hacen la carrera» (Prostitutas y no estudiantes.)
«Golfear» (Jugar al golf y no hacer el golfo.)
«Bártulos» (Enseres y no una tribu hispánica.)

Dobles sentidos.   «Beatas» (Mujeres devotas y pesetas.)
«Embarazada» (Encinta y avergonzada.)
«Paganos» (Ajenos a la religión y pagadores.)

Paronomasias.   «Guerra de gorilas» y «guerra de guerrillas»
«Alma» y «arma»
«Tinto» y «tinte»

Homonimias.   «No vino el vino.»
«Vale el vale.»
«¿Cómo como? Como como como.»

Hipérboles.   «Ezo no es una guitarra. Ezo es la catedral de Toledo.»
«En España cada uno hace lo que quiere hasta antes de nacer.»

Definiciones jocosas.   «Una especie de desaborisión con la que se les atraganta el embeleco a los malanges.» (paripé)

«Lo que respondió el chófer yo no lo pude entender, porque cayó en esa especie de paroxismo que aquí la gente culta llama "cabreo" cuando se trata de hombres y "berrinche" si se trata de mujeres y niños.»

«Un prójimo es aquel cuya mujer deseamos.»

Paradojas. «Bendita sea la gitana que te parió, hijo de mala madre.»

«No estoy segura de crea en Dios, pero es un católico bastante estricto.»

Apodos. «El abejorrito» (Quin)

«La Notaria» (Nancy)

«La Margaritona» (*Mrs.* Dawson)

«La Gallipava» (*Mrs.* Adams)

«Garambo» (el duque de Los Gazules)

Ocurrencias. «Vaya usted con Dios y su niña conmigo.»

«Cuando terminó le preguntó Curro cuántos años tenía.

—Seis, para servirle —dijo el niño.

—No es posible, seis. En seis años no has tenido tiempo para ponerte tan sucio, chavó.»

«Ayer sonaron horas en la catedral y Curro me dijo que el reloj estaba estropeado porque había sonado la una tres veces seguidas. Yo creía que era verdad, pero luego caí en que el reloj había sonado las tres. Mi novio gasta muchas bromas con las cosas del tiempo. También dice que lleva su reloj doce horas adelantado.»

«Los graciosos, viendo tanta gente tumbada en sillones de paja y sin hacer nada, llamaban a aquella terraza la Unión General de Trabajadores.»

Habla popular. «Jumera», «paripé», «malange», «cenizo», «malasombra», «salero», «mengue», «fetén», «dar mulé», «duende», «hora de la carpanta»,

Abundan las expresiones y los giros típicos de la lengua popular: «Que palmó, niña. ¿Está claro? La lio, la diñó, espichó (date cuenta de las variedades de raíces, querida); que estiró la pata, que hincó el pico»; «Los turistas se dividen en varias categorías según les gusten o no a los nativos. Y esas categorías tienen nombres que comienzan siempre con *p*. Por ejemplo: pasmaos, pelmas, papanatas, pardelas, pendones, pardillos y otras palabras que no se escriben y que tampoco se dicen porque suenan mal», «Te diré los diferentes nombres que tiene aquí la borrachera según me ha dicho mi novio, que es experto: embriaguez, chispa, curda, trúpita, jumera, turca, tajada, merluza, cogorza, castaña, melopea, pítima, pea, tablón, papalina, mona, moscorra, zorra... También la llaman la poderosa». Además, *La tesis de Nancy* refleja muchos rasgos característicos de la variedad andaluza que hablan sus personajes:

- Yeísmo. Consiste en la pérdida del fonema / ļ /, correspondiente a la grafía *ll*, que pasa a realizarse como /y/: «cabayero», «eya».
- Seseo y ceceo. Se suspende la distinción entre los sonidos *s* y *z*, que quedan reducidos a un solo fonema: «Pero dígame su mersé»; «Y el pobresito estuvo muy malo hace pocas semanas»; «¿Dice uté zei, zeñora? La zeñora ze equivoca. Lo que buzca la zeñora e un tranvía»; «Nozotros le desimos a Dios nuestro Señó».
- Aspiración de *-s* en posición final de sílaba: «Zi no e incomodidá».
- Aspiración de *j* y de *g* + *e*, *i*: «vahío» por «vagido».

- Neutralización de *l* y *r* en posición final de sílaba: «Mardita zea mi arma dicho zea zin fartá».
- Relajación y caída de consonantes sonoras intervocálicas: «¿Eztán uztés enfermos?»; «En er punteao».
- Relajación y caída de consonantes en posición final de palabra: «A ver si es verdá que vuelan».
- Neutralización de consonantes en posición implosiva: «Un orsequio, señorita».
- Confluencia de «vosotros» y «ustedes». En Andalucía occidental se ha perdido la oposición entre el tratamiento de confianza («vosotros queréis») y el de cortesía («ustedes quieren») en la 2.ª persona del plural, por lo que ambas formas tienden a fundirse: «¿Cómo queréis ustedes que baile si tengo las carnes abiertas?».

En su lucha con la lengua, Nancy descubre, entre bromas y veras, la enorme riqueza léxica del español. Seguramente, los pasajes donde se aprecia esto con mayor claridad son aquellos en los que toma nota de los sinónimos de una palabra o desarrolla un campo semántico en particular:

«En España el ave de la muerte tiene muchos nombres: zumaya, lechuza, búho, corneja, mochuelo, comadreja y otros menos sabidos como bujarra, coruja, oliva...».

Por otra parte, merece la pena señalar los términos y expresiones en inglés que Sender, como fingido traductor, va intercalando en las cartas. Es una estrategia inteligente con la que consigue dar un tono especial al relato:

breakdown, bumble bee, calm, charming, cowboys, cozy, cute, darling, dearest, exciting, handsome, honey, love, lunch, my dear, nicknames, scholar, sexy, sport, stam, visiting professor.

Si es cierto que una lengua es una forma de ver el mundo, los extranjerismos de Nancy nos recuerdan una y otra vez cuál es su auténtica condición: la de una observadora curiosa, pero ingenua, que presume de su español y continúa siendo dependiente de su lengua materna, de la que no logra desprenderse en ningún momento, y de una concepción de la realidad que la impide abrirse al mundo que la rodea.

12. «EN ESTE PAÍS ES DE MAL GUSTO HABLAR SERIAMENTE DE NADA»

Es obvio que Nancy tiene dificultades para comprender el sentido de buena parte de lo que sucede a su alrededor. Sin embargo, su desconcierto no se debe tanto a su falta de competencia lingüística, a sus carencias léxicas o gramaticales, como a su forma de concebir las relaciones sociales. A Nancy le preocupa su acento extranjero, un verbo mal conjugado o una frase sintácticamente incorrecta, y consulta con frecuencia sus dudas a los hablantes nativos, que suelen mostrar un completo desinterés hacia estas cuestiones.

Para Nancy, la lengua está regida por la racionalidad y la utilidad. Detrás de las palabras que alguien pronuncia hay una voluntad, unos deseos que han de canalizarse conforme a unas reglas. Para los españoles con los que trata, la lengua es un juego y las palabras no tienen tanto que ver con la verdad o con la mentira, sino con la necesidad de encuentro con otros seres humanos: «Nadie se considera obligado en Sevilla a creer lo que le dicen y si escucha con interés es solo atendiendo a la gracia o a la falta de gracia del que habla. Tampoco pretende nadie ser creído, sino solo ser escuchado».

Nancy busca nombres para caracterizar, enmarcar, delimitar y, en cierto modo, tener bajo control la realidad, pero es evidente que no lo